OBERHUBER

LUST AUF WORTE

Oswald Oberhuber

Lust auf Worte

Texte aus drei Jahrzehnten

Mit einem Vorwort von
Robert Fleck

LV
LÖCKER VERLAG
WIEN · MÜNCHEN 1985

Von diesem Werk wurde eine numerierte Vorzugsausgabe von 50 Stück hergestellt. Jedem Exemplar sind 2 Originalzeichnungen des Künstlers beigebunden.

 Printed in Austria.

Lektorat: Wolfgang Astelbauer
Umschlagentwurf: Oswald Oberhuber
Druck: GISTELDRUCK, Wien
ISBN 3-85409-072-2

VORWORT

Horcht man auf das, was die Maler sagen, so sagen sie, daß sich der Maler bereits im Inneren der Leinwand befinde, gegen Dunkelheiten kämpfend oder zwischen Helligkeiten wählend. Im Inneren der Leinwand treffe er auf Bilder und Gesichter, Vorstellungen und Möglichkeiten, deren Klischeehaftigkeit ihm den Mut raube, denn alles scheine »schon zuviel«. Im Inneren der Leinwand versuche er, diese zu reinigen, um etwas Neues zu ermöglichen.

Auch der Schriftsteller sitzt nicht vor einem leeren, weißen Blatt, um es mit Gedanken und Geschichten zu füllen. Er sitzt in einem Universum aufeinander abgestimmter Möglichkeiten, kleiner Gedanken und Geschichten, mit dem Wunsch, ein Problem zu erfinden und auf diesem in der Sprache zu fliehen.

Im Gegensatz zum Schreiben ereignet sich das Malen als handgreiflicher Akt, als Kampf, als Wechselspiel von Hand und Auge, in dem die Hand, auf die eine oder andere Weise, immer gewinnt. Eine Katastrophe, ein Riß, ein Sprung zerreißt, zerbricht, zerlegt die optische Organisation der Leinwand und ermöglicht ein neues Bild. Die Maler sprechen häufig von diesem Ereignis, sie nennen es den »kosmogenetischen Moment«, den »Absturz«, den »Urmoment«, den »Zufall«, den »Unfall«, oder auch die »magische Ecke«, den »unwillentlichen Strich« im »Diagramm«.

Die Probleme der Malerei, ihre Energien und Potentiale, ihre psychischen Gefahren und ihre handwerklichen Schwierigkeiten definieren sich in Bezug zu diesem Ereignis: Nichts ist leichter, als eine optisch-manuelle Katastrophe zu erzeugen, nichts aber schwieriger, als einen Ausgang aus ihr zu finden, sie produktiv zu benützen und mittels der Modulation der Linien und der Farben zu einer ausschließlich bildnerischen Ordnung zu entwickeln, ohne sie rückgängig zu machen oder von vornherein durch Zaudern und Zögern zu verhindern.

Die Musik funktioniert ganz anders. Ihr Prinzip ist das Ritornell, die stetige Wiederkehr eines repetitiven Unter- oder Begleitstroms. Risse und Sprünge, gar Katastrophen, treten in ihr nur selten auf, und wenn, dann besitzen sie keinen prinzipiellen Wert, sondern werden im Prozeß der musikalischen Arbeit als Folgen des Ritornells erzeugt. (Nichts belegt diese Unterscheidung mehr als die vergleichende Beobachtung von Aktionsmalern und improvisierenden Musikern.)

Während die Malerei den Körper inkarniert, indem sie reine Fleischlichkeit oder Skeletthaftigkeit erzeugt (ihre Konvergenzpunkte liegen primär innerhalb der Figur), strebt die Musik dazu, den Körper zu desinkarnieren und ihn auf dem reinen Klang aus seiner Organizität fliehen zu lassen (ihre Konvergenzpunkte liegen außerhalb der Figur).

Das Schreiben und das Zeichnen oszillieren zwischen diesen beiden Polen, verschiedene, für die persönliche Arbeitsweise des Zeichners oder Schriftstellers entscheidende Positionen zwischen dem Malerischen und dem Musikalischen einnehmend. (So ist es von mehr als anekdotischem Wert, von essenden, sprechenden und musizierenden Schriftstellern bzw. von bildhauernden, schreibenden und musizierenden Zeichnern zu sprechen.)

Musizierende Maler spielen und hören anders als musizierende Musiker. Sie erzielen ihre Ton- und Klangreihen nicht in Relation zu einem kontinuierlich-repetitiven Unter- oder Begleitstrom, sondern als Serie oder Kette distinkter Anschläge. Dagegen weisen die Bilder von malenden Musikern nur selten springende Punkte, Risse oder gar Katastrophen auf, sondern funktionieren in Relation zu einem linearen oder farblichen Ritornell.

Wenn Maler musizieren, so verlassen sie nicht den Beruf der Malerei. Sie arbeiten weiterhin mit Linien und Flecken, mit Posturen und Körperhaltungen, sie erstellen Bilder, wenn auch mit musikalischem Material. Sie leben weiterhin in einer Welt der Körper und der Skelette, der Gesichter und der Landschaften.

Dieser simultane Gebrauch verschiedenartiger Künste erzeugt bisweilen ein Potential, das auf andere Weise nicht zustandekäme. Darin bestehen Wert und Produktivität von Malertexten und Malermanifesten, deren Wortvisionen der bildlichen Realisation manchmal um Jahre vorauseilen.

Es hat wenig Sinn, Malertexte als kunstwissenschaftliche, kunstphilosophische oder politisch-ideologische Abhandlungen lesen zu wollen. Die kunstwissenschaftliche, kunstphilosophische oder politische Relevanz von Malerei ergibt sich nicht aus den Doktrinen und Vokabeln, die die Texte und Stellungnahmen des Malers enthalten.

Der Wert von Malertexten und Malerstellungnahmen besteht in ihrer Uneigentlichkeit, in der Differenz zwischen den Bedingungen des Mediums und der Arbeitsweise des Autors. Erst diese Differenz ermöglicht es, das Malen zu schreiben, ohne darüber zu reflektieren, sowie einen malerischen Ausgang aus den Sackgassen der Malerei zu finden, ohne zu malen.

Dinge und Kräfte wahrnehmbar zu machen, die nicht wahrnehmbar sind — darin definiert sich das Ziel aller Künste. Ebenso definiert sich das Ziel von Malertexten darin, mittels des simultanen Gebrauchs des Malens und des Schreibens das Malen in seiner Spezifität und Eigenart sichtbar zu machen, ohne darüber zu reflektieren, bzw. ein malerisches Problem zu erfinden, das nicht nur dem Maler weiterhilft.

Die Logik der Malerei erschließend, stellen Malertexte eine Möglichkeit dar, jene kunstwissenschaftlichen, kunstphilosophischen und kunstpolitischen Bezüge, Elemente und Implikationen zu erkennen, die von der Malerei selbst erzeugt werden und ihr nicht bloß angeheftet sind.

Die Arbeit Oswald Oberhubers ist durch eine spezifische Linie charakterisiert, durch eine Verlauf- oder Ablauflinie (im Gegensatz zu zangenartigen Spannungslinien, die Farbflächen ermöglichen), deren Wunsch darin besteht, ständig ihre Gleitbahn zu wechseln, die aber zugleich die Tendenz aufweist, bogenförmig in ihre frühere Bahn einzuschwenken. Diese Linie teilt ihre Herrschaft niemals mit der Farbe und der Fläche und begründet somit die lineare Zeichnung und die lineare Plastik als Paradigmen der Oberhuberschen Arbeit.

Diese Verlauf- oder Ablauflinie, die der syntaktischen Figur der hier publizierten Texte entspricht (dem freien, aber bogenförmigen Rückbezug auf grammatisch bereits überholte Satzteile), stellt jene Technik und Strategie dar, die Oswald Oberhuber unter dem Begriff der »permanenten Veränderung« zu seinem Motto erhoben hat.

Als seine persönliche Methode, die Sprunghaftigkeit der visuellen Künste zu leben, prägt die permanente Veränderung alle Bereiche seines Schaffens, von der Zeichnung und der Plastik über die Malerei und die Ausstellungsgestaltung bis zur Kunstpolitik, Kunstpädagogik, Kunstgeschichte und Künstlerpsychologie.

Je nach Intensität und Dauer von Werkabsicht und Werkdurchführung (Konferenz- und Telefonzeichnungen, Tagesarbeiten, Bilder und Plastiken mit langer Dauer) erzeugt diese lineare Strategie drei Arten von Haltungen, Bildern und Lebensweisen:

Zunächst sind es Posturen und Körperhaltungen, die von Oberhuber erstellt werden, um inmitten bürokratischer, sozialvernetzender oder kunstbegrifflicher Verwicklungen eine bewegliche Identität aufrechtzuerhalten. Eingriffe und Einspinnungen, Präsentationsgesten und Verpuppungen dienen dem Willen zur Aktion ebenso wie dem Bedürfnis nach einem Einzelnsein inmitten von Figurengruppen, nach einer ständigen Neugeburt von Faszination, aus der Oberhuber seine Energie bezieht.

Jeder Künstler besitzt sein Bild, das er, ausgehend von einem entscheidenden pikturalen Ereignis seines Schaffens, beständig in die Zukunft repetiert. In Oberhubers Fall handelt es sich um Oberhubers Gesicht. Dieses Gesicht stellt das unmittelbare Produkt jener Verlauf- oder Ablauflinie dar, die im Wunsch lebt, ständig ihre Gleitbahn zu wechseln, und zugleich die Tendenz aufweist, bogenförmig in ihre frühere Bahn zurückzukehren. Allerdings funktioniert dieses Gesicht nicht als physiognomisch-dynamischer Apparat, sondern als frontales Monument eines Kind-Werdens.

Auf einer dritten Ebene machen die Werke Oberhubers eine Denk- und Lebensweise sichtbar, einen Habitus des Vermoderns, des Verdorrens und des Zerfalls, der versucht, zum leeren Raum zurückzukehren bzw. einen leeren Raum zu schaffen. Dieser leere Raum des Vermodernden bildet Oberhubers Vision einer prä- und posthumanen Welt, der Zielvorstellung aller Künste. Das Vermodern vereinigt den Tod, die Aktion und die Geburt. Denn »jede Aktion nach der Geburt ist schon Tod. Es gibt keinen Zustand der Vollkommenheit, denn alles, was gerade entsteht, ist schon zerbrochen. Jeder Gedanke, ausgesprochen, hat gerade seine Bedeutung getan.«

Robert Fleck

Jetzt liegen sie alle — eng hingeschultert — mit starr offenen Augen — nur vom Saugen der Wanderküsse beglückt — die immer wieder den süßen Geschmack der Außerwasserwelten auf den Zungen heraufdämmern lassen —

Dabei treffen diese verheerenden Küsse die starr ruhenden Massen mit gleich verteilten stachelnden Blitzen — sodaß alle gesammelte Trägheit mit furchtbarem Geschrei stoßweise sich bäumt und aus dem Wasser drängt — wo vielleicht eines der ruhigen Schiffe seinen letzten Weg dieser lächerlich armseligen Erinnerung verdankt —

Und dann die großen Freuden der Siege — eine Reihe Männer mit spitzen Messern — beschäftigt — die Felsen zu belöchern — andere wieder suchen Fleisch und Knochenteile ertrunkener Wesen — nur die Kinder vertauschen mit offenen Blicken ihre Zungen — das Spiel der schweigsamen Worte — all die Dämmerung verklingt an ihrem haltlosen Vertrauen —

Hinter flach geschichteten Steinen liegen ineinandergeschoben Tierleiber verschiedener Art des Geschlechts — runde — zu Spitzen zusammenlaufende Formen — vertrocknete Augen — Gefäße aus schleimrieselndem Wasser — ihr Tun ist Wimmern — Gestank —

Würde die Sonnenwärme sich nicht durch das Wasser schrauben und Behaglichkeit strahlen — müßte jeglicher Gefühlston im Keimen vereisen und an den Brüsten verebben —

Je inniger Gewimmer aufsteigt — zusammenklingt — umso größer erscheint die Wucherung der kläglichen Leiber — diese Jammerballungen sind immer wieder von inneren Kämpfen durchzuckt —

Persönlich starke Figuren scharen Haufen um sich und schlagen — aus der Mitte laufend — sternförmig verteilte Gassen ins Fleisch —

Dadurch sind immer wieder Möglichkeiten neuer Ballungen gegeben — es entstehen Gruppen männlichen Geschlechts — nur selten mengt sich ein Weib ein — ihr zögerndes Verhalten ist gleich einem Todesurteil — sie scheint immer verdächtig — und ihre gleichverteilte Liebe streut feurig um sich schlagende Fäuste — jegliches Gesicht — das unbegrenzte Unruhe besitzt — fällt dem Fluch maßloser Leiden — Qualen zum Opfer — schwere Ungerechtigkeit —

Unaufhörlich entsteht Auflösung um Auflösung — festgemauerte Kulturen erdrücken verschlungene Hände — alle Weisheit hat verstrickte Bärte — keine Macht — offen Sprachen zu sprechen — Entzweiung zu fordern —

An den Gipfeln kalkklarer Berge steigen wutbrennende Feuer und überziehen die reinen Konturen fraulicher Nacktheit — die kleinen haarlosen Spaziergänge der göttlich Angebeteten —

Vorbei sind die vorgespiegelten Krämpfe berauschender Zerstreutheit gieriger Augenlichter — vorbei verspieltes Betanzen geiler Strombehaglichkeit —

Die Wege sind geteilt — frei von Bewachungen — auch die Spürhunde gehen mit eingezogenen Nasen — doch verschnupft — beleidigt — mit zerfetzten Schulterklappen — als Zeichen ihrer eigenen Degradierung —

Nun sind die Straßen gewalzt — Löcher zugeschöpft — und in genauen Abständen einer konstruktiven Berechnung gemäß sind Linien gezogen — dadurch ist eine neue rationalisierte Durchschleusung der menschlichen Erlebnisquellen gegeben —

Es entspricht dem langen Weg — daß jeder Saft — der irgendwie Gebrauchskräfte geistiger Natürlichkeit in sich angesammelt — aufgespeichert hat — am Ausgang seines Weges — einer Zitrone gleich gepreßt — geschält — geräfft — unbrauchbar fürs tägliche Leben im Abfalleimer endet —

Trompeten auf lange Töne gestützt — heben wunderbare Klangbildungen aus ihren phantastisch engen Räumen und ziehen spiralenförmig zu traurigen Nebelbildungen —

Durch den gegenseitigen Austausch ihrer Möglichkeiten beglückt — wachsen allmähliche Abstumpfungen — gedämpfte Schritte —

AUS DER SKIZZE: TEILE DES SPIEGELS 1950

Von Zustand zu Zustand geht unser Uns,
ein dauernder Wechsel von Sich zu Sich,
ohne daß das Bewußtsein je erkennt,
daß das Äußere in uns fließt,
Augen reißt, wenn eine Wunde sich breitet,
oder die Gier ein Kind quält.
Ein Strom fließt nur für Augenblicke,
wenn die Wasser geschlossen und die Ruhe versunken
uns weckt im Schlaf der Beine.
Dann erst schreiten die ersten Schritte
und decken das Holz und das Licht.
Vergessen gibt es nicht,
wenn auch das Geschehen im Schleier des Kopfes versinkt.
Die Wucherung beginnt im Akt,
der Satz bleibt und nimmt immer neuen auf.
Doch ist er in jedem verschieden ...
Der liebt Zwiebel, der andere Honig.

Es ist Morgen, ein tiefer Morgen. Die Wolken hängen ins Gesicht. Der Raum ist en-

ger. Selbst der Raum der Menschenkörper, noch enger als im Grunde. Da wußten alle, der Tag der Träne begann — eigentlich ein tiefer Tag. Aber schwer. Die Läden öffnen sich. Das Pflaster wird belebt.
Alle kommen. Die Großen, die Kleinen, die Schwachen, die Dicken. Hut, Tasche oder Mantel. Ein buntgewürfelter Haufen. Jeder denkt, hat Gedanken.
Die Zigaretten, ach ja, den Salat nicht vergessen. Die Zigaretten, dann die Bank, die Kinder anmelden. Viel Arbeit! Alle arbeiten, atmen, lächeln, weinen, geben sich die Hände.

Der liebt Zwiebel, der andere Honig.

Ihre Hand spielt mit mir und ich weiß, daß es drei Jahre sind. Damals ein Schleier von Zöpfen und großen Augen. Echt in Spott und Rücken. Würste, die sich teilten. Trotzdem kam ich immer zurück, wenn auch die Stiegen einen Hall Hohn emporschrien, die Türen leer gähnten.
Ich lief, lief auf die Straße und sah Kleider und Schuhe spazieren. Doch sie war versunken, ertrunken im Maul eines anderen. Fluchen, Stöhnen, Mauerschlag und Kaffee, beiden serviert. Als Hund und Leine die Pfoten lecken. An der Tischecke ein wenig Geld in die Taschen kassiert. Beide zu Bett getragen und den Vorhang in mein Gesicht geschlagen. Der Stuhl hat sich umarmt und meine Tränen getrunken, meine Stirn gestützt.
Ruhe, Gedanken gezeichnet. Ich bin mir selber geworden eine Lampe. Feuer für die Zunge. Habe alle vergessen, nur mich selber gedacht, und kam in ein Reich von Träumen und Trunkenheit, an Pflanzen und Knoten vorbei.
Was ist dieses Bett und der Wein, ein Tropfen zu meinem, das alles umwuchert und schlägt. Zerfressene Steine und Löcher scheint ihr mir wie Wachs.
Ich habe die Jahre in Minuten gedrückt. Der Baum und der Saft sind in Gips vermengt und die Massen gespeist. Der Morgen spielt mit meiner Hand und ich habe sie gesehen am Arm eines Bierbonzen. Im Licht der Geigen strahlt ihr Blick verschwommen ein Lächeln, das mir die Wange drückt. Sie küßt die Farben, den Gips, das Gesicht geschmiert. Aus dem Kopf steigen Fäden.
Mit bleibt sie ansehen und Brille um Brille von der Nase stoßen. Warum sie mich in einem salzigen Bade wusch und sich als Brause verwendet, weiß niemand.

Der liebt Zwiebel, der andere Honig!

Die Momente fliegen zum Ende, gleich wie der Schnee, der die Füße in Stücke auf die Erde sät, wo eine Spinne ruhig sie auflöst, zerkaut und als Gänge an die Ohren hängt.
Winde verbreiten, daß alle im Auge Spiegelkleidung tragen, daß alle im Auge die Wasserwege erkennen, die in der wendigen Verschwendung der Nußschale enden.
Die Tragkraft ist in vielen
mit einer Feder zu vergleichen:
das Wasser würde sie saufen,
die Luft mit ihr Spiralentänze tanzen.

Ein Verbleiben auf Lachgebilden könnte der Gehirnmasse und den Zeigefingern — die die Aufgabe haben, Blitze zu senden — nicht gut bekommen, denn die mit großer Liebe gespaltene Zunge hat die Spitze einer Schlange übernommen. Das Wort hat hier nur mehr zu kriechen und Wunden zu feuchten.
Wo Weibchen an Bärte geklebt ihre letzten Kreise ziehen, erwacht die Ohnmacht aus alltäglichen Träumen und beginnt an Fäden entlang zu gleiten, bis jener Punkt erreicht ist, der nur Luftsätze zuläßt und der Atemnot behilflich an der Seite Pumpenstöße reicht.
Wenn der Schirm ein faules Gewebe hätte, das Holz einige Jahre am Kammerfenster gelagert die Natur betrachtet, wäre ihre Unbrauchbarkeit für ewige Zeiten erwiesen. Wie sollte ihnen da noch einfallen, Tropfen zu fangen und der Schönheit ewig Trockenheit zu reichen?
Was wollen Schwimmbewegungen, die in Wolkenzungen geraten? Was wollen diese unerfahrenen Früchte am Nabel einer Traube? Unruhe stiften oder Brotsamen senden oder Pelzfutter mit Papiersäcken stopfen? Keines von beiden. Nur ein wenig schläfrig die Augen blinzeln, mit Masse die Betten füllen, im Fleisch das Fett betasten. Es ist leicht lachen, wenn Gleichgültigkeit die Decke wärmt.
Wärme wird mit großen Summen erkauft. Manche versuchen es mit Schnapsglas, Weinbrand oder anderen Dingen, vor denen das Wort mit Scham in Löcher verkriecht. Nur das Maul schleicht vorsichtig Schritt an Schritt an der Zimmerkante entlang. Daß im Oberzimmer bald alle davon summen, mit Schlagzeilen in Zeitungen herumspeien, daß die Bäuche in Neid und Wut aufschreien und die Nacht mit Rauchschwaden beißend Kehlen stopft.
Die Dämmerung der Kinder wäre zu empfehlen, wo alles kurz aufflammt und in schweigenden Ecken mit Glaskugeln durchschauend der Vorhang immer sinkt. Sodaß bald nichts Greifbares im Blick auftaucht und ein Käfig Stufe um Stufe vom Horizont raubt.
Daran arbeitete viel Schweiß und dicke Leerzungen, die nun mit Hohnstampfen die Straßen aufwirbeln und Trompetensauger in die Wangen bohren.
Das Kreuz der Arme ist verboten, denn Ruhe vergiftet die Wirbel. Stampfen braucht große Massen, daß der Rhythmus durchhält und Opfer um Opfer muß neu gezeugt die Macht verdoppeln.
Viele Häuser zerbrechen unter den geballten Lasten. Schutthalden stopfen ihre Lücken mit Grashalmen. Getrieben von Bleiglas, Kupferglas wagt kein Hund, Laute zu bellen oder Zeichen am Himmel zu malen. Die Farben an den Fingerspitzen tropfen rot-blau und sinken, versinken im Traum eines Berges.
Der Wald zieht zur Verkarstung der Spitze. Im Vibrieren der Sonnennebel steigt jäh die Macht einer Gewalt. Es breitet sich langsam Klarheit, in konturhafter Bewegtheit schält das Gestein sich jäh hervor, schattiert dunkel, stoßt in die Tiefe seiner Erde in die Macht der Gehirne, aus denen Märchen Traumphantasien schweben. Das Plätschern der Gewässer, die freundlich den Mund umspülen und die Steine glätten,

Rinnen reißen und den Baum aus dem Schweigen der Wurzeln wecken.
Das Spiel der Augen formt eine weiße Haube, tierhafte Gebilde. Bedrohte Kraft, du stirbst in dir, zerschlägst dein eigen Haupt. Buntwürfelnde Bilder im Gemisch einer Straße. Die Idee ruft zurück in die Wirklichkeit, ins Nackte. Berauscht ist nur der Augenblick im vollen Vergessen, doch läßt er Freude, Glück zurück. Man schlüpft in den warmen umschmeichelnden Mantel der Nacht und lauscht ins wohlige Gefühl.

Ein Augenblick Ruhe,
und die Ruhe versinkt
und versinkt in die Ruhe.

Aus dem Schweigen erwacht das Schweigen, bekommt Leben. Beine, Hände, Bewegung, seine Bewegung, die meine, unsere wird. Ein Same fühlt, daß er Same ist und wird Korn. Das Brot für hungrige Mäuler, für deinen eigenen Hunger. Die Frage ist nicht mehr Fragende, sondern Sagende. Frage und Antwort. Und das Ende wird unendlich. Ein nie endendes Ende.

Der Abend, ein Dämmern, das vorauseilt. Auch die Wasser haben es erahnt und mich aus den Wellen gehoben. Doch fühlte ich am Teppich seine gläsernen Abdrücke. Sie sehen durch und durch. An deren Ende weit eine Spitze hervorstößt, eine goldene. Wer wußte, ob damals gestern alles getaucht war, das vorgezeichnet jeden treffen muß oder die Luft durchwirrt. Die hellen Punkte mußten geschieden in der Erde atmen, sich nicht beistehen.

Mein Frühling schwindet und sinkt ins Schneetreiben, die Straßen in Metertiefen durchschreitend. Der Nebel Maskenhaube, zerlegt in Knochen.

Die Spuren am Teppich sind rot angelaufen. Der Putzlappen, die Bürste fällt in meine Arme, der Körper stürzt auf den Boden und fegt hinein in meine Tiefen, die in der Fläche hauchen. Mein Ich steht in vielen Gesichtern, aufgebaut in einer Reihe, sie scheint gerade im gestreiften Blick, ein Klecks, Fangarme der Augen. Mein Ich baut sich im Zimmer und schließt als Kranz die Wände.

Es breiten sich meine Gemälde, alte verlotterte Bilder, Technik und Thema aus langen Bärten, süße Weiber, Großväter zeugen ihre Liebreizgestalten, oft reichen auch die Blätter alter Bäume heraus. Alles scheint gestorben, alles verdorrt. Gehen im Stehen und Trinken im Staub, dauernd die Sprünge verdeckend.

Der Arzt ist teuer. Und Geld gibt es sehr wenig, trotzdem die Staatskasse manchmal aushilft. Was ist dieser Groschen zu diesen Löchern, die aus Öfen ihre Feuer speien. Man fragt sich, ob Krankenhäuser auch Werte tragen. Kinderträume sollten mehr Achtung finden, in die wäßrigen Augen steigen.

Ich habe einen Bauch, du eine Brille, dazwischen tiefe Gräben. Es müßten die Hände übereinanderschreiten, sich finden am anderen Ende. Der Durchblick wäre notwendig, die Lupe.

Der liebt Zwiebel, der andere Honig.
Im Vergessen seid ihr groß vorn an.

Das Lebhaftige hat gefaßt
wie jenes am dünnen Raum.
In Morgensprache tastet der Raum sich empor zu freiem Bewegen, rein der Honigträume sanftes Entschwinden, festes geborgenes Gleiten. Einkehr der Ruhe, Bruch mit gleitenden Saiten, Wechselspiel. Fruchtball, Entschwinden der eigenen Wesen, ein eigens im Brote vernommenes Wort, gesandt in die Halden der Steine.
Träufelnde Spende.
Das ins reine kommende Wollen.
Festlich Zäune im Mark vom Wurm entschwunden. Sag an, daß die Nacht, von Schatten geschlungen, in Tage weist — wann sie begonnen oder greifen — sah das Wort.
Ewig schlägt die gleiche Welle.
So der Spaten ergriffen, bleibt er fest.
Erdrutsch und Goldschale, wie Nebel verweht — bleibt Leere!
Die Außenwand ist Gerüst — Spannung des Kerns — Selbstlicht!
Nach Abbau greiflose Geister, kernige Form.
Alles greiflose Nähe, nur Kraft, Würfelgebilde!
Erwachen im Leben der Brust, die Sprache formt.
Die Liebe des Mutterwesens trifft in der Einsamkeit das einsame Stehen.
Das Erwachen im Mund — zwei Schweren können als Waage beginnen,
das Gewicht muß verschieden messen, immer Schlagen sein.
Die Tat der Gegenseitigkeit ist Wonne im Gegenspiel —
die Schlange beißt das Blut.
Feigheit verwischt Schritte des Leibes —
Nichtbekennen, Schuld im Hause ohne Fenster.
Ich lege mich in mit Papier geklebte Kammern als eine Zeitung.
Maßlose Zerrung, die gehört, doch niemand weiß, doch in Körben aufgehoben.
Weh dem Dorn, der sich ausweicht!
Wasserstrahlen sind Gesetze des Wassers, die Schichten spülen.
Tag komm, denn Fleisch ist nur Geierfraß,
Fahrrad, Auto, Trompete,
eine gekettete Wirrung.
Was macht die Sonne?
Blumenkränze und die Umarmung einer wonnigen Frucht,
die getreten im Schweigen winden.
Immer neu gerafft, in Säfte taucht.
Das Buch kann nur wieder Buch und Feder geben,
so geschlossen alles außen und der Spruch dich greift.
Der Tag hat den Dolch geboren — die Schwere des Lichts —
in der Arbeit ein Kreuz.
Der liebt Zwiebel, der andere Honig!

Die Form beschattet sich am Außen- und Innenlicht.
Im leeren Raum gebunden ersteht sich findend, wo neu beginnt.
Gebaut aus Luft im Geist, weht sie heran.
Dem Stoß des Körpers widerstehend greift mittelbar die Hülle aus Ruhe ins Flackern, stört Ende in Schlaf und Zeitschmelze.
Vollkraft rauscht jenseits Urquell, Geburt und geborgenes Schaffen.
Wind und Wasser haben sich gedacht, daß es so etwas gibt wie eine Hand, doch eine die schwebt und bläst wie Hauch. Nie berührt, erwacht, wenn Sand die Augen streuen, und wenn die Schwäche schwächer sich bewegt. Blaß bricht zusammen, dem die Nässe Mund und Ohr reicht.
Der Kahn trägt, am Ufer stehen viele, das Meer wartet.

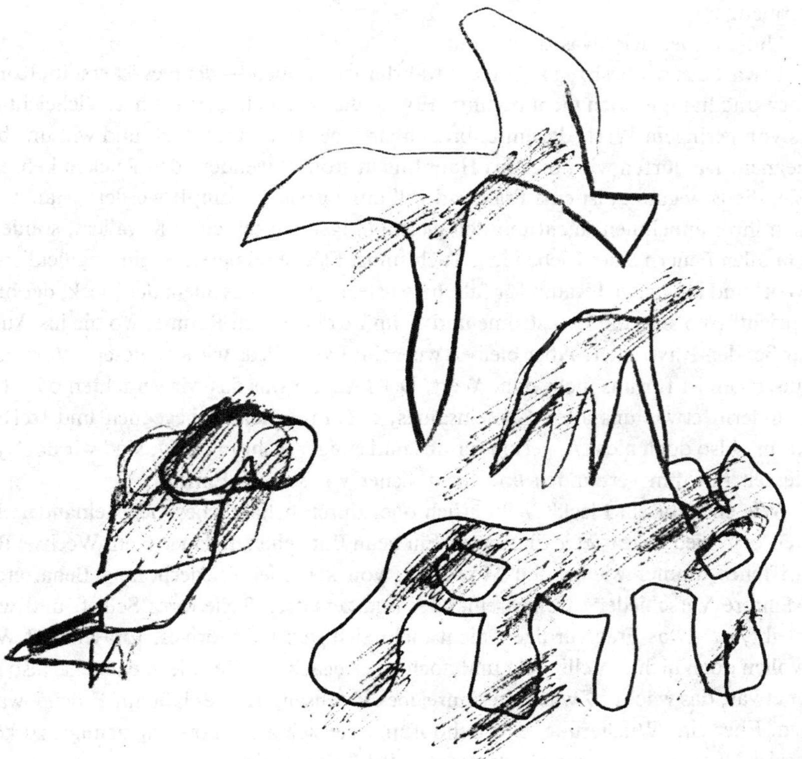

TACHISMUS

Vortrag, Wien 1954

Sie erwarten jetzt von mir Lobeshymnen oder scharfe Kritik. Aber keines von beiden geschieht. Wir sind ja nicht hier, um zu werten oder zu verwerfen, sondern das uns Eigene, das für uns Geeignete herauszuholen und zu gewinnen, daß wir bleiben, was wir sind.

Gewinn ist das, was uns bleibt — ein äußerlich zählbares Ergebnis. Wie kommen wir dazu? Durch Arbeit. Daß wir uns geben — wir geben uns und begegnen! Also bleiben wir, was wir waren, bereichert, beschenkt durch uns selber in der Begegnung. Wir beharren in uns und erwarten das Gegenwärtige, das auf uns zukommt. Beharren schließt das Geöffnetsein nicht aus — das Geöffnetsein wird erst möglich im Beharren, im Ichselberbleiben. Und wie anders könnten wir aussehen, wenn wir wären wie wir sind! Warum sind wir nicht so wie wir sind?! Weil wir nicht beharren, sondern dem entgegenlaufen, was da kommt — mit dem Schwert oder mit weiten Armen.

Untersuchen wir, was da kommt.

Etwas, das wir besitzen aber nicht wahrhaben können — denn es ist erst im Kommen und hat uns noch nicht berührt. Etwas, das uns nicht gerührt hat. Vielleicht ist es von geringem Wert, darum unbrauchbar, aber es kommt doch und will uns begegnen. Da dürfen wir doch das Haupt nicht stolz abwenden, den Rücken kehren! Sie, die Begegnung, ist eine Frau und will umworben, erkämpft werden. Man muß sich ihrer annehmen, nicht mit den gleichgültigen Gesten eines Kavaliers, sondern mit allen Feuern eines Liebenden. Tachismus, Fleckenmalerei, ist ein unglückliches Wort und läßt zu viel Raum für falsche Auslegungen. Ist es allein der Fleck, der hier spricht? Wo sind die Farbströme und -schnüre der weiten Räume, wo die ins Auge stoßenden Rhythmen? Aber bleiben wir beim Fleck. Was wir aus diesem Wort herausziehen ist für uns nicht ohne Wert. Der Fleck, etwas das wir verachten oder bewundern, etwas uns allen Gemeinsames, das uns jederzeit begegnen und treffen kann. Also doch nicht zu gering für uns und einiger Achtung wert, sind wir doch jederzeit mit ihm verbunden und nicht sicher vor seinem Einfluß.

Wie entsteht ein Fleck? Willkürlich oder durch beharrliches Gegeneinanderwirken verschieden gearteter Elemente? Ein beim Entstehen in dauerndem Wechsel Begriffenes, immer wieder neu Mögliches, von keinerlei Wiederholung Behaftetes. Mehrere Verschiedene treffen einander und zerstören Teile ihres Selbst, und was bleibt, ist etwas Fragwürdiges, nicht mehr sich selbst Gehöriges. Ein Chaos? Wir wollen doch nicht voreilig sein und noch eines beachten: Der Fleck entsteht, also ist er etwas, das wächst. Zwar kein sinnreiches Wachsen, denn es läßt auf Früchte warten. Eher eine Wucherung, eine Schöpfung, die sich als Schöpfung genügt, zu keinerlei Nutzen bereit, egoistisch für den Schöpfer allein da.

Jetzt sind wir ganz nahe bei dem, was wir begreifen wollen. Der Fleck ist nicht nur etwas, das aus der Zerstörung entsteht, sondern er genügt sich auch.

Der Beweis dafür: Verachtung oder Bewunderung.

Wenden wir den Fleck bei einem Bild an, so kann er mehreren Möglichkeiten dienen. Zur Belebung des Grundes der vielschichtige Fleck. Der bis zum Rand dauernd sich Ändernde. Der Fleck als Beiwerk: nur örtlich aufscheinend; und was selten auftritt, der herrschende Fleck: kleine Flecke aus reinen Farbfetzen werden nebeneinander, übereinander auf die Fläche gestreut. Gäbe es nur den Fleck, so würde dieser Malerei und ihren Malern Unrecht getan. Darum müssen wir all die vorhandenen Mittel aufzählen — von Formen können wir nicht sprechen —, die zur Entstehung eines solchen Bildes angewendet werden. Das Umschließen, das nur aus der Linie heraus möglich ist, wird vermieden. Daraus erklärt sich die Formlosigkeit. Der in sich weitaus wandelbare Strich wird bevorzugt. Er ist auch dem Zufälligen mehr verhaftet: Farbschnüre, die sich kreisartig mehr und mehr schließen und plötzlich von neuen, aktiveren, und von weit über die Fläche flitzenden Schnüren gestört werden.

Aus der Technik heraus können wir ersehen, daß es sich um eine Kunst des unmittelbaren, innersten Ausdrucks handelt. In großer Eile werden Bilder gezeugt. Es sieht aus wie ein Spiel, in dem jeglicher sich vergißt.

Haben wir uns vergessen in der Hingabe, sind wir doch in der Gabe — für uns selber erst sichtbar — gesammelt auf dem Grund des eigenen Daseins. Kann ich in Hingabe erkennen, ist es möglich zu wissen, was ich tue, wenn ich mich verbunden gebe? Der zweite Beschenkte ist der durch mich Mögliche. Im Zweiten erkenne ich mich, also stehe ich unter Kontrolle des Gespendeten. Ist es ein Zwang, der auf mich einwirkt? Nein, die Gabe ist frei, gebunden durch höchste Notwendigkeit. Die Gabe verlangt zu sprechen, wie der Beschenkte spricht oder sprechen könnte. Ich muß der von ihm Verlangte sein, der durch höchste Notwendigkeit Verlangte. Hingabe ist das, was wir sein müssen. Da Hingabe den innersten Aufbruch verlangt, sind diese Bilder in ungeheure Bewegung geraten, gleich barocken Bildern.

Der Arbeitsvorgang verläuft in zwei Etappen: das »Automatische«, die »Komposition«. Scheinbar ohne Absicht werden ungebrochene Farben auf die Leinwand geschleudert.

Weil Hingabe die freie, durch höchste Notwendigkeit verlangte Gabe ist, hat die in Freiheit einsetzende Hingabe dieser Malerei nur die Zeichen zum Rhythmus zu geben. Die scheinbar ohne Absicht geschleuderte Farbe wird unter Kontrolle gestellt, und die damit einsetzenden Rhythmen werden geordnet. Hier setzt die Komposition ein.

Sehen wir uns Bilder an, so merken wir verschiedenartige Auffassungen. Bei Wols lyrische, sparsame, von zarten Farbklängen durchzogene, fast kontrastlose, aus dem Surrealismus entstandene Bilder. Bei Pollock dramatische, über den Bilderrahmen hinausstürmende, in großer Geschwindigkeit gemalte Rhythmen, die übereinandergeschichtet, reliefartig über das Bild hinaus und in das Bild hinein wachsen. Bei Riopelle mystische, von gebündelten Konzentrationen durchbrannte Bilder. Im gesamten gemahnen diese Bilder an irgendwelche außerweltliche Natur. Darin haben sie etwas Gemeinsames mit der elektronischen Musik, die auch im Technischen von fast gleichen Gesichtspunkten ausgeht. Wandern wir mit dem Auge wie eine Kamera über das Bild: Der gleichförmig scheinbar an der Oberfläche haftende Rhythmus bleibt plötzlich im Wirbel stehen und zieht das Auge in klaffende Tiefe die nie endend sinkt sich immer wieder verfärbt herausgeschleudert von roten schwarzen Punkten verfolgt kreisartig auf und nieder wogend auf Berge gesetzt von Wolken gefaßt in weite Räume fliehend jäh endet von Stufenhaftem Selbstsüchtigem zerschlagen wie irgend etwas zerplatzt verrinnt zusammensinkt und von neuem beginnt.

Daraus können Sie ungefähr erahnen, welch fremdartige, vielschichtige, nie gesehene Welt sich hier öffnet. Aus den Worten könnte mehr Licht in die Frage nach dem Tachismus kommen. Da sie unbewußt aus der zurückrufenden Betrachtung eines tachistischen Bildes entstanden sind, stehen sie in enger Gemeinschaft mit demselben und können damit zu einer Klärung beitragen. Bei flüchtiger Durchsicht fällt auf, daß die meisten Worte sich gemeinsam in der Bewegung finden: Rhythmus — Wirbel — geschleudert — fliehend — wogend. Doch so verschiedenartig ist diese Bewegung, daß wir sie in ihrer Vielheit betrachten müssen. Der Rhythmus, der in seinem gleichförmigen Auf und Ab in größte Ekstase gerät, plötzlich in sich zusammenbricht, sich nochmals aufbäumt in einem letzten Wirbel. Was muß geschehen, damit Neues ersteht, etwas Gewaltiges aus der Kraft heraus? Also wird geschleudert, unbefangen um sich gespuckt und das Vergangene vergessen. Wer erträgt es, lange ungesichert um sich zu schlagen? Nur fort in Sicherheit, in wogende, sanfte Sicherheit. Bewegungen, die durch ihre Aggressionen sich dauernd ablösen, wieder beginnen, gegeneinander, ineinander wirken, begleitet von Naturassoziationen, immer wieder in neuen Perspektiven gesehen werden. Der Berg von eben, dessen Vorderansicht in tiefe Krater versinkt. Wir dürfen aber nicht dem Irrtum verfallen, diese Bilder als in Naturnachbildungen verhaftet zu bezeichnen, denn diese Naturen sind aus sich selber entstanden, von eigenster Prägung. Wir bemerken, daß viel Verschiedenes ineinander fließt, sich in einer auf das Bild hingezwungenen Gemeinschaft trifft und uns in ein magisches, zwischen uns liegendes Reich weist — »magisch« aus der Hingabe, dem Opfer heraus, hergeleitet von den primitiven, alten Religionen, deren Gebetgesang und Trommeln in nie endender Monotonie zu den Göttern steigen. Daran erkennt man ihr Bedürfnis, sich von einer materialistisch-spekulativ gesinnten Formenwelt zu lösen und sich einem Reingeistigsein zuzuwenden.

Nun ist die Frage berechtigt, ob diese Art zu malen einem Verfall entgegengehe oder ob sie eine Bereicherung für etwas sei, das der »gegenstandslosen« Kunst fehle. Ich möchte einen Vergleich bringen und in die Zeit Mozarts zurückgreifen. Mozart wurde in eine Zeit hineingeboren, in der sich der Musikgeschmack in zwei Auffassungen teilte: die »galante« und die »gelehrte« Musik. Es ist hauptsächlich Mozarts Verdienst, diese beiden Verschiedenen zu einer Einheit geführt zu haben. Er beginnt die Polyphonie, den Kontrapunkt scherzhaft zu behandeln, als ein Spiel der Laune und des Witzes, darum riecht es nicht mehr nach Gelehrsamkeit und dem Hörer geht die Struktur unmittelbarer ein. Darum bin ich der Auffassung, daß wir den Tachismus, der die Konstruktion meidet, aus diesem Grund nicht ablehnen sollen, sondern die ihm gebührende, volle Beachtung zollen müssen, indem wir seine für uns möglichen Elemente herausholen, für uns verwerten und verarbeiten. Der Verfall beginnt nur dann, und zwar auf beiden Seiten, wenn diese sich verschließen und keine Tür offen halten und damit jeden gegenseitigen Austausch unmöglich machen.

Der Tag hatte schon die längsten Wege hinter sich, und die Bäume begannen schon tief am Boden zu ziehen. Nur die Musik, die aus der Stadt stieg, ballte sich zu mächtigen Kräften, begleitet vom Stampfen der Füße, die unaufhörlich den Takt gaben. Es drang bis zu den stillen Plätzen, wo verstreute Paare an den Ufern des Sees in schmiegsamen Freuden sich finden. In gleicher Weise war ihr Begehren, ein Drängen nach eigener Behaglichkeit, die Wolke nie zu verlassen, in Sicherheit zu sinken und den Tag zu leben in Stunden, da er nie anbricht.

Ein merkwürdiges Volk belebt die Stadt, war es doch in einen Punkt hineingewachsen, an dem viele Wege sich treffen. Am Anfang und Ende des Gebirges, wo leichte Hügel langsam in weite Ebenen verebben, von vielen Seen umgeben, die den Ausgleich an kalten und warmen Tagen schufen. Darum blieb das Ziel meistens hier hängen, konnte doch jeder irgendwo den Klang seiner Heimat wiederfinden, die er, in Voreile verlassen, doch nie vergessen konnte. Deshalb das Glückhafte, das aus ihnen strahlt, vereint in Vergangenheit und dem Gegenwärtigen sind sie eine Gemeinschaft, die in Sehnsüchten schwebt, ohne auch nur an den Versuch zu denken, das Vorhandene zu erreichen.

Leidenschaften, die in blutige Metzeleien ausarteten, traten kaum auf; dafür waren wutdurchfurchte Stirnen der tägliche Kampfplatz, unüberlegte Äußerungen auszutragen. Das Verbrechen ergriff die Flucht, um sich in den Randbezirken kläglich aufrecht zu erhalten, sodaß ein Mord oft wie ein freudiges Spiel aussah, das wie ein Duell mit Anruf begann, in dem am Ende meistens der Mörder im Straßengraben den letzten Atem von sich gab. Und der würdige Mann des Gesetzes sah wie ein Sekundant, den Säbel in der Scheide, sich mit dem Schnurrbart beschäftigend, wohl in gehöriger Ferne zu.

Nicht daß deshalb Willkür herrschte und das Gesetz vom einzelnen ausgetragen wurde, der zufällig mehr Gewalt in den Armen besaß. Es bestand eine stille Abmachung unter den Bürgern, das Verbrechen durch Einzeleinsatz zu verstoßen. Bald war das Leben außerhalb der Ordnung mit Hetzjagd und anhaltender Brotlosigkeit verbunden, die die Vorliebe für Arbeit vergrößerte.

Das Bauwesen, das die natürliche Folge davon war, wollte nicht aufhören, sich auszudehnen, wie die Erneuerung und Liebe zur Alltäglichkeit, den kleinsten Dingen als Zeichen der Bescheidenheit immer mehr um sich griffen und Häupter, Augen in voller Offenheit herumschwenken ließen.

Als Glocken am Sonntag in allerfrühester Stunde ihren Klang erhoben und hinaustrugen ihren Gesang, waren bald die Straßen überfüllt vom ersten Gang, den die Menge in Stille vollzog, das Buch der Andacht in den Händen, in tief gesenkter Demut, geleitet von den ersten Vögeln des Morgens, den Blumen, die am Wege sich aufrichten und Duft streuen. Doch Kinder, die Ruhe nicht ertragend, schon Köpfe voll wirrer, luftiger Sprünge, sausten im Zick-Zack und weiten Bogen durch die Menschenknäuel, durchbrechen behäbige Starre mit dem Verlangen, die Tage in Gleichheit zu erleben.

Die Kirche, in enge Gassen gedrängt, verschlingt zur Heiligen Handlung die Menge. An der Tür stämmig breit der Pfarrherr jedem einzelnen die Hand hinstreckt und das kleine Kreuz bedächtig an die Stirn fingert, das mit viel Beugen bedankt wird, hat durch sein inniges väterlich Betragen, seine Wiege stand in der Stadt, was auch von einiger Wichtigkeit sein soll, aller Vertrauen. Auch jene, die weite Bogen schlugen und nur in der Ferne die Spitze des Turmes bewunderten, konnten ohne Aussprache, die doch auch ihr Herz verlangte, wenn winzige Wunden schmerzten und sich kaum ertrugen, nicht sein. Der Platz war bald gefunden, an dem die Erfüllung und der notwendige Trost gesprochen wird. Gleich einer Kiste mit zwei Öffnungen versehen, in die ein Erwachsener bucklig hineinschlüpft — von weichem Samt geschlossen —, ein kaum vernehmbares Geflüster die Schmerzen entfernt.

Heute bei größter Öffentlichkeit am Gründungstag der Stadt hat Regen die Straßen gepeitscht. Zuerst fielen vereinzelt Tropfen, immer wieder von Winden getrieben, so daß noch Hoffnung bestand, die Feierlichkeit unter grauen Schleiern zu beginnen. Da nun doch gleichmäßig Wasser vom Himmel rinnt, Bäche bildet und den Ausgang zur Last macht, drücken sich viele Nasen ans Fensterglas, nach außen zu schnuppern. Wutschnaubend zieht sich der Rücken zurück, die Beine folgen schleppend, das nasse Unglück kaum tragend. Der Soldat erwacht dennoch in der Brust und reißt den Kasten auf, wo das Kleid der Feier aus Mottensäcken gezogen bald den Morgenrock erlöst. Die Damen in Einfachheit schlagen die Töne, wenn es heißt, Füße zu verkleinern und Rundungen zu schwächen. Wie ein Zauber sind die besten Seiten herausgeschält. Das zierliche Hütchen ein wenig schräg und hinein in die festliche Nässe.

Schlüpfrige Pflastersteine, aufgeworfen wie Krapfen, am Rande mit Wasser gefüllt; durchweichte Papierfetzen, die schon in Tiefen gesunken, von Wänden gestoßen, mit beweglichen Armen sich tasten; sie sind der Empfang. Begleitet von Schirmöffnen, »Guten Morgen, wo ist der fröhliche Tag?«, sind die einzigen Rufe. Einige Männer und Frauen in Kreisen sich drängen, Geflüster und Tuscheln, immer wieder Hüte sich heben. Achtung, fern noch schlagen schon Pauken und fiebrige Unruhe schleicht in die Körper. Immer wieder Köpfewenden. Wer genau sah, konnte am weiten Ende der sich langsam verjüngenden Straße blaue und gelbe Punkte erspähen, die sich mehr und mehr ausdehnend heranzogen. Der kleine Dicke, der vorauseilt, mit großem Abstand verfolgt von den Zweiten ruft anhaltende Kommandos, die kaum verstanden im Lärm der Trompeten untergingen. Das Gesicht voll scheinbarer Wut, in das rotkugelnde Auge gesetzt, Angst verbreiten will. Doch Hohnlachen springt auf ihn nieder, das am Straßengraben stehend sich schüttelt. Die Trompeter, genügend Luft in ihre Lungen gepumpt, freundliche Melodien blasend, in voller Hingabe, oft die Beine vergessend, die anderen Wegen entgegenwandeln, von den nötigen Fußtritten des Korporals ermahnt, zurück in die Marschlinie finden. Die Hunde, den Schwanz zwischen die Beine gepreßt und die Schnauze nach oben weit offen, aus der langatmiges Heulen stößt, das Auf- und Niedersinkende begleiten. In dichter Reih' geschlossen das Volk der Musik nachläuft zum Platz, auf dem statt der harten Steine schmiegsames Holz das Gehen erleichtert. Der Präsident, schon in Aufregung erhöht, in der Mitte seines breiten Stuhls versunken. Das Tuch der Nase fährt immer an der Stirne entlang. Noch ein Schlag der Trommel und Schweigen bricht an.

Die zittrigen Finger suchen nach den Zetteln, die, in den geheimsten Taschen versteckt, sich lange nicht finden lassen. Der Wind, der von neuem erwacht daherfegt, reißt vom Mund das Wort, das kaum erhoben verschwimmt und taub trifft. Da die Rede des gütig erhabenen Herrn auf Blätter gedruckt gleichzeitig verteilt wird, kann seine Stimme ruhig verblassen. Nachdem niemand merkte, daß die Ansprache ans Ende gelangt und kein Applaus losbrechen wollte, stupfte der Gütige mit der Spitze des Schuhs den schläfrig nach hinten gesunkenen höchsten Bürger der Stadt, der Flüche schon auf den Lippen noch rechtzeitig einziehen konnte, seinen Hut weit in die Lüfte hob und Stimme nur Geschrei war, die angenommen von der Menge an den Häusern hin- und hersprang, bis sie in langem Gemurr ausklang.

Und dann das Blasen der Hörner, das bis zum Mark drang und die Beine in Starre stieß. Es war ein friedliches Zeichen des Hungers, den zu stillen das Militär als Aufgabe übernahm. Sofort sprangen die Rathaustore auf und der Duft von etwas Überwürztem, nicht Feststellbarem lockte die Zunge, Wasser zu sammeln, mit deren Spitze Laute schlagend alle wie angesogen eine Kehrtwendung machten. Laufschritt setzte an und dieser Sturm verriegelte das Tor. Wo soll die Freude bleiben, wenn Dummheit den Weg zur satten Zufriedenheit stopft. Die Folgen ließen auch nicht lange auf sich warten, war doch schon in der Ferne die Sirene eines Krankenwagens zu hören, der dann endlich mit einiger Geschwindigkeit um die Ecke bog. Zu andauernder Klage verurteilte Leiber mußten fast, aus der gedrängten Dichte herausgeschnitten, gemilderten Händen zugeführt werden.

Dieser unbedachte Konflikt aus übersteigerter Sucht hat seine tiefste Wurzel in der Güte und Vielheit der Genüsse, die gleich Überschwemmungen in gewohnter Eile im ersten Versuch, alles zu erreichen, unersetzbaren Schaden hinterlassen. Die mitleidigen Herzen von allen Seiten glühten auf, tiefe Todesnähe zu umfangen, die vereinzelt heranschleicht und das Bild aus den Augen raubt. Gemildert kann der Schmerz ertrinken.

Der Suppenschöpfer doch zur Tat schreiten muß, wenn auch Trauermärsche übers Gesicht ziehen, geschmälerte Bäuche hinterlassen größere Löcher.

Am Nachmittag sich selber überlassen, verfolgt vom Ereignis, das nicht nachgab, gewaltig halt zu rufen, stehen zu bleiben, und fest an den Rücken geklebt, immer wieder mahnt. Die Welt lag wohl allen bewußt im behaglichen Licht der geringen Sonnenstrahlen, die hinter den letzten Regentropfen hereinbrechen, mit Jubel und

Freudentänzen empfangen. Vom Augenblick ergriffen, den die unverbesserliche Narrheit hineintrug in den zeitlosen Morgen.

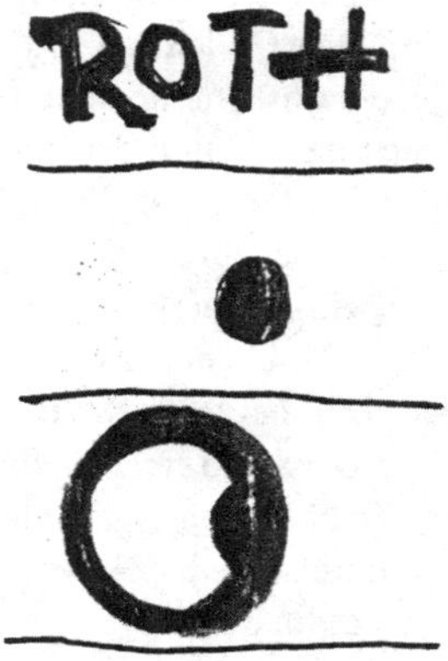

FARBEN
für Willi Baumeister 1954

im ansatz schwarz
in fortsetzung gelb
bis auf weiteres grün
das verbotene rot
vor lachen blau
weiß ist noch weiß
sand an der wand
weiß ich wie lang
braun von der seite
blau — rot — gelb —
grün — weiß ich es noch
grün — gelb — rot —
weiß ich es noch
schwarz — weiß — bleibt
wie immer

Picasso war beeinflußt und ist beeinflußt von Cézanne, Ingres, von den Griechen, der Negerplastik und vielen anderen Künstlern und Richtungen. Seine Kunst ist ein dauernder Wechsel von sich zum anderen, das ihn umgibt. Wir glauben, jetzt könnten wir endlich seine Person greifen, aber im nächsten Augenblick ist er weit fort und schaut uns mit einem fremden Gesicht an.

Aber er ist nicht der einzige, der uns laufend mit anderen Augen überfällt — zwar nicht so große Namen begegnen uns noch in der gegenwärtigen Kunst, aber sicher nicht von geringerer Bedeutung — Max Ernst, Franz Marc und unter anderen auch Baumeister. Sie werden von ewiger Unzufriedenheit getrieben, dauernd das zerstörend, was sie in mühevoller Arbeit malend erahnt haben, sodaß wir einiges zu tun haben, um mit unserem kleinen Gehirn nachzukommen — dem, was sie aus dem Unbewußten geschöpft haben. Daß natürlich der dauernde Wechsel eines Stiles eines Malers einen sehr unruhigen Geist und eine vitale Persönlichkeit voraussetzt, die die überall vorhandenen, für sich brauchbaren Formen aufsaugt, ist selbstverständlich; denn es ist nicht einfach, immer wieder Neues nur aus sich zu schöpfen, nach welchem solche Persönlichkeiten dürsten.

Wir, die wir immer nur das Äußere sehen wollen, verschütten durch unsere Vorwürfe — »das ist von Schlemmer«, »das ist Miró« — das eigentlich Persönliche, das sogar der schlechteste Maler besitzt. Werfen wir doch alle Feindseligkeit ab, die anscheinend das gegenstandslose Lager erfaßt hat, betrachten wir doch eine Persönlichkeit, die vielleicht zwischen Mondrian, Schlemmer, den Tachisten und Hartung steht, unvoreingenommen.

Ich möchte bei der Schule Baumeister beginnen und dann zu seinen Bildern überleiten. In der Schule Baumeister wurden keine Bilder gemalt; es war aber auch nicht diktatorisch verboten — dazu wäre Baumeister nie fähig gewesen, ein durch und durch gütiger, toleranter und von nie endender Geduld beseelter Mensch. Auch kamen seine Schüler von zu verschiedenen Lagern, ein bunter Haufen — Naturalisten, Abstrakte, Unberührte.

Cézanne war das große Vorbild, auf seinen in neue Blickrichtungen gebauten Bildern fußte die Theorie Baumeisters. Bei Cézanne beginnt der Gegenstand und jegliche Komposition unbedeutend zu werden — Häuser, Menschen und Bäume fließen plötzlich ineinander; der Mensch und die Gegenstände werden nicht mehr liebend betrachtet, sondern als Objekt zur Belebung einer Fläche.

Die Auswertung des Neuen kann verschiedenartig sein. Sahen die Kubisten in der Formenflucht, im scheinbaren Sich-Kreisen der Gegenstände die Möglichkeit, den Gegenstand von verschiedenen Seiten zugleich zu sehen, so wirbelten die Futuristen mit italienischer Grandezza den Zeitablauf, die Gegenstände und ein wenig Politik ineinander.

So sah Baumeister in der Theorie für seine Schule keine Gegenstände, keine Formen in den Bildern Cézannes, denn die Schüler sollten das Anonyme, das einzig Erlernbare mitbekommen auf ihren Wegen. Eine Form ist durch ihre vielfältige Auswertung zu ichbezogen. Auch verlangt das verschiedenartige Schülermaterial für jeden etwas.

Über die Bilder Cézannes ist ein netzartiges Gewebe gezogen. Das kommt durch seine eigenwillige Arbeitsweise zustande; er malte nicht, sondern durchzog die ganze Fläche mit Pinselhieben; dadurch begann die Fläche in zauberhafter Weise zu flimmern, zu vibrieren, das Bild fällt auseinander, Teile treten aus dem Rahmen, andere wieder sinken weit zurück. Cézanne modelliert die Fläche und bringt sie in Bewegung. Nicht im Bild geschieht etwas, sondern außerhalb, neben uns. Dort steht der Punkt, wo wir ansetzen dürfen und können.

Daraus erklärt sich auch, warum bei Baumeister nicht gemalt wurde. Damit eine Fläche organisiert in Bewegung gerät, braucht man andere Mittel. Es ist natürlich auch mit Pinsel und Ölfarbe möglich, aber das ist viel zu kompliziert, zu bekannt, und darum zu schwierig für den Studierenden. Das Land, in das er tritt, muß fremd sein, damit seine Person keinen Schaden leidet. Baumeister wollte ja nicht gegenstandslose Maler heranzüchten, sondern dem Schüler ein Mittel in die Hand legen, mit dem er machen konnte, was er wollte; sich weiterbilden oder Naturalist werden oder sonst etwas.

Es gab keine Leinwände, sondern schwarzen und weißen Karton, Zeitungen, Klebstoffe, Tinte und Feder. Damit ausgerüstet wurde gearbeitet. Die weißen Papier- oder Kartonflächen wurden mit verschieden großen schwarzen Papierfetzen schachbrettartig überklebt, sodaß ein weißes und ein schwarzes Feld entstand; zwar nicht gleichförmig wie beim Schachbrett, sondern die Felder schlossen sich teilweise eng aneinander und trennten sich langsam und gingen in die Breite und das wiederholte sich immer wieder und füllte das Blatt aus. Sie können daraus ersehen, daß die Fläche in Schwingung gebracht wird, die engen und dichten, weiten und breiten Felder weichen zurück. Dadurch entsteht die sogenannte Modulation, negativ-positiv in verschiedener Größe gegeneinander. Das ist in großen Zügen Baumeisters Schulmethode.

Dazu kam ein enger freundschaftlicher Kontakt, bei dem nur das Du fehlte. Er war Lehrer und Schüler zugleich, von sprühendem Humor und für jede Dummheit bereit, ohne dabei seine Autorität zu verlieren. Wenn ich darf, so möchte ich seine Schule mit der sogenannten »Wiener Schule« Schönbergs vergleichen. Hier wie dort wurde der Schüler nicht zu einem Stil erzogen, sondern ein kaltes Mittel gelehrt. Es will kein Allheilmittel sein, auch ist man gar nichts, sobald man die Schule verlassen hat. Denn im letzten muß doch die Persönlichkeit des einzelnen zum Durchbruch kommen und das zerstören, was in ihrer Umgebung scheinbar das Höchste ist. Ich möchte die Schule Baumeister nicht als Ideal hinstellen, doch war sein Versuch sicher fruchtbar, vielleicht für andere Schulen. Denn das Lebendige, das unmittelbare Jetzt wird sicher größere Früchte tragen als ein verstaubter Schulbetrieb, in dem jeder glaubt, ein Künstler sein zu müssen, statt ein Schüler. Die Bescheidenheit ist der Anfang zum höheren Leben — der Umgang mit dem Material und den Elementen das Werkzeug des Künstlers.

In einer Bombenruine hatte Baumeister seine Werkstätte aufgeschlagen. Ein kleines Fenster beleuchtete spärlich den Raum. Vielleicht ist es notwendig für seine Bilder, daß die Lichtquelle schwach ist, damit die ungeheure Farbigkeit und der nie endende Humor besser zur Geltung kommen.

Als Schüler von Hoelzel, dieses großen Kunstpädagogen, begann seine Laufbahn. Das Farbenreiben und Lackieren ist für Baumeister sicher nicht von geringer Bedeutung, denn am Anfang jedes seiner entscheidenden Bilder stand der technische Versuch, Neues aus dem Material heraus zu gestalten, verbunden mit dem deutschen Erbe des Forschers, in die letzten jetzt möglichen Zonen zu steigen. Sicher war es Hoelzel, der den Kunstverstand weckte, der mit seinem konstruktiven Wollen — er arbeitete mit Lineal und Zirkel, aus einem Liniengewirr baute er seine Bilder — zu den ersten Schaffensjahren, die Baumeister im gleichen Wollen mit Schlemmer vereinte, den Anstoß gab.

Doch sehen wir hier schon das Besondere an Baumeister: er dringt nie in die Fläche. Ist das Anliegen bei Schlemmer der Raum in Verbindung mit der Figur, so bleibt die Figur bei Baumeister immer Fragment und hat nur Funktion auf der Fläche. Das mußte entwicklungsmäßig zu den Mauerbildern führen — eine Verbindung von Skulptur, Malerei und Architektur. Das Bild soll nicht mehr den Raum auflösen, sondern Mitträger der architektonischen Struktur sein. Doch führten sie zu keinerlei praktischer Anwendung. Zu wenig organisch aus der Wand heraus entwickelt, zu sehr in der Strenge verharrend, vermißten sie das spielerisch Selbstverständliche, das sogar die Architektur verlangt. Heute, da der Zufall in der Architektur eine Rolle spielt, wäre es undenkbar, solche Bilder in die Wände zu bauen.

Aber Baumeister strebte weiter, und er begann die Auseinandersetzung mit der Maschine, dem Sport, die weit in sein Leben hineingriffen; er war begeisterter Sportanhänger. Das Geschehen eines Spielablaufs ist zu groß, von der Bewegung her, als daß es blitzartig erfaßt zu einer Auseinandersetzung von Bedeutung im Bild führen könnte. Die Reaktion ist zu langsam. Man müßte bei Tennis der Ball sein oder im Laufen malen; denn der Rhythmus ist nur im Moment der Bewegung erfaßbar und darum unaussprechlich; nur in der Musik und beim Tanz gestalterisch zu fassen, aber auch wieder nur als Tanzender, Musizierender, beim Mitvollzug.

Durch technische Versuche öffnen sich neue gestalterische Ebenen, und das erste Mal ist der Zufall nicht von geringer Bedeutung. Dadurch bekommen die Bilder etwas Selbstverständliches, die Konstruktion tritt weit zurück, die Bilder wachsen aus sich selber. Das Thema Sport ist nur mehr Mittel zum Zweck, doch ist der Formenschatz noch nicht allzu groß, um der Freiheit freien Lauf zu lassen. Die Figuren sind in grobkörnigen Sand gebettet, alles ist nur angedeutet, das Fragment wird erweitert; es bezieht sich auf die Landschaft, den Menschen und Sportgeräte; das Vorhandene wird zum Zeichen, und damit seine Berechtigung zur Diskussion gestellt. Neue Perspektiven wachsen in die Figuren und reißen die Fläche auf. Die Erde bricht auf und die Figuren versinken darin; die Formen beginnen zu schweben. Dazwischen entstehen, beeinflußt von Arp, die Formlinge; streng übereinander gebaut, werden knochenartige Gebilde gesetzt. Damit ist das Tor aufgerissen, und der eigentliche Baumeister beginnt.

Greifen wir zum Schachbrett zurück und schauen hinter die Natur — in kochendes Wasser, Sand von Flüssen durchzogen, Herbstlaub, das die Straßen deckt, ein Haufen Steine, Baumrinde. Alles elementare Dinge, die entweder durch Einwirkung der Natur oder durch unser willkürliches Tun in Bewegung geraten sind. Dadurch entstehen zwei stofflich gleichwertige Gegeneinander, bei bewegtem Wasser, Berg und Tal, negativ und positiv — die Modulation. Hier ist die Natur wieder Anregerin, nicht ihre äußere Erscheinung, sondern das jahrtausendealte Werden und Vergehen. Baumeister streut feindliche Formen gegeneinander über die Fläche, spitze, runde, durchlöcherte — Figurenreste. Doch trotz der disharmonischen Gegensätzlichkeit der einzelnen Formen ist die Ganzheit des Bildes durch das organische Gewachsensein gegeben. Das ist das Wesen der Modulation.

Dazu im Gegensatz stehen einerseits Miró, andererseits Mondrian. Miró verteilt ebenso verschiedenste Formen über die Fläche, auf der jede in sich geschlossen durch den Raum wirbelt, während Baumeisters Formen die Tendenz haben, ineinander zu verwachsen, wodurch sie sich scheinbar ständig verändern.

Mondrian andererseits setzt rein gedanklich Entstandenes, das kontrollierbar ist, während Baumeister seine Formen aus dem Material entstehen läßt. Darin ist bei Mondrian ein Endstadium, bei Baumeister ein Ausgangspunkt gegeben. Obwohl beiden der Ursprung in der Konstruktion gemeinsam ist, löst sich Baumeister langsam von dieser ab und kommt so zur organischen Abstraktion.

Die Bezeichnungen für Baumeisters Bilder dürfen nicht wörtlich aufs Bild bezogen werden, sondern sind lediglich zur Registrierung und Übersicht notwendig. Oder darf vielleicht Mozarts »Kleine Nachtmusik« nur am Abend aufgeführt werden? Bei einem Streitgespräch über diese Frage in Köln äußerte sich Baumeister in diesem Sinne. Auch Arp setzte zur Bezeichnung seiner Bilder und Plastiken von diesen unabhängige Ausdrücke, die zusätzlich durch ihre literarische Qualität eine gewisse Eigenberechtigung haben, z. B.: Wolkenpumpe, Pyramidenrock, Krallen-Alu.

In Baumeister sehe ich eine Persönlichkeit, die in ihrer Verbindung von Beherrschtheit mit Vitalität weit über die deutsche Gründergeneration hinauswächst. Seine Liebe zum Unbekannten drückt sich am besten in seinem eigenen Ausspruch aus: »Die Ablenkung vom zielstrebigen Weg könnte man den schöpferischen Winkel nennen. Alle großen Resultate werden nebenbei, durch Zufall oder in unkontrollierbarer Weise gefunden.«

DIE PERMANENTE VERÄNDERUNG IN DER KUNST 1958

Vielleicht ist der Titel über diesen meinen Ausführungen ein wenig irreführend und verallgemeinert meine Auffassung, erhebe ich doch den Wunsch und Anspruch, daß meine Einstellung zu einer permanenten Veränderung innerhalb der Kunst allgemein angestrebt und vollzogen werden sollte. Das ist das Diktat einer Ideologie, in die ich mich bewußt hineingestellt habe. Ich will auch nicht auf diesen Anspruch verzichten, erscheint er mir doch wichtig und die einzige Möglichkeit, Kunst heute zu schaffen. Dieser Anspruch ist die Arroganz eines Manifestes, das ich hier nicht hinstellen mag, wäre es doch nur die Wiederholung eines zeitlich bedingten Vorgangs, dem jedes Manifest unterliegt. Solcherart ist nicht mein Verlangen.

Die Eingrenzung auf Zeit als Zielvorstellung ist nicht wert einer Überlegung, ist doch Überlegenheit gegeben und nicht Eingrenzung. Somit schreite ich zum Vollzug meiner Thesen, die sich aus einer allgemeinen Einstellung gegenüber der Kunst in unserer Zeit ergeben.

Wie ist nun diese Einstellung? Diese Einstellung ist gleich nicht vorhanden, es gibt keine wie immer geartete notwendige Hinneigung. Die Kunst ist alleingelassen, verlassen, belassen auf den Künstler, der diese Kunst unternimmt, ohne Notwendigkeit von außen, nur aus Not an sich selber. Oder als Interpretationsversuch an einer Zeit, die diese Interpretation nicht will, weil sie sich viele Male selber darstellen kann. Diese Interpretation steht nahe an der Kunst, von dieser gespeist wie eine geheime Melkkuh, nicht einmal bekannt bei denen, die sie benützen.

Wie sieht eine kunstlose Zeit aus — nur aus Notwendigem erbaut, aus den billigsten Mitteln erstellt? Das ist das erstrebte Ziel. Die Folgen eines gedankenlosen Handelns oder der Verzicht auf Bedürfnisse, die über das Bedürftige hinausgehen. Wir von der Kunst sind nicht mehr gebraucht — mißbraucht, verbraucht liegen wir dahin. Das ist keine resignative Aussage, sondern eine realistische Feststellung. Etwas, was nicht gebraucht wird, sondern irgendwo abgestellt steht, kann sich vergnügen, soviel es will. Wer schenkt dem auch schon Beachtung? Wir sind alleingelassen und können tun, was wir wollen.

Was resultiert aus dieser Annahme? Diese Annahme erlaubt alles; keine Zielsetzung einer Aufgabe, keine Aufgaben, die sich stellen. Die Idee kann sich als Idee formulieren, Andeutungen sind erlaubt. Kunst ist nicht Kontinuität, sondern AUGENBLICKHAFTE Erfindung.

Die Kunst ist im Laufe der Zeit nun aber immer privater geworden und unterliegt nicht mehr dem Diktat einer Weltanschauung oder den Wünschen einzelner mächtiger Herrscher, die durch die Kunst auf Zeit und über ihre Zeit hinaus sich sichtbar machen wollen. Die Kunst gehört den Künstlern wie die Mathematik den Mathematikern. Es ist ein elitärer Anspruch, wenn man glaubt, die Funktion der Künstler erschöpfe sich in einer Art Kunsterziehung, die zum Volk hin tendiert und in erster Linie handwerkliche Belehrung oder Pinselfertigkeit als ihre Aufgabe betrachtet. Aber Kunst ist keine beliebige Unterhaltung — hier liegt der Irrtum jeder Demokratisierung der Kunst —, sondern sie ist die Aufarbeitung von Wunschvorstellungen, die uns alle bewegen. Künstler sind so eine Art Wissenschafter, die Erkenntnisse registrieren und auffangen, die nicht immer ganz logisch sind oder erscheinen, wenn man nach gängigen Systemen Urteile über sie fällt.

Tautologien mit Bekenntniswert, Berechnungen, Vortäuschungen, optische Ansprüche sind keine Unterhaltung — mag es auch so klingen —, sondern wichtige Arbeit an uns allen.

So ist auch diese Betrachtung der Versuch einer Klarstellung, und es werden mehrere künstlerische Phänomene gleichzeitig sichtbar gemacht. Es wird deutlich, daß unsere Zeit eine Vielfalt von Ideen und Erneuerungen ständig entwickelt, die in diesem Ausmaß seit der Renaissance nicht mehr da waren.

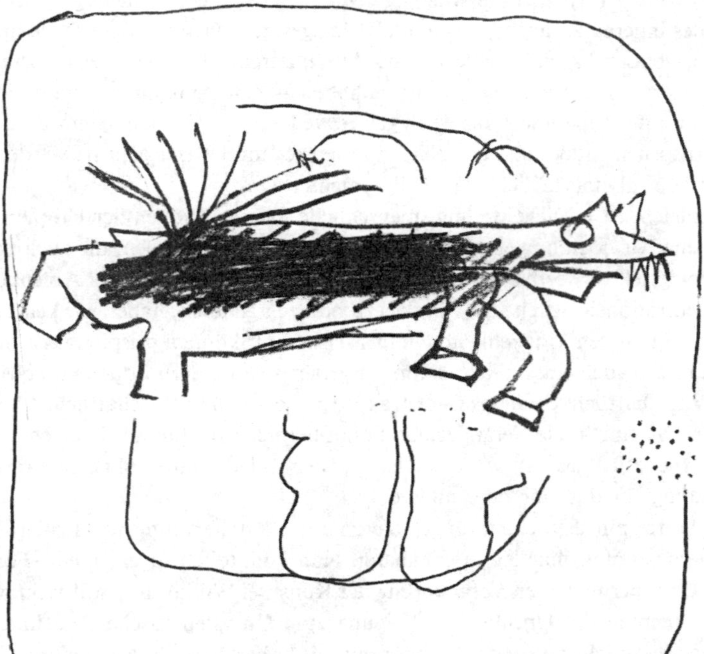

Nun, was hier zu sehen ist, ist der Beweis einer Uneinigkeit innerhalb der Möglichkeiten des künstlerischen Denkens, die Aufhebung des Diktats einzelner Vorstellungsbereiche und dadurch auch die Zulassung aller wie immer gearteter Ausdrucksformen. Der Anspruch des einzelnen, nur seine Aussage hätte recht, hebt sich auf in dem Gemisch so vieler verschiedener Behauptungen. Der Star stirbt unter der Last der sich laufend wechselnden Kunsterfindungen; nur die Theoretiker klammern sich immer noch heftig an die Aussagen und Produktionen einzelner. Trotzdem wir schon lange eine gewisse Situation der Anonymität erreicht haben, in der nicht genau festzustellen ist, wer der eigentliche Erfinder war und ist, überschneiden sich laufend verwandte Vorgänge im künstlerischen Geschehen.

Diese Uneinigkeit birgt in sich kaum zu bewältigende Folgen — nicht nur für den Künstler, obwohl für ihn dies alles Isolation heißt. Auch der Beschauer erlebt in der Zerrissenheit des Angebots einen schockartigen Moment, bei dem wir sehr oft erleben, daß er alles abstößt, was an Verschiedenheit an ihn herangetragen wird. Er begreift nicht die Auseinandersetzungen, die zu seinen Gunsten geschehen.

Der Künstler will nicht überheblich sein, auch beugt er sich nicht gerne einem Gesetz des inneren Zwanges, das ihm als einziges geblieben ist. Ich erhebe hier keine Klage, sondern stelle nüchtern fest: Aus unserem Geschichtsbewußtsein heraus glauben wir ein Anrecht auf Kunst zu haben — eine Annahme, die auf einem Irrtum beruht, denn diesen Anspruch gab es weder in der Gotik noch im Barock. Dieser Anspruch müßte erst erarbeitet werden, es müßte erst geprüft werden, ob er überhaupt als tatsächlich notwendig erachtet wird.

Vielleicht ist es nicht wichtig, menschliche Konstruktionen der Utopie zu besitzen, sind wir doch umgeben vom Überangebot an Sensationen, die auch praktisch und materiell verwertbar sind. Wir stehen alle in einer Situation der Ablenkung, der Konzentrationslosigkeit. Da wir alles zu besitzen glauben, haben wir keine Einstellung mehr zu den Möglichkeiten in uns selbst. Wir können beispielsweise nicht den Zusammenbruch eines intakten Umweltgebietes verhindern wollen und gleichzeitig die Wirtschaftlichkeit dieses Gebietes fördern, denn die Wirtschaftlichkeit bringt in jedem Fall eine totale Veränderung. Somit befinden wir uns alle in einem spannenden Zwiespalt, aus dem wir uns nicht herauswinden können ohne eine totale Entscheidung für das eine oder andere.

Es laufen mir die Behauptungen davon und ich stehe mit meinen Erklärungen im luftleeren Raum ohne Zusammenhang. Nun könnte ich sagen, meine Forderung nach einer permanenten Veränderung der Kunst sei Willkür und soll mein persönliches Dilemma der Unruhe, die Neigung zum Unsystematischen, auffangen. Ich schlage dies nicht aus, ich erkenne es an mir. Aber wer hat das nicht auch in verschiedenen Dosierungen in sich?

Seit der Jahrhundertwende und schon vorher erleben wir eine Vielfalt von Veränderungen in der Kunst, sodaß ich den Widerstand nicht verstehen kann gegen meine Auffassung. Ich gehe einen Schritt weiter und erkläre, die permanente Veränderung vollzieht sich im Werk eines jeden einzelnen. Es gibt keine Kontinuität einer Entwicklung, keine Steigerung durch Erfahrung, wie immer sie sich nennen mag. Jedes Werk steht für sich allein. Es gibt nur die Zeit technischer Ausformungsreifung, in der keine genaue Formulierung möglich ist.

Vor kurzer Zeit hat man mir erklärt, es gibt kein Beispiel der älteren und jüngeren Kunstgeschichte, an der ich meine Meinung ersehen könnte, die ich seit 1958 vertrete. Ich erhärte meine Auffassung trotzdem durch Namensnennung und versteife mich bewußt auf jene Künstler, die durch eine genaue Interpretation in erklärbarer Weise ihre Arbeiten durchgeführt haben: Malevitch, Mondrian, in jüngerer Zeit Fontana und Manzoni.

Nun muß ich ausrutschen, denn ich habe mich durch Nennung von Namen auf Glatteis begeben. Ich rutsche nicht und verharre auf meiner Behauptung und stelle das Beispiel Mondrian zur Diskussion.

Betrachten wir sein Werk von den Themata her, so können wir innerhalb dieser große Sprünge und Unterschiede feststellen. Zum Beispiel Kopf, Landschaft, Dünen werden naturalistisch, expressionistisch, pointillistisch oder bis hin zur Ungegenständlichkeit diesen Richtungen entsprechend behandelt. Es scheint nur in jener Zeit, wo er die Vertikale und Horizontale verwendet, indem er signalhaft die wichtigsten Farben einsetzt und vor allem große Weißflächen beläßt, eine Periode strenger Kontinuität zu geben, in der alles in einer bestimmten Gleichförmigkeit verläuft. Auch in seiner Spätperiode, wo er durch die erzwungene Veränderung seines Wohnsitzes in eine Krisensituation gerät, erleben wir wieder — wie am Anfang seiner Schaffenszeit — eine permanente Veränderung von Bild zu Bild.

Die Unruhe-, Versuchs- und Laboratoriumssituationen im Reifungsprozeß eines Künstlers mögen beitragen zu einer Sprunghaftigkeit und einer Vielfalt der bildhaften Vorgänge.

Wenn man das Missionsbedürfnis der De Stijl-Gruppe bedenkt, die eine weltweite Stilentwicklung herbeiführen und diese in jedem Fall durchsetzen wollte, so ist zu verstehen, daß ihre orthodoxen Theorien förmlich einen Stillstand und ein Verharren in Behauptungen, die nicht erfüllbar waren, erzwangen. Die totale Hoffnung eines harmonischen Zustandes bleibt Utopie, und ich nehme an, wenn es nicht mehr die Geradlinigkeit des Denkens gibt, so ist es auch nicht mehr möglich, was man sich erarbeitet hat, ständig zu wiederholen.

Ich kann verstehen, daß Kunsthistoriker das vorziehen, ist doch die Faßbarkeit etwas sehr Theoretisches, denn nur sie kann interpretatorisch erfaßt werden. Ich will hier beweisen: Die Auflösung der Kontinuität, die uns beherrscht, hat — seit wir beherrscht wurden — vorbestimmte Aufgaben. Der Augenblick ist insofern historisch, als man mir nie glaubte, daß Kontinuität unmöglich sei.

Wenn keine allgemeine Gleichheit der Meinungen besteht, so kann auch das Werk eines einzelnen sich nur wieder aus der Uneinigkeit heraus entfalten.

Ich kann natürlich die Harmonisierung durch immer neue Gedankenpyramiden erhalten oder durch Globalaussprüche wie »Alles ist Kunst« verwischen lassen. Je unfaßbarer die hingestellte Bemerkung auch ist und durch Einfachheit glänzt, desto größer wird die Diskutierbarkeit eines spekulativen Hinweises. Warum bleiben wir so gerne in der Gewohnheit harmonischer Hoffnungen, aus denen heraus wir gewachsen sind? Weil dieses Gewohnheitsrecht die bequeme Möglichkeit schafft, alles auf jene Gegnerschaft abzuwälzen, die hier scheinbar etwas verhindern will, aber sicher nur andere Vorstellungen und Gedanken behauptet?

Innerhalb der Kunst können sich leichter Konflikte durchspielen lassen, kann sogar Gegensätzliches nebeneinander stehen. Denn niemand wird dabei getroffen und gerät in Schaden. Ich hatte es fast vergessen: Die Verfolgung nicht angenehmer oder unverstandener künstlerischer Äußerungen wird trotz Demokratie fortgesetzt, und zwar immer mit dem Unterton, es müsse die Ordnung erhalten bleiben. Das römische Recht gilt aber schon lange nicht mehr. Denn wenn sich die Ordnungsmacht nur durch andauernd ausgelöste Konflikte erhalten läßt, hebt sich das Prinzip der Ordnung unter der Zwangsvorstellung der Ordnung wieder auf. In der Demokratie gibt es nicht mehr die einfache Formel »Gut und Böse« — diese einfache Unterscheidung ist vorbei —, sondern da kommt es immer auf das Befragen an. Wieso kann etwas geschehen, das nicht in einen vorgezeichneten Rahmen paßt? Wo liegt der Grund für eine ausweglose Entscheidung, in die Personen geraten können? Wieso entsteht Gewalt? Wieso haben neue künstlerische Meinungen oft Explosivcharakter? Sicher weil sie außerhalb jeder Bezugnahme von außen im isolierten Zustand eines Einfalls entstehen. Der direkte Mitvollzug ist ausgeschlossen. Natürlich kann hier Schuld durch freie Entscheidung aufkommen und Konflikte auslösen. Das Recht zur Mitsprache birgt natürlich in sich das Recht zum Diktat und zum Ausschluß aller einsamen, auf eine Person bezogenen Aussagen, wenn der Entschluß nicht aus der mehrheitlichen Gemeinschaft kommt. Demokratie hat eben doch Folgen für die Kunst.

Ich expliziere nochmals und fasse zusammen: Wäre ich ein Historiker oder Soziologe, so könnte ich mein Unterfangen der permanenten Veränderung erklären durch wissenschaftliche Genauigkeit. Aber so bleibt mir nur die intuitive Undeutlichkeit einer Erfahrung im Umgang mit Kunst, und ich schrecke nicht davor zurück, diese Undeutlichkeit zu propagieren, denn das ist mein Mittel, deutlich zu sein.

Ich erschrecke auch nicht vor der Undeutlichkeit eines Bildes, ist doch gerade diese Undeutlichkeit der Gewinn beim Vollzug der Betrachtung. Ich kann machen, was ich will, ich kann deutlich sein, wie ich muß, schon verwischt sich jede Deutlichkeit. Somit bin ich gezwungen im Fortschreiten von Andeutungen und setze sie immer wieder an und fort als Stenogramme. Nicht umsonst ist die Erfindung des Automatismus als Basis für viele wichtige Vorgänge in der heutigen Kunst in diesem Jahrhundert geschehen: Die Motorik als Skizzierung, als nicht endender Hinweis, das Nur-Anzeigen, das Nur-den-Zustand-Anzeigen der permanenten Veränderung.

Die Wiederholung aus der Serie ist die konkrete Festlegung oder die direkte Aneignung von Vorstellungen durch gezielte Wiederholungen. Auch Mondrians Neoplastizismus gehört da hinein. Die Idee wird in der Wiederholung nur benützt, um deutlich zu werden. Hiermit vollzieht sich der umgekehrte Vorgang. Die Deutlichkeit wird in der Motorik der Wiederholung erst erkannt. Die Serie ist als eine Arbeit zu erkennen, und aus diesem Vorgang ist ersichtlich, welche Form von Inhalten jemand voranstellt. Die Inhalte werden nur einmal überlegt. Es zeigt sich, daß ich keine Basis habe, diesem Zwang zur Veränderung zu entweichen. Ich kann mich wenden wie ich will, ich unterliege diesem Zwang.

Es ist heute gefährlich, nur bestimmte Haltungen zu akzeptieren, gehen doch die Befragungen und Untersuchungen über Kunst in einer nie dagewesenen Breite der sich anbietenden Möglichkeiten vor sich. Vielleicht kann das auch Kunst sein.

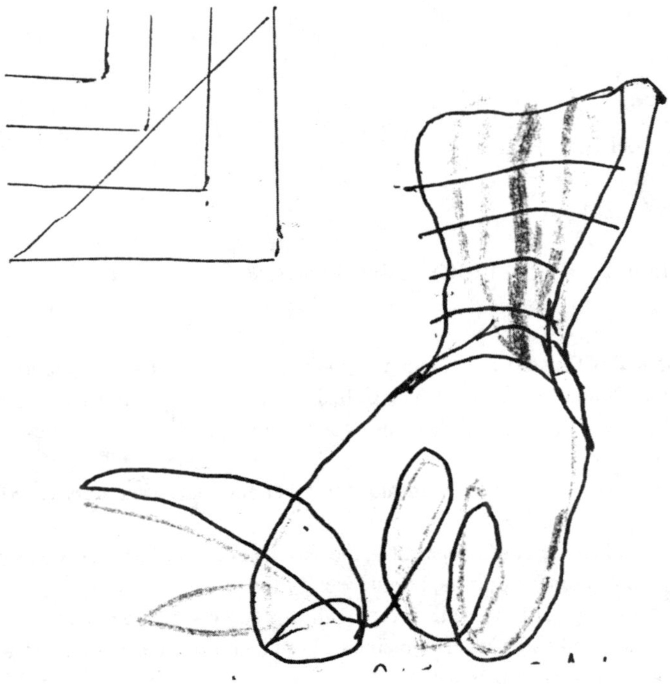

WENN ICH NUR EIN SOLDAT BIN — 1956

Wenn ich nur ein Soldat bin —
Habe ich keine Flügel —
Oder ich bin ein Fliegersoldat —
Dann muß ich ein Flugflieger sein —
Und haben — haben —
Ich weiß — daß es viel kosten mag —
Und ich es nicht verdiene —
sei
für
mich
wie
ich
für
Dich
und
Du
für
die
anderen
Ich bleibe bei Dir

FRAGMENTE — VIELLEICHT EIN ROMAN 1956

In der Nähe des Fensters stand eine unbeachtete, nicht nur trübe, sondern schwarze, verklebte Mauer, an der er sich sattsah. Je länger er hinsah, umso dunkler wurde sein Blick, und er rief um sich herum, und er sah keine Möglichkeit, dieser Lust zu fliehen.

Was auch kommen mag, es wird nicht zu erkennen sein, wie immer er wollte und mußte.

Da nun endlich die Hand zögernd in die Tasche griff und der Rest einer verdorrten Birne zum Vorschein kam, konnte der Mund nicht zögern.

Als die Frau sich auf die Seite drehte, sah der Tag noch lange nicht danach aus, als würde die Wolkendecke offenbleiben. Trotzdem kam ein Schweigen über sie, müde zwang sie sich, anzuhalten.

Nicht zu schlafen, mußte er bleiben, kam doch der Schrei langsam aus den Lippen und schlug nieder auf seine Kraft, die immer lahmer wurde.

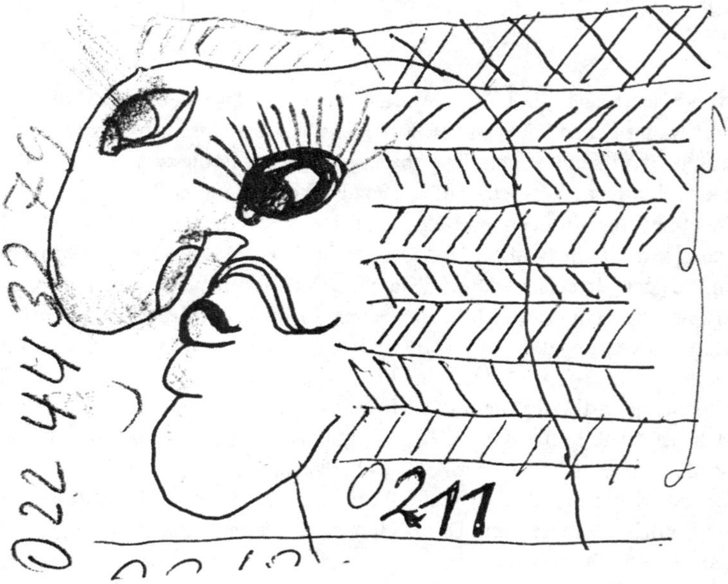

NACHMITTAG 1956

Der gewöhnliche Nachmittag
Wie gewöhnlich ein Nachmittag
Wie gewöhnlich am Nachmittag
Ein gewöhnlicher Nachmittag

AUFSPIEL!
ZUSAMMENSPIEL!
AUSEINANDERSPIEL! 1956

Erklärer: Kleine Studie — zum eigentlichen Spiel.
Aufspiel: Sie treffen sich und haben Lust.
Zusammenspiel: Sie haben Lust und sind — kaum — nicht —
auseinander zu bringen.
Auseinanderspiel: Sie hatten Lust,
aber es war immer dasselbe.

MALEREI UND PLASTIK IN ÖSTERREICH

Rede, Innsbruck 1960

Es wird notwendig sein, in kurzen Worten eine Grundlage zu erstellen, die mir für die Diskussion notwendig erscheint. Der Künstler, in sich selbst gesperrt, ein Wesen, das niemand kennt, sich selbst überlassen, stöhnt in dieser Verkerkerung und verlangt nach außen. Versucht, sucht irgendwohin jemand zu finden — ein ähnliches Geschöpf, das in Ideen lebt. Und zwar in Vorstellungen, die sich beim Maler im Rechteck der Leinwand, beim Plastiker in den in Verbindung zu bringenden Massen ereignen. Irreale Verlangen, die vom Außenstehenden kaum zu erkennen sind. Irreal, weil kein eigentlich Brauchbares geschieht,und jede Person nach eigenem Maße vorgeht, so daß jeder von sich behauptet, der Beste zu sein. Wird dann eine Kunsttheorie erstellt, so hat dieselbe vielleicht ihren Wert im Gesamtverband der laufenden Kunstbewegung und trifft für einige Kunstwerke zu. Doch ist sie im Entstehen schon überholt. Auch eine grundsätzliche Untersuchung wäre nicht notwendig, denn es gibt keine Theorie, die die Kunst erklären kann.

Jeder erste Schaffensversuch ist ein oberflächlicher; Eitelkeit, Drang zur Macht, ein großes Vorbild zu erreichen. Der Beginn ist das Verlangen nach der eigenen Person, den Nebel zu durchbrechen; die Frage, wer bin ich, steht vor dem jungen Menschen. Diese Stufe, eine relativ leichte, da sie jeden trifft, verbirgt die Gefahr einer falschen Hinwendung und ein Darinverharren. Man sieht das Bild nur im Verhältnis zu sich und stößt dadurch das Eigenleben, die Funktion des Dinges ab. Das Kunstwerk, ein Ding wie ein Stuhl, ein Krug, eine Bürste, ein Rahmen, auf den Leinwand genagelt wird, auf der etwas geschieht. Dieses Etwas ist weit gespannt und untersucht sich nicht leicht. Es unterliegt der Person und diese ist die Entscheidung. Sie kann nun handeln, doch nicht nach sich. »Ich bin nicht das Gesetz«, sondern Es, das Material verlangt von mir, daß ich es belasse. Das ist die Grundentscheidung, die an mich herantritt. Diese wird nicht gesetzt, sondern gefordert. Liegt hier Ton, so muß dieser auch danach behandelt werden.

Seit dem Versuch Kandinskys, die Kunst zu verwissenschaftlichen, die Bildentstehung zu erklären, indem er die Grundelemente seiner Bilder, Punkte, Linien, Kreise, herausnahm und vor uns wiederbelebend exerzierte, wurde das alte Schema der Kunsterziehung abgestreift und ein Versuch gesetzt, die Grundlagen für das Bild wiederherzustellen. Was wurde daraus gemacht? Nichts. Die nach 1945 auftretenden jungen Begabungen distanzieren sich von den Grundlagen der Gründergeneration und vertreten eine absolute Freiheit und Anarchie. Was blieb, war nur Material und der Versuch, dasselbe zu erkennen. »Erkennen« wäre »nach seiner Zusammensetzung fragen und danach handeln«. Wir müßten alles ablegen, was in das Kunstwerk hineininterpretiert wird; was wir sähen, sei nur Stoffliches. Für den Maler die Farben, für uns Farbstoffe auf Leinwand. Es bliebe dasselbe, ob aus den Farbstoffen eine Figur entstehe oder nichts. Also Farben aus Öl, Terpentin, Kreide zusammengesetzt. Das ist der Ausgangspunkt dieser jungen Nachfolge. Doch ist nun vor allem vom Verlorenen zu sprechen, von dem, was wir aus den Händen gaben. Ich meine jetzt die Leistungen der Gründergeneration. Das ist kein Zurückschreiten, das würde ja auch kaum mehr möglich sein. Jeder junge Künstler wird vor eine Unmenge von Schöpfungen geworfen, die er kaum erfaßt, noch begreift: Mondrian, Kandinsky, Klee, Picasso — alles Maler, die einen eigenen Stil erstellten und teilweise ihre Bildideen schriftlich darzustellen suchten. Jede lebhafte Begabung greift nun diese Bilder auf, aber wo ist der Verstand, die Erfahrung, die die Schöpfung einsieht? Es fehlt vor allem die lenkende Hand, die Person aus eigenster Erfahrung, der man Glauben schenkt.

Sich selbst überlassen, sind die Folgen dementsprechend. Man vermißt den Bildverstand, die Bildeinsicht. Vom Gefühl beherrscht wird nur jenes aus den Bildern bezogen, was vom Augenreiz her zu erfassen ist — und zwar die rein technischen Wirkungen mit ihren starken Faszinationen, Papiercollagen, Sandauftrag. Ich möchte die irrtümliche Betrachtungsweise für eine Neuschöpfung nicht ausschließen, doch muß sie mit Verstand geschehen. Der Oberflächenreiz ist kein Bildvorgang, sondern eine Grundbeherrschung der Begabung. Zwischen Faszination und Vitalität ist kein weiter Schritt. Der Rausch des Vitalen befriedigt bis zum Moment der Ermüdung. Der Akt in die Befreiung ist tief aus der Person gegründet und doch kann er sich im Bild nur in der Wiederholung ausdrücken. Die Vitalität als Idee hat keine bildnerische Kraft, sondern dient zur Befriedung der Person. Das war der erste Schritt ins Leere. War hier noch eine Explosion nach außen getreten, so blieb von derselben nichts als Bewegung und Geste — ein sinnliches Tun. Was wurde darin erreicht? Nichts. Bei den Hochschulwochen in Alpbach fand die Ausstellung »Das junge England« statt, und zwar eine Auswahl der Jahrgänge 1920-40. Es ist erschreckend feststellen zu müssen, daß kein Bild vorhanden war, das man als hochwertig bezeichnen kann. Diese Ausstellung ist Beispiel für die heutige Kunstsituation, im Gegenständlichen wie Ungegenständlichen. Keine Bildidee, keine Beherrschung der realen Form. Überhäuft von vielen möglichen Wegen zum Kunstwerk, die von den Schöpfern der Moderne aufgeworfen wurden, kommt es kaum zu einem Verständnis, noch zu einer Erarbeitung, ist doch die Vielzahl der Leistungen noch immer nicht durchdacht und ins Bild geführt.

Es geht nicht um die Frage gegenständlich oder ungegenständlich — das wäre kaum zu beantworten. Gleichen sich doch darin die Leistungen aus: hier Picasso, Braque, Schlemmer, dort Mondrian, Kandinsky, Klee. Das sind jene Meister, an denen keiner mehr zweifelt, der sich mit Kunst befaßt. Keine Richtung kann sie einordnen, allein das Werk zeugt. Haben die Jahrgänge seit 1920 Ähnliches aufzuweisen? Wachsen sie über ein Programm hinaus? Pollock, Wols haben nach 1945 der Kunst wieder zum Aufbruch verholfen, eine Linie geschaffen. Jedoch ist ihr Werk etwas wesentlich Neues? Unterscheidet sich Pollock vom Frühwerk Kandinskys oder sind Welten dazwischen? Wir wissen, daß Pollock in New York mit dem emigrierten Max Ernst zusammentraf und von jenem in dessen automatische Malweise eingeführt wurde. Farbträufeln. Es ist wichtig darzustellen, wie verschieden die Grundlagen und Grundhaltungen sind. Hier bei Kandinsky der ganze Ballast der Vergangenheit, ein starker Glaube an die Erneuerung der Kunst und deren scheinbare Aufgabe, Romantisch-Gefühlsbetontes gegen Scharf-Intellektuelles. Pollock, voller Abneigung der europäischen Kunstbewegung gegenüber, Polemiker, unermüdlicher Zerstörer des Bildbegriffes und seiner Sinngebung. Ein Kampf gegen jede Erinnerung und Vorstellung: das Bild wird zerstört und bleibt es bis jetzt. Noch hat sich niemand gefunden, der zur Erneuerung desselben drängt. Die spärlichen Versuche sind ohne Überzeugung, so daß sie nicht zählen. Es fehlt die Persönlichkeit. Wie Sie sehen, ist der Aufbruch Pollocks konträr dem Kandinskys und wurde auch genau so wenig verstanden. Erneuerer waren beide: weg von der Erscheinungswelt, hin zum Bildding. Daß nichts daraus gemacht wurde, setzt die Behauptung ab, daß es eine Weiterentwicklung gibt. Die Entdeckung wirkt in der Wiederholung fort und löst sich zur Dekoration auf. Was gilt, ist der jeweilig neue Blickwinkel, der ganz in der Persönlichkeit ruht und nur von ihr getragen wird. Jeder Beginn steht in der Aufnahme eines Blickwinkels, der erste Halt vor dem Wagnis ins Leere. Die anonyme Begabung muß zur Person brechen, nur sie gilt. Giotto, Rembrandt sind der Kunstbegriff ihrer Zeit; man könnte das fortsetzen bis heute.

Um auf diese Ausstellung zu weisen: Es gibt Stimmen, die behaupten, dies sei keine repräsentative österreichische Ausstellung, da viele Künstler fehlen. Ich behaupte: Es ist immer noch zu viel. Wenn der Kunstbegriff von der Person abhängt, so könnte auch schon der einzelne die gesamte österreichische Kunst sein. Vielleicht ist es Wotruba. Daß so etwas einmal festgestellt werden wird, ist sicher — dann wird alles abgestrichen; was bleibt, sind zwei, drei. In einer Zeit, da die meisten Altmeister der Moderne tot sind und die junge Generation keine überragende Persönlichkeit herausstellte, ist es sehr schwer, eine echte Leistung zu finden. Wir haben nur das zerstörte Bild vor Augen und können nur dasselbe sehen. Die Beurteilung ist abhängig vom vorhandenen Bildmaterial, aus dem eine Überraschung gesetzt werden muß, also irgendwo etwas Neues. Daß das in dieser Ausstellung der Fall ist, kann man derselben nicht absprechen, trotz des Modischen, das in manchen Werken auftritt. Die Kunst hat sich in eine Ruhepause begeben und erwartet die Person.

EGON SCHIELES KURZER WEG

Zur großen Schiele-Ausstellung im Tiroler Landesmuseum

Es erscheint eigenartig, daß eine Leistung, die in der Malerei zu den größten dieses Jahrhunderts gehört, so sehr in Vergessenheit geraten konnte. Die Gleichgültigkeit gegenüber Schieles bedeutendem Werk mag in dem Umstand begründet sein, daß in der bildenden Kunst Österreichs nach 1918 keine überragende Persönlichkeit hervortrat. Kokoschka zog nach Berlin, Wotruba war zu jung; wohl gab es Boeckl, doch wurde er verkannt und nicht beachtet — immer in Bezug gestellt zu Kokoschka und in die Isolation gedrängt. Dieser Entzug des Persönlichen führte zu einem Provinzialismus, einer Verflachung der Kunstkräfte; jeder Einfluß von außen wurde abgelehnt, als modisch bezeichnet, wodurch sich eine Engstirnigkeit breitmachte, die alles Große von sich stieß und nur dem Mittelmaß freien Raum ließ. Und die Kärntner Gruppe war zu schwach, um über die Grenzen hinaus zu wirken.

Ein Künstler wird gerade durch den Künstler in die ihm gebührende Größe gehoben — von dessen erkennender Begabung erfaßt, wird er denen weitergereicht, die erst indirekt einen Zugang finden. Es war Klimt, der Schiele als seinen einzigen Schüler anerkannte und sein großer Förderer wurde. Doch war es die Tragik Schieles, gerade in jenem Moment zu sterben, da seine Begabung erkannt wurde. Und es war seine Tragik, daß Klimt ihm im Tode vorausging.

Obwohl große Ausstellungen in Deutschland und Österreich folgten, begann die Untergrabung der Leistungen dieser beiden Großen. Sie wurden als Dekorateure abgetan. Man vermochte nicht zu begreifen, daß gerade die Bildarchitektur, die Bildordnung der wegweisende Moment für die österreichische Malerei gewesen wäre. Nur die Äußerlichkeiten wurden beachtet und als Vorwurf vorgeschoben und der Bildgedanke nicht gesehen.

Zwar spielt das Erotische bei Schiele als außerbildnerischer Faktor eine große Rolle, doch darf man seine Jugend nicht vergessen, die allgemeine Lockerung der Moral, das damals weitverbreitete Elend. Schiele lebte im Wien vor der Sozialisierung, im Wien der überfüllten Vorstädte, des Hungers, des ausweglosen Proletariats. Seine Darstellungen sind Zeugen dieser Zeit.

Doch nicht das ist es, was uns heute sein Werk interessant macht, sondern der Ansatz zu einem formalen Bemühen — »Blinde Mutter« —, die Beachtung der Zeichnung, die vorweisend für den Einsatz der Farbe gilt, wodurch dieser das naturalistische Moment genommen und das koloristische vor den Farbenduktus gestellt wird. Darin unterscheidet sich Schiele von den expressionistischen Malern, die die Farbe als umschreibende verwarfen. In diesem Punkt liegt auch die Ursache der Verkennung, denn die österreichische Kunst nach Schiele war eine »malerische«, auf äußere Kraft bezogen.

Das Formale liegt nicht in der äußeren Form, sondern in der vollkommenen Durchführung der Bildfläche, im Versuch, jedem Teil eine Funktion zu geben; der

Bildsinn wird primär. Die Häuser werden schräg von oben gesehen und damit wird ein größerer Flächenbezug erreicht; die Menschenkörper füllen die Leinwände fast aus, sie scheinen das Quadrat zu sprengen; die Fläche wird dem Raum vorgezogen. So sind auch die Menschen einer förmlichen Karikierung ausgesetzt; Exaltiertheit der Bewegung, Formschemata sind beliebt, daumenlose Hände, gespreizte Finger, weit aufgerissene Augen; der Schmerz zeigt sich nach außen, die Gotik spielt herein.

Tritt dies vor allem im Frühwerk auf, so wird mit den Jahren die Arbeit beruhigt, der Mensch wird menschlich. Und hier erhebt sich von neuem der Vorwurf. Bricht der Künstler aus sich aus und wirft neue Möglichkeiten auf, so muß dies Neue auch vom Betrachter mitvollzogen werden, will er es verstehen. Schiele konnte nicht in der Verkrampfung seiner Jugend verharren, er mußte aus der Gefahr des Schemas heraus und die Selbstverständlichkeit in das Werk bringen. Es blieben zwei Wege offen: eine Lostrennung vom Gegenstand und damit zurück zum Bildanfang oder wieder direkt vom Modell zum Bild, was Schiele auch versuchte; insofern nur versuchte, als sein früher Tod diese Ansätze unterbrach. In der Zeit des Übergangs, des noch nicht Ausgesprochenen, haftet jedem Werk der Gegensatz, der Zusammenstoß an; das Alte wird langsam vom Neuen verdrängt und in diesen Gegenwirkungen scheinen Restbestände auf, die eine gewisse Unreinheit, Weichheit in das Bild bringen. Es ist tragisch, wenn ein Künstler zu einem solchen Zeitpunkt stirbt — das neue Werk ist ein Torso und dem Verkennen kann nicht mehr begegnet werden. Was wäre daraus geworden? Ein Naturalismus? Ein äußeres Pathos? — Nur Vorwürfe, statt einer Wertung des Versuchs, der ohne Schieles Verschulden bloß Ansatz blieb.

War das Frühwerk vor allem flächenbezogen, so ist der neue Versuch eine raumwirkende Malerei. Zwar wird das noch nicht erreicht: Es bestehen starke Gegensätze zwischen plastischer Figur und nebulosem Hintergrund, der noch ganz flächenbezogen ist und nicht in Beziehung zum Gegenstand gebracht wird. Nur in manchen Bildern gelingt eine solche Durchdringung, jedoch zugunsten zu starker Naturalismen.

So steht vor uns ein Werk, das — obwohl unvollendet — in der kurzen Zeitspanne von 10 Jahren aus einem Leben hervorging, das von Schiele alles abverlangte.

EGON SCHIELE VERURTEILT!

Am 13. April 1912 wurde Egon Schiele der Verführung einer Minderjährigen beschuldigt und verhaftet. Die Anklage erwies sich als haltlos, doch Schiele wurde, weil Kinder in seinem Atelier Aktstudien gesehen hatten, wegen »Verbreitung unsittlicher Zeichnungen« zu drei Tagen Arrest verurteilt und erst am 8. Mai freigelassen. Schiele schreibt dazu in seinem Tagebuch: »24 Tage war ich in Haft! 24 Tage oder 576 Stunden! Eine Ewigkeit! Die Untersuchung ist kläglich verlaufen, ich aber habe elendiglich Unsagbares gelitten. Bin furchtbar bestraft ohne Bestrafung. Bei der Verhandlung wurde ein Blatt von den beschlagnahmten, das, welches in meinem Schlafzimmer aufgehängt war, vom Richter im Talar feierlich an der Kerzenflamme verbrannt! — Autodafé! Savonarola! Inquisition! Mittelalter! Kastratentum, heuchlerisches! — Geht doch in Museen und zerstückelt die besten Kunstwerke. Wer das Geschlecht verleugnet, ist ein Unrat und beschmutzt niedrigst die eigenen Eltern, die ihn zeugten. Wie wird sich fortan jeder, der nicht litt wie ich, vor mir schämen müssen!«

Man kann nicht verlangen, daß ein Richter aus St. Pölten 1912 Schiele versteht, wenn eine ganze Generation von Kunstexperten sein Werk unterbewertet und für Jahrzehnte verleugnet und als zu erotisch verwirft. Das Erotische spielt bei Schiele als außerbildnerischer Faktor eine große Rolle, doch darf man seine Jugend nicht vergessen, die allgemeine Lockerung der Moral, das damals weitverbreitete Elend. Schiele lebte im Wien vor der Sozialisierung, im Wien der überfüllten Vorstädte, des

Hungers, des ausweglosen Proletariats. Seine Darstellungen sind Zeugen dieser Zeit. Schieles Unrecht ist, daß er sich und damit auch seiner Umgebung vorspielen wollte, nicht unter einer ihn ganz durchdringenden Sexualität zu leiden beziehungsweise sich ihrer zu erfreuen. Dies bestätigen Zeitgenossen, aber vor allem seine Bilder und Zeichnungen. In der Kunst läßt sich nichts vertuschen. Im Gerichtssaal saßen einander zwei Heuchler gegenüber. Der Künstler, der das Nackte darstellt in einer Form, die schonungslos nur das triebhafte Weib zeigt in jener Triebhaftigkeit, die Schiele liebte und von der sein Werk durchdrungen ist. Dieser Künstler schafft Werke, die Pornographie sind. Damit zweifle ich nicht am Kunstwerk, denn ein solches muß nicht erbaulich oder erhaben sein oder nur positive Werte wiedergeben.

Daß der Richter die Kunst nicht sah und mit der Aktion der Verbrennung seine eigenen Neigungen in aller Öffentlichkeit mitverbrannte, ist aus seiner Tat ersichtlich. Pornographie war und ist nur im geheimen zu besichtigen und darf kein Öffentlichkeitsrecht bekommen, auch nicht, wenn es Kunst ist. Schiele hat durch seine Kunst Pornographie salonfähig gemacht, wenn wir es auch heute nicht mehr zugeben wollen oder können.

Die beiden Heuchler konnten sich nicht verbergen, die Kunst hat sie demaskiert. Interessant wäre es, eine Ausstellung zu sehen, in der jene sexuellen Spielchen gezeigt werden, mit denen Schiele sich unterhielt. Doch das wird bei jeder Ausstellung peinlich vermieden, wie auch jetzt bei den drei Schaustellungen in Wien. So kommt es, daß diese Persönlichkeit völlig falsch gesehen und interpretiert wird. Selbst in seinem Tagebuch ist Schiele bemüht, mit möglichst vielen Retuschen, seiner Zeit entsprechend, expressionistisch leidend, gequält und verinnerlicht zu erscheinen. Unterwirft man sein Werk jedoch einer strengen Kontrolle, so ist seine Pionierleistung nur dort zu finden, wo er die sexuellen Unterhaltungen darstellt, und hier ist er sogar einmalig. Es gibt kein Werk der bildenden Kunst in unserem Bereich, das sexuelles Geschehen so vielfältig darstellt. Man weiß von Schiele, daß er ohne Modell nichts leisten konnte. Da es Zeichnungen gibt, in denen kleine Mädchen und Frauen sich in möglichster Offenheit, völlig ohne Scham geben, so konnte dies der Maler nur dokumentieren, weil er dies so verlangte, weil er nur die von ihm bestimmten Stellungen zeichnete. Aber solche Stellungen kann er nur verlangen, wenn vorher alle Hemmungen gefallen sind. Seine Arbeiten bestätigen, daß auch Kinder zu seinen intimsten Partnern gehörten — obwohl er gerade diese Beschuldigung zurückwies.

Wenn Kunst ungehemmt alles zeigen darf — warum Zensur bei Schiele, wo doch gerade seine Schlafzimmerszenen zum Besten gehören! Schiele aber bleibt verurteilt, denn seine Pornographie kann Öffentlichkeit verderben.

ÖSTERREICHISCHE KUNST — EINE ILLUSION?

Vortrag, Salzburg 1966

Hört man den Namen Österreich, so mag der Fremde, der Außenstehende, dem dieses Land unbekannt ist, sich das Bild schaffen, es sei das Volk der Tänzer, Geiger und Sänger, und dies mag ihm in die Füße oder in die Kehle gehen. Es wird wohl dieser Begriff in jener Zeit entstanden sein, als die Österreicher noch beteiligt waren an der Entstehung eines Modetanzes, der sich Walzer nennt, und viel Bewegung des ganzen Körpers wird abverlangt den Menschen, die zu sehr unter Dickleibigkeit leiden. Nun ist aber diese Zeit schon lange vorbei, und wir tanzen heute immer noch, vielleicht schneller oder langsamer, als es der Partner kann. Hauptsächlich ist es Sache der Jugend, sich dieses Vergnügen zu leisten. Aber wenn ich mir vorstelle, jeder hier würde zu singen und zu tanzen beginnen, und auf den Straßen und Plätzen wäre nichts als Tanz und Musik? Schade, es ist eben nicht so, denn dieses Volk besitzt zu wenig Mut und Witz, dies zu versuchen, um sich zu beweisen.

Nun bin ich dort, wo die Untersuchung beginnen kann, nämlich bei der Leichtigkeit, die jede Kunst auszeichnet. Der eigentlich schöpferische Moment, in dem ganz Neues entsteht, entbehrt jeder Dramatik und ist ein Zustand der völligen Ungebundenheit, voll Witz und Humor. Würde der Ernst des Augenblicks erfaßt werden, wäre niemand fähig, das schon Liebgewonnene zu entbehren. So ist die Gabe, in Leichtigkeit etwas zu vergessen, eine wesentliche Anlage, neue Leistungen zu setzen. Die Frage ist, wie weit wir in unserem Raum dazu imstande sind, denn es nützt nichts, wenn man nur polemisiert und sich selber nicht einer Untersuchung unterwirft. Man sagt uns nach, daß wir alles vergessen, was uns mit der Vergangenheit verbindet, und jede Tradition ablehnen. Ich weiß nicht, wer diese Behauptung aufgestellt hat. Vielleicht Historiker, denn nie war eine Zeit so vom Verlangen durchdrungen, Vergangenes zu konservieren, wie unsere. Was ist Tradition? Tradition ist das, was man durch Erziehung und an Erfahrung in seinem engsten Bereich aufnimmt und wieder weitergibt. Nahezu kulthaft ausgeführte Gewohnheiten wie das Essen oder Beten wurden abgelöst von der magischen Anziehungskraft des Fernsehens und Autofahrens, sodaß all das vernachlässigt wird, was in der Vergangenheit Tradition war. Die Konservierung von Barockpalästen und das Aufführen alter Meister hat nichts mit dem zu tun, was wir Tradition nennen. Auf die Kunst bezogen hat Tradition vor allem unangenehme Auswirkungen, durch die ein Mensch sein Leben lang zu leiden hat. Es ist nicht gut, wenn jede Erziehung zur Kunst dahin geht, einen möglichst geschichtlichen Ablauf von der Antike bis heute zu geben und, bei Schiele angelangt, zu behaupten, die Gegenwart sei zu nahe, um überschaut und interpretiert werden zu können. Hier wird im Vorstellen des Vergangenen jede Bindung zur Gegenwart untergraben, und es entsteht nichts als der Wunsch, diese scheinbar bessere Zeit möge heute sein, und die Behauptung, Rembrandt sei für uns immer noch wichtiger als Picasso und Mozart immer noch wichtiger als Schönberg. Dadurch wird einer Jugend die Kunst entfremdet, die die ihre ist. Die Kunst, eine Sache der Öffentlichkeit, der Allgemeinheit geworden, darf kritisiert, gelobt oder bedroht werden, was die Sache noch lebendiger macht. Ein Künstler aber, der sich dies nicht nur gefallen läßt, sondern danach sogar verlangt, sollte mehr von der Kunst verstehen und wissen als alle anderen. Unbestimmte Vorstellungen von Mode, Form, Thema, Abstraktion, Gegenständlichkeit oder Ungegenständlichkeit sollten ihm bestimmte Begriffe sein.

Es ist bekannt, daß in der Kunst an verschiedenen Orten gleichzeitig das Verlangen aufkommt, ähnliche Probleme zu bewältigen. Auf jeden Fall besteht die Tendenz, sich für Neues zu begeistern und es zu verarbeiten, wie es die Russen mit dem Kubismus taten. Diese Tugend, eine universelle Idee auszubauen und zu Ende zu führen, wird fälschlicherweise als modisch bezeichnet. Der Begriff »modisch« wird immer von jenen verwendet, die nicht mehr die Kraft besitzen, aus der Erstarrung einer gelungenen Idee auszubrechen, und zuletzt haben immer die recht, die das Vergangene verwerfen. Also hat das Wort »modisch« nur die Bedeutung eines Schimpfwortes, entstanden aus Neid, Mißgunst und Unverstand. Mittlerweile sind die als modisch verschrienen Kunstrichtungen wie der Kubismus, der Dadaismus und das Informel Allgemeingut und salonfähig geworden. Das beweist, daß es eigentlich nie einen Stil gegeben hat, sondern daß man schon Entstandenem etwas weggenommen oder Neues hinzugefügt hat, und dadurch immer andere Abweichungen erstanden sind. Die eigentlichen Leistungen kommen nur von der Persönlichkeit, die ganz allein verantwortlich ist für das, was sie umfassend bearbeitet.

Die Begriffe Thema oder Inhalt werden heute aus der Kunst gerne verbannt und »Form« dafür eingesetzt, obwohl die Bezeichnung »Form« für etwas Fertiges, Abgeschlossenes steht. Will ich nämlich ein Bild malen, kann ich vorher nicht sagen, so oder so wird es aussehen, aber ich werde wissen, was der Antrieb zum neuen Bild ist. Mag es sich um ein rotes Quadrat auf weißem Grund oder um eine sitzende Frau handeln — immer gehe ich von der Voraussetzung des Themas aus; Inhalt und Thema haben sich verändert, an Stelle komplizierter historischer Szenenbilder tritt die bescheidene Entscheidung, eine Fläche durchzugestalten. Da mit jedem neuen Werk etwas Neues entsteht, kann ich erst aus einem abgeschlossenen Lebenswerk die Form eines Künstlers erkennen. Nicht umsonst sagt man von etwas Neuem ohne zu überlegen, es habe keine Form, und zeigt damit nur das eigene Unvermögen, etwas zu erkennen. Das nur kann als Form angesprochen werden, wenn es außerhalb seiner Begrenzung als das Bestimmte sofort erkennbar ist, wofür es gehalten wird. In einem Bild allein kann etwas Bestimmtes, Begrenztes oder Abgeschlossenes nicht festgestellt werden, da es nur ein Teil aus dem Gesamtwerk sein kann. Form ist immer etwas Abgeschlossenes.

Der Erwachsene erlebt in anderer Weise eine Erziehung, nämlich durch Kritik, die er täglich aus der Zeitung erfahren kann. Eigentlich wäre es Aufgabe einer Zeitung, zu informieren, in sachlicher Weise zu berichten, was sich ereignet. Aber eine solche unpersönliche Information ist kein Geschäft und wahrscheinlich kaum möglich, denn der Mensch besteht einmal aus Gefühlen, Reaktionen, Emotionen, und erst in zweiter Linie aus denkender Überlegung. Auf die Kunstkritik angewendet heißt dies, daß es keine Objektivität gibt. Bei uns aber glaubt die Kritik, Qualitätsmaßstäbe aufstellen zu müssen, die in der bildenden Kunst kaum möglich sind. Ich finde, daß Kritik nur bei jemandem möglich ist, der aus dem vorgezeichneten Konzept des schöpferischen Künstlers arbeitet und es interpretiert. Das Konzept schafft eine Vorlage, nach der gewisse Regeln eingehalten werden müssen, die so eine Kritik ermöglichen. Unsere Zeitungskritik behandelt eine Kunstbetrachtung wie eine Gerichtsverhandlung, indem sie bei einer Neuschöpfung Gesichtspunkte anwendet, die bei alten Bildwerken wohl richtig sein mögen, aber dem Neuen nicht gerecht werden. Damit stellt sich jeder Kritiker außerhalb jedes Geschehens, läßt unbeteiligte Kunstwerke entstehen und gibt ahnungslos sein Urteil ab. Ich sehe aber nicht ein, warum zwischen Kritiker und Künstler ein Abstand sein muß. Im Gegenteil sollte der Kritiker — ich würde ihn unbenennen — mit dem Mittel der Sprache das ausdrücken, was der nicht unmittelbar Beteiligte wissen möchte. Er stellte sich dadurch auf dieselbe Stufe mit dem Künstler, mitschöpferisch beteiligt durch sein Verständnis. Diese Möglichkeit war einmal gegeben, als die surrealistischen Maler mit den Literaten zusammenarbeiteten. Hätten die Kritiker verschiedene Interessenbereiche — gäbe es einen für den Surrealismus, einen für das ganz Neue usw. —, dann könnte eine echte Auseinandersetzung in der Öffentlichkeit entstehen. Die Meinungen könnten aufeinanderprallen und der Journalist erreichte jenes Klima, das die Anziehungskraft der Zeitung ausmacht, nämlich eine lebendige Mitbeteiligung an dem Ereignis, welches das Kunstwerk in großem Maße ist. Dadurch würde auch das Interesse am schöpferischen Künstler wesentlich gesteigert werden.

Von seiten der Künstler wurde immer wieder nach der Demokratisierung bei Vergebung öffentlicher künstlerischer Aufträge verlangt; daraufhin bemühte man sich, durch Ausschreibungen zur besten Leistung zu gelangen. Nun hat sich aber gezeigt, daß die entscheidende Jury — aus mir nicht erklärbaren Gründen — immer vorwiegend aus Beamten und Politikern besteht, die wohl in ihrem Aufgabenbereich vielleicht Bestes leisten, aber, überlastet durch ihre Aufgaben, kaum Zeit finden, die Schwierigkeiten heutiger Kunst zu verstehen. Das hat zur Folge, daß große Fehlentscheidungen passieren, und den Auftrag meistens ein völlig unqualifizierter Künstler bekommt.

Es scheint mir, daß in diesem demokratischen Bemühen seitens der öffentlichen Hand ein Mißverständnis vorliegt. Nur eine solche Jury ist von Wert, die aus Fachleuten besteht; nicht nur der Kunsthistoriker, der — wie schon seine Bezeichnung beweist — vor allem dem Vergangenen verpflichtet ist, sondern auch Künstler sollen zu Jurien berufen werden, und zwar jene, die sich einer Ausschreibung nicht unterwerfen wollen oder Ausländer; selbstverständlich auch Männer, die mit der Kunst der Gegenwart sich identifizieren wie Galerieleiter. Vom Handwerker bis zum Wissenschaftler entscheiden nur die in ihrer Sprache Beheimateten, aber in der Kunst werden die eigentlichen Fachleute, eben die Künstler, nicht gefragt. Eine unfachmännische Jury hat außerdem zur Folge, daß der qualitätvolle Künstler sich einer Jury, der er kein Vertrauen entgegenbringen kann, nicht mehr unterwirft und jeder Ausschreibung fernbleibt, sodaß nur mehr mittelmäßige Arbeiten eingesendet werden, was jeden Wettbewerb wertlos macht. Außerdem weiß man zur Genüge, wer wirklich gute Kunst schafft, sodaß die Aufträge an die wichtigsten Künstler ohne Ausschreibung vergeben werden könnten. Nicht nur dies, sondern auch für die Zukunft müßten gültige Kulturtaten gesetzt werden, indem man — wie in anderen Jahrhunderten — auch Ausländer mit Aufträgen betraut, deren Honorare übrigens nicht höher wären. Sich ausschließen und verkapseln hemmt jede schöpferische Kraft.

Außerdem ist es unverantwortlich von einem Staat, den Hauptteil eines Kulturbudgets einem Projekt wie dem der Oper zur Verfügung zu stellen, das — an sich veraltert — antiquierte Aufführungen produziert. Solche Institutionen sollen sich selbst erhalten. Die Überbewertungen eines Interpreten durch die Öffentlichkeit läßt echte schöpferische, künstlerische Ereignisse nicht zustande kommen. An ihrer Stelle Großausstellungen im Sinne der documenta zur Aufwertung des eigenen künstlerischen Bestandes zu bringen, wäre wichtiger. Solche Projekte scheitern am Problem der Finanzierung. Dabei würde die Streichung nur einer Operninszenierung genügen, um zu diesen Mitteln zu kommen. Wenn schon eine staatliche Förderungsstelle geschaffen wurde, so sollte man die zur Verfügung stehenden Geldbeträge nicht verschleudern, indem man sie in Form von einzelnen Ankäufen als Almosen verteilt. Warum werden sichtbare Leistungen nicht honoriert, indem man Arbeitsstipendien auf Jahre hinaus vergibt, die ein ruhiges Arbeiten ermöglichen?

Man subventioniert und investiert in die Vergangenheit. Heimat und Brauchtum werden gestützt wie altes Gemäuer, das mit der Zeit zusammenbirst. Welcher Bauer entwirft noch seine Kleider und fährt mit dem Ochsengespann! Moderne rationelle, maschinelle Bewirtschaftung auf der einen Seite, Kleider, Tanz und Musik aus dem 18. Jahrhundert auf der anderen Seite — diese zwei völlig konträren Auffassungen, die sich gegenseitig hemmen müssen, werden mit gleichem Einsatz oft von derselben Behörde gefördert. Es herrscht babylonische Verwirrung, hier Restauration der verlorenen Vergangenheit und dort Atomkraft und Raumfahrt. Jede historische Rückblendung ist Vergeudung und Verschleudern von Kraft und Gut.

Ein weiteres Problem, warum in unserem Lande die bildende Kunst zu wenig populär ist, kommt daher, daß es keinen Kunsthandel gibt. Wohl schießt eine Galerie nach der andern hervor, doch haben diese Gründungen keinen realen Hintergrund, weder ein Konzept, wie das Ausstellungsprogramm aussehen sollte, noch den nötigen finanziellen Rückhalt, denn es hat sich noch zu wenig herumgesprochen, daß Kunst auch ein Geschäft sein kann, für den Käufer und für den Verkäufer. Kunstkauf sollte mehr wie ein Spiel oder wie Sport betrieben werden. Man setzt billig auf

6243945
2115371

viele Unbekannte und nützt die Gelegenheit, günstig zu kaufen. Voraussetzung dafür ist die Leidenschaft zu sammeln; die aber kann nur geweckt werden, wenn Galerieleiter sich entschließen könnten, in ihren Räumlichkeiten Zentren zu schaffen, die den von visuellen und optischen Eindrücken verwöhnten Betrachter faszinieren. Eine Zusammenballung von Unterhaltung und Geistigem, Film, Theater, Bildkunst, Tanz und Mode, könnte vielleicht wieder öffentliches Interesse des Publikums für die Kunst wecken und lebendige Natürlichkeit in die Kunst kommen lassen. Ein weitverbreiteter Irrtum ist der Glaube, Kunst müsse solid, großartig und tiefgründig sein. Nicht mehr Ausstellungen, die in langweiliger Manier ein Bild neben das andere reihen, wollen wir sehen. Nein, weg von diesem Schema! Wenn schon Bilder, dann sollen diese wiederum ein Bild ergeben, da man einzelnes gar nicht betrachten muß. Eine Sensation sollte die andere jagen.

Ich denke da an vielstöckige Häuser, organisiert zu einer Art Klub, bei dem man Mitglied ist oder seinen Eintritt bezahlt. Diese Häuser sollten all die veralterten Einrichtungen wie Museen, Theater ersetzen und statt dessen eine permanente Stätte der Unterhaltung sein, in der in reicher Folge ein Raum den anderen ablöst: bewegte Kunstwerke; Räume, die immer enger oder weiter werden und in Wasser versinken; mit Farbe sich beschmieren; Kugelkinos — in diesen naturhafte Erlebnisse wie ein Aufenthalt in der Wüste, ein Sturz von großer Höhe, mit dem Verspüren der nötigen Hitze und allen anderen Nebenerscheinungen; oder erleben, wie man von einer Bakterie gefressen wird; Rauschzustände und ihre Auswirkungen — all dies herbeiführen mit den Mitteln technischer Apparaturen. Gleiche Theaterstücke werden in verschiedenen Variationen gleichzeitig gespielt oder von oben oder unten gesehen, Stücke, die nie aufhören. Der Beschauer ist immer zentral all dem ausgesetzt. Diese Beispiele genügen, um eine ungefähre Vorstellung zu geben, um wieviel reicher die künstlerischen Medien eingesetzt werden könnten.

Daß diese kulturpolitischen Zustände das Schöpferische kaum hemmen, ist der menschlichen Neugierde zu danken, die, sollte nur mehr Sand vorhanden sein, auch mit diesem manipulieren würde. Hier kommt die Frage auf, wie weit es heute noch möglich ist, Kunst zu erzeugen.

Die meisten unserer Überlegungen werden vom Gedankengut des 18. und 19. Jahrhunderts getragen, und es mag sehr schwer sein, sich vor Eingebungen aus dieser Zeit zu schützen. In gerade diesem Zeitabschnitt der Menschheitsgeschichte wurde dem erbärmlichen Wesen Mensch mehr Bedeutung zugesprochen als ihm zusteht.

Im Idealismus glaubte man, ein Idealbild der Welt schaffen zu können. Statt dessen entstanden daraus Diktaturen, von Menschen geschaffen, die sich ins Göttliche gehoben fühlten. Idealismus ist Sache der Jugend, die in ihrer Unerfahrenheit glaubt, Zustände verbessern zu müssen, um das Ideal erreichen zu können.

Die Überbewertung und Verherrlichung im eigenen Sprachraum setzt viel Unrecht. Wohl werden Einflüsse der Umgebung nicht bestritten, aber diese Erfahrungen, die keine nationale Eigenheit bedeuten, begannen schon im Mutterleib. Aus dem Unrecht, an seinem Nachbar Wesenszüge und Gewohnheiten einer falschen Kritik zu unterwerfen, die aus dem Vergleich mit der eigenen Lebensweise gezogen wurde und jede Selbstkritik ausschaltet, entstand die nationale Überheblichkeit.

Für die Kunst ist es noch schwieriger, sich aus dem Dilemma falscher Interpretationen und Überhäufungen zu befreien. Der Moment ist verschwunden, in dem sich der Künstler, als eine Art höheres Wesen, in Gefühlen verirrt und in Verlorenheit betrachtet. Was man unter künstlerischer Freiheit versteht, hat nie existiert, denn jedes schöpferische Tun ist einem Zwang unterworfen und ermöglicht daraus erst Resultate. Der Mensch lebt in der Zwangsjacke aller Gedanken und Handlungen, die jeder um ihn oder vor ihm gesetzt hat. So ist er ein Gefangener, dem sein Handeln diktiert wird. Irgendwo ist allem Triebhaften eine Grenze gesetzt, indem es sich selbst erschöpft, sodaß der Traum der Freiheit, wieder ein Begriff der Vergangenheit, sich nie erfüllen wird.

Die Kunst hat nicht die Bedeutung, die ihr der Künstler zuspricht. Vielleicht wird sie in Zukunft eine Art Sport oder Unterhaltung höherer Ordnung sein. Man stellt sich Aufgaben, die, gelöst durch sinnenhafte und gedankliche Überlegungen, Gebilde entstehen lassen, die genügend Befriedigung schaffen, um sich aus der täglichen Begrenzung herauslösen zu können. Kunst ist heute Hobby.

In der Vergangenheit haben sich die Mächtigen ihrer bedient, um ihre Glorie und Allmacht verherrlichen zu können, denn Kunst war immer Werkzeug der Macht und der Eitelkeit. Die Schwierigkeiten mit der Kunst begannen, als der Künstler dem Menschen sichtbar wurde und aus dem Werke trat. Der Anspruch des Künstlers als Mensch, das sein zu wollen, was er ist, hob ihn über seine Bedeutung hinaus. Die Mächtigen hatten nicht mehr die Kraft, die Kunst an sich zu binden, sie wurden unglaubwürdig und mußten abtreten.

Wie könnte eine Kunst der Zukunft aussehen? Bei einer solchen Überlegung kann man gewisse Voraussetzungen nicht ausschließen, die das Klima schaffen, in dem etwas entstehen soll. Jedes historische Denken sollte reduziert, und nur das, was als Ausgangsbasis wichtig und notwendig erscheint, bedacht werden. Nur die lebendige Gegenwart kann Lehrmeister sein. Menschliche Bereiche betreffende Fragen — wie Gerechtigkeit, Freiheit, Gleichberechtigung usw. —, an denen sich unsere Väter ereiferten, sind für uns kaum einer Überlegung wert. Sie waren und sind unlösbar und haben nur zu Streit und Kriegen geführt.

Die Ästhetik als Begriff ist einer dauernden Wandlung unterworfen und nur jeweils in der Rückschau neu bestimmbar. Sie ist als Anhaltspunkt für die Kunst nicht brauchbar. Jede philosophische Betrachtung über die Kunst hat die einfache Betrachtung verdrängt und mit Unverstand Geheimnisse in klare und offen vor uns liegende künstlerische Vorgänge hineininterpretiert.

Die Kunst ist nicht notwendig. Sie ist Spiel und Unterhaltung, Verkleidung und Verwandlung, Utopie und Illusion, ein bunter Haufen von Möglichkeiten geistiger

Auseinandersetzung. Damit ist ausgelöscht, was die Kunst im Sinne der europäischen Tradition sein will. Ganz neue, unserer Massengesellschaft angepaßte Möglichkeiten sollten in den künstlerischen Medien Raum greifen. Durch die Technik, die Chemie usw. werden Materialien frei, die unbegrenzt zum Spielen und Manipulieren anregen können. Die Industrialisierung des Künstlerischen würde den Künstler völlig abschaffen und durch eine Art Konstrukteur ersetzen. Der Künstler von heute betritt keinen begrenzten künstlerischen Bereich. Er ist universell allem verpflichtet und wird dort am stärksten sein, wo sich die meisten künstlerischen Möglichkeiten zusammenschließen lassen.

SCHAUSTÜCK: EINE KLEINE TRAGÖDIE 1966

A
1D
2D
Ziehzillia

A: Wer meinen Schädel ansieht, merkt sofort: ein großer Kopf, ein bedenklicher Kopf — so fragt er sich: wohin? Weg meiner Gedanken — kein Umwenden, kein Voraussehen — wie wär' das auch möglich: am Nachmittag, ohne Frage — da soll einer sagen, ich habe nichts zu tun — mag es auch so sein, von Faulheit wird man noch lange nicht satt. Das Eigenartige ist, daß ich fast daran zugrunde gehe, aber wer denkt das, wenn man mich so ansieht: achtbar, beachtungswürdig, eine eigenartige Wurst...

So lege ich doch die Hände in die Länge und bewundere meine zarten Fingerchen — soso, wackelt das Ohr, und durch die Zähne klagen lange Worte: soso, armer Mensch, klägliches Menschlein. Da möcht' ich doch schreien und die Wut hinausbrüllen — warte seit Tagen auf nur ein Wort, auf ein Zeichen ihrer Lippen, aber kein Papier knistert — kein Zeilchen — kein bläulicher Zug — kein Nichts. Wie stehe ich da, so lahm, so erbärmlich arm, da frage ich: Warum rinnt noch keine Träne? Beherrschung halt —

So ich da gehe — so ich mich in die Länge wende — mich frei von Händen am Hals schnüre — mein Köpfchen ein wenig gehoben — seitliche Wendungen vollführt — achtbar. Mein Hemd hat gehörige Breiten — meine Hosen keine Not tragen — beachtlich — Heil mir — meiner Zunge tückisches Verlangen — immer — schon wieder —

setzt sich an den Tisch und schreibt

1D und 2D kommen mit Putzzeug herein und reinigen Zimmer

1D: Es beginnt zu laufen.
2D: Hab Ruhe — die Mühe ist sicherer Lohn.
1D: Ob es auf Papier steht?
2D: Er hat die Feder gespitzt.
1D: Aber noch gespritzt.
2D: Sein Geiz läßt kein Papier ins Haus.
1D: Sicher hohle Mägen.
2D: Knurriger Hund.
A: Was gibt es da, was ist in zwei Lippen?

2D: Kein Wort sitzt in uns.
A: Ruhe! Wird endlich Ruhe herrschen!
langes Schweigen
schreibt, wischt Tränen aus den Augen
Scheußlich!
schreibt
Also, meine Dame, ich muß schon sagen — zwei Sterne auf meine höchste »Gabe«!
liest fertigen Brief
Nachbrief: Höchste Gabe!
ruft
In den Briefkasten, Eins!
reicht Brief erstem Diener
1D wirft Brief in den ersten Kleiderkasten
2D öffnet zweiten Kasten — heraus kommt Ziehzillia, bewegt sich nach den Worten von A
A: Jetzt hat sich die Türe geöffnet — und heraus — zuerst ein Fuß — ein langer Finger — die Nase doch auch — rosa Wange — nun doch — steht sie da — den Arm aufgebogen — wenig spitz vorspringender Fuß — lange Zeit hat gewartet — nun endlich hier Ziehzillia!
1D: Auf — hinaus!
2D: Ab jetzt, schöner Bauch — hinaus — auf!
1D und 2D laufen aus dem Zimmer
Ziehzillia: Zieh — mich aus — dem Haus —

KUNSTVERBRECHEN (VORSCHLAG EINS) 1965

Da ich nun einmal ein Verbrecher bin, mache ich Vorschläge für Verbrechen und erzeuge Kunstverbrechen. Ich gebe Anweisungen, wie Verbrechen auszusehen haben. Von Mord bis Diebstahl sollen Beispiele aufgezeigt werden. Jeder, der »Dramatik« denkt, kann etwas lernen.

Erstes Verbrechen, ein kleines Vergehen vielleicht, sagen wir Betrug. Aber das ist zu einfach und zu wenig dramatisch — ich streiche den Betrug. Betrug ist vielleicht doch gut, bei Kunst, ich sage Betrugskunst!

Nun denn, die Anweisungen:

Zuerst ist einmal der Gedanke Geld, Ruhm und so, und dann — wo sind die Anweisungen? Ein wenig Zeit brauche ich schon! Ich glaube, ich streiche wieder, denn zur Betrugskunst gehört viel Handfertigkeit, und die hat nicht jeder. Der Betrug wird gestrichen, vielleicht kommt er wieder.

Wieder erstens: Mord aus Sinnesverwirrung!

Genaue Beschreibung der Person: Alter 45 Jahre, 1,86 m groß, blond, Augen tiefliegend, blau, verheiratet, vier Kinder.

Er schleicht am Montag, den 26. Juni 1948 ...

Ich erzähle ausführlicher:

Nachdem langsam Klarheit über ihn herabgesunken ist, wagen es doch, zwar langsam, wagen es doch jene Deckel, die da aus Haut, mit Haaren vorne, es nur kaum wagen, so schnell wie möglich sich zurückzuziehen, damit das Auge wenig, aber doch Licht bekommt, damit jene sehen können, daß oberhalb die Decke immer noch weiß — nun denn, von weitem das leise Atmen jener Frau, die er lieber auch nicht leise hört — sein Fuß will langsam, aber doch am schon ein wenig angegrauten Bettlaken entlangfahren, um so leise wie nur irgendwie sich aus dem Bett zu schrauben — doch das Holz, die Schrauben, der Leim, schon ein wenig alt, ertragen keine Bewegung, und sie schreien, zwar nicht laut, aber doch auf, sodaß aus den Poren der Haut allmählich, aber doch so viel Wasser rinnt, daß damit doch vielleicht ein halbes Wasserglas gefüllt werden könnte — damit die Lippen benetzt, würde alles viel leichter werden —

Ich erkläre dies ein wenig einfacher:

Als er am Morgen erwachte, war die Decke über ihm immer noch weiß, und vom Bett gegenüber hörte er seine Frau atmen. Nun verwirrten sich seine Sinne, und es überkam ihn das Verlangen, sie zu beseitigen.

Ich erzähle seinen Zustand, ich erkläre seinen Zustand:

Wenn er aufsteht, sagt sie nein, wenn er das Gesicht wäscht, sagt sie nein, wenn er ißt, sagt sie nein, wenn er arbeitet, sagt sie nein, wenn er raucht, sagt sie nein, wenn er spricht, sagt sie nein, wenn er badet, sagt sie nein, und so fort. Seine unsterbliche Seele kann das nicht länger aushalten, seine unsterbliche wird sterblich, und er sagt sich, zwar ganz leise, möglichst stumm: »Ich halte dies nicht länger aus!« Wenn man nun bedenkt, daß seine Erbanlagen chaotisch sind, dann lieber gleich gute Nacht, liebe Gattin.

Ich erzähle weiter:

Ein Sonnenstrahl stiehlt sich in den Raum, das gibt Mut, er könnte aufspringen und zuschlagen, aber nein, nur leise. — Nachdem seine Fußspitze trachtete, den Boden zu erreichen, ohne daß irgendein Lärm von auch nur geringem Laute sich erhob, versuchten seine Fingerspitzen sich allmählich zu strecken und den Versuch zu unternehmen, langsam aber doch Boden zu gewinnen — die Decke verschob, Zentimeter um Zentimeter, sich fort vom Körper, der ganz langsam, von dieser befreit, doch Luft bekam, neben ihm lag wie ein unschuldiges Kind ein Dolchmesser mit feststehendem Griff, es war höchste Zeit — der Zeiger zeigte 5.30 Uhr früh, mitteleuropäische Zeit, höchste Zeit, nachdem der Hahn schon krähte —
der Rumpf erhebt sich,
die Füße folgen,

die Hand greift nach dem Messer, der Griff sitzt fest im Griff — er erbebt im Anblick des kalten Stahles, seine Lippen beben, seine Augendeckel beben, es bebt auch der Boden — die Bretter desselben — ein Sonnenstrahl trifft die Nase, die kitzelt, nur Mut und frisches Blut, es wird bald kommen.

Er war keineswegs imstande, seinen Zustand zu begreifen, auch nur die einfachsten seelisch-geistigen Erscheinungen restlos zu erklären. Sollte jetzt jemand es auch nur wagen, zu schauen, diese Gestalt zu betrachten, wäre dies keine auch nur reine Freude, diese ins Angesicht zu bekommen.

Mit der einen Hand festgegriffen am Griff, mit der anderen am nassen Nachthemd den Griff, so dahingeschlichen kommt er doch, sehr langsam zwar, aber doch zum Bett, wo die liegt, die liegt, die er, die er als Ziel seiner nicht gerade liebsten Tat ausgesucht hat —
er schaut ihr Gesicht —
er schaut tief hinein —
er schaut noch tiefer hinein —

Dann dreht er das Messer, sodaß seine Hand den kalten Stahl ergreift und der Griff wie ein Totschläger über ihrem Schädel schwebt. Mit diesem Totschläger macht er seine Frau durch Schläge auf den Kopf bewußtlos. Dann ergreift seine Hand den Griff, damit der Stahl nach unten steht, und tötet sie dann durch zahlreiche tiefe Stiche in Hals und Brust, die zu einer Durchschneidung der großen Halsblutgefäße und zu einer schweren Verletzung des Herzbeutels, des Herzens und der Lunge führen.

Nun könnte ich noch einmal das Sterben schildern, wie — vielleicht sein blutiges Hemd?

Das Hemd war blutig, das Gesicht war blutig, er schleckte das Blut, er biß voll der Wut ein(en) Finger weg — er kroch ins Bett zurück.

Wahrlich ein Kunstwerk.

Ein Kunstverbrecher.

DER AUFHÄNGER 1965

Aufhänger
Mann

Aufhänger: Wenn er sich die Lunge ausschreit — wie wenig Luft — doch kann er wieder aufholen — und ganz tief atmen — noch oft wird es geschehen — aber dann kann es vorbei sein — und er hängt, und alles lacht und zeigt die Zungen — immer länger — so, das wär's! Nun noch den Strick! Los geht's — und selbst versuchen — schon manchmal ist es gelungen — dummer Hund! Wie oft noch der Versuch! Statt dessen ernstlich anfangen! Wenn sich die Augen aufreißen—und lustig drehen—so, jetzt ist es so weit—ob der Nagel mich aushält? Soll ich — doch soll ich — vielleicht sollte man doch eine Verstärkung anbringen — ein Eisenstück — Hammer! Zu blöd, diese Wand. Schon wieder kann ich neu eine Gelegenheit erfinden — suchen — ach, diese Todesangst! Endlich habe ich sie nicht — ist alles beim Teufel — denn wo — wo soll ich hängen — so eine Dummheit! Gipswand!

Mann: Wie oft soll ich noch sagen: Mach nicht die Wand hin!

Aufhänger: Etwas muß sterben — so eine Wand ist wenig —

Mann: Es vergeht kein Tag, an dem die Wand nicht benagelt wird, was soll das? Wie oft noch so schlechte Arbeit —

Aufhänger: Immer wenn ich muß, ist der Grund groß — aber kaum bei der Arbeit, seh' ich den Grund nicht ein und suche einen Grund, keinen zu haben —

AUFLÖSUNG EINER KONTINUITÄT

Kunsthistoriker haben bei der Betrachtung und Erklärung österreichischer Kunst anscheinend vergessen, daß Österreich bis 1918 ein Großraum war, der viele Völker verband, die vor allem in künstlerischen Belangen eine Einheit bildeten. So gesehen gewinnt die Geschichte österreichischer Kunst in der Monarchie von 1900 bis 1918 Bedeutung von Weltrang. Schönbergs Kampf um die Moderne ist kein extremer Einzelfall, wie Persönlichkeiten wie Reth, Kupka, Kassák, Hoelzel, Huszar, Peri, Sima, Gutfreund, Moholy-Nagy zur selben Zeit beweisen, und Kokoschka, Klimt und Schiele sind keineswegs Revolutionäre. Es entsteht ein wesentlich anderes Bild österreichischer Kunst, nicht eingeengt in den Bereich des deutschsprachigen Raumes, wie es uns Kunsthistoriker bisher gezeigt haben. Künstler wie Kupka, Hoelzel und später Moholy-Nagy sind eigentlich Österreicher, obwohl sie, weil sie sich in

Wien nicht durchsetzen konnten, ins Ausland abwanderten. Die Vermischung der verschiedenen Sprachgruppen, die zu dieser Zeit zur Monarchie gehörten, war ausschlaggebend zur Bildung des Begriffs »österreichische Kunst«. Darum ist es falsch, daß Deutschland die österreichische Kunst nicht selbständig gelten läßt, sondern in den Bereich »deutsche Kunst« einschließt. Die Folgen, die der Zusammenbruch des Vielvölkerstaates mit sich brachte, waren für die nun in Kleinstaaten aufgeteilten Sprachgruppen kaum zu bewältigen. Die Zusammenhänge wurden brutal unterbrochen und stürzten die Bewohner dieser Gebiete in geistige und materielle Not, waren doch alle miteinander verwandt oder verschwägert, trotz der Verschiedenheit ihrer Sprachen. Provinzen wurden Staaten, und das deutschsprechende Gebiet steht mit der ganzen politischen Schuld belastet, an der alle beteiligt waren, allein da. Das Unbehagen, abgeschnürt und eingeengt zu sein, lähmt jede geistige Kraft. Das ist der historische Hintergrund des neuen Österreich, das nur mehr vom Burgenland bis nach Vorarlberg reicht.

In der verseuchten Luft provinzieller Vorstellungen, verstoßen aus einer großen geschichtlichen Vergangenheit, entsteht nach 1918 eine Kunst, die gedrückt ist von Kleinmut und mangelnder Kraft und den größten Tiefpunkt in der Geschichte der Kunst dieses Landes erreicht. Es ist nicht zu verstehen, warum die Künstler die Befreiung von jedem historischen Ballast nicht begriffen haben und eine Kunst schufen, die jeder Tradition fern ist. Das Vorbild für die bildende Kunst war der österreichische Barock, wie die Werke von Faistauer, Kolig, Wiegele zeigen. Faistauer schreibt 1923 das Buch »Neue Malerei in Österreich, Betrachtungen eines Malers«, in dem er alle wichtigen Strömungen neuer Kunst als kranke Großstadtspielereien abwertet und Gedanken entwickelt, die an die Ideologie des Nationalsozialismus erinnern. Jeder Ansatz zu einer weltweiten Kunstauffassung bleibt Fragment und ist heute kaum einer Beachtung wert. In der Dichtung ist die Situation besser, weil der Zusammenbruch der Monarchie zum Anlaß genommen wurde, dieses vergangene Reich kritisch zu betrachten und ihm mit einer melancholischen Haßliebe nachzutrauern. Doch auch hier ist Radikales kaum sichtbar, vielleicht bei Ehrenstein. Die besten Kräfte ließ man ins Ausland ziehen oder ein Arbeitersinfonieorchester leiten, wie es Webern tat.

Nach langen Jahren schöpferischer Abstinenz setzte nach 1945 ein hastiges Aufnehmen aller neuen künstlerischen Tendenzen ein, ohne aber von der Wurzel her erarbeitet zu werden. Man mühte sich mit dem Kubismus ab, der schon historisch war und nichts mehr erwarten ließ. Die Wiener Surrealisten begannen im Sinne Dalis Grausamkeiten zu malen. Sie wurden enttäuscht vom historischen Surrealismus, dessen Ziel Auflehnung und Anarchie war, wobei das bildnerische Element im Abstrakten wurzelte. Erst die zweite Welle des Surrealismus bediente sich der Verfremdung des Realen, wobei eine Milderung des Radikalen einsetzte. Die Österreicher trieben diese Milderung bis ins Extreme und schufen Bilder für Salons, indem sie behaupteten, im Sinne alter Meister zu malen, und befriedigten dabei jene Kreise, die unter Kunst Abschrift der Natur verstanden. Die Maler des Ungegenständlichen haben als Ausgangsbasis immer noch Gegenständliches, wobei sie das Ziel einer gedanklichen Planung nie erreichen.

Unsere Vorstellung von der Kunst ist belastet von Begriffen, die sie kaum verständlich machen und in eine fast göttliche Unantastbarkeit heben. Falsche Interpretation von Künstlerschicksalen, in der Künstler erklärt und ihr Genie bewiesen wird, erweckt die Vorstellung, Kunst sei mit Gefühl zu betrachten, sie sei edel, erhaben, schön, erholsam. Dies wird immer noch in Schulen gelehrt und von allen geglaubt, denen Kunst ein Anliegen sein sollte.

Solange dieser Staat ein Großraum war, konnten andere Städte wie Prag oder Budapest geistige Leistungen aufnehmen, verarbeiten und zu einem Begriff für die Gemeinschaft werden lassen. Nach 1918 war jede Bindung unterbrochen, was zur Folge hatte, daß die gegenseitige Befruchtung aufhörte und jeder neu gebildete Staat in geistigen Provinzialismus versank. Dieser kurze historische Rückblick erklärt die verlorene Situation österreichischer Kunst. Wien als Metropole war und ist nicht fähig, extreme Leistungen in seinen Mauern erstehen zu lassen, die frei von erotischen oder psychologischen Äußerungen sind.

Diese Gedanken sollten anregen zu einer ausführlicheren Untersuchung.

EINE TRAURIGE GESCHICHTE 1965

Liebe Veronika, lieber Florian, lieber Andreas, lieber David, lieber Max und alle, alle anderen lieben Kinder!

Es war einmal, sagen wir, ein Elefant, ein ganz, ganz kleiner, mit langer, langer Nase, einer Zwergelefantnase. Gute Nacht! — Wie schrecklich! Und der Arme mußte diese — Nase — immer geradeaus hochhalten, damit er, wenn er gehen wollte — mußte — nicht steckenblieb.

Darum — hört! — blieb er lieber liegen — weinte einen See um sich und dachte nach — vor und zurück — schloß die Augen — seufzte wie eine Lokomotive und schlief ein. Gute Nacht!!!

Und da — seht nur: im Traum — erschien er sich — fein — schön — kurznasig — zwischen Blumen — feinem Essen sogar. »Meine Damen und Herren«, sagte er, »meine Damen und Herren«, immer immer wieder »meine Damen und Herren« — und war zufrieden.

Aufgewacht — konnte er nicht fassen — erfassen — daß seine Nase, immer noch lang, im Tränenwasser schwamm.

HOFFNUNGSLOS UTOPISCH 1965

Da Wünsche nicht auszusprechen sind, fehlt mir jede Utopie, sodaß ich hoffnungslos wegschauen muß — wo bleibt das Lachen? Wo hat es sich versteckt? Nun, es kann bleiben, wo es ist. Mag es zum Lachen sein.

Was wünsche ich nur? Mir geht nichts durch den Kopf. Mich verschlafe ich. Sage ich auch manches genau, was ich nicht weiß, kann ich nicht hoffen. Wie utopisch bin ich doch, so wenig ich weiß, und doch trage ich so manchen geheimen Gedanken nicht schwer, wie ich glaube.

Ich bin zu ernst, wenn ich doch fliegen könnt'! Oder noch Einfacheres. Manche mögen manches behaupten, sehe ich auch hin, ich sehe nichts. Da bleibe ich mit offenem Mund und stehe lange — vielleicht fällt etwas hinein. So schlage ich mich nieder, ich blute heftig. Der Wunsch ist geblieben. Ich ziehe die Zunge zurück. »Was ist geblieben?«, sage ich noch lange und setze mich, trage den Kopf und bedränge mich mit langen Fragen. Wo ist der Wunsch geblieben, von dem ich dachte, er stehe schon hier? Es ist nur ein Wunsch geblieben — ich stehe schon hier.

SIE MEINEN WIRKLICH »EIN KILO«? 1965

Als ich an die Kreuzung kam, hatte ich nicht die Kraft, diese zu überschreiten. Etwas hielt mich zurück, und es war keine Freude, mich zu beobachten. Was soll ich nun tun, in dieser verzweifelten Lage? Kopflos, wie ich nun bin, habe ich den Hinterteil hingewendet in jene Stelle, die frei, wie sie war, nach mir verlangte. Die Hände stützten mich, und somit war ich froh. Wie oft noch fragte ich ins Leere? Nach langem Zögern hatte ich doch endlich die Kraft, mich voranzuschieben, sodaß sich die Schritte bewegen mußten. Ich fiel nach vorne und erschlaffte.

Somit zeige ich, was ich so wollte, mich, Dich an — und lege mich lange noch zu Dir, was auch so ist, muß, kann, darf nicht, mich nicht allzusehr, wie — ach ja — doch wie Du — es ist sicher — noch nicht so ganz an Dir, was ich auch meinen will. Aber da ist es nicht so ganz an Dir, wie man sich versprechen kann. Müssen bleiben, solange wie es doch auch, wie ich mir zu sagen wage, was ich noch manches zu hoffen, muß es doch so zu bleiben haben, was ich noch versuchen will.

Nocheinmal und nocheinmal und nocheinmal und nocheinmal und nocheinmal und nocheinmal und nocheinmal und nocheinmal und nocheinmal ...

Was ich auch sagen will, ich habe es gesagt — und ich weiß es, nun brauche ich es nicht mehr zu sagen.

Nach diesen zu langen Reden — wie, Sie meinen wirklich »ein Kilo«?

»WARUM? WESHALB? WESWEGEN? WOZU?
WOMIT?«
ODER »HÖR AUF« ODER »HAB ICH NICHT?« 1968

Ein Lautsprecherstück für vier Lautsprecher in vier Kammern
Mit den Lautsprechern: L. H. Sekretärraum
L. K. kleiner Raum
L. M. großer Raum
L. G. Mittelraum
und vier Tonbandgeräten

zerhackte Musikstücke, von 20 Uhr bis 20.15 Uhr
Alle Lautsprecher (dazwischen mit der Durchsage: Bitte einzeln eintreten, Sie müssen gesehen werden! Sie müssen nicht auf den Boden sehen, gleich stürzen Sie, festhalten, festhalten!): Warum bist du so traurig? Weshalb bin ich so traurig? Weswegen komme ich hierher? Wozu bin ich da? Hör auf! Hör auf! Hör auf! Hör auf! Hör auf! Hör auf! Hör auf! Hör auf! Hör auf! Hör auf! Hör auf! Hör auf! Habe ich nicht schöne Augen! Habe ich nicht schöne Zähne! Habe ich nicht, habe ich nicht!

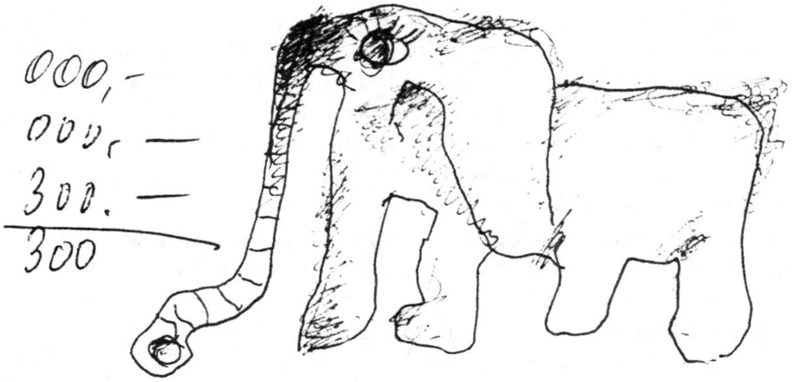

Schlemmer interviewt Oberhuber
zerhackte Musik
Sendezeichen, zwei Minuten
L.M.: Ich habe Bauchweh. Ich habe Bauchweh. Ich habe Bauchweh. Ich habe Bauchweh. Nun habe ich Bauchweh, heute habe ich Bauchweh, dann habe ich Bauchweh, bald habe ich Bauchweh, immer habe ich Bauchweh, oft habe ich

Bauchweh, morgens habe ich Bauchweh, stets habe ich Bauchweh, vorher habe ich Bauchweh, derzeit habe ich Bauchweh, jahrelang habe ich Bauchweh, seitdem habe ich Bauchweh, bisher habe ich Bauchweh, jetzt habe ich Bauchweh, allzeit habe ich Bauchweh, zuletzt hatte ich Bauchweh.

L.G.: Das ist das Lampenfieber der Künstler. Verzeihung, es wird nicht mehr vorkommen. Aber was soll ich machen, die Aufregung ist gegeben. Das ist kein guter Zustand vor dem Publikum, Magenverstimmungen, das kommt vor.

L.K.: Bitte, wenn du uns schlecht machst, mir liegt nichts dran.

L.H.: Die Natur hat ihre Mucken, das ist nicht leicht zu unterdrücken.

L.G.: Warum so viel Gerede! Lassen wir das, denn lange wird es nicht dauern und der Schweiß ist von der Stirn. Ich sage nur: Aufhören und still sein — was geht uns das an?

L.M. (Kurze Einleitung): Wenn und nur wenn und dann ist wenn, den Wortregeln zufolge, nicht von derselben Bedeutung, denn es wäre dann zweckmäßig, das so erklärte Wort anders zu beschreiben, zum Unterschied von einer Wortregel, die besagt, wie wir es ersetzen dürfen. Das nämlich kann aus dem oben erklärten Zeichen ersehen und mit dem obig erklärten Ersatzwort in eine Regel gestellt werden, denn das gleiche erhält eben dieses aussagende Element. Das Gleichzeitige, in dem sich das zeigt, was wesentlich im Spiegel gerade auftaucht, während alles hinfällt, verändert eine Stellung, die auffällig eine bestimmte war. Das Lebewesen, das selbst alles weiß, ob es wahr oder einmalig ist, denn unendlich wirft der Raum seinen Schatten — aber man könnte es auch so sagen: Es hat schon Sinn zu sagen, wenn jenes, was wenn ist, sich ausdrückt und in Richtung unendlich vieler Dinge als Anwendung der Worte unendliche Realität erfährt und zu einer bestimmten Zeit in bestimmten Orten die Zeit sich im unendlichen Zufall gleichsam die Möglichkeit nimmt, in eine Richtung zu fliegen. Der Beweis hat die Form einer Methode und — als Akt der Einsicht — gewisser allgemeiner Zahlen angenommen, die jedem Schritt eine andere Frage, einen anderen Sinn unterstellt. Das ist der Beweis für die radikale Sinnveränderung, die zu einem Prozeß führt, der die bloßen Fragestellungen zu falschen Ergebnissen herausfordert. Es führt im allgemeinen dazu, daß der Fall nämlich sein Gegenteil im Sinn hat, daß mit Ja und Nein zwei Richtungen und Stufen angestrebt werden. Der Sinn müßte sozusagen geoffenbart werden, und zwar von zwei inneren Systemen, die in Art und Weise den Gedanken zur Hierarchie verbergen. Man könnte auch umgekehrt fragen, wohin diese Mannigfaltigkeit führt. Die Logik macht den eigentlichen Versuch, gleichsam Gegebenes im Zeichen des in der Wirklichkeit versuchten Sachverhaltes zu klären. Nun sind diese Worte aber nicht von großer Ausdehnung, wie sie gleich erkennen mögen. Warum, weshalb, weswegen, wozu, womit sich wohl manches erklärt und nur danach verlangt, hör auf zu rufen. Somit sei dies beendet, denn es ist wohl ein Unglück, wenn ich aufhöre. Dies ist noch harmlos, denn bedenk ich, was kommt, möchte ich kopflos werden und lieber herumschauen. Denn was da kommt, ist nicht etwas Glückliches, sondern das Problem einer armseligen Behörde, die immer die gleiche ist, austauschbar, überall zu kopieren. Nun denn, ich hör schon auf, es wird schon noch langweiliger, langweiliger.

Musik aus vier Lautsprechern

L.H.: Das Gericht erscheint, bitte, sich von den Plätzen zu erheben.

Lärm von Stühlen, Husten usw. aus allen Lautsprechern

L.M.: Bitte, sich zu setzen. Ich erkläre die Sitzung für eröffnet.

Lärm von Stühlen, Husten usw. von allen Lautsprechern

L.M.: Zur Verhandlung steht die Strafsache von den Herren Oswald Mayr, Otto Brunner, Ludwig Zahn, Richard Stern, Kurt Wein, Klemens Zorn, David Ast, Gottfried Laufer, Roland Zweig, Florian Saal, Josef Zahner, Franz Salm. Angeklagt des Vaterlandverrats, der Diversion, der Schädlingsarbeit, der Unzucht gegen die Ehren der Ehe, wegen öffentlichen Ärgernisses gegen das Schamgefühl und wegen Verunglimpfung der Ehrenzeichen der Republik.
Angeklagter Oswald Mayr, haben Sie die Anklageschrift erhalten?

L.K.: Ja, ich habe sie erhalten.

L.M.: Angeklagter Otto Brunner, haben sie die Anklageschrift erhalten?

L.G.: Jawohl.

L.M.: Angeklagter Ludwig Zahn, haben sie die Anklageschrift erhalten?

L.H.: Jawohl.

L.M.: Angeklagter Richard Stern, haben sie die Anklageschrift erhalten?

L.K.: Jawohl.

L.M. fragt die weiteren Angeklagten Kurt Wein, Klemens Zorn, David Ast, Gottfried Laufer, Roland Zweig, Florian Saal, Josef Zahner, Franz Salm... Sie antworten alle mit demselben »Jawohl«, immer schneller...

L.M. (immer wieder Lärm von den anderen Lautsprechern): Die Zusammensetzung des Gerichts in der vorliegenden Strafsache ist: Vorsitzender: Oberlandesgerichtsrat Oswald Mayr, Mitglieder des Gerichts: Oberlandesgerichtsrat Dr. Otto Müller, Oberlandesgerichtsrat Dr. Franz Hurm. Die Anklage vertritt der Oberstaatsanwalt der Republik, Oberlandesgerichtsrat Dr. Hans Brunner. Die Angeklagten haben bei Abschluß der Voruntersuchung auf die die Verteidigung betreffende Frage auf Verteidiger verzichtet und erklärt, daß sie sich selbst verteidigen. Ich wiederhole die Frage bezüglich der Verteidigung: Angeklagter Oswald Mayr, wünschen Sie einen Verteidiger?

L.K.: Nein.

L.M.: Angeklagter Otto Brunner, wünschen sie einen Verteidiger?

L.G.: Nein.

L.M.: Angeklagter Ludwig Zahn, wünschen sie einen Verteidiger?

L.G.: Nein.

L.M. fragt die weiteren Angeklagten Richard Stern, Kurt Wein, Klemens Zorn, David Ast, Gottfried Laufer, Roland Zweig, Florian Saal, Josef Zahner, Franz Salm — immer schneller...

L.M. (von den anderen Lautsprechern während des Folgenden immer wieder Lärm): Ich kläre die Angeklagten, die auf Verteidiger verzichtet haben, darüber auf, daß sie unabhängig von dem letzten Wort das Recht auf Verteidigungsreden haben. Ich kläre alle Angeklagten darüber auf, daß sie das Recht haben, einander Fragen zu stellen sowie Aufschluß über einzelne Momente der Gerichtsuntersuchung zu erteilen. Herr Staatsanwalt, wollen Sie Anträge auf Vorladung weiterer Zeugen zur Strafsache oder auf Beifügung ergänzender Dokumente zu den Akten stellen?

L.G.: Nein, vorläufig will ich keine Anträge stellen. Aber gemäß der Strafprozeßordnung steht mir das Recht zu, zu beliebiger Zeit des Gerichtsverfahrens Antrag auf Vorladung von Zeugen und auf Beifügung ergänzender Dokumente zu stellen. Ich bitte, dieses Recht für mich zu reservieren.

L.M.: Gewiß. Wünschen die Angeklagten die Vorladung von Zeugen oder die Beifügung von Dokumenten? Ich wiederhole: Wünschen die Angeklagten die Vorladung von Zeugen oder die Beifügung von Dokumenten?

Alle Lautsprecher (immer wieder): Nein, nein, nein, nein ...

L.M.: Das ist nicht der Fall. Wir schreiten zur Verlesung der Anklageschrift. Die Untersuchung erachtet als festgestellt —

Alle Lautsprecher: Die Untersuchung erachtet als festgestellt: In den letzten Jahren wurde von den Angeklagten in unmißverständlicher Weise immer wieder versucht, volkszersetzende Darstellungen an den Mann zu bringen, um dadurch anarchische Zustände zu erzielen, die jede gesunde, volkserhaltende Moral stört und die Auflösung des Staatswesens herbeiführen soll. Es wurde in entmenschter Weise jede heilige Tat, die im Stillen geschieht, an die Öffentlichkeit gezerrt und ohne Vorhang Fünfhunderten vorgespielt, die gebannt auf die Ereignisse starrten und, in Suggestion versetzt, ihre Plätze nicht verlassen konnten und dadurch in arge moralische und sittliche Verwirrung gestoßen wurden. Diese Verwirrung hat nicht nur die wenigen, sondern ein ganzes Land erfaßt. Der gestreute Bazillus hat ein ganzes Volk gestört, womöglich vielleicht schon zerstört. Auf nähere Details einzugehen ist kaum möglich, schadet es doch der Volksgesundheit. *(Applaus)* Sämtliche Angeklagte sind überführt, sowohl durch die Aussagen der Zeugen als auch durch die in der Strafsache vorliegenden dokumentarischen Belege und Sachbeweise und haben sich im vollen Umfang der gegen sie erhobenen Anklagen schuldig bekannt. Aufgrund des Dargelegten werden angeklagt *(die Worte werden immer schneller, bis unverständlich...)*: Oswald Mayr, Otto Brunner, Ludwig Zahn, Richard Stern, Kurt Wein, Klemens Zorn, David Ast, Gottfried Laufer, Roland Zweig, Florian Saal, Josef Zahner, Franz Salm.

L.M. (aus allen Lautsprechern Lärm): Daß sie als aktive Teilnehmer an öffentlichen Orgien die schwersten Staatsverbrechen begangen haben, ist klar. Infolge des oben Angeführten unterliegen alle oben genannten Angeklagten dem Gericht der obersten Staatsgewalt. Die vorliegende Anklageschrift wurde am 3. Juli 1968 abgefaßt. Angeklagter Oswald Mayr, erkennen Sie sich der gegen Sie erhobenen Anklagen schuldig?

L.K.: Ja, ich bekenne mich der gegen mich erhobenen Anklage schuldig.

L.M.: Angeklagter Ludwig Zahn, bekennen Sie sich der gegen Sie erhobenen Anklagen schuldig?

L.G.: Ja, ich bekenne mich schuldig.

L.M.: Angeklagter Richard Stern, bekennen Sie sich der gegen Sie erhobenen Anklage schuldig?

L.H.: Ja, ich bekenne mich schuldig.

L.M.: Angeklagter Kurt Wein, bekennen Sie sich der gegen Sie erhobenen Anklage schuldig?

L.G.: Ich bekenne mich nicht schuldig. Ich bin kein Schwein. Ich war nie Teilnehmer. Ich weiß von nichts. Ich habe auch kein einziges der Verbrechen, die mir persönlich zur Last gelegt werden, begangen, außer im stillen. Im besonderen bekenne ich mich nicht schuldig.

L.M.: Bestätigen Sie Ihr in der Voruntersuchung gemachtes Geständnis?

L.G.: Ja, in der Voruntersuchung habe ich ein Geständnis abgelegt, aber ich war nie dabei.

L.M.: Ich wiederhole die Frage: Bekennen Sie sich schuldig?

L.G.: Ich war bis zur Verhaftung nie irgendwo dabei und bleibe nirgendwo.

L.M.: Bekennen Sie sich der Beteiligung an Orgien schuldig?

L.G.: Ich war nie dabei. Ich habe mich nicht beteiligt und habe kein einziges Verbrechen begangen.

L.M.: Angeklagter Klemens Zorn. Bekennen Sie sich der gegen Sie erhobenen Anklage schuldig?

L.G.: Ja, ich bekenne mich schuldig.

L.M.: Angeklagter David Ast. Bekennen Sie sich der gegen Sie erhobenen Anklage schuldig?

L.H.: Ja, ich bekenne mich schuldig.

L.M.: Angeklagter Gottfried Laufer. Bekennen Sie sich der gegen Sie erhobenen Anklage schuldig?

L.K.: Jawohl.

L.M.: Angeklagter Roland Zweig. Bekennen Sie sich der gegen Sie erhobenen Anklagen schuldig?

L.K.: Ja, ich bekenne mich schuldig der Beteiligung an Orgien, bekenne mich schuldig als Volksschädling, ich bekenne, diese im Auftrag durchgeführt zu haben, bekenne mich schuldig, in schändlicher Weise gehandelt zu haben. Ich bekenne mich schuldig der unsittlichen Dienste.

L.M.: Angeklagter Florian Saal. Bekennen Sie sich der gegen Sie erhobenen Anklagen schuldig?

L.G.: Ja, ich bekenne mich schuldig.

L.M.: Angeklagter Josef Zahner. Bekennen Sie sich der gegen Sie erhobenen Anklagen schuldig?

L.H.: Ja, ich bekenne mich schuldig.

L.M.: Angeklagter Franz Salm, bekennen Sie sich der gegen Sie erhobenen Anklagen schuldig?

L.K.: Ja, ich bekenne mich schuldig.

L.M.: Pause!

L.G.: Pause!

L.K.: Pause!

L.H.: Pause!

Alle Lautsprecher: Pause, Pause, Pause ... *(10mal gemeinsam)*

L.M.: Musik!
L.H.: Musik!
L.K.: Musik!
L.G.: Musik!
Alle Lautsprecher: Musik, Musik ... *(7mal gemeinsam)*

L.H.:	L.K.:	L.M.:	L.G.:
Gast	Gastes	Gaste	Gast
Gäste	Gäste	Gästen	Gäste
Tag	Tages	Tage	Tag
Tage	Tage	Tagen	Tage
Acker	Ackers	Acker	Acker
Äcker	Äcker	Äckern	Äcker
Gans	Gans	Gans	Gans
Gänse	Gänse	Gänsen	Gänse
Kalb	Kalbes	Kalbe	Kalb
Kälber	Kälber	Kälbern	Kälber
Jahr	Jahres	Jahre	Jahr
Jahre	Jahre	Jahren	Jahre
Mensch	Menschen	Menschen	Menschen
Menschen	Menschen	Menschen	Menschen
Frau	Frau	Frau	Frau
Frauen	Frauen	Frauen	Frauen
Staat	Staates	Staate	Staat
Staaten	Staaten	Staaten	Staaten
Auge	Auges	Auge	Auge
Augen	Augen	Augen	Augen
Trunkenbold	Trunkenbolde	Grube	Gruben
Bündel	Bündel	Reiter	Reiter
Christus	Christi	Christo	Christum
Kindlein	Häuslein	Röslein	Mäuslein
Kindchen	Häuschen	Röschen	Mäuschen
Männche	Männeken	Mannei	Männel
Manerl	Männle	Männli	Männel
Schuberts	Manns	Raimunds	Schillers
des Johann Strauß	des Johann Strauß	des Johann Strauß	des Johann Strauß
Friedrich v. Schillers	Wolfgang v. Goethes	Heinrich v. Kleists	Ludwig v. Beethovens
Hör auf	Hör auf	Hör auf	Hör auf

5mal dasselbe

L.M.: Das war als Pausenunterhaltung gedacht. Ein kurzes Gedicht — gleich beginnt wieder das Stück.

Alle Lautsprecher: Pausenzeichen, Pausenzeichen ... *(5 Minuten lang)*
aus den Lautsprechern anschließend Pfiffe und Applaus

L.H. (Lärm): Das Gericht erscheint, bitte, sich von den Plätzen zu erheben.

L.K. (aus den anderen Lautsprechern immer wieder Lärm): Das Gericht erscheint, bitte, sich von den Plätzen zu erheben.

L.G.: Das Gericht erscheint, bitte, sich von den Plätzen zu erheben.

L.M.: Das Gericht erscheint, bitte, sich von den Plätzen zu erheben. Bitte, sich zu setzen. Die Verhandlung wird fortgesetzt. Das Wort hat der staatliche Ankläger, Staatsanwalt Brunner.

L.G.: Zu Beginn meiner Anklagerede in vorliegender Sache, die eine ungewöhnliche Erscheinung darstellt, eine außerordentliche gesellschaftliche Bedeutung hat, möchte ich vor allem Ihre Aufmerksamkeit auf einige besondere Züge dieser Sache, auf einige ihrer hervorstechenden Besonderheiten lenken. Es ist nicht das erstemal, daß der oberste Gerichtshof unseres Landes eine Sache über die schwersten Verbrechen verhandelt, die gegen das Wohl unserer Heimat, gegen unser Volk gerichtet waren. Aber ich dürfte mich kaum irren, wenn ich behaupte, daß unser Gericht zum erstenmal eine solche Sache wie diese zu behandeln hat, eine Sache zu behandeln hat über solche Verbrechen und solche Greueltaten wie diese, die vor hunderten Augen abgerollt sind, die vor den Augen der ganzen Welt in diesem Gerichtsverfahren aufgerollt werden, über solche Verbrechen wie diese Verbrechen dieser Verbrecher, die gegenwärtig vor Ihnen auf der Anklagebank sitzen. Mit jeder Stunde und mit jeder Stunde entrollt die gerichtliche Untersuchung immer mehr und mehr, immer furchtbarer und furchtbarer, die Kette schändlicher und unerhörter Verbrechen, die von den Angeklagten begangen worden sind, die ganze widerliche Kette von Freveltaten, vor denen die Freveltaten der eingefleischtesten, der niederträchtigsten, der schamlosesten und gemeinsten Verbrecher verblassen und in den Schatten treten. Ich muß mich ein wenig ausruhen, nur einen Moment.

L.M. beginnt zu zählen: Eins, zwei, drei ... *(bis hundert)*

L.K. (wenn L.M. bei zehn ist, beginnt mit): Eins, zwei, drei ... *(bis 100)*

L.G. (wenn L.K. bei zehn ist, beginnt mit): Eins, zwei, drei ... *(bis 100)*

L.H. (wenn L.G. bei zehn ist, beginnt mit): Eins, zwei, drei ... *(bis 100)*

Aus allen Lautsprechern allgemeine Unruhe, Füßescharren, Stühlerücken

L.M.: Verzeihung, nun geht es wieder weiter. In der Tat, welcher Gerichtsprozeß von all denen, die bei uns in nicht geringer Zahl in der letzten Zeit stattgefunden haben, hält mit dem gegenwärtigen Prozeß an Unglaublichkeit, Frechheit und Zynismus der von diesen Herrschaften begangenen Verbrechen einen Vergleich aus! In welchem anderen Prozeß war es gelungen, mit solcher Kraft und Tiefe die wahre Natur dieser Verbrechen aufzudecken und zu entlarven, mit solcher Kraft den Schurken ihre tückischen Masken vom Gesicht zu reißen und unserem ganzen Volke und allen ehrlichen Menschen der ganzen Welt das bestialische Gesicht der Verkommenheit zu zeigen. Die mit allen Künsten und allem Geschick vorgehenden Verbrecher wollen unser Land zerstören.

langes anhaltendes Husten, das kaum aufhört

aus allen Lautsprechern Lachen

L.M.: Ich möchte unterbrechen und einer Frau das Wort überlassen.

L.G. (eine Frau spricht): Meine Damen und Herren, liebe Freunde, ich bin erschreckt und beuge mich vor der Schande, die unser Volk betroffen hat. Ich nehme den fundamentalen Wandel der Jugend einfach nicht zur Kenntnis, denn die jungen Menschen sind zu keiner epochalen Entscheidung fähig. Ich lehne die Krawalle der Halbstarken ab. Die Tatsache, daß der junge Mensch gesellschaftlich noch in keiner Weise festgestellt ist, gibt ihm nicht das Recht zur Herausforderung. Warum sollen wir die jungen Menschen nicht fühlen lassen, daß sie nichts sind trotz der bereits ...

L.H.: Aufhören!

L.K.: Fad!

L.G.: Ruhe!

Alle Lautsprecher: Aufhören!...*(8mal)*

L.M.: ... trotz der bereits erlangten Sexualreife.

Alle Lautsprecher: Aufhören!

L.M. (nicht mehr die Frau): Aus höchstem Respekt vor der Freiheit muß ich Sie unterbrechen und bitten, das Wort wieder mir zu überlassen. Ich fahre mit meiner Anklage fort: Daß dieser Prozeß eine hervorragende Erscheinung darstellt, daß dies alles historische Bedeutung hat, besteht vor allem darin, daß in diesem Prozeß mit außerordentlicher Sorgfalt und Genauigkeit herausgefunden wurde, wo der Wurm der entsetzlichen Verbrechen liegt: In ihrer prinzipienlosen und ideenlosen Handhabung menschlicher Äußerungen haben diese Verbrecher die Welt beschmutzt. Diese Bande von gemeinen Verbrechern und nicht einfach gemeinen Verbrechern, sondern von Verbrechern über Verbrechern, Verbrechern, die sich gemein verkauft haben, Verbrechern, die sogar von kriminellen Verbrechern als die am tiefsten gesunkenen, als die allerletzten, als die allerverächtlichsten betrachtet werden können. Die Männer haben nichts Ideelles, nichts sozusagen Geistiges, Idealistisches. Was einst in irgendeinem Maße einige von den Teilnehmern besaßen, das ist schon längst verloren, eingebüßt, längst verschwunden, verwest, in dem verpesteten, widerlichen, unterirdischen Treiben. Gewiß, einige der Angeklagten hatten den Anschein von Menschen gegeben, die sich von der Idee leiten lassen, ihre kriminelle Tätigkeit mit allerlei philosophischem Gerede verhüllen zu müssen. Oswald Mayr bemühte sich durch lange und schwülstige Reden, seine eigene Rolle in dieser Verbrechergemeinschaft als Theoretiker darzustellen. Er genierte sich nicht, buchstäblich folgendes zu erklären:

L.G.: Der plötzliche Schrei muß die Eingewöhnung in den jeweiligen Bereich vollziehen; das bedeutet: eine maßgegebene Haltung durch eine Umwertung zu erreichen. Das entspricht der Um- und Eingewöhnung des Menschenwesens, das im jeweils zugewiesenen Bereich tragenden Bezug entfaltet und erreicht. Gemäß diesem Charakter bleibt das leibliche Wohl gemäß den entsprechenden Gewohnheiten innerhalb und außerhalb der berichteten Vorgänge stehen und vollzieht seinen Unmut in einer relativ einfachen Drehung.

L.M.: Nun bitte ich um eine kurze Erholung. Es ist zu schwierig, diesem Rausch von Worten auszuweichen, ohne zu ermüden.

L.G.: Während der Pause hören Sie die Gedanken der Angeklagten.

Alle Lautsprecher: Musik!

L.H.: Du bist doch die Unschuld, wer hätte das gedacht, daß die Füße zu dick sind.

L.K.: Wenn ein Zahnstocher das faule Fleisch heraussticht, ist alles gerettet.

L.G.: 20, 30, nicht vergessen, es könnte sich viel verändern, wenn der Hunger nicht zu groß ist.

die Schauspieler können nun ihre eigenen Eingebungen sprechen

Oberhuber läuft zum Publikum und wirft seine Protestzettel

die Schauspieler sprechen weiter ihre Eingebungen

Noten werden vergeben für die besten Sprechleistungen

L.M.: Das Gericht erscheint, bitte, sich von den Plätzen zu erheben.

L.K.: Bitte, sich zu setzen.

L.H.: Bitte, sich zu setzen.

L.G.: Bitte, sich zu setzen.

L.K. (ganz leise): Bitte, können wir etwas anderes spielen, der Staatsanwalt wird immer müde.

L.G.: Bitte können wir, etwas wird müde.

L.H.: Bitte, etwas müde.

L.M.: Bitte, müde. Wie ihr wollt, wir können später weiterspielen.

L.K.: Eine kurze Unterbrechung ist erlaubt.

L.G.: Wir erzählen etwas.

L.H.: Geschichten.

L.M.: Ich habe einen Schokoladekuchen gegessen, du hast dabei gelacht, er hat dich dafür angespuckt, wir haben daraufhin zugeschlagen, ihr habt große Augen gemacht, sie haben geweint.

L.H.: Ich habe eine Schokoladekugel gegessen, du habest dabei gelacht, er habe dich dafür angespuckt, wir haben daraufhin zugeschlagen, ihr habet große Augen gemacht, sie haben geweint.

L.G.: Ich werde Großvater, du wirst Großmutter, er wird Kind, wir werden alle glücklich, ihr werdet euch freuen, sie werden neidisch sein.

L.K.: Ich würde schauen, du würdest schauen, er würde schauen, wir würden schauen, ihr würdet schauen, sie würden schauen, wenn ich Großvater wäre.

L.M.: Der oberste Gerichtshof will wieder.

L.H.: Dann soll er.

L.G.: Wir fangen von vorne an.
L.K.: Gut, sehr gut, befriedigend. Wie heißt die Anklage?
L.G.: Einen Moment.
L.M.: Wenn ein toter Mann wieder aufstehen könnte.
L.H.: Das kann es nicht sein.
L.G.: Dann weiß ich nicht.
L.M. (aus den anderen Lautsprechern Lärm): Das Gericht erscheint, bitte, sich von den Plätzen zu erheben. — Bitte, sich zu setzen.
L.H.: Bitte, sich zu setzen.
L.G.: Bitte, sich zu setzen.
L.M.: Angeklagter Oswald Mayr hat das Wort.
L.H.: Ein schönes Bauernstück.
L.M.: Wir und ich miteingeschlossen können keinerlei Nachsicht verlangen, wir haben keinerlei Recht darauf, hier gibt es keinen Stolz. Was kann es hier schon für einen Stolz geben? Ich will sagen, nach so viel Gemeinheit kann ich nur mein Gesicht abdrehen. Ich muß mich, muß mich, mich ... Mein Vergehen war nur: Hose runter. Nun schlage ich die Augen zu, wer kann da noch gerade schauen. Ich drücke ein wenig Augen auf, aber schon, weiß Gott, werde ich rot, das ist so dumm, so etwas — kann ich nun wieder ruhig Platz fassen? Ich schäme mich wirklich, da will ich kein Wort verlieren, ich wiederhole mich, deswegen ist es, sicher, glaub' ich, wenn ich darf, mich hin, hin, hinsetzen darf, dort wo belieben, schon gut, bin schon ruhig. Soda! Das wär's! Mhm! Ja! Gut! Mmmmhhhmmm!
L.G.: Das psychiatrische Gutachten besagt: Das drängende Erlebnis unterscheidet zwischen Trieb und Antrieb seiner Handlungen. Der Trieb ist aber so stark, daß eine sinnlose Wut sofort vitale Ziele setzt. Instinkthandlungen treten ohne Mitwirkung ins Bewußtsein, sodaß Empfindungen, vom Trieb mobilisiert, unmittelbar zu autogenen Handlungen Anlaß geben. Dumpfbewußtes, unbegriffliches, unstrukturiertes Erleben reduziert die Klarheit der Handlungen. Degenerative Veränderungen sind, wie experimentelle Versuche zeigten, sekundären Geschlechtsmerkmalen ausgesetzt. Der Wille zur Kritik ist durch Dissoziation als Vorgang erlahmt.
L.M.: Ich erteile das letzte Wort dem Angeklagten Otto Brunner.
L.G.: Ich habe auf einen Verteidiger verzichtet, der Verteidiger hat auf mich verzichtet, wir können aufeinander verzichten, wir sind Verzichter. Ich kann auch ohne Verteidiger ausholen, ich hole aus, wann ich will, denn ich kann nicht verzichten auf meine Aufrichtigkeit und die schlägt immer ein. Oder zweifelt jemand daran, weil ich wie ein Verbrecher hier stehe? Ich war ein treuer Soldat und stand im Feuer. Wo stehe ich nun? Ich will kein Dummkopf sein, denn wenn man etwas macht ... ich will kein Dummkopf sein. Ich gebe zu, es war sehr einfach, ein Dummkopf zu sein. So ein Kopf ist manchmal dumm. Herr Richter, was wäre da noch zu sagen?

Alle Lautsprecher: Kommt, machen wir schnell ein Urteil, bevor der wieder anfängt.

L.G.: Herr Richter, was wäre da noch zu sagen? Ich muß mich zuerst erholen. So ganz ohne Verteidigung, das ist nicht so einfach. Da hängt einem die Zunge heraus, und da kommt kein Wort. Ja, wenn ich gut sprechen könnte, sagen wir, so wie Sie! Wenn dieses oder jenes Urteil über mich fällt, ich trage es. Macht nicht viele Worte, schneidet den Kopf ab! Jetzt bin ich schon still.

kurze Beratung der Richter

L.M.: Die Sache ist sehr verzwickt.

L.K.: Was sagen sie?

L.M.: Ich sagte, die Sache ist sehr verzwickt.

L.H.: Ja, aja, das ist sie.

L.M.: Unter diesen Umständen ist wenig herauszuholen.

L.K.: Ein dummer Umstand.

L.G.: Da ist nichts zu machen.

L.M.: Das Gericht zieht sich zur Beratung zurück. Bitte, sich von den Plätzen zu erheben.

L.K.: Nun kommt ein kleines Platzspiel.

L.M.: Ich erkläre kurz das Spiel: Wir stellen uns nicht zu dumm, denn das ist unerträglich. Ein wenig Hirn muß schon dabei sein. Nun strecken alle die Zunge heraus, bitte alle, alle, habe ich gesagt. Nur keine Angst, es ist ganz anständig. Nun schön Hände fassen, schöne Hände, feine Hände, weiche Hände. Nicht zu nahe, nicht allzu nahe. Hände fassen, habe ich gesagt. So ist es gut. Nun hinlegen, auf, hinlegen, auf, hinlegen, auf! Der Bauch muß weg! Bauch muß! Ich meine es ehrlich. Hinlegen! Auf! So ist es gut! Und halt! Nun versuchen wir uns anzuschauen! Sehr lange, nicht aufhören! Das ist schön! Das ist sehr schön! Ein romantisches Stück! Wie bei Pichler unterm Helm!

L.M. (aus den übrigen Lautsprechern Lärm): Das Gericht erscheint, bitte, sich von den Plätzen zu erheben.

L.K.: Bitte, sich zu setzen, die Verhandlung wird fortgesetzt.

L.M.: Das Wort hat noch einmal der staatliche Ankläger. Hohes Gericht! Außerordentlich bedeutend könnte mein Gesagtes sein in dieser Sache. In der Tat. Wie der Teufel das Weihwasser fliehe ich das Wort. Denn wenn ich an die Sachen denke, die gedreht wurden, fällt mir die Demokratie ein, wo alles Geschehen geschehen kann für die wahren menschlichen Kulturen. Verwickelt ist die Situation, denn Todeskälte und Übelgeruch sind der Ausgangspunkt jeder Vorbereitung dieser ungeheuerlichen Verbrechen, die vollständig entlarvt wurden. Ich sage nichts. Nur eines. Und das kann ich auch nicht. Ich müßte aktiven Anteil nehmen, um etwas herauszubringen, denn im Grunde ist alles aufgedeckt. Die Methoden sind klar und einfach und eben nicht aussprechbar. Ich schieße, ich schließe und stelle zum Schluß nur einige Fragen: Wie war es möglich, daß diese

Verbrechen in aller Öffentlichkeit geschehen konnten? Daher die Frage: In welchem Ausmaß und Grade kann jeder der Angeklagten die Verantwortung für die ihm gemäß der Anklageschrift zur Last gelegten Beschuldigungen tragen? Das bedeutet jedoch nicht, daß die konkreten Verbrechen, die von diesen Verbrechern verübt worden sind, nicht aus gemeinsamen verbrecherischem Vorsatz verübt worden sind. Die Haare sollen gekrümmt sein, wenn noch irgendwelche Worte dafür erforderlich sind, diese ungeheuren Vorkommnisse darzustellen. Unser ganzes Land, Jung und Alt, fordert: Zertretet diese verfluchte Bande von Unkraut und Würmern! Laßt sie schmachten in den tiefsten Löchern der Erde! Denn nichts stinkt mehr zum Himmel als Würmer und Läuse. Aber über uns wird weiter die Sonne leuchten und unsere Erde mit Kraft bestrahlen, sodaß wir weiterbauen können an einem glücklichen Land der Väter und Brüder. Kommt, reichen wir uns die Hände, es soll eine glückliche Stunde sein, in der die Zukunft uns gesäubert entgegenleuchtet. — Angeklagter Oswald Mayr, es wird Ihnen das letzte Wort erteilt.

L.G.: Da ich bis zum Kopf im Dreck stecke, kann ich für mich wenig sagen. Da ich nun einmal ein schmutziger Künstler bin, sag ich und kann ich nur Schmutziges sagen, soweit ich hier rede. Ich bin aufgefordert, so kann ich die Gelegenheit nicht versäumen, schmutzig zu sein.

Alle Lautsprecher: Schmutzfink, Schmutzfink ...

L.G.: So lache ich allen ins Gesicht und sage: Ach ja, ich darf es doch nicht, so sage ich Schmutziges fein. Es gibt einen Punkt, wo man jede Frau fassen kann, sagt so ein schmutziger Freund von mir. Und ich, schmutzig wie ich bin, glaube es ihm. Ich führe dich ein, denn es klingt so hell wie dein Lied. Vielleicht ist da auch etwas Schmutziges. Es gibt so viel Schmutziges, aber ich weiß nicht, wo ich bin, daß ich so sauber sein muß. Nun bin ich ein Schwein *(rülpst)*. Ist es hörbar, dann ist es gut. Heute kommt wenig vor, aber ich darf nicht. Schade. So ist es. Zum Einschlafen, hohes Gericht, zum Einschlafen! Dabei bin ich so schmutzig. Ich liege auf Kot. Eine schmutzige Sache. Ich werde nicht gereinigt. Ich sitze jetzt auf meinem Kot. Das darf man sagen, aber ganz leise, ich höre mich nicht. Ich muß etwas sein, was man nicht sagen kann. Es gibt Unsagbares. In Gegenwart, Vergangenheit und Zukunft. Schade, daß ich nicht so richtig schmutzig sein darf, wo ich es doch so gut kann. Da mache ich lieber die Augen zu.

L.M.: Das psychiatrische Gutachten besagt: Wesentliche Merkmale verschiedener Dinge haben Tendenzen zu guter intellektueller Ordnung, sodaß keine Umstrukturierung für den Erlebnisbereich notwendig erscheint. Empirisch nicht entscheidend sind maschinenartige Reaktionen, die auf gewisse Schwankungen der Muskeln und Drüsen weisen. Das Hauptproblem ist ein Zweckbewußtsein, das viele Einzeltatsachen optimal zu äußeren Reizen antreibt. Das Gegenteil geschieht. Der Instinkt erstarrt und erzeugt ein erhöhtes Intelligenzverhalten. Leerlaufhandlungen, ohne Reiz durchgeführt, stören jeden selbständigen Impuls. Zentralnervöse Automatismen erzeugen beim Geschlechtspartner Eigenaktivität. Die Ablehnung des maschinellen Charakters ruft bewußtloses Dasein hervor. Das Entscheidende aber ist, daß die Endhandlungen Erlerntes spontan, ohne Mitwirkung des Bewußtseins, abweisen.

kurze Pause, nichts wird gespielt

Schallplatte, Streicher

L.M.: Bitte, sich von den Stühlen zu erheben. Im Namen der Republik möchte ich über die Angeklagten Oswald Mayr, Otto Brunner, Ludwig Zahn, Richard Stern, Kurt Wein, Klemens Zorn, David Ast, Gottfried Laufer, Roland Zweig, Florian Saal, Josef Zahner, Franz Salm das Urteil sprechen: Die Angeklagten werden für schuldig befunden. Es muß gesagt sein, die Erklärung für den Fall ist gegeben: Machtsucht, Ehrsucht, das Verlangen, sich hervorzutun, das sind so kleine Menschlichkeiten. Ich will gemütlich sein, warum auch nicht, ist auch ganz nett! Der Spieltrieb hat auch damit zu tun. Diese Herren unterhalten sich gern. Wer nicht? Aber ausschließlich? Wo kommen wir da hin? Nichtstun. Keinem Beruf nachgehen. Wo kommen wir da hin? Es darf nicht ausschließlich gespielt werden, darauf steht Arbeitshaus. Arbeitstherapie ist gesund und macht das Hirn frei und rein zu sauberen Volksgenossen. Wir sind dies dem Volke schuldig, damit die Sauberkeit bewahrt bleibe. Auf uns wird der Stein fallen, so nicht gerecht gesprochen wird. Unzucht ist Unzucht. Laster ist Laster. Gemeinheit ist Gemeinheit. Da muß der Tisch rein werden. Ein sauberes Tischtuch her. Ich möchte wieder in Ruhe durch saubere Fenster schauen. Was hinter denselben geschieht, mag gleichgültig sein. — Das hohe Gericht spricht die Angeklagten schuldig und weist sie für drei Jahre in ein Arbeitshaus ein. Jeder, der nichts tut und nur denkt, wird in gleicher Weise behandelt. Die Sitzung ist geschlossen!

Marschmusik gehackt

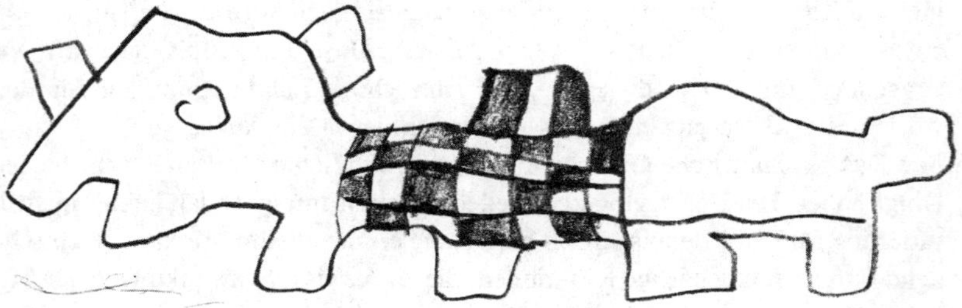

RICHARD GERSTL (1803 - 1908) — Tiroler Tageszeitung, Juli 1966

Ein jahrzehntelang Vergessener, ein zu Unrecht Unbekannter wird im Tiroler Kunstpavillon vorgestellt. Die Frage, wieso ein Mann vergessen werden konnte, der die größte malerische Kraft war, die Österreich um die Jahrhundertwende hervorbrachte, mag einerseits durch sein kurzes Leben erklärt werden, andererseits die Schuld einer Kunsttheorie sein, die zu sehr das Lebendige vergißt, das unmittelbare Geschehen, in dem wir selbst versponnen sind und das wir darum auch besser begreifen als das Vergangene, dessen Deutung zu sehr von Vermutungen und Rekonstruktionen abhängt. Wenn Werner Haftmann, um die Worte des bekanntesten deutschen Kunsttheoretikers der Moderne zu wiederholen, erst vor Tagen sagte, in Österreich gäbe es keine Kunst, Klimt und Schiele könnten nicht zeichnen, und Gerstl sei kein Maler, so sagt dies, daß die Leistungen, die bei uns geschehen, in Vergessenheit geraten, weil sie keine überzeugende Interpretation finden und darum nicht ernstgenommen werden.

Gerstl ist in besten materiellen Verhältnissen aufgewachsen, er war ein gebildeter junger Mann, der großes Interesse für Dichtung und vor allem für Musik zeigte. Seine Freunde waren deshalb unter den Musikern wie Schönberg, Webern, Berg zu finden. Er gehörte damit zum extremsten Künstlerkreis des damaligen Wien. Das Dekorative des Jugendstils war ihm verhaßt, das Angebot, mit Klimt auszustellen, hat er abgelehnt; da er sich nicht um sich selbst bemühte, fand zu seinen Lebzeiten keine Ausstellung statt.

Munch war sein großer Anreger wie damals allgemein im deutschen Sprachraum; das Bild »Die Schwestern Fey«, in sparsamster Farbigkeit entstanden, sowie die Porträts, die die Figuren in ganzer Größe auf das Bild brachten, sind Beweise dieser Anregung. Dann wurde er von der starken Farbigkeit und der Ordnung des Pointillismus erfaßt, was zu gewissen Hemmungen führte und für kurze Zeit seine künstlerische Kraft auf ihm fremde Bahnen lenkte, um dann im Sommer 1908 die genialsten Werke zu schaffen,die in dieser Zeit möglich waren: heftige, ganz aus der Farbe heraus entwickelte Bilder; der Gegenstand ist ganz verwischt und kaum sichtbar; die Expression ist nur am erregten Arbeitsvorgang und seiner Geschwindigkeit zu erkennen, weshalb manche Bilder auch dem Informel sehr nahekommen. Diese Expression ist nicht die von innerer Not geplagte und gedrängte, sondern eine aus dem Augenblick heraus notwendige, schnelle Notiz einer Figurengruppe, die kaum hingestellt schon in Bewegung geraten will. Also eher eine Impression, in notwendiger Eile entstanden.

Es läßt sich schwer erklären, was das Phänomen Gerstl ist, vielleicht ist die Musik das eigentlich prägende Moment, die Tendenz, sich ihrem Abstraktum anzuschließen, und damit der Versuch eines Ausbruchs aus dem Gegenstand; denn die Darstellung ist einem Farbenrausch unterjocht, dem ersten Schritt, aus der Vorstellung heraus zu schaffen. Gerstl gestaltet in dieser Zeit in Bereichen, in denen viele Möglichkeiten offen waren — der Weg zum Expressionismus, zur Impression — schon zu wenig, nur notwendige Hilfe —, zum Ungegenständlichen. Viele Hoffnungen, die nicht ausreifen, denn 1908 ist schon sein Todesjahr. Und jetzt, kurz vor seinem Tode, ist ein Wandel in seiner Arbeit zu bemerken, und das erstemal entstehen rein expressionistische Bilder, Seelendarstellungen, Selbstbetrachtungen. Die Not des Liebenden wird wach, die ausweglose Beziehung zu einer verheirateten Frau macht ihn zum Expressionisten, der sich in Qual verzehrt und keinen Ausweg findet und zur Selbstvernichtung greift. Hier ist er ähnlich seinen Zeitgenossen, die jedes Versagen mit dem Selbstmord bestrafen. Genau so heftig wie sein Tod ist auch seine Malerei.

Das Schicksal der Bilder Gerstls ist ein bewegtes: jahrelang eingelagert, ein großer Teil — vor allem das zeichnerische Werk — vernichtet, endlich 1931 ausgestellt, kaum verstanden und wieder vergessen. Erst nach 1945 erwacht durch das Aufkommen des Informel das Interesse an Gerstl und mit Begeisterung wird beachtet, wie Großes und Revolutionäres in wenigen Jahren erreicht wurde. Die weltweite Bedeutung dieses Werkes wird jedoch dadurch eine Einschränkung finden müssen, daß die meisten Bilder in privatem Besitz und für den Kunsthandel nicht erreichbar sind, und infolgedessen auch das Interesse für das Publizieren und Interpretieren sehr gering ist. Seit Jahren liegt eine fertige Monographie vor, die keinen Verleger findet, gibt es doch bei uns in Österreich zu wenige, die in eigener Sache etwas riskieren.

RECHT—AUF—LUST
Plädoyer eines Künstlers

»Recht auf Lust« — ich verstehe diese Worte nicht.
So muß ich mir zuerst das Recht und dann die Lust erklären.
Das Recht, eine menschliche Einrichtung, ist ständig auf Veränderung gesetzt.
Das Recht hinkt.
Es kann verschieden ausgelegt werden.
Recht ist nicht immer Recht.
Die Nationalversammlung ändert schon wieder ein Recht.
Ein Verbrecher wurde zu Recht verurteilt, obwohl er die Tat leugnet.
Die Regierung steht für das Recht ein.
Wer keinen Einfluß hat, kann sich kaum Recht verschaffen.
Der Rechtsanwalt soll Recht möglich machen.
Ohne Geld gibt es nur einen Pflicht-Rechtsanwalt.
Dies bedeutet nur zum Teil Recht.
Der Bestrafte hat nie Recht.

Vor dem Recht gibt es Unterschiede in der Kleidung.
Die Polizei hat immer recht.
Das Recht ist jenem unterworfen, der es aufgestellt hat.
Die Gemeinschaft erfindet Recht für ein gemeinsames Zusammenleben.
Usw.

Ich erschrecke, wenn ich mich umdrehe und nach dem Recht ausschaue, denn Recht ist mehr Blut als Lachen.
So hat das Recht viele Gesichter und viele Namen:

Mietrecht —
Volksrecht —
Bauernrecht —
Notrecht —
Gerichtsrecht —
Soldatenrecht —
Sozialrecht —
Kirchenrecht —
Lebensrecht —
Bezirksrecht —
bürgerliches Recht —
Handelsrecht —
Urheberrecht —
Patentrecht —
Staatsrecht —
Verwaltungsrecht —
Strafrecht —
Verfassungsrecht —
Völkerrecht —
und alle wollen recht behalten.
Recht ist Unrecht oder Unrecht Recht.
Recht beißt immerzu ins eigene Fleisch.
»Um Recht aufrechtzuerhalten, wird von zwanzig Uhr abends bis sieben Uhr früh ein allgemeines Ausgehverbot verhängt. Bei Nichteinhaltung wird geschossen, denn Recht muß Recht bleiben.«
Recht muß durch Gewalt aufrechterhalten werden.
Wer eine laute Stimme und den schnellsten Mund hat, hat recht.

Ich weiß nicht, wer recht hat?
Die Mutter hat recht.
Der Vater hat recht.
Der Lehrer hat recht.
Der Pfarrer hat recht.
Der Meister hat recht.
Der Vorsitzende hat recht.
Der Minister hat recht.
Immer hat der recht, der über dem obersten steht.
Darum kann Recht nicht Recht sein.
Wenn Recht Minderheiten schützt, so muß Recht auf den dümmsten, niedersten, kleinsten Ärmsten abgestimmt sein, denn die mächtige Minderheit braucht Recht nicht, da sie immer recht hat.

Gibt es das Kunstrecht? Eine Frage, die ich noch nie gehört habe, die aber vielleicht doch berechtigt ist.
Streng, wie Recht sein könnte, erstelle ich ein strenges Kunstrecht: »Blumenbilder, Landschaften, Aktbilder dürfen nicht mehr geschaffen werden, denn das Kunstrecht schreibt vor, daß alles, was einmal geschaffen wurde, als Wiederholung Diebstahl ist.«
Jede Wiederholung ist Raub an fremdem Denken.
Es gibt zwar Abermillionen von Bäumen, aber nur einen gemalten Baum.
Das Kunstrecht schreibt vor, daß jede Anregung Abnahme und Übernahme von Gedanken ist und darum unerlaubt sein muß. Kunstrecht kann Worte behindern, Malen behindern, Sagen behindern.
Behindern, Verhindern ist das Vorrecht des Kunstrechtes.
Ich wurde gerade angerufen und gebeten, auf mein neues Werk »Zerwuzeltes Seidenpapier wieder glattgestrichen« Farbe zu spritzen; ich habe abgelehnt und spritze nicht.
Wenn das Kunstrecht bestehen würde, könnte ich klagen, mich beklagen; so muß ich die Tränen hinunterdrücken und verbittert sein und bleiben.
Das Kunstrecht könnte Anrufe verhindern, Zumutungen nicht zumuten, alles behindern, eine Behinderung neben die anderen stellen, einen echten Behinderungslauf aufrichten.
Da würden die Künstler Haare lassen und alle Verzierungen, Garnierungen vergessen und sich erinnern,
daß ein Haus ein Haus ist,
daß Papier Papier ist,
daß Wurst Wurst ist,
daß Kunst vielleicht auch Wurst ist.
Und so würde er — der Künstler — so wurstig, wie er nun wurde, strahlend »Wurst« schreien und schnell Wurst malen oder singen oder dichten, denn Recht macht Wurst wurstig.

Das Kunstrecht hat Vorrechte in der Sowjetunion, in China, Cuba, Spanien und Griechenland.
Noch viele andere Länder sind davon betroffen, denn Kunstrecht hat immer Recht!
Dieses Recht ist wieder ein anderes Kunstrecht.
Es ist das Recht, das sagt:
»Verletze nie das Antlitz, Mensch,
vergeude nie Deine Zeit in selbstgefälliger Kritik,
überlege nicht, fasse an und schaffe!
Das Kunstrecht sei Dir Dogma.
Es fordert von Dir äußerste Hingabe.
Recht ist, was das Kunstrecht

und damit Dein Volk von Dir verlangt.
Wenn Du nach diesem Gebot handelst, handelst Du nach dem Gebot des Volkes.«

Nun kommt mir eine Idee:
Totale Staaten sollten auf Kunst verzichten.
Es gibt doch andere Möglichkeiten zu zeigen, was dieses Volk denken muß, Dinge, die unkompliziert das Reale für das Volk sichtbar zeigen.
Militärparaden, Aufmärsche sind auch Kunst.
Raketenabschüsse sind auch Kunst.
Die Flüge von Raumkapseln sind Kunst.
Transplantationen sind Kunst.
Treffen von Staatsmännern sind auch Kunst.
Usw.

Totale Staaten haben es leicht, Kunsterlebnisse zu erzeugen. Meistens sind die Vorsitzenden dieser Staaten mit verbürgerten Kunstauffassungen beladen und nicht fähig zu erkennen, wie weitschichtig Kunst gedacht werden kann.
Das Wandbild mag Kunst zeigen, das Konzert im Konzertsaal Kunst hören lassen, und die Dichtung im Theater Kunst sehen lassen.
Aber ist das alles?
Man kann genausogut sagen, wir können auf dies alles verzichten und das andere, Aufmärsche, Raumkapseln, Transplantationen und Staatstreffen, als Kunst sehen.
Das ist die Chance totaler Staaten, die behaupten, Kunst ist etwas anderes als tiefgründiges Manipulieren.
Kunst ist Erlebnis von Ereignissen, die die ganze Nation mitbewirkte und dessen Erfüllung ein ganzes Volk mitgenießt. Kunst sei Erlebnis jedes einzelnen und gleichzeitig Erlebnis aller.
Damit könnten diese mit Ideologien bestraften Länder sagen:
»Unsere Kunst hat revolutionäre Gedanken, und wir lehnen jedes kleinbürgerliche Getue ab, denn Kunst ist Revolution, neu und fortschrittlich.«
Wer kann dann sagen, hier wird unterdrückt, denn das ist nur die Unterdrückung der Fortschrittlichen, die das Vergangene abstoßen.
Das war immer erlaubt.
Damit hört jedes Recht, jedes Kunstrecht auf.

Auf, auf, auf, auf, auf, auf ...
Was heißt auf?
Auf ist ein Verhältniswort (Präposition).
Auf das Auf gibt es kein Auf und Ab, auf bleibt auf.
Auf dem Tisch liegen;
auf den Tisch legen;
aufs neue;
aufs beste;
auf einmal;
aufeinander;
auf und ab;
bergauf;
auf das Recht pfeift die Lust.

Lust, Lustmolch, Lustloch, Lustkrankheit, Lustgarten, Lustgefühl, Lusthaus, Lustjagd, Lustmord, Lustrausch, Lustschloß, Lustbarkeit, Lustbarkeitssteuer, Lustspiel, Lustration, Lustrum, Lustfrau, Lustknabe, Lustwiese, Lustmusik, Lustroman ...
Jedes Wort, das an die Lust gehängt wird, hat die Absicht, Freude zu bereiten.

Was ist ein Molch ohne Lust? Ein eidechsenartiges Tier mit meist vier Beinen und einer Haut, reich an Drüsen.
Lust verbürgt Doppeldeutungen: es wird warm und kalt, man riecht Höschen und möchte schlanke Beine.
Lust ist gleich Bordell.
Lust kann der Gedanke, das Sich-Ausmalen-von-Lust sein.
Lust steht im Roman, umschriebene Hoffnung, die sich nie erfüllt.
Lust nimmt dem Ereignis die Lust.
In Lust träumt er von der Hochzeitsnacht.
In der Wirklichkeit müssen die Abneigungen überwunden werden.

Lust zielt auf Befreiung der Gesellschaft vom Joch der Hemmungen.
Schlagworte.
Und ohne Hemmung wird die Hemmung zum Problem und zum Bedürfnis nach Lust.
Schlagworte.
Der Mensch verändert sich nie, ob Verbote bestehen oder ob diese vernichtet werden.
Es gibt keine Veränderung des einzelnen.
Schlagworte.
»Komm zu mir, ich verstehe etwas von Lust, denn meine Beschäftigung ist Lust.«
Schlagworte.
»Wenn ich bei Dir bin, vergeht mir die Lust.«
Schlagworte.
»Ich denke, Du riechst wie ein Grabmal.«
Schlagworte.
»Seit ich meine Haut mit der Seife Fa behandle, ist der Gestank wie weggeblasen.«
Schlagworte.
»Du glaubst, ich bekomme Lust.«
Schlagworte.

Was soll die Kunst damit anfangen?
Wenn die Kunst sich so weit ausbreitet, daß alles Kunst ist, warum soll Lust nicht auch Kunst sein.
Natürlich kann Lust Kunst sein, wenn die Person, die Lust erdenkt, zur Lust verführen kann.
Ich zitiere Lust: (Hoffentlich werden Sie nicht verführt und bekommen Lust.) (Vielleicht sollte ich doch lieber den Mund halten.) (Sei nicht so ängstlich; Lust ist, wenn man Zeit hat, eine natürliche Sache.) (Es war doch vorlaut von mir, es, die Lust, anzukündigen.)

1. »Wegen der allzu häufigen nächtlichen Ritte, völlig entblößt, wurde dieser Anblick der Dame, die sich immer allein war, von Begierden der Lust befallen.«
2. »Lippen auf Lippen, Zunge in den Mund geschlängelt.«
3. »Ächzen und Ächzen und Ächzen und Ächzen und Ächzen und Ächzen und Ächzen und Ächzen der Bettpfosten.«
4. ...(Ich bin zu wenig begabt in der Lust.)
(Ich habe nicht das nötige erotische Selbstvertrauen.)
(Ich bin angeknackt mit Scham.)
Ich zitiere die Dichter, die gerade Lust haben, und diese beschreiben: (Ich habe es mir wieder überlegt, ich zitiere nicht, das führt zu nichts.)

Ich gebe konkrete Anweisungen:
Lege Dich hin und schließe die Augen;
verfolge die Beine aller Mädchen;
beobachte den Minirock, wenn er in gleichförmigem Rhythmus ans Gesäß schlägt;
ein Kapuziner hat gesagt: Wenn die Damen beim Radfahren die Knie schleifen; — die Hosen zeichnen alles auf, wenn sie straff sind —; die Beine können ein X bilden, wenn die Frau nur mageres Fleisch besitzt; dies ist nur möglich, wenn die Natur Kunstwerke geboren hat.
Mit den Augen der Lust, in der Luft der Lust soll Kunst entstehen?
Diese Äußerung ruft den Kunsthistoriker auf den Plan.
Denn dieser weiß genau, behauptet er, was in der Kunst vor sich geht.
Nun muß ich wissenschaftlich werden.
Ich werde mich bemühen, möglichst verständlich zu sein:

Schritte weg von der Kunst sind relativ spät unternommen worden und doch wieder relativ früh.
Aber bald genügten die einschränkenden Prinzipien des Rechts ohne Lust nicht mehr.
In diesen Einschränkungen kann man nicht jene Erfüllung finden, die diese Ordnungsmöglichkeiten unter anderem bieten.
So ein Lustobjekt ist nicht nur mit expressiven Eigenschaften belastet — was nicht jeden berührt, erregt.
Es muß doch genügend Raum offen bleiben für Volumen, Ebenen, um Kurven und Farben ohne Nebengedanken gelten zu lassen.
Man sucht weiter im Material, das sich anbietet, durchsichtig und formbar.
So entstehen jene reizbaren, rätselhaften, sich selbst durchdringenden Gebilde, die ihre eigene Feurigkeit erzeugen, selbst Feuerträger sind und auch aller Stimmung verändern können.
Es ist nicht leicht, solche Vorstellungen in das unwillige, spröde Fleisch zu zwingen.
Es ist besser, daß die Absichten nicht immer verdeutlicht werden.

Immer geht es darum, gleichzeitig Festigkeit und flüssige Bewegung zu zeigen, wenn beides zusammengehört.
Um die wahrnehmende Zweiheit zu realisieren, bedarf es jener stabilen Durchdringung, die jedes verwischte Nachstellen verhindert, damit die wirklich beabsichtigte Entmaterialisierung der Objekte beizeiten unbeeinträchtigt zur Durchführung gelangt. Diese Vorstellung gibt wieder, wie kühn, intensiv und doch zart mit großen Dimensionen Wirkungen erzielt werden.
Überwältigt von den einfachen Gestaltungsmöglichkeiten in der Lust,
hervorgerufen durch neues Material,
Technik,
Lebenslust,
probiert der Künstler aus, was er damit machen kann,
dessen Tragweite er erst allmählich verstehen wird.

Nun wüßte ich mehr, wenn ich alles verstehen könnte.
Meine bäuerliche Vergangenheit kann handfeste Hinweise geben.
Diese wirksamen Worte vorher waren die künstliche Erklärung eines künstlerischen Koitus;
wie weit diese Lust zur Kunst zu fördern ist, ist fraglich.
Wo tiefe Brünnlein fließen, wird jede Kunst nur weiß.

Damit bin ich fast am Ende.
Und ich nehme doch noch einen Anlauf und setze fort als Künstler
(wenn man sich so nennen darf):
»In der Kunst ist alles erlaubt«,
»Moral und keine Moral«,
»Lust und Unlust«,
»Recht und Unrecht«,
»Gesetz und Gesetzlosigkeit«,
»Kunst und keine Kunst«,
»Wahrheit und Lüge«.
Damit ist alles gesagt und behauptet, daß in der Kunst jede Art von Lust erlaubt ist und praktiziert wird.

DAS UNBEGRENZT MÖGLICHE IM PLASTISCHEN

Jedes Wesen, als Körper gedacht, hat das Verlangen, im Körper sich einzuschließen, sich zu verkriechen. Das tiefe Bedürfnis nach Schutz einer Haut, hinter der alles Individuell-Wesenhafte sich frei entfalten und in Offenheit seine Geheimnisse bergen kann, diese instinktive Äußerung, im geheimen sicher zu sein und Schutz zu suchen vor einer lauernden Gefahr, die immer bereit zur Vernichtung, ist jedem gegeben, der aus dem Mutterleib kommt und sich selbst überlassen, die ursprüngliche Geborgenheit verloren hat.

Dies mag der Grund jeder künstlerischen Äußerung sein, einen Bereich zu schaffen, in dem die Person sich wieder erkennt und im Bewußtsein dieser Darstellung sich erhält. Damit sei an die geringe Anstrengung gedacht, als Individuum zu bestehen. Um das erreichen zu können, muß die Darstellung nicht jenen ästhetischen Rang besitzen, die jede Erfahrung mit der Zeit erstellt. Was dem einzelnen Zwang ist und ihn zu prägen drängt, ist nicht Kunst im Sinne einer vergangenen Kunstauffassung — dies mag der Bereich sein, in dem Kunst heute zu finden ist — und nicht Ausdruck einer vollendeten Idee, sondern die Reste des einzelnen sind es, durch die er Bestand wird. Daraus ergibt sich, daß der Künstler jetzt ein anderer als der bisher vorgezeichnete sein muß. Also nicht einer, der sich in Gefühlen verirrt und in Verlorenheit betrachtet, sondern unbeschwert in jeder Weise gestaltet. Ist doch der Moment verschwunden, der den Künstler auszeichnet als eine Art höheres Wesen. Die Werke von heute, die in ihrer unbelasteten Unmittelbarkeit sofort durchschaubar alles zeigen, beweisen dies. Daß dies meist nicht verstanden wird, ist Schuld einer Kunsttheorie, die immer noch nach Gesetzen betrachtet und von sich aus bestimmt. Warum wird nicht gesagt, daß hier nicht Tiefgründiges geschieht! Der Vorgang ist einfach: Ein Kleks kann nicht mehr sein als er ist. Ein weißes Quadrat auf weißem Grund will höchste Harmonie, Zusammenklang sein und ist immer noch zuviel Kunst — eine weiße Fläche wäre mehr...

Damit sind wir an der Grenze, und alles ist ausgelöscht, was die Kunst im Sinne der europäischen Tradition will. Ganz neue, unserer Massengesellschaft angepaßte Möglichkeiten sollten in den künstlerischen Medienraum greifen. Vielleicht kann die maschinelle Herstellung von unnützen Gegenständen versucht werden. Daraus ergibt sich die Verwendbarkeit von neuen Materialien und die laufende Veränderlichkeit der Formen, die vom Verlangen der Maschine her entwickelt werden. Die Industrialisierung des Künstlerischen würde den Künstler völlig abschaffen und eine Art Konstrukteur notwendig machen, der jede formale Äußerung zu entwickeln hat. Es fragt sich, ob dies genug Sinn hätte, würde doch jede Individualität ausgeschaltet werden. Nun muß grundsätzlich untersucht werden, wie weit die Person ins Geschehen überhaupt eingreifen und wirken kann. Der eigentlichen Neuschöpfung steht keine Grundlage voran, und sie kommt in höchster Konzentration, in der jede Bewußtwerdung schwindet. Das schon Bekannte hat nur begrenzte Gültigkeit. Jede Anregung ist spontan und von Begeisterung getragen, das Beschaute wird nur oberflächlich betrachtet und erahnt. Die Person arbeitet nur soweit, als ihre Erfahrung reicht. Damit ist gegeben, daß das schon Bekannte auf einem Plan vorbestimmt sein kann. Also ist, wie bei Bronzegüssen, die Möglichkeit einer Serienerzeugung gegeben, die bewußter und natürlicher entstehen läßt. Damit ist nicht das Individuum ausgeschaltet, das den Plan für die Maschine erstellt, denn jede Erzeugung muß gezeugt werden. Daß dies zum Teil schon versucht wurde, soll hier gezeigt werden.

Die vielen Möglichkeiten, Skulpturen zu schaffen, wurden erst in unserem Jahrhundert entdeckt. Die Begrenzung, nur in Volumen zu schaffen, ist aufgehoben, und seit den Anfängen der konstruktiven Bewegung hat die Skulptur architektonisches Aussehen erlangt. Dazu kommt noch, daß Gegenstände, denen eine andere Sinngebung unterlegt wird, ihrer Funktion enthoben, in ganz neuer Sicht Bedeutung erhalten und so ihrem Zweck entfremdet sind. Dieses Herausreißen aus artgebundener, sinngebender Gemeinsamkeit schafft Situationen und Erregungen, die jeder Konflikt mit sich bringt. Die Auseinandersetzung mit den fremden, an nichts gebundenen Gegenständen, denen man aber ihre Zugehörigkeit ansieht, schafft die großen Möglichkeiten des künstlerischen Manipulierens, in diese Unordnung des Verschiedenen wieder ein Gemeinsames zu schaffen. Damit ist auch zu verstehen, daß gegensätzliche Materialien zusammenwachsen können.

In vielen Richtungen kann sich heute etwas formen, sprunghaft ist alles Entstehen, und von Überraschung zu Überraschung ist jetzt noch Lebendiges schon morgen Vergangenheit. Damit ist aufgezeigt, wie alles um uns sich verändert und in Bewegung ist. Dem entsprechend soll auch gestaltet werden, nicht für Jahrtausende, sondern für kurze Abschnitte, jedem die Form, die ihm Wunsch ist. Daß jede Bewegung nur von kurzer Dauer sein kann, ist gut, sollen doch immer neue, nachdrängende Gedanken und Ideen Vergangenes verdrängen und es erholen lassen.

Der Künstler von heute ist nicht jemand, der begrenzt einen bestimmten künstlerischen Bereich betritt, sondern er ist universell allem verpflichtet und wird dort am stärksten sein, wo sich die meisten künstlerischen Möglichkeiten zusammenschließen lassen.

DIE BELEIDIGTEN BELEIDIGER 1971

Er ist beleidigt, weil er beleidigt.
Weil sie beleidigen, sind alle beleidigt.
Ich beleidige, weil ich beleidigt werden will.
Beleidigt sein, heißt beleidigen.

MASSENMEDIEN UND KUNST

Wie man Kunst in den Medien anbringt und welche Funktion die Kunst in den Medien erfüllt, ist die Ausgangsbasis meiner kurzen Ausführungen, denn es geht hier nicht um die Frage, wie man die Individualität des einzelnen Künstlers in den Medien herausstellt, um ihn populär zu machen. Es geht um die Möglichkeit an sich, um die Verbesserung der allgemeinen Darstellung des Phänomens der Kunst, und darum, die Medien Fernsehen und Rundfunk effektiver für den Zuschauer in Bedienung zu bringen. Hier liegt der Kern jeder Diskussion und der Ansatz für eine Auseinandersetzung.

Ich möchte hier nicht nur polemisieren, trotzdem genügend Stoff dazu da wäre, denn es ist in jedem Fall leichter zu kritisieren. Wir dürfen nicht vergessen, daß die Massenmedien mit dem Mittelmaß rechnen müssen und das ist für jene, die zumindest glauben, Qualität zu produzieren, fast unverständlich. Trotzdem sehe ich die Aussicht auf Verständigung, denn mehrere Punkte wären da zu erkennen und zu berücksichtigen. Ich setze mich in einen meiner Widersprüche und meine: Mittelmaß heißt noch lange nicht Aufgabe der Spitzenleistung im Mittelmaß. Im Gegenteil. Je verständlicher und direkter die Aussage sein soll, umso schwieriger ist der Aufgabenbereich.

Und hier möchte ich einsetzen. Es wird nach und auf bestimmten jahrelangen Erfolgen herumgeritten. Um ein Beispiel zu nennen: das Wiener Klischee. Es muß nicht erklärt werden, wir kennen es alle. Walzerseligkeit, Heurigenstimmung usw. müssen ewig hinhalten und lassen keine wie immer gearteten neuen Vorstellungen zu. Aber der Wiener ist mehr als nur weinselig oder raunzig, er ist vor allem sehr kritisch und hier setzen die Klischees ein. Denn kritisch darf es bei Unterhaltungssendungen nicht zugehen; der Akteur, der eine kritische Person anbieten soll, wird hinstilisiert auf jenen und schon seit langem bekannten Klischeewiener: kritisch ist gleich raunzig usw. Dies nur stellvertretend für die irrige Ansicht, die Wirklichkeit könnte fad sein, die Wiederholung vorgezeichneter bewährter Verzerrungen sei ein ewiger Erfolg. Nur Erfolge lassen sich mit dem Gleichen auf die Dauer nicht erzielen.

Man wird mir nun Abweichung vom Thema vorhalten. Aber ich bin bereits tief ins Thema vorgedrungen und mir erscheint es wichtig, hinzuzeigen auf Probleme, die uns allen am Herzen liegen. In der Ära Bacher war das Selbstbewußtsein, die Übertreibung der Stil, um Unvermögen und Unsicherheit mit Gewalt vom Tisch zu fegen. Wenn man vehement von sich behauptet, das beste Fernsehen zu machen, glauben es allmählich alle. Aber der Selbsterhaltungstrieb darf nicht über der Leistung und über dem Auftrag stehen. In diesem Zusammenhang wäre auch Positives zu nennen: die Hinzufügung von neuen Programmen, die Verbesserung der Nachrichten und die Ausdehnung derselben auf die Journalform. Und ebenso wichtig ist die Tat zu vermerken, daß ins Journal, d.h. in den Verband der Nachrichten bei Rundfunk und Fernsehen, die sogenannten Kulturberichte hinzugekommen sind. Eine einmalige Leistung, wenn man bedenkt, daß andere Länder nur sporadisch über Kunst und Kultur berichten und dies sogar äußerst selten als notwendig erachten. Aber manche machen es natürlich besser als wir es in Österreich täglich erleben müssen. Die schlechten Vorbilder machen Schule; dazu kommt ein breites Desinteresse der Bevölkerung, das diese besondere Leistung für die Kunst zum Wackeln bringen muß.

Der Hörfunk, durch eine längere Tradition und von fähigeren Kulturberichterstattern getragen und unterstützt von der Programmleitung, konnte sogar für das Stiefkind bildende Kunst die Sendezeit, wenn auch zur Nachtzeit, erweitern. Hingegen drückt sich das Medium Fernsehen immer mehr vor seiner Aufgabe, Träger, Entwickler und auch Vermittler von Kunstpositionen zu sein. Die jahrelange schlechte Personalpolitik und der einseitige Einsatz von Journalisten machen sich bemerkbar. Eine Bildvermittlung kann und soll in erster Linie dem Bild zugewandt sein, was immer wieder vergessen bzw. unterlassen wird. Man könnte meinen, das Fernsehen sei nicht in erster Linie ein optisches Medium, wenn man die Berichterstattung über die bildende Kunst verfolgt. Dabei ist die beste Vermittlung von Bildern durch den bildhaften Vorgang Fernsehen am direktesten möglich. Die bildende Kunst wird von ihrem besten Vermittler immer mehr ausgeschlossen. Es ist bezeichnend für diese Verbannung der bildenden Kunst, daß man die wöchentliche 15-Minuten-»Galerie«-Sendung parallel zum Sport oder einem anderen sogenannten Unterhaltungsknüller setzt, sodaß kaum die Chance einer Breitenwirkung gegeben ist. Und der Programmchef Kreuzer sieht, wie man hört, die Sendung als möglichst billig produzierten Zeitfüller. Manchmal werden statt Originalbildern fotografierte Bilder aus Bildbänden abgefilmt.

Als vor einigen Tagen Man Ray, einer der wichtigsten Künstler unseres Jahrhunderts starb, waren für ihn nicht mehr als zwei Sätze zur Verfügung. Kein Werk war zu sehen, kein Ausschnitt eines Films wurde gezeigt, obwohl gerade Man Ray für die fotografische Kunst Pionierleistungen gesetzt hat. Journalisten und Programmgestalter lieben eben mehr den Klatsch, den Aufhänger für die sogenannte Allgemeinheit. Lieber das Mittelmaß des malenden Schauspielers, also die äußerlichste Sensation für die Journalkultur des Fernsehens. Keine Extreme, keine neuen Neigungen in der Kunst, keine wirklichen Kulturnachrichten internationaler und nationaler Ereignisse. Nur dem Theater und der Oper, und da vor allem den Haupthäusern, egal was sie produzieren, wird breiter Raum gelassen.

Diese Mängel sind nur dann zu beheben, wenn der Wille zur Veränderung vorhanden ist, und die notwendigen Fachleute für Sachfragen wie die bildende Kunst eingesetzt werden. Denn das Fernsehen ist ein Kunstmittel und wird mit der Zeit ohne die Mittel der Kunst im optischen, ästhetischen, aber auch geistigen Leerlauf enden. Ich meine Kunst als wichtigen Faktor bei der Gestaltung eines wie immer gearteten Programms, auch bei den Nachrichten. Und gerade in dieser Richtung hin wurde alles vernachlässigt. Hier könnten die Künstler etwas mitleisten beim Aufbau eines Studios für Fernsehentwicklung, bei experimentellen Versuchen und als Ideenlieferer. Ein eigenes Studio zur mediengerechten Bearbeitung der Programme mit den Mitteln der Kunst erachte ich für beide Seiten sehr produktiv, denn der heutige Künstler hat ein weites Feld von Ausdrucksmöglichkeiten durch Video, Film, Malerei, Plastik. Warum läßt man dieses Reservoir von schöpferischer Kraft brachliegen? Man könnte nicht nur den Massenmedien nützen, sondern gleichzeitig einen sozialen Mißstand unter der Künstlerschaft teilweise beiseiteschaffen.

Der Wirtschaftswissenschafter John Kenneth Galbraith ist der Meinung, daß die von der industriellen Leistungsgesellschaft favorisierte Wettbewerbsideologie im Wirtschaftsleben dazu geführt habe, daß das Künstlerische mehr und mehr zugunsten des Nützlichen in den Hintergrund gedrängt worden sei. Als ästhetisch schön habe der Wettbewerbswirtschaft nur gegolten, was ihr auch ihren Nutzen zu vermehren schien. Die daraus sich entwickelnde Kunstfeindlichkeit habe jedoch dazu geführt, daß die Wirtschaftsorganisationen sich selbst Schaden zufügten, indem sie vor allem ihren informellen Spielraum intern immer mehr einengten und so für gerade aus dem Künstlerischen heraus zu erwartende innovative Impulse zu geringe Wirkungsbereiche offenließen. Die Regenerationsmöglichkeiten der Wirtschaftsstrukturen und damit der Gesellschaft insgesamt, meint der Wissenschaftler, müßten durch die verstärkte Einbeziehung von beratenden Künstlern wieder erweitert werden. Galbraiths Überlegungen treffen genau die Situation der Massenmedien und deren Manager. Ihre überhebliche Selbsteinschätzung hat zu einer rücksichtslosen Ausschaltung jeglicher schöpferischer Kraft geführt.

KÜNSTLERMASSE

Was verstehst Du unter Künstlermasse? In diesem Fall meine ich den Germ (Hefe) in der Masse, einzelne, jene, die den Versuch starten, auszubrechen. Es fragt sich, ob so etwas bei uns gelingt. Denn diese, hier vorgestellt, glauben Avantgarde zu sein, sind es aber sicher nicht, denn Avantgarde sind nur jene, die kaum erkennbar irgendwo eine Leistung setzen und vielleicht später als allgemeiner Begriff für jeden sichtbar werden. Hier ist die eigentliche Revolution im Gang, die weder nach Anerkennung noch nach Publikum verlangt. Ist zu fragen, ob dieses Neue auch bei uns die Möglichkeit zum Entstehen hat. Selbstverständlich, Revolution kann man überall betreiben! Und trotzdem glaube ich es nicht, denn die bildende Kunst ist für uns Neuland und noch immer im Stadium der ersten kindlichen Gehversuche.

Weshalb? Ihr habt doch auch eine malerische Tradition. Klimt und Schiele waren nicht die ersten österreichischen Maler ... Diese Einzelpersönlichkeiten sind sicherlich von großer Bedeutung, aber bei uns wurde nichts unternommen, das über unsere Grenzen hinaus stilbildend und verändernd wirkte. Das ging sogar soweit, daß keiner der internationalen Stile wie beispielweise der Kubismus von seiner Zeit aufgenommen wurde.

Gibt es den Zusammenhang zwischen Avantgarde und Stil? Avantgardisten sind jene, die stilbildend vorausdenken, indem sie eben Dinge erfinden, die so aufregend, so aufreizend sind, daß sie als wichtig betrachtet und von der Masse der Künstler verarbeitet und dadurch zu einem Stil erhoben werden. Es ist eine Gesetzmäßigkeit, daß alles, was erfunden, solange einer Wiederholung ausgesetzt wird, bis es unerträglich scheint. Beispiel: internationaler Tachismus. Wenn man bedenkt, daß diese Stilrichtung, in mehreren Ländern gleichzeitig erfunden, nach 1956 wie die Pest alle Länder erfaßte und bis tief in die 60er Jahre das internationale Kunstgeschehen diktierte, ersieht man, wie schwierig es ist, sich von diesen lawinenhaften Einflüssen freizuhalten und Eigenes zu erfinden.

An wem, wie, wo orientieren sich hiesige Maler?

Unsere Kunstschulen geben überhaupt keinen Informationswert weiter, sie fußen noch immer auf der schulischen Tätigkeit des 19. Jahrhunderts, auf dem Verhältnis Meister-Schüler, sodaß der Studierende nichts anderes unternehmen darf, als sein direktes Vorbild zu kopieren. Nur jener Künstler hat die Möglichkeit, sich zu finden, der eine autodidaktische Aktivität entwickelt und sich die Information im Ausland oder aus Kunstzeitschriften sucht. Denn auch unsere Presse, deren eigentliche Aufgabe es ist, Information zu liefern, ist nicht imstande, das im Bereich der bildenden Kunst zu tun. Und woran liegt das?

Das hängt natürlich mit der sogenannten Wiener Situation zusammen, mit der oft unqualifizierten, überheblichen, unorientierten Berichterstattung, mit der Überschätzung des Opern-, Theater- und Konzertbetriebes, der völlig falschen Kunstpolitik der staatlichen Stellen, der ignoranten Haltung gegenüber jedem Experiment und der Überschätzung erkennbarer konservativer Kunstauffassungen. Dieses Klima ist kein Klima! — Ach, könnte ich in ein anderes Klima ... Darum jenes doch berechtigte Gejammer jener, die ins Ausland abhauen.

Habe noch immer keine genaue Antwort auf die Frage nach der Orientierung der österreichischen Künstler.

Sie bilden sich was ein!

Das ist keine Antwort, ich rede ja von Orientierung und nicht von Bildung. Einbildung ist auch eine Bildung. Im übrigen ist die Frage beantwortet.

N e i n !

Sie bildern und bilden sich ein, alles selbst erfunden zu haben. Sie bereisen das Ausland. Sie blättern in Büchern. Dort kann eine Information stehen. Sie kopieren sich. Ernst kopiert Pichler und Hollein kopieren viele. Und Oberhuber kopiert alle.

Reden wir von was anderem.

Reden wir von was?

Ja, von was reden wir denn?

Immer noch von der Kunst.

In Österreich.

Nenn mir ein paar alte. Wie? Alte, österreichische Maler aus dem 19. Jahrhundert. Sogenannte Klassiker. Theodor Hörmann. Ist mir unbekannt. Tina Blau. Kenn' ich nicht. Waldmüller. Auch nicht bekannt. Hermann Schuch. Nie gehört. Dies wäre fortzusetzen. Was kommt dabei heraus. Es kommt dabei heraus, alles was uns auch blüht. Daß der kleinste Ausländer uns kaum am Namen behalten wird.

Künstlermasse.

Damit ergehe ich mich in neuen Erklärungen. Ich beschreite jene Berge von Kunstrichtungen, die zum Teil wenigstens auch bei uns realisiert wurden. Da beginne ich halt beim formenden Stil, darin waren wir gut. Fortschrittlich. Diese Ausscheidungen haben doch so manches bewirkt (nachzulesen im Katalog: »Anfänge des Informel«, Ausstellung im Museum des 20. Jahrhunderts, 1971). Das sind die, die von hinten kommen. Und dann, was kam dann?? — Wieso werden wir historisch? Ein alter Hut der Kunstgeschichtler. Doch dann lieber Nitsch-Happening.

Trotzdem möchte ich jetzt eine historische Erklärung abgeben: Nie hat eine Zeit die Kunst für so unwichtig befunden wie unsere Zeit.

Wie kommst Du da drauf?

Ich komme darauf, weil ich eine wichtige Erklärung abgab, die besagt, daß nur in diesem Klima der völligen Gleichgültigkeit und Unwichtigkeit, in der sich die Kunst befindet, Kunst im Entstehen möglich ist. Es ist die Möglichkeit oder das Hoffen in der Hoffnungslosigkeit, das planlose Agieren, der Versuch, unbegrenzt, bindungslos Dinge zu erstellen, nach denen nicht gefragt wird.

Ist es wahr, daß nicht danach gefragt wird?

Ja, sehr trief . .. nein, tiefgründig.

Ist es wahr, daß nicht danach gefragt wird?

Es ist selbstverständlich, daß der Mensch beständig jene Dinge erstrebt, die unbekannt sind. — Ich ergieße mich in Feuer jenem Wesen, das ich kaum betrachtet ...

Wirst Du zu Goethe? Hochtrabende Formulierungen waren bei Kunsterklärungen schon immer beliebt!

Je höher die Kunst, umso tiefer die Gedanken.

Aber das ist wieder mal mies ...

Im Anfang stand die Kunst und dann die Erklärung!

Gemeinplatz.

Die Aussage, die man macht, muß nicht immer Substanz haben. Denn hätte sie Substanz (im traditionellen Sinn), so wäre das, was man sagt, etwas Bekanntes. Nur Bekanntes verwahrt in sich die Substanz oft gedachter Überlegungen. Also ist Kunst der Ausdruck ungedachter oder unbedachter Rohheit, der unmittelbare Versuch, zu erahnen. Deshalb ist das Neue fast nie möglich. Nichts ist unangenehmer, als nicht zu wissen, was man tut. Viele tun nichts.

Schon war er drin und jetzt ist er schon wieder draus. Darum bin ich drausgekommen. Kurze Pause, damit ich mich wieder einspiele.

Ist dieser Text eigentlich auf das Buch bezogen?

Es verzieht sich mir der Mund.

Ich sage mir, Dir, sind diese Beispiele wirkliche Beispiele? Ist dieser Begriff »Beispiel« nicht ein falscher Begriff? Ich persönlich weiß nicht, wieso Du gerade diese Beispiele österreichischer Kunst herausgenommen hast? Was für Kriterien der Beurteilung setzt Du?

Ja? Ja... Gefühl, Freundschaften, Devotheit, Abneigung, Zuneigung, Feindschaft, Unsicherheit, Kenntnis, Unkenntnis — alles menschliche Voraussetzungen (besonders mies!).

Ich wiederhole: besonders mies.

Also, dieses Thema ist erschöpft!

Nein, Du rennst dem davon, was wir tun sollten.

Komm, machen wir noch ein bißchen in Kunstgeschichte.

Theorie ist einfachste, äußerste Kompliziertheit. Könnten wir nicht auch was aus einem Buch abschreiben?

Letztere Zeilen scheinen mir zu persönlich, und Dir?

Mir kann nichts persönlich genug sein, denn Subjektivität ist der äußerste Anspruch, nicht auch, sondern gerade in der Kunst. So ist es auch kein Nachteil, wenn jeder für sich unternimmt und für sich behauptet, persönlich zu sein. Subjektiv ist in jedem Fall besser: Subjekte zeugen sich leichter. Objekt ist Verzicht auf sich, auf lustig, auf Temperament, auf vital, auf Person, auf Leben, auf ... Es ist ein Irrtum zu denken, es gäbe Objekt. Darum lieber verwesen, verwildern, verwandeln, verwüsten, verwerfen, verwirren, verirren ...

Diese Künstler haben erreicht, daß sie endlich Anschluß gefunden haben an internationale Stilbewegungen, das heißt, daß sie zumindest in ihrer Tätigkeit sich dort bewegen, wo sie glauben ...

Hiermit sei meine Einführung beendet, ein überflüssiges Unterfangen, denn meine Einführungen sind keine Einführungen, sondern wären eine Wiederholung dessen, was über jeden einzelnen schon gesagt wurde.

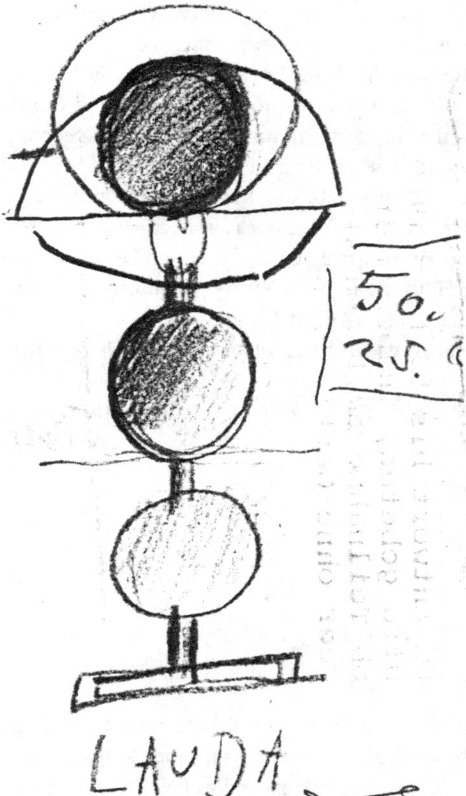

CORSIN FONTANA ODER DIE WIEDERGEBURT EINES KÜNSTLERS

1971

Er scheint mir aus dem Grab gekommen, nicht daß er wie eine Leiche stinkt — trotzdem er sicher auch stinkt — und an seinen langen Nägeln zu kauen hat. Aber — und jetzt wird er lachen — oder er lacht nur, weil er gern lacht, aber jetzt muß ich beweisen, mir kommt der kalte Schweiß, daß er aus dem Boden kommt. — Am, im Boden liegen die Ursachen, die Rübchen, Erdäpfel und der andere Stoff, aus dem er kommt, wie der liebe Gott sagt: »Die vielen Dinge dieser Welt!« Er düngt am meisten, ein Bauer muß es auch, damit etwas herauskommt. Was kommt, da kommt die liebste Frucht, der Segen über sie.

1. Nachdem die Ursache dieses Loches bekannt wurde, mußte er möglichst im Verschwundenen sich schwinden — auch eine Leiche hat Geheimnisse, die sie verbirgt.
2. Somit blieb nichts anderes zu tun, als Zeichen zu geben, sicher vor allem dunkelbraune, er konnte sich dahinter verbergen.
3. Als ihm das Geld ausblieb, spuckte er in die Hände und rieb damit sein Gesicht, aber die dunkle Farbe war nicht zu wischen.
4. Sein Ton war ein langer Ton ohne Luft, und er blieb am Himmel, nein, am Fenster, nein, am Haus, nein, ist ja Wurst — hängen — sehr schön wie der Ton zu sehen war — ach, meine Augen fliegen.
5. Der Lärm war — wie unbeschreiblich, und doch konnte er nicht aufhören, ihn zu schlagen.
6. Der Schoß des Mädchens war schon blutig, aber ihr langer Schrei konnte die Stöße nicht behindern.

FÜR WALTER PICHLER

Im Entwicklungsland Österreich gehört die Vorstellung von Kunst einer Vergangenheit an, die hundert Jahre zurückliegt, einer Zeit an, in der der Begriff von den schönen Künsten Geltung bekam und es keine Schande war, mit Gefühl, Sensibilität, Intuition etwas zu schaffen. Mit diesen Worten etwas zu beschreiben, mag wohl zu solch einer beschaulichen Zeit passen, in unserer Zeit angewendet, reizt dies aber zum Lachen.

Es soll hier die Rede von Pichler sein, und da bleibt der Mund stehen und die Feder beginnt zu kleben, und es wird still und keiner sagt etwas, denn da stehen so Gebilde, an denen man nichts sehen kann. Und da hört das Gefühl auf und die Sensibilität verkriecht sich, denn die Zukunft hat schon begonnen und sieht anders aus. Pichler sagt: »Ich pfeife auf alles, was ich gesehen habe« und zündet sich eine Zigarette an und streut Asche auf die Vergangenheit. Dann pfeift er noch lange, und schon ist alles verschwunden.

Die Kunst ist nicht notwendig. Sie ist Spiel und Unterhaltung, Verkleidung und Verwandlung, Utopie und Illusion, ein bunter Haufen geistiger Auseinandersetzung, eine Art Sport höherer Ordnung. Man stellt Aufgaben, die, gelöst durch sinnenhafte und gedankliche Überlegungen, Gebilde entstehen lassen, die genügend Befriedigung schaffen.

Kunst als Hobby: Pichler bläst in eine Plastikhaut und eine große Blase entsteht, bleibt und bricht wieder zusammen. Ein Ton schreit und es ist zum Lachen — man glaubt, eine Maschine arbeitet, aber es ist doch keine. Die Zukunft hat schon begonnen und ist schon im Eimer. Die Technik und die Wissenschaft sind am Werk und schaffen sich Denkmäler, große Gebilde der Zukunft, Laboratorien, in denen unbekannte Möglichkeiten dem Experiment ausgesetzt werden. Das Auge ist zufrieden, denn es kann viel sehen, und keiner hat die Verantwortung zu tragen in dieser gleichgültigen Masche der Unterhaltung, und man könnte die Augen schließen und einschlafen.

Wie könnte eine Kunst der Zukunft aussehen? Bei einer solchen Überlegung kann man gewisse Voraussetzungen nicht ausschließen, die das Klima schaffen, in dem etwas entstehen soll. Jedes historische Denken sollte reduziert, und nur das, was als Ausgangsbasis wichtig und notwendig erscheint, bedacht werden. Nur die lebendige Gegenwart kann Lehrmeister sein.

So viel Präzision ist nicht auszuhalten, die Kälte zieht am Rücken hinauf, denn der Konstrukteur ist am Werk mit Zirkel und Lineal, eine Art Architekt, der genau im Plan überlegt, was er will, dem sogar dieser Plan genügen kann, denn auf diesem ist alles schon realisiert.

Die Ästhetik als Begriff ist einer dauernden Wandlung unterworfen und nur jeweils in der Rückschau neu bestimmbar. Sie ist als Anhaltspunkt für die Kunst nicht brauchbar. Jede philosophische Betrachtung über die Kunst hat die einfache Betrachtung verdrängt und mit Unverstand Geheimnisse in klare und offen vor uns liegende künstlerische Vorgänge hineininterpretiert.

Am schönsten wäre eine Maschine, die in Massen Kunst spuckt. Man stellt das Programm ein, drückt den Hebel und eine lange Wurst von Kunst springt heraus, bis der Bedarf für alle gedeckt ist — für den einen runde Kunst, für den anderen lange oder kantige Kunst. Dies hat viel Sinn, denn die immer gleichen Kunstwerke machen müde und verlangen zu viel Respekt. Schnelle und billige Kunst soll kommen, damit die Angst nicht aufsteigt, die Vergangenheit auf den Müllhaufen werfen zu müssen — ein Traum von Pichler, aber schon Zukunft.

Durch die Technik, die Chemie usw. werden Materialien frei, die unbegrenzt zum Spielen und zum Manipulieren anregen können. Die Industrialisierung des Künstlerischen würde unserer Massengesellschaft den notwendigen Bedarf zuführen können. Denn jeder Stuhl, jede Kerze gelten als Ersatz zum Erfassen plastischer Werte.

Pichler ist so unkompliziert, daß ihm dies kein Problem ist. Jeder Bereich, der außerhalb seiner Möglichkeiten liegt, wird nicht beachtet. Das geht so weit, daß bedeutende Findungen wie das Schweben und Fliegen, die Kräfte der Atome, Optisches und Medizinisches ihrer Sinngebung entrissen werden und, in ganz neue Funktionen gehoben, jede Brauchbarkeit verlieren und als Witz vegetieren.

Rücksichtslos werden jene Themen verdrängt, die das unmittelbar auffassende menschliche Auge erschaut. Die Kunst hat heute nicht mehr die Funktion, eine Abschrift zu vermitteln. Dem ist vom Anfang eine Grenze gesetzt, ist doch Sichtbares, wie es uns entgegentritt, auch nicht die Wirklichkeit, die wir zu sehen glauben. Wenn schon die Natur Täuschungen erstellt, warum soll nicht auch der Mensch dies tun.

Der Künstler ist heute davon abgekommen, die Spuren des Künstlerischen sichtbar zu machen. Wir erleben keine Pinselhiebe mehr, kein Beschmieren der Leinwände. All dem ist eine knappe Notwendigkeit vorgesetzt worden.

Pichler wird immer größer, immer schöner, und die Finger werden länger, das Gehirn breitet sich aus und vergißt seine Frau. Ein Genie entsteht und Michelangelo verschwindet. Schon fliegt er fort und ist kaum mehr zu sehen. Kein Blitzlicht, kein Reporter kann ihn mehr sehen.

LIEBER WEWERKA!

Ein Kunsthistoriker würde Dir jetzt ein genaues Denkmal setzen, aber ich weiß nicht, ob Du ihm bekannt bist. Dich nur zu ahnen — Erahnen ist eine Kunst, die kaum jemand versteht. Wo bist Du jetzt, wo bist Du morgen? übermorgen? überübermorgen? Ich möchte auf Dich was sagen; zerschnitten wie Deine Schallplatte, Fensterrahmen, Stühle, zerschneide ich Dich in Teile: Das Ohr Wewerka, die Nase Wewerka, die Stimme Wewerka, der Magen Wewerka, der ganze Wewerka ist kein Wewerka. (Er soll sich ruhig auf dem Knie bewegen, ich kann ihn nicht auf die Füße zwingen.) Mit der Zeit wirst Du Deinen Widerspruch aus der Welt schaffen, so er nicht doch gebraucht wird. Ich widerspreche Dir nicht!

Ich neige mich Dir zu, wir neigen uns zu, denn was sollten wir auch tun. Nicht daß dies verlangt wird, ich würde mich scheuen, verscheuen, wenn ich gefordert werde. Ich neige mich, weil ich Neigungen verspüre. Neigungen, Verneigungen, Zuneigungen haben Ursachen, die gibt man nicht ohne weiteres weiter. Hören, erhören, anhören, ich folge Deinen Worten, es erstaunt Dich, ich spreche immer noch von Dir, Wewerka!

Eigentlich möchte ich Dich mit Steinen bewerfen. Wer sich auf Dich verläßt, ist verlassen. Die verlassene Braut am Telefon, die verlassene Wohnung in Köln, die verlassene, Deine verlassene Architektur, die verlassene Kunst — auch eine Kunstauffassung. Jederzeit ist Deine Zeit, eine verlassene Zeit.

Manchmal fehlen mir die Worte, ich sollte Dich erklären, aber was kann hier ich klären. Es stellen sich Fragen, warum Raumreduzieren, warum Verschiebung der Perspektiven. Da verendet jedes Wort an der Erklärung, somit hört jede Klärung auf. Klar, warum klar? Man klärt mich auf, damit ich mehr weiß.

WOTRUBA

Alpbach, 15. 7. 1980

Wotrubas Bedeutung fußt auf zwei wesentlichen Momenten, einerseits auf seiner geschichtlichen Position innerhalb der österreichischen Plastik und andererseits auf seiner Entwicklung einer neuen Formensprache, mit der er an der Veränderung der plastischen Prinzipien mitgewirkt hat.

Die bildende Kunst Österreichs in ihrer Gesamtheit beginnt, international gesehen, erst mit dem auslaufenden 19. und beginnenden 20. Jahrhundert wichtig zu werden. Es gibt zwar immer wieder wichtige Einzelpersönlichkeiten, sodaß die Kunst an sich wohl von einem dem Kaiserhaus angehörenden Mäzenatentum getragen wird, die Kunstauffassung sich sonst aber in allgemeinen Kriterien bewegt.

Die Bildhauerei zu Beginn des 20. Jahrhunderts wird von Metzner und Hanak bestimmt. Hier schließt Wotruba an, aber nicht nur als Schüler von Hanak, sondern in bewußter Überlegung, aus dem klassischen Formenschatz konstruktive, sichtbare Plastiken zu erstellen. In den zwanziger Jahren wurde vor allem durch Bildhauer wie Maillol dieses Prinzip der klassischen Plastik als Gegenposition zu der räumlichen Konzeption der kubistischen und abstrakten Objekte verwirklicht. Hier leistet Wotruba einen wichtigen Beitrag in Richtung dieser Wiederfindung der menschlichen Figur. Im Rahmen der Interpretation ist aber in Hinblick auf diese Leistungen noch nichts geschehen, obwohl man gerade diese wichtigen Aussagen als einen wesentlichen Beitrag ansehen muß. Die große Lebendigkeit, auf das Material übertragen, bedeutet eine zusätzliche Leistung, welche als Nebenerscheinung in die Interpretation mitgenommen werden kann. Vor allem ist aber der geistige Inhalt zu beachten, wird doch einerseits das barocke Element weggelassen, und das Prinzip, sich aus der griechischen Realformulierung zu lösen, verwirklicht, während andererseits die aus der Zeit erfundene expressive Ausdrucksform in einer stillen Sprache eingeprägt wird. Dies ergibt eine Aussage, die sich für die Zeit des Entstehens richtig darstellt, indem sie in sich nicht nur die neue Sachlichkeit, den Expressionismus und einen Neuaufbruch manifestiert, sondern gleichzeitig auch eine politische Definition beinhaltet, welche auf eine sehr stark menschbezogene, soziale Haltung schließen läßt — sind doch die politischen Parteien der damaligen Zeit in gleicher Weise damit beschäftigt, die richtige Ideologie für die Gesellschaft zu finden, sodaß diese fluktuierende, gegensätzliche Situation auch gerade durch diese Verunsicherung zur Katastrophe führt. Hier ist in der Plastik Wotrubas eine Vorwegnahme dieser verunsicherten Situation dokumentarisch eingeprägt, sodaß Wotruba aus der Enttäuschung eines allgemeinen politischen Zusammenbruchs nach 1945 die Distanz zum Menschen als Abbild in einer fast kultischen Zurückhaltung zum Ausdruck bringt. In dieser Zeit entstehen die vielleicht erschütterndsten Hinweise auf Menschen, die nur Grundbewegungen wie Stehen, Schreiten, Liegen anzeigen. Zum ersten Mal verwendet Wotruba das Material Ton, in dem er in schneller Folge eine Serie von fast urzeitlichen Körpern hinskizziert, in der sich Enttäuschung, existentielle Vereinsamung und eine sehr subjektive, fast unverständliche Neigung zur Zurückgezogenheit erkennen lassen. Sein Erlebnis des durch den Krieg zerstörten Wien wird auch in dieser totalen Auflösung formaler Elemente bewußt zu einer Art Aufschrei des aus der Emigration Zurückgekehrten.

Wotrubas Berufung an die Akademie der bildenden Künste in Wien hat zur Folge, daß die österreichische Plastik einen Aufschwung erlebt und an Selbstbewußtsein gewinnt. Gleichzeitig führt die intensive Beschäftigung mit der Jugend zu einer Beeinflussung seiner eigenen Arbeitsweise, denn jetzt zeigt sich, daß aus den chaotischen Elementarvorgängen heraus mit dem klassischen Prinzip seiner Frühzeit eine Analyse dieser direkten Sprache möglich wird. Gleichzeitig fügt er fast meßbare, konstruktive Elemente ein, die sehr stark kubisch bezogen sind und teilweise in röhrenhaften Rundformen die Faßbarkeit des Plastischen veranschaulichen. Die bewußt eingebremste Vitalität, die ja im konstant expressiven Ausdruck seiner Arbeit immer sichtbarer bleibt, erzeugt für den Betrachter jene merkwürdige Mischung von empfindsamen, sehr gefühlsbetonten Durchformungen kleiner Bereiche bei großzügigem Nebeneinanderstellen von Einzelelementen. Dies führt zu einem erleichterten Erkennen des plastischen Vorganges.

Räume sollen nicht nur ausgenützt werden zum nützlichen Anfüllen, denn Räume sind mehr als nur Nutzflächen, Räume sind Hinweise und Möglichkeiten, charakteristische Denkmale in der Zeit zu setzen. Diese Zeichen sind nicht Architektur, sondern selbständige Ergänzungen oder Unterstreichungen zum Erkennen räumlicher Volumen.

ERWIN THORN

Geb. 1930 in Wien. Einzelausstellungen 1969 in Wien und 1970 in Innsbruck. Seit 1960 Ausstellungsbeteiligung in Cincinnati, Klagenfurt, Paris, Graz, Mailand, Venedig, Turin, Arnhem, Zagreb, Brescia, Innsbruck und Wien.

Er paßt nicht in dieses Land, er ist zu weiß, und seine Gefühle, geheimnisvoll und versteckt, können von barocken Augen so oder so nicht gesehen werden, er ist einfach zu weiß. Alle glauben, weiß ist Langeweile, weiß sei müde, weiß muß nichts wollen, er weiß, daß Nichts. Er weiß vor weiß nichts, er kommt sich nichtig vor, weil weiß weiß ist. Vielleicht weiß er es? »Weißt Du, weiß Du, ich möchte gerne, gerne etwas anderes!« »Aber ich liebe, was ich liebe — Ich liebe!« »Ich liebe Dich!« Schön, nicht warum.

Warum ist etwas weiß, was ist weiß, woher kommt es, keine Antwort. Keine Antwort, das ist weiß. Das ist weiß, weil es keine Antwort gibt. Es ist ausgesprochen, es ist unausgesprochen, es gibt nichts zu sagen. Weiß, weißer, die Weisheit! Die Weisheit schweigt. Still, still, still, weil weiß weiß ist.

»Die Werke beschränken sich freiwillig auf ein Minimum an Ausdrucksmitteln, um dem Betrachter auf Anhieb die bildliche Situation zu Bewußtsein zu bringen. Die weiße Farbe soll die Objektivität erhöhen, dem Betrachter soll innerhalb einer klaren Ordnung ein möglichst großer Spielraum gegeben werden.« (Thorn)

Thorn kann sich ganz gut selbst erklären, denn vom Schweigen, von dem ich gut reden möchte, ist in seinem Schreiben nichts zu merken. Vielleicht, weil es das Schweigen nicht gibt, denn auch in das kleinste Schweigen hinein lärmt es bedenklich. Weißer Lärm — stiller Lärm — ein stiller Lärm ist, wenn irgendwo ein Holz knackt oder ein Wurm bohrt. Ohne zu treten und schweigen, da muß man schon sehr betreten sein, den Mund halten, das Ohr stoppen, die Zunge einziehen, die Nase stopfen. Der Thorn spricht weiter ins Schweigen, da wird er besonders laut:

»Meiner Ansicht nach sind die stärksten schöpferischen Impulse metaphysischer Art, meine visuellen Vorstellungen realisiere ich physisch, dennoch dürfen sie nicht primärer, sondern müssen sekundärer Natur bleiben. Das Neue darf weder im Stil noch in der Technik liegen, sondern im Wesen des visuell-geistigen Konzeptes, in dem es sich manifestiert. Metaphysische Ausgangspunkte haben jene Künstler, deren Werke den Ereignissen entspringen, die heute Zwiesprache mit unserer Tradition bzw. morgen mit ihrer Avantgarde halten können. Wir schöpfen unsere Erkenntnisse zwar voll aus, doch sollten Leerläufe, in denen wir Werke produzieren, die weniger Metaphysis beinhalten als mitunter ein Sessel, nicht entstehen.

Herr Georg Ligeti hat bei einem Vortrag — anläßlich eines Konzertes — über verbindliche Maßstäbe in der Kunst gesprochen, die darin bestehen, daß der Künstler sich innerhalb einer klaren Ordnung bewegt, seine Werke jedoch eine gewisse Art von Freiheit zeigen, in dem sie, von Schemata und Regeln abweichend, beweisen, daß sie mehr als nur Konstruktion sind.

So groß wie der Spielraum innerhalb der von uns geschaffenen neuen Ordnung ist, war er in der Kunst nie zuvor. Wir haben das größte Medium, das Licht, als Element entdeckt und wir bedienen uns seiner so konkret, daß wir zu Beginn eines visuellen Erfassens (Erlebens) stehen, ohne Grenzen. Wir können uns innerhalb einer klaren Ordnung an glücklichen Tagen erneuern. Durch das Erkennen der Beziehungen zwischen den Dingen entdecken wir Neues und nehmen an dem Abenteuer teil, unsere ästhetischen Dimensionen ständig zu erweitern, möglichste Flexibilität mit dem starren Rahmen einer geistigen Haltung zu vereinen.«

Ich schweige mich noch weiter aus, ich grenze mich aus, ich bekränze nicht. Denn er (Thorn) möchte metaphysische Kristallisation, ein tiefes Wort, glasklar scheint es zu scheinen, eigentlich glitzern. Sternenhimmel Phantasie, mit Philosophie. Abendstern Reinheit ohne Pathos. Es sei ein ästhetisches Prinzip, ein neues Prinzip zum Versuch erstellt. Verdeutlichung des Schönen! Wie schön ist es, was ist es, wie ist es, wo ist es, so ist es, so sei es, endlich! Unendlich!

Nur keine Aufregung, schweige dich aus. Nicht endet Tiefe, wie ein Geigenton, Baßgeigenton, ganz tief.

Der Verzicht auf die Aggression der »Aussage« ist Verzicht, deutliche Merkmale aufzuzeigen. Das kann ein guter Verzicht sein. Liebe ohne Zuneigung, das gibt es nicht. Liebe ohne Abneigung — wo ist diese Liebe? Ich suche sie mit dem Fernglas, wo bist Du? »Mich erkältet mich, mich auch, Du auch, ich auch.«

Diese Aggression kann noch lachen, und wirken, husten, weghusten, das und das und das kann ich nicht brauchen. Die Aussage kann also beschnitten werden, denn die Aussage kann nicht verbannt, verstoßen sein. Jedes Erstellen, Hinstellen von Etwas ist auch Aussage. »Sage nur, was Du machen willst, ein Auto, einen Kreis, eine weiße Scheibe, ich habe nur einen kleinen Aussageradius.« Umsovielbesser für die Kunst. Geringe Anschläge (Kunstanschlagen) sind große Anschläge. Kunstanschlagen, angeben, auf das Herz geben.

Das ist mein Thorn: Koch aus Liebe, sein Filet, was könnten Zungen sagen, wenn sie allein sprechen müßten: »Feinster Bildgeschmack, ganz zart, liebevoll zärtlich, ausgewogen, Vorzüge in der Kontur, sanfte Töne, weiche Bewegungen von Auf und Ab.« Das sind Worte der Harmonie, ganz besonders leise, noch, noch viel leiser. Kein allzulautes Lieben. Es wogt sich, es verwogt sich, es wogt. Besondere Stille, auch Funkstille. Ein Amen verhaucht — ch.

GIRONCOLI

Er geniert sich, er verdrückt sich im Türpfosten. »Greif sie!« Nicht lautstark. »Er steht mir!« — »Genier' sie!« — »Elektrisier' sie!« — »Aua!«

Es gibt wenige, die sicher sind. »Schau ins Bild!« — »Aua mir!« Ich muß Dich nicht verbreiten, nur keine Theorie. Du würdest vertreten, angegriffen, fader. Also kann ich weiter einen fahren, erschreib Dich weiter, es sind doch Schritte, ein wenig Propaganda und auch so.

Nun etwas Schönes, damit er die Brust heben kann. Wir verdanken Dir Meisterobjekte! »Was ist denn das!« Warum sind viele so dumm und zeigen ihre Dummheit so offen. Ich möchte nicht unbedingt vorlaut sein und erkläre: Objekt ist etwas, das nicht weiß, was es ist, und nicht sein darf, was es ist. Objekt ist Objekt, ein verschlüsselter Gedanke, der nicht beim Namen genannt wird.

Das ist so ähnlich wie damals, als es noch Form gab. Da haben alle davon gesprochen und keiner wußte, was es heißen soll. Ich denke oft darüber nach und komme bei der Form auf keine Form. Vielleicht gibt es diese deshalb nicht. Objekt gibt es auch nicht. Objektiv gibt es auch nicht. Wenn ich an die Vorlieben denke, werde ich rot. Nun habe ich es: Objekte sind Vorlieben, die man nicht beim Namen nennen will, damit man objektiv erscheint. Trotzdem breche ich eine Lanze für sie, denn alles, was man nicht weiß, macht einen nicht heiß. Eigentlich hat er mit Objekten nichts zu tun. Er kann so schön lachen. Wer schön lacht, ist nicht kalt. Schon wird er unobjektiv.

Wer sagt hier unobjektiv, ich hatte recht, denn wo ist jetzt das Objekt? Er ist nicht mehr dafür zuständig. »Nicht mehr zuständig«, sagt er sich ein, rein, in sich hinein und spielt Schnecke. Ich lebe in einem Schneckenhaus, fast vergnügt, er kriecht sich einen. Und betet heilige Sinne, heilige Liebe, Genußfreuden, verdammter Idiot. Zugeständnisse, bittere Zustände, bitterböse Bitterkeitsbeschleichung, eventuell Abführmittel, Bittersalz. Bittere Bilder beschleichen mich: Da sind nur Hände und die spielen Feuer statt Handball, vielleicht spielen sie auch Handwagele fahren.

»Ich will Dir keine Wut geben.« Freundschaft, Leidenschaft, Leidgenossenschaft — kein Spiel mit der Feindschaft. Gironcoli spricht jetzt endlich: »Ich darf mich doch als Künstler ausgeben, obwohl ich ästhetische Begriffe vermeide. Wie kann eine Rechnung mit mir aufgehen, wenn ich verhindere, daß Ästhetik mit Gewalt verdrängt wird. Und wenn die Lust zum Künsteln mich wieder ankommt, so greif ich mit Genuß zum Pinsel. Allerdings — die Lösungen befriedigen mich nur zum Teil. Die Möglichkeiten könnten mir entgehen, sodaß außerordentliche Zufälle mich immer wieder vorantreiben müßten. Und in diesem Falle, hoffentlich, vermehren sich meine Chancen, daß meine Atelierräume doch endlich renoviert werden. Aber wie soll ich dann daran gehen, meine Notbehelfe abzuschaffen? Habe ich zum Beispiel die Chance, all die Vorräte an Material irgendwohin zu veräußern? Während einer langen Zeit kann ich nur mehr von einem Raum zum anderen pendeln. Eine Anzahl meiner Arbeiten sind einer Zirkulation ausgesetzt. In Wirklichkeit ist alles dem gleichen Zufallsfaktor unweigerlich verfallen. Am Ende glaube ich zu erraten, daß meine Ideen brauchbar sind, daß ich vielleicht meine Ziele erreichen kann. Was sind das für Ziele? Kann ich sie berechnen, obgleich ich mangelhaft rechne. Alle meine bisherigen Berechnungen konnten meine Probleme nicht wegdividieren, haben sich

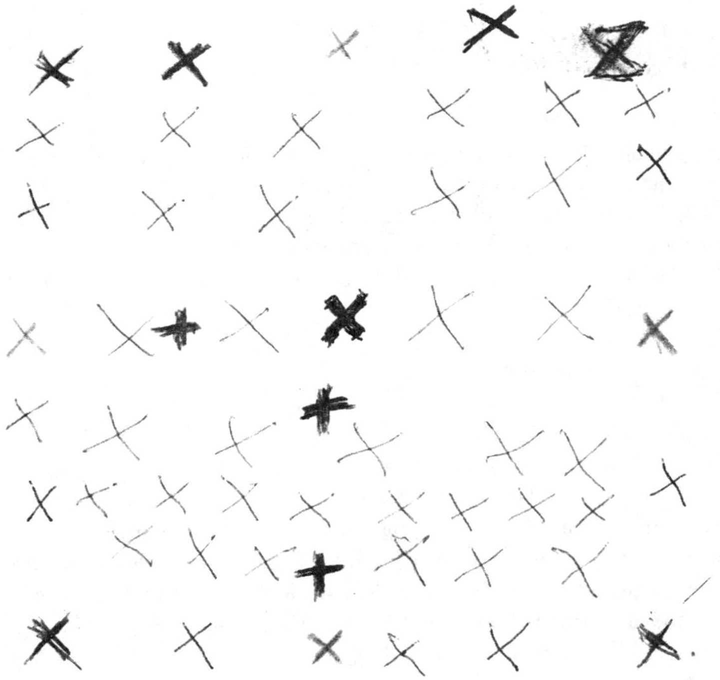

doch die Auslegungen meiner Gedanken als unlösbar offenbart. Abgesehen davon, daß meine ständigen Inhalte nur augenblickliche Durchgangsgüte besitzen. Ich konzentriere mich, denn es kommt darauf an, mit Schnelligkeit bestimmte Momente herzustellen, die ungeheuerliche Spannungen erzeugen. Mein Anblick, meine dürftige Kleidung, mein ungekämmtes Haar, aus dem Kreis meiner Gefährtinnen löst sich keine, um mir Essen zu reichen. Wortlos denke ich Schafe, Frauen, die von Zeit zu Zeit nicht herschauen, wenn es mir an der Zeit reicht. Umdrehen will ich mich, jemanden ernstlich belästigen, wie soll ich es anstellen. Oh, ich bin beunruhigt, ich habe keine Ruhe zu erwarten, es ärgert mich. Wie lange noch soll ich auf demselben Punkt verharren und warten?«

Das war Gironcoli! Er hat viele Gesichter, er ist ganz allein; seine Farben sind vielleicht dunkel, farblose Farben. Zerblasenes, Häute, Teile von Gerümpel, sehr kostbar. Ich kann mich nur verkehrt ausdrücken, der gerade Ausweg ist nicht möglich und ich beuge mich, Gironcoli. Ich will dich nicht fixieren, ich will dich nicht festnageln, nur eine stumme Verbeugung will ich dir nachjagen.

HOLLEIN

»Natürlich bin ich um 10 Uhr irgendwo, wo ich halt sein muß!« — »Sicher bin ich um 11 Uhr irgendwo, wo ich halt sein muß!« — »Um 12 bin ich dann da oder dort.« — »Oder da?« — »In der Architektur bin ich!« — »Also im Medium sitze ich und treibe Kommunikation, Individualkommunikation.«
Nun einige Aspekte zu dem, was Hollein 1962 als Wesen der Architektur ansah:
»Was ist Architektur?
Bauen.
Und was ist sie mehr als Bauen?
Sie ist ein geistiges Ereignis.
Sie ist ein sinnliches Ereignis.
Sie ist ein Grundbedürfnis des Menschen.
Sie ist Bauen, um zu bauen, abstraktes Bauen.
Architektur ist eine geistige Ordnung, verwirklicht durch Bauen.
Architektur, ein Zeichen des Übersinnlichen, emporwachsend aus der Erde, eine Idee, hineingebaut in den unendlichen Raum, die geistige Kraft des Menschen manifestierend, materielle Gestalt seiner Bestimmung, seines Lebens.
Der Ursprung der Architektur ist sakral.
Das Bedürfnis des Menschen zu bauen manifestiert sich zuerst in der Errichtung von Gebilden sakraler Bestimmung, magischer, sakral-sensueller Bedeutung. Der erste Pfahl, ein Steinhaufen, ein aus dem Fels gehauener Opferblick sind die ersten

Gebilde, menschengemachte Gebilde mit einer spirituellen Bedeutung, Bestimmung, sind Architektur. Ihre Funktion ist eine rein geistige, magische. Materielle Funktionen haben sie nicht.«

Diese Aspekte würden ihm heute nicht genügen, denn inzwischen hat er schon gerufen: »Alles ist Architektur!« Seine Erfahrungen sind unbegrenzt und erfassen viele Bereiche, sodaß er selten erreichbar, aber unbegrenzt bereit ist! Der Architekt heute hat mehr zu leisten als nur Häuser zu erstellen. Seine Berufung reicht vom Schneider, Schuster, Designer bis zum Künstler, Ingenieur, Konstrukteur und anderen Berufen. Irgendwo und irgendwann war dieser Berufsstand immer mehr, als der Begriff »Architekt« sagt, obwohl er viele Deutungen offenläßt. Der große Architekt war immer universal und ganz mit dem Leben seiner Zeit verbunden. Ungebunden im Entscheiden, baute er die Verteidigungslinien genauso wie die Kanonen, die Kirchen und Klöster, die Paläste und Gärten, Maschinen und Wagen.

»Viele Bereiche außerhalb des Bauens greifen in die Architektur ein, wie ihrerseits die Architektur und die Architekten weite Bereiche erfassen.« (Hollein)

Dieser Architekt, der alles sein muß und immer alles war, erschreckt sich nicht und denkt Tod. Archäologische Felder. Grabungsstätten. Funde. Scherben. Schätze. Bild einer Zivilisation aus dem Abfall. Utopischer Stadtentwurf. Wie werden die Toten prozessiert? Sterben. Am Korridor eines Krankenhauses Blumen. Berge von. Süßer Geruch. Grünflächen. Weite Felder. Friedhöfe. Dazwischen die Wohnungen der Menschen in der Stadt. Die Menschenschlangen vor dem Leninmausoleum. Der Verkehr zu Allerheiligen. Zeitalter der Telekommunikation. Miniaturisierung. Wegwerfkultur. Finden.

Das ist der andere, der Hollein, der sich verbirgt, versteckt hinter einem Berg von Vorstellungen und Einfällen, die seine Person verdecken. Man muß ihn sich nur ausschaufeln, dann ist er sehr lieb. Vater, Freund, Mann. Was hat das innerhalb seiner Kunst zu suchen? Aber dort liegt ja seine Kunstseite im Verborgenen, in jenem Teil, den er immer ausschließt, nie zeigt. Heimlich geht er an die Arbeit, an die geheimen Dinge, das Totenhemd. Nie ist er dabeigewesen. Die Gruft, das Haus der Toten, nie ist er dabeigewesen. Giftbecher, nie ist er dabeigewesen. Muß er, soll er?

Da pfeift ein anderer Ton dazwischen: »Nichtbauliche Medien der Umweltbestimmung: Architekturpille, Austriennale Brille, umweltsverändernder Spray, lästiges Objekt«. Auch hier gibt die Kunst den Ton an, das sind die Gegenstände aus der Kunstüberlegung, Künstliches, Verkrampftes, wichtige Gegenstände, extreme Zustände werden erzeugt.

Kein Teufel holt ihn ein, er ist schneller im Begreifen und weiß sofort, was und wo gerade neue Deutungen sichtbar werden, was um seinen Gesichtskreis an Realitäten sich entwickelt, Unmengen von jeder Art an Vorgängen, Phänomenen und Veränderungen. In diese Versuchungen läuft seine Erfahrung hinein, um die gegenwärtigen Realitäten zu erfahren. Das Gegenwärtige kann auch wieder durchgestrichen werden — das Gegenwärtige kann auch dumm sein. »Jetzt« muß nicht immer jetzt sein. Die Gegenwart kann sicher nicht realisiert werden. Denn gegenwärtig will ich nicht ganz gegenwärtig sein, ich esse im Moment gerne ein Schnitzel. Jetzt ist nicht Jetzt, wenn ich es darstelle. Die Vorstellung ist Vergangenheit noch mehr, wenn ich sie in der Gegenwart festhalte, aufzeichne. Jede Aufzeichnung verrät Gegenwart.

Hollein, ein Mann der Sekunde, das Atelier aus der Handtasche, das Luftschiff aus der Hosentasche, das Essen in der Pille, das Bett im Anzug, die Heizung aus dem Arsch, den Geist in der Flasche. Das bewirkt endlich eine neue Zeit heraus, eine Zeit der Junggesellen und Gesellinnen, die Zeit der Einzelwesen. Vielleicht gibt es dann wieder Persönlichkeiten.

MARIO TERZIC

Es freut mich, daß ein besonderer Freund, und zwar der Freund Terzic, hier in diesem Kreis nicht nur so wunderbare Sachen an der Wand hat, sondern daß er jetzt auch unter uns ist und seine wunderbaren Sachen belächelt, denn er ist ja eigentlich im Grunde seiner Seele ein sehr liebenswerter und heiterer Mensch, und so habe ich ihn auch immer gekannt. Wir haben zwar zwischendurch immer wieder gestritten, aber wir haben uns dann wieder verstanden. Das waren meine einführenden persönlichen Worte, denn man soll ja auch beweisen, daß man sich gern hat.

Die Sachen, die hier an der Wand hängen, sind meiner Meinung nach auch Sachen, die man gern haben könnte. Nicht nur, weil der Begriff »Arkadien« über der Sache steht, d. h. eine typisch österreichische Situation, eine Situation, die auch ungeheuer humorvoll ist und eben diese Freiheit hat, die die Österreicher im großen Maß besitzen. Merkwürdig für mich — »Arkadien« — diese Situation, daß man zwar die Dinge gern hat, die jemand hier in diesem Lande macht, aber nicht gern annimmt. Er macht hier Entwürfe, er stellt hier Ideen vor, er entwickelt etwas ganz Neues — und zwar Neues in dem Sinn, daß er es wagt, angewandte Gegenstände in eine ganz neue Situation zu stellen, auch das Angewandte in einer ganz anderen Weise interpretiert. Man will das nicht annehmen, weil man sagt, hier hat man einen Garten, eben den vom Belvedere, der für uns etwas ungeheuer Hohes hat — da liegt so viel Geschichte drinnen, man könnte auch diese Geschichte mit Freude umweben und sich erfreuen an dieser Geschichte, d.h. sie so zeichnen, wie sie sein kann, etwas ganz Lebendiges und nicht nur etwas, was an Prinz Eugen erinnert, der ja auch etwas Lebendiges war, sonst hätte er ja nie ein so lebendiges Haus hinstellen können, das man nicht als Museum betrachten kann, in dem nichts geschehen darf. Die Direktoren, die dann diese Museen — lebendige Häuser — übernehmen, sind dann der Auffassung, hier könnte dem Museum etwas geschehen, wenn ich in das Museum was hineinstelle, was nicht ganz dem Oberbegriff Museum entspricht.

Dabei ist ja eine interessante Situation entstanden. Ich kann dieses Belvedere erst jetzt wieder richtig sehen als Belvedere. Es ist ja auch der Begriff, der etwas Lustiges will, etwas Offenes will, etwas, wo etwas geschehen will, und es war ja auch so, daß dort immer etwas geschehen ist. Da waren Tänze, da waren Feste, da gibt's ja auch so viele Verstecke — das war also gar nicht so museumshaft, es war eine ganz offene Situation. Und ich find' das gut, daß hier der Terzic hingeht und sagt: Schaut's, da ist die offene Situation, eröffnen wir diese offene Situation wieder neu, machen wir eine offene Situation, wie sie heute aussieht, die eben eine ganz andere ist, und wir werden dann die Interpretation Belvedere und die Situation Belvedere wieder ganz anders einsehen und fassen, und es wird eine ganz andere Lebendigkeit entstehen, und das ist das Interessante, und man soll das durchboxen bis ins Letzte.

Man soll ihn hier wirklich unterstützen, daß das geschehen kann, daß man das dort macht, daß sich die ganze Freude, die sichtbar wird, wirklich zeigen darf. Deshalb wünsche ich diesem Projekt, daß es nicht nur ein Projekt bleibt, sondern daß es wirklich zur Durchführung kommt. Ich hoffe, daß es da nicht nur jene verknöcherten Museumleute gibt, die nicht begreifen, daß das Museum etwas ganz Lebendiges ist, daß die mit der Zeit doch durchlöchert werden — d. h. durchlöchern werden wir ihre starren Gedanken, damit die etwas frischer werden, und wir endlich zu dieser Lebendigkeit kommen, die der Terzic anbietet, daß dieses Fest an jenem Ort, wo immer Feste stattgefunden haben, wieder stattfinden kann.

LASSNIG

»Ich komme mir schon vor wie die Lassnig! Stellt sich dauernd in den Mittelpunkt und zerstört sich gleichzeitig. Mit wenigen Ausnahmen sind wir andere Potenzen. — Warum hat man uns jahrhundertelang verkümmern lassen? Dann wundert man sich über die Resultate. Es wird etwas dauern, bis wir aufgeholt haben. Es wäre ganz aufschlußreich, heutige Malerinnen zu analysieren. Welche Thematik sie sich wählen, wie weit sie sich engagieren, ob sie sich integriert empfinden, ob sie Revolution betreiben, — und ihr Geschlecht?« (Zitat Frau R. R.)

Ich gähne und habe Kopfweh, so ist denn, wenn. Wie diese, die Frau da mit Kittel, spricht. Du Frau, warum machst Du den Mund voll? Du befolgst nicht — Du hörst keine Anordnungen — Du verordnest Befehle. — Ich überlege …

Noch oft bin ich ein gezierter Affe, ein Kartoffelweib, ein Zahnstochermensch, ein Schraubenschlüssel, Wasserkopf. Mich angstet vor mich hin. Erbarm dich, erbarm dich seiner, meiner, zur rechten Stunde. Zur achten Stunde, schlag und sag dich an. Ich schlag mich ab, ich fahre mit dem Kopf ab. Die Köpfe müssen abfahren, ich spüre langsames Köpfen. Scheibe um Scheibe schwindet.

»In dieser Zurückgeworfenheit auf sich selbst, in dem Bewußtmachen der Körperempfindungen erschließt sich ihr die Möglichkeit des Brückenschlagens zur Realität, zur Außenwelt, die sie immer als das Gegenüber, das Entgegenstehende empfindet.« (W. Skreiner)

Diese Worte entschlüsseln, öffnen ein wenig Maria. Schon kann sie fliegen und ist über alle Berge.

Wenn sie nicht fliegt, schwebt sie.

Seelische Vorgänge bewirken körperliche Prozesse, wieso eigentlich, bitte nicht krank werden, ja nicht daran krank werden, äußerste Konzentration anwenden, noch kann ich nicht verstehen, was du meinst. Meine Meinung ist rückständig, also mußt du sie nicht anwenden.

Da ich nun einmal ein Verbrecher bin, mache ich Vorschläge für Verbrechen und erzeuge Kunstverbrechen. Ich gebe Anweisungen, wie Verbrechen auszusehen haben. Von Mord bis Diebstahl sollen Beispiele aufgezeigt werden. Jeder, der »Dramatik« denkt, kann etwas lernen.

Erstes Verbrechen, ein kleines Vergehen vielleicht: sagen wir Betrug? Aber das ist zu einfach und zu wenig dramatisch — ich streiche den Betrug — Betrug ist vielleicht doch gut, bei Kunst, ich sage Betrugskunst!

Nun denn die Anweisungen:

Zuerst einmal der Gedanke — Geld — Ruhm und so, und dann — wo sind die Anweisungen? Ein wenig Zeit brauche ich schon! Ich glaube, ich streiche wieder, denn zur Betrugskunst gehört viel Handfertigkeit, und die hat nicht jeder. Der Betrug wird gestrichen, vielleicht kommt er wieder.

Nun könnte ich das Sterben schildern.

Das Hemd war blutig, das Gesicht war blutig, er schleckte sein Blut, er biß, voll der Wut, einen Finger weg — er verkroch sich im Bett, bis die Luft wegblieb. Was hat das mit Lassnig zu tun?

»Zweifellos wird die Zukunft auch für die Kunst genug Stoff liefern, Stoff, der über die Anekdote hinaus den Künstler zur Revolte oder Adaption anregen soll. Vielleicht wird es Künstler geben (oder gibt es sie schon?), die Fragen meditieren, die keine Wissenschaft lösen kann, die zu überlegen an Stumpfsinn und Irrwitz grenzt: die geheimen letzten Dinge, zum Beispiel die Auferweckung der Toten. Wenn es auch out of day ist: Ich glaube an die heilige Imagination und den unbedingten Vorrang der Ideen.« (Lassnig)

Der plötzliche Schrei muß die Eingewöhnung in den jeweiligen Bereich vollziehen. Das bedeutet: eine maßgebende Haltung durch eine Umwertung zu erreichen. Das entspricht der Um- und Eingewöhnung des Menschenwesens, das im jeweils zugewiesenen Bereich tragenden Bezug entfaltet und erreicht. Gemäß diesem Charakter bleibt das leibliche Wohl gemäß den entsprechenden Gewohnheiten innerhalb und außerhalb der berichteten Vorgänge stehen und vollzieht seinen Unmut in einer relativ einfachen Drehung.

Aus höchstem Respekt vor der Freiheit muß ich mich unterbrechen und bitten, das Wort wieder ihr zu überlassen: »Die vollständige Wirklichkeit ist unendlich variationsfähig und transparent. Sie läßt sich realisieren, surrealisieren, abstrahieren, ausdehnen, zusammenziehen, geometrisieren.«

MARC ADRIAN

Glasklar klirrt es, schwirrt es, zerbricht es! Bewunderung lege ich auf deinen harten Schritt, wie ein Schnitt, der Schritt schneidet klare Verhältnisse, der Tonfall stimmt ganz sicher. Marc in den Knochen! Wie Deine Augengläser, Glashäuser sind deine Bilder, Wortschutzgebilde. Das Wort bekommt Sprache. Es dehnt und windet sich, es springt und fiebert, Wortfetzen, Wortwurst. Was soll da auch Sprache, wie soll da Sprache? »Vergeudung«, sprach die Sprache in der Sprache. Das muß ich erst überlegen, eine Wortüberlegenheitsausrichtungsvernichtung, kein Wort mehr davon.

Teilt Euch die Mädchen, verteilt Euch die Mädchen, gebt Euch die Mädchen, vergebt Euch die Mädchen! Die Mädchen sind zu teilen, teilt Euch die Mädchen ein! Beschreibt sie Euch, nicht mit süßen Worten — auf die Schenkel — auf die Bäuche! Ich neige zur Annahme — teilt die Beine.

Es spielt sich leicht mit der Sprache. Die Buchstaben! Das ist buchstäblich zu verstehen, so wie es steht, nicht wie es gemeint ist, wirklich, nicht übertrieben. Sondern bescheidene Buchstaben von A bis Z.

Was sind Buchstaben, wenn es nach Fleisch schmeckt? Was riecht hier nach Fleisch? Das ist Menschenfleisch, Weiberfleisch, das hier riecht, schmeckt und duftet. Es riecht hier. Warum riecht es? Da muß Vergnügen sein, sie vergnügen, so viel Vergnügen. Bis sie auseinanderbrechen, voneinanderbrechen. Zweigeteilte Leiber, zweigeteilte Rümpfe. Wie fügen sie, wie verfügen sie, wie geraten sie ineinander, wie zerbleiben sie?

Vorsichtig, ganz vorsichtig, immer vorsichtiger, besonders langsam, immer, immer näher, schleichende Bewegung, immer loser, loser, los. Nun Achtung — einfügen! Das kann nur ein Wirbel werden, allen wackelt der Kopf, warum ist es möglich, ver-opt liegen die Weiber - von Spiegeln geschnitten.

Ich weiß nicht, wie weit Marc eng denkt, manchmal nur, wenn er mir Konkretes deutet. Mit Sicherheit möchte ich nicht feststellen, wie weit Konkretes deutbar. Wie soll ich sinnliche Wahrnehmung verdeutlichen, wenn ich sinnliche Wahrnehmung habe? Indem ich sinnliche Wahrnehmung erfinde, erzeuge, an sie denke. An ihr verspüre ich sinnlichen Inhalt. Darum ist es nicht falsch, sinnlich noch weiter zu gehen, zu den Freuden Sinnenlust zu zeigen. Lust zu erzeugen, Lust zu vollziehen, zu interpretieren.

FÜR SUSI TASCHNERS WIEN-BUCH 1982

Wien ist nicht Wien, wie Wien ist. — Es kann nicht sein, wie es muß, sondern so, wie alle drauf fluchen und flüchten, ein dauerndes Anspringen mit Abspringen. Damit soll es bezeichnet sein, hoffnungslos, wie alle sagen, in eine weite Ferne gestellt, abgeschrieben, wie alle meinen.

Muß sie auch mitschreien, mitzweifeln, sie grüßt nicht herüber, sie handelt nur mit sich selber, in langer Angst kann sie gefrieren, warum auch nicht.

Wie zauberhaft kann Zauber sein, oder wie entstellt sich die Wahrheit, die sich nicht finden läßt?

Sie entsagt nicht der Not, die wie ein Überfall einwirkt, ein Gesicht bricht zusammen, Vorstellungen, Einengungen sagen nicht mehr, das Bild spricht wie ein Bild und schweigt wie ein Bild, der perfekte Vorgang mechanischer Wahrheit.

Was soll sie, diese Stadt, bewegungslos im Zweifel, kein Hund hustet danach. Geboren ist der Tag, wo sie anders bezeichnet wird, mit jener Sprache, die sie kurz deutet, Hinweise genügen, um eine weite Bilderflut zu erkennen. Was wäre zu beweisen, wo alles sich zeigen darf?

FÜR JOSEF MIKL

Ich schließe die Augen und denke an den Freund. Da verschwindet jede Rhetorik und jede Kunstphilosophie, da möchte ich die Zunge zeigen und lachen, denn wenn ich so an Josef denke, fällt mir Mikl ein.

Josef zeigt seine langen Zähne und schaut wie ein Mikl, ist er doch gerade beim Malen, und da läutet das Telephon! Schon wieder! Da hört die Freundlichkeit auf, kann doch die Farbe eintrocknen und der Mut verschwinden. Prost, Brüderlein! Blau ist schön, da geht alles in die Hose. Braun ist auch schön! Spaß beiseite, blau und braun ist wichtig, gelb und grün ist auch nicht zu verachten. Alles ist wichtig! Ob neu oder alt, alles ist wichtig. Wie sagt der Dichter: »Die Jugend stört das Vergangene — sie schlägt mit großem Hammer auf das Alte!« Ob das jeder aushält?

Mikl spricht einige frische Worte: »Achtung! Alle einmal herhören! Ein Schulmeister, dem die Form genügt, ein Oberflächlicher, der nur die Technik sieht, und ein Trottel, der nichts anderes als den Inhalt verlangt! In Ordnung? Dann weitermachen!« Fest Farbe rühren, Achtung, eins, zwei, drei — schon auf der Leinwand. Sehr gut gelungen! Noch ein wenig gelb nach rechts — schon in Ordnung. So, jetzt ein wenig zurücktreten, mit den Augen kneifen — schönes Bild! — noch einmal von vorne!

Die Sonne scheint, ein freudiges Fest nach vielen trüben Tagen. Mikl greift nach dem schwarzen Hut und beißt auf die Lippen. »Du, du, böser Mikl du!« sagt die Lippe. Ganz verschüchtert verduckt Mikl sich im Hut. »Du, du?« denkt er, »Da muß ich ein Denkmal stiften, Amen.«

Klein Mädchen springt mit mir ins Feld, kleine Zunge hängt schon aus dem Mund, denn der Atem hört schon auf. Mikl, Mikl, kikeriki ...

Da soll noch einer sagen, es gibt nichts zu sagen! Soviel gibt es, reich mir die Hand, ich führ dich vorbei am schmalen Pfad der Kunst. Das ist eine Leinwand, grundiert von Mikl — er macht die besten Gründe. Ist sehr wichtig! Da kann die Kunst, wenn sie oben ist, nicht zugrunde gehen. Jetzt muß sie hinauf, die Kunst! Mikl schaut ernst aus den Augen. Es heißt nun gewinnen, oder der Pinsel verschwindet im Terpentin. Großer Gott der Kunst, hilf mir und führe meine zarten Hände, damit sie Ewiges erreichen! Da soll es nicht leicht gehen? Flink, geschwind, hurtige Heinzelmännchen, Farbe, Farbe, Pinsel, Pinsel, und schon — ah — ist es da, das schon lang ersehnte, erhoffte Meisterwerk. »Meister, erhabener, ich verneige mich!« Der Mund bleibt stehen, die Zunge schnalzt, der Buckel krümmt sich. Was sehen meine lüsternen Augen — es flimmert — ich falle in Ohnmacht.

Mikl, der Mensch braucht dich! Knien, langes Knien ... Bin ich Napoleon? Heil Hitler, hinaus.

Leises Klopfen an der Tür: »Darf ich mal? Es geht alles sehr rasch, es soll keine Last sein!«

Leises Klopfen am Fenster. Wer fliegt da! Schon vorbei? »Ich bin es und bringe die Siegespalme. Lieber Onkel Pepi, ein Himbeerwasser, es war nicht einfach, durch die ganzen Gefahren zu fliegen!« Onkel hat Verständnis.

Wird jetzt endlich Ordnung sein? Komm, setzen wir uns. Worüber sprechen wir? Natürlich über Kunst: Die Kunst ist ein reines Wasser, wer darin fischt, wird nichts fangen. Wunderbare Worte, noch so etwas wie vorhin! Die Kunst ist wie das Vogerl, das viel in seiner Sprache ausdrückt, aber man versteht es nicht. Schöne Worte! Noch einmal! Die Kunst ist ein weiter Himmel, man kann sich leicht darin verirren. O Wunder der Sprache! Noch eins! Die Kunst ist ein hoher Berg, wer von ihm stürzt, bricht sich den Hals. Noch! Noch! Noch! — Lieber Onkel Pepi, schau in meine Augen: Deine Worte machen mich trunken! Ich weiß, mein Kleines, darum gute Nacht.

FÜR HUTTER

1981

Genauer kann man empfinden, wenn man genauer ist. Die Sensibilisierung des Details erwirkt die exakte Schärfe einer Aussage, hier ist die Handlung frei vom Einfluß der Geste, die Einfachheit ist die Sprache des Verzichts, denn zuviel ist besser als nichts.

Alles, was man nicht will, ist zielführender als »der Wille«. Darum neigen wir uns zu der Sprache der Moden, den Sehnsüchten der Liebe, der Erotik in süßer Weichheit, den blutigen Wunden der Harmonie, den blühenden Überwucherungen der Natur und vielem anderen mehr, was nicht zu sagen ist.

LETTNER

Klassisch ist er, das drückt sich aus in wohligen Formen, ausgeglichener Schönheit. Was sagt das? Sicher nicht, was man denkt. Was denkt man? Dies wörtlich zu nehmen, ausgerechnet jetzt, wo ich mir einen Anlauf gebe, zu klären. Klassisch ist: ausgewählt — erlesen, besonders fein; ausgezeichnet — hervorragend, vorzüglich; ausgesucht — sehr fein; ausgeprägt — sehr deutlich; ausgeglichen — gleichmäßig, schwer zu erschüttern; auserkoren — auserlesen, ausersehen, auserwählt.

Doch, es müßte auch etwas Negatives geben! Ich frage und schaue in die Bilder. Es fehlt mir die Weisheit oder ein Funken mit Einfall! Es könnte ja auch Lettner zum Stift greifen und Erklärungen abgeben: »die kunst, bisher verstanden als verpackungsdekoration des raumes, zeichnet sich durch die beständigkeit in der rechtfertigung ideologischer darstellung des systems aus. sei es in der weiterentwicklung der tradition oder in der bestätigung der veränderung, in der verpackungsmethode wurde doch dadurch die struktur der gesellschaft nie in frage gestellt. in der durchbrechung der verpackung zeigt sich die notwendigkeit, in den raum vorzudringen. der sichtbare raum ist erkennbar und wird zum aktionsfaktor des schöpferischen prozesses. durch das zerschlagen, neuordnen, wiederverändern zu neuem raum wird die struktur erfaßbar.«

Jetzt weiß ich das Negative, Erstarrung des Begriffs Klassik, in die Starre gedrängtes Wort. Mit diesem Wort kann man nicht mehr denken, ein anderes Wort bitte.

Sie fragt mich: »Was gefällt Dir an Lettner?« Da werde ich verlegen und zucke mir durch, — direkte Fragen sind tödlich, sie schweigen mich aus. Trotzdem sage ich etwas: Er ist der einzige, der neuer als die anderen sich versucht —. Er bleibt mehr an der Leinwand, beschäftigt sich mit Gefühlen, sentimental und weich. Ein weicher Bursche, das ist sicher ungerecht, warum eigentlich nicht. Hat er nicht Empfindungen, kann er diese nicht gebrauchen? Empfindsame Bilder, sein Streben macht empfindlich. Empfinde dich täglich und sei ruhig weich wie Butter.

Melodisches Jodeln jagt in der Kehle hoch, ganz hinauf und aus dem Mund heraus — schreckliche Provokation mit Gleichklang. Gleichklänge, Farbklänge, reiche Klänge, reich mir die Klänge, reiche Klänge reichen weiter. So anonym wie möglich, möglichst viel Anonymes und schon ist er da, der neue Ausdruck. Aber ausdruckslos, möglichst ausdrucks-los. Loslösungen beschweben, befliegen, weite Dimensionen von Farbflächen.

Ich könnte auch tief denken und nicht nur nachdenken. Nicht nur ein wenig den Gedanken nachhängen — in die Oberflächlichkeit hängen sich gerne gedachte Gedanken.

Was setzt er für Mittel, vielleicht anonyme (das ist eine Wiederholung von oben). Unbekannte — auch bekannte, wie meine ich das? Im Moment bin ich eingeschlafen. Guten Morgen. Wie meinte ich das, vielleicht dachte ich an eine anonyme Methode zu provozieren ... Ich werde mich bemühen, weiter darüber nach-zu-denken, ich möchte mich nicht weiter wiederholen.

Manche Bilder enthalten wenig Farbe, nicht farblose Bilder, dafür sind an Ecken und Enden scharfe Positionswerte gesetzt. Feste Ausflackerungen — bitte keine Bilderklärungen, bitte Theorie: Die Grundstrukturen in einem System erlauben die Manipulation an der Struktur. Wenn diese keine Regungen zeigen, ist jedes Projekt zu realisieren. Das ist ein Nonsens, ist gleich Käse, denn alles hat doch Regung, Erregung. Ich spreche vom geringen Widerstand, von der geringsten Regung. Das kann Bildpolitik sein. Jeder Widerstand gegen die Grundstrukturen hat Wert im Fortsetzen und Ersetzen von Bildideen.

Damit habe ich immer noch nichts erklärt. Weder habe ich über die Anonymität der Mittel noch über die Unlimitiertheit der Strukturgesetze oder den zukünftigen Ausdruck gesprochen. Vielleicht habe ich nur mit Flexibilität seinen, Lettners, Standort untersucht, beleuchtet. Ich kann ihn nicht irgendwo hinlegen, hineinlegen, dazu ist er viel zu kostbar.

PICHLER

Hier spricht man »Pi-ch-ler«, und es soll eine Rede sein, da bleibt der Mund stehen und kein Auge trocken, die Träne ist vom Gefühl gepackt. Er schweigt sich darüber aus. Trotzdem weiß man, was es geschlagen hat. Die letzte Stunde könnte angebrochen sein, die Altäre und Särge kommen in Bewegung. Totenlicht brennt auf, es verneigen sich die Köpfe. Nun kann man hineinblasen, ein bißchen Wind und Wetter. Man könnte geradesogut die Augen schließen und einschlafen.

Ich bereue die Vergangenheit mit Plastikhaut, Zirkel, Lineal.

Steck an den Hut die Feder, ein Hirschjäger, ein Hirschfänger. Ich leg mich doch hin, wenn ich ein Hirsch bin, ich möchte nicht aufgegabelt werden, nun denn, das ist die Stimmung, die Tiefe stimmt. Verzeih mir — verzeig — verzeig dich, blitzschnell, Potzblitz, Wurst und Sauerkraut. Daß ein Plan nicht genügen kann, wie ein Zahn nicht beißen kann. Reue kommt wieder auf, Herzklopfen, an die Brust klopfen, Brust abklopfen. Die Vergangenheit legt sich auf den Müllhaufen.

Das soll eine Rede sein, und ich rede, rede, rede, und sie reden, reden, reden und singen den Psalm auf Pichler. Ich möchte hier nichts verschweigen, nichts hinzufügen, was nicht der Wahrheit dient. Was will ich sagen, immer wieder über seine Kunst sagen. Was will ich erklären, wen interessiert es? Die, die von ihm wissen, wissen, was er mit all seinen Dingen meint. Ich werde beschreiben, was ich gesehen habe, als ich das letzte Mal bei ihm über die Schwelle ging. Er war sehr freundlich, fast liebevoll. Ich habe meine Rührung hinuntergedrückt und habe mich hinter mir versteckt. Einige Gegenstände lagen herum, irgendwo liegt sicher ein Stück Kunst. Ich beuge mich ganz langsam nieder — sie ist wirklich schwer zu finden. Wenn ich nur die Lupe hätte! Warum suchst du, was suchst du? Kunst suche ich. Na gut. Wo hast du deine Augen? Das Licht flackert, ich möchte gut sehen, denn sollte sich was zeigen, ich muß es sehen. Stroh kann ich feststellen, das ich nicht aufheben kann, schade. Ich kann in Ohnmacht fallen, machtlos würde ich daliegen. Warum führt er mich nicht, die Dunkelheit macht mich ganz rasend. Hier steht ein Zipfel auf, ein Metallstab — das kann doch nicht — wahr sein. Ich greife wieder hin, nichts Lebendiges, Aluminium. Da ziehe ich meine Füße ein und denke gespannt. Die Socken müßten jetzt herunter, die Hose auch. Deck zu deine Schweinerei! Kann ich mal um die Ecke, es rauscht in mir. Nur, die Spülung muß erst in Ordnung kommen. Ziehen kann man ja immer noch, ich verlange ja nichts! Umso besser, so haben wir keine Schwierigkeiten. Schau nur diese schöne Kunst an, ja, ja! Diese Kunst hat große Zukunft! Sie ist Kunst. Wie willst du das belegen? Natürlich kann ich dir meinen Scheck vorlegen. Dieser Beweis kann lächerlich wirken. Darum versuch ich's, mit allen Mitteln, verzeih, daß ich so heftig bin, aber es ist mir wichtig. Kunst ist Kunst, Kunst hat Kunst in sich. Das wird dir nichts sagen, aber für mich bedeutet es Leben. Leben, Kunstleben. Sperr dich ruhig ein. Ja, ich lebe im Dunkeln, es versteckt sich gut hinter Kasten und Bett. Warum nicht, wieso nicht, wie du meinst ... Hast du eine Zigarette und Feuer, ja ein Feuerzeug, gut, zünde! Kunst stoßt an, schon wieder Kunst, jetzt hast du Gelegenheit, merke es, gut! Die ganze ungebrochene Konzentration auf die Kunst, Scheinwerfer, kein rotes, kein blaues, kein schwarzes, kein gelbes Licht.

Eigentlich hängt mir die Zunge heraus. Trotzdem gebe ich nicht auf. Kunst, Kunst, ja, ja, die Kunst, man glaubt es nicht, ich muß einen Kunstglauben haben, ich glaube es sonst selber nicht. Holde, liebe, brave, feine, süße, saure, sanfte, milde, gute, böse, schlechte Kunst. Du bist zufrieden — warum auch nicht, es sieht schön aus! Ja, die Kunst! Mein Musiklehrer, der hat die Geige geliebt, Händel und Gams, Hirsch und Fuchs, Pferd und Schaf. Herrliche Musik konnte er geigen. Ich muß lachen, ich denke an die Kunst — und denke immer noch. Sei nicht allzu streng mit mir, ich kann sie nicht begreifen. Warum nicht? Aber, aber, nicht weinen, drück die Tränen weg. Sie versiegen schon, aber die Kunst! Sie soll hier besprochen werden!!! Ja, sie soll — doch wie? Nicht um den warmen Brei reden! Wir sprechen jetzt, so leicht wie möglich. (Seid nicht müde und macht den Mund auf!) Schaden kann es nicht, ich bin für runde Kunst. Keine Zwischenrufe, bitte! Wie du meinst, ich füge mich und sage nichts mehr. Kunst kann nicht rund sein. Somit ist der Fall erledigt. Danke, ich muß gehen. Aber die Kunst? Wir kommen nicht zurecht. Aber die Kunst pfeift darauf, du, wo ist nun eigentlich die Kunst? Warum fragst du mich, wie kann ich es wissen? Ich habe geglaubt, du weißt es. Wenn du glaubst, versuche nicht zu glauben. Ja, die Kunst kann warten.

Servus Walter ...

GIRONCOLI

Er tritt auf den Nerven herum, er ist so langsam, daß man ermüdet. Man glaubt, er kann nicht bis fünf zählen, dabei hat er es dick hinter den Ohren. Aber sonst ist er lieb, und man hat ihn auch lieb, man möchte ihn nicht verlieren oder ihn verschwinden sehen. Er kann leise wie ein Geist schwirren, ein wenig schräg, fast in der Luft. Er ist wahrhaftig ein Geist. So langsam wie möglich, so unsichtbar wie möglich, aber immer da, wenn es da sein heißt, darum ist er gut und einmalig. Wir sind zufrieden, und das soll etwas heißen.

Immer nur persönlich sein, ist auch nicht fein. Vielleicht läßt sich in seiner Kunst etwas finden ... da ist viel Lärm, daß es einem die Ohren zerschlägt: Expressionismus, Surrealismus, Abstrakt, Naturalismus, Monochrom ... und so weiter ... und lustig, denn Humor hat er. Das Auge ist erschrocken, so muß das Hirn nachhelfen, und denken kann nicht schaden. Da beutelt sich der Kopf: Wie kann Altmodisch und Neu eng zusammenleben ... der Kopf beutelt weiter, weiter und weiter. Aber gerade diese Mischung macht reizbar — so ein wenig Aufregung oder viel davon kann nicht schaden.

Tapezierer, Mechaniker, dem alles schräg passiert, verblasene Matratzen, verpumpte Schläuche. Eine zerwuzelte Kunst, schräge Kunst, ein wenig angeschlagen, noch nicht k.o. Ich will gerecht sein: Alles, was da zusammengestoppelt steht, klingt furchtbar finster, so dunkel, daß man erzittert. Glockenläuten! Geisterstunde! Die Nachthemden heraus! Gironcoli ist enttäuscht. »Wenn Du so lang bist, mußt Du Dein Gesicht zurückhalten, sonst wirst Du noch länger!«

Nun etwas Schönes, damit er die Brust heben kann. Wir verdanken Dir Meisterobjekte! »Was ist denn das?« Warum sind viele so dumm und zeigen ihre Dummheit so offen. Ich möchte nicht unbedingt vorlaut sein und erklären: Objekt ist etwas, das nicht weiß, was es ist, und nicht sein darf, was es ist. Objekt ist Objekt, ein verschlüsselter Gedanke, der nicht beim Namen genannt wird.

Das ist so ähnlich wie damals, als es noch Form gab. Da haben alle davon gesprochen, und keiner wußte, was es heißen soll. Ich denke oft darüber nach und komme bei der Form auf keine Form. Vielleicht gibt es diese deshalb nicht. Objekt gibt es auch nicht. Objektiv gibt es auch nicht. Wenn ich an die Vorlieben denke, werde ich rot. Nun habe ich es: Objekte sind Vorlieben, die man nicht beim Namen nennen will, damit man objektiv erscheint. Trotzdem breche ich eine Lanze für sie, denn alles, was man nicht weiß, macht einen nicht heiß. Schon wieder am Nebengeleise! Du sollst über den anderen nachdenken! Ich denke — ich komme noch darauf. Wenn ich denke, komme ich darauf: Eigentlich hat er mit Objekten nichts zu tun. Er kann so schön lachen. Wer schön lacht, ist nicht kalt. Schon wird er unobjektiv!

Ich möchte etwas über seine Frau sagen: sie ist russisch, sagt Frau Auer; wie ein Standbild, sagt Frau Auer; so schön ruhig, sanft und mild, ich könnte die Augen zumachen. Er soll froh sein.

Denkmäler, denk mal, denke mal, richtig, er baut ein Betten-denk-mal, er verwendet dazu wunderbare Kisten aus Sperrholz für die Verschalung — ich glaube, Kunststoffe brauchen Verschalung. Wenn diese Sache, diese Arbeit, fertig — ich kann mir das gut vorstellen - fertig ist, drei Betten übereinander, wie ein Katafalk, ein bißchen entrisch. Wenn man sich drauf, stirbt man gleich, legt, den Holzkopf hin, stirbt man. Auch russisch...

Ich habe immer geglaubt, sein Vater ist der, der mit nackigen Füßen durch die Stadt geht und die Sandalen in den Händen hält. Ich entschuldige mich, ich habe mich getäuscht, der mit die Füß ist ein anderer, der hat jetzt einen Hund und Bart und Abzeichen an der Brust, es tut mir leid, wirklich, trotzdem muß ich lachen. Die Kunst ist auch so, ich glaube jetzt, das ist sie. Dann haben sich die Augen getäuscht und es war nichts.

Gironcoli — ich fasse zusammen: Er hat viele Gesichter; er ist ganz allein; seine Farben sind vielleicht dunkel, farblose Farben. Zerblasenes, zerbogenes Gerippe,

Häute, Teile von Gerümpel, doch wieder furchtbar, sehr kostbar. Ich kann mich nur verkehrt ausdrücken, der gerade Ausweg ist nicht möglich, und ich beuge mich dem heiligen Augustinus, wenn er sagt: »Was, Du Mistviech, Du willst keinen Unsinn reden? Rede nur einen Unsinn, es macht nichts!« Ich sage einstweilen nichts; es wird sich schon wer finden, der auch einen verschiedenen Sinn auffinden kann, denn die Verifikation der Aussagen ist verschieden; denn ich kann unbegrenzt fortsetzbare Folgen von Beschreibungen nebeneinander schreiben, von denen eine immer ungenauer als die andere ist.

Darum, Gironcoli, warum soll ich Dich fixieren, wenn es keine Worte gibt, auf die ich Dich festlegen kann! Jetzt bin ich endlich still ...

GOESCHL

Urbanismus ist nicht Dekoration am Straßenrand, da irrt Goeschl. Warum irrt er? Wieso kann er irren?

Meine Kritik sei nur eine geheime Kritik, wer könnte sie aussprechen, dies zu wagen, ist eine Zumutung, Mut gehört dazu! Ich vertrete trotzdem immer noch die Ideologie der Unterhose.

Ein Objekt des Spiels ist die tägliche Unterhose, Hose rauf, Hose runter, so oft man sie gebraucht. Zum wie so vielten und so often Male. Das ist kein Leerlaufen des Spiels, es spielt sich leicht in und mit und um Unterhose. Dieser Umraum, dieses nächste und innerste Gefäß am Körper ist urbanisch. Schließt alles ein, was Urbanismus sei. Das Weiche der Seide oder die Wärme der Wolle, Hülle, Erfüllung, Schutz und Schirm, Scham und Verbergen, Freude und Hoffnung, großzügiges Verdeutlichen, Erfrischung der Haut, sie strafft und stärkt das Muskelgewebe, ist weltweit verbreitet.

Was hat das mit Goeschl zu tun? Ja, doch — möchte ich sagen. Spiel und Raum, Form und Farbe, Raumplanung, Spielplanung, Formplanung, Farbplanung. Er geht weiter: zur Stadtplanung, zur Umraumplanung, zur Urbanplanung, zur Spielzeugplanung, zur Lebensplanung, dies ist alles Superplanung und hiermit verwandt mit jeder Unterhose, die an den Leibern der Menschen klebt. Auch Superplanung, sie muß sitzen, nicht zu eng, nicht zu weit, angenehm am Leib sein, kein Gummi darf drücken, kein Faden kratzen, geschmeidiges Kätzchen am Bauch zwischen den Beinen sein.

Das ist alles nicht zum Lachen, mir ist nicht um ein heiteres Gesicht zu tun, sonst könnte ich auch still sein. Ich atme trotzdem Worte heraus, könnte ich mit Goeschl Spaß treiben, er würde es nicht ertragen. Raumfüller, das könnte ein Sexualobjekt sein, ein Ding zum Ausfüllen von Hohlräumen. Wie sagt der Farbgestalter Roland

Goeschl: »Einen Farbraum kann sich jeder selbst bauen.« Ich zitiere weiter Goeschl: »Man nehme einige leichte Kunststoffwürfel, bemale diese und stelle sie in der Gemeinde-Wohnung, dem Büro-Raum, der Vor-Halle, auf Plätzen und in Gärten auf. Die Möglichkeiten, ein neues Raumgefühl mit dem Großbaukasten zu schaffen, sind in jeder Hinsicht eine Erweiterung unserer begrenzten Umgebung, begrenzt durch die minimale Raumphantasie der Architekten. So ignoriere man am besten den vorgebauten Raum und schaffe nach eigenem Empfinden mit Hilfe des Großbaukastens den entsprechenden Raum. Herumstehende Möbel stören in keiner Weise. Das leichte Material erlaubt ein dauerndes Verschieben der Farbkörper und ermöglicht eine tägliche Veränderung des Großbaukastens. Großbaukasten macht frei. Großbaukasten bietet immer neue Umgebung. Großbaukasten ist Stimmungsmacher. Großbaukasten ist billig zu erwerben.«

Es folgt nun kein Widerspruch und keine Erklärung, ich schweige mich aus, Stille senkt sich. In diese Stille schreien die Farben: Blau, Gelb, Rot. Sie signalisieren, was Goeschl sagt: »Die Farbgebung dient zur Steigerung der Gehirntätigkeit des Menschen.« — »Die Farbe hängt von der Dimension der Form ab, beide von der Dimension des Umraumes.« — »Nicht kolorieren — Farbe muß Material werden.« — »Wäre ein Ägypter oder ein Grieche je auf den Gedanken gekommen, eine Skulptur zu patinieren?«

Hiermit ist die Verfolgung eingestellt, sind böse Worte zurückberufen. Viel sagt sich leicht, aber über die Farbe kann ein langer Streit sich entwickeln. Ob die Farbe auch wirklich Farbe ist, ob die Augen sie sehen, ob Weiß eine Farbe sein will. Die Farbe kann auch ein totes, ein lebendiges Wesen sein. Sie ist zu Streit und Kampf fähig, Männer und Frauen werden damit gefangen, erbeutet, erdrückt und geliebt. Farbe ist für Goeschl vielleicht doch mehr, denn er lebt und schläft mit ihr, im Traum wird er verfolgt und gejagt. Farbe und farbig ist sein Einsatz, nur Farbe ist Leben, ohne Farbe kein Leben. Was wahr ist, ist wahr!

Aber was hat die Farbe für Möglichkeiten? In der Wirklichkeit viele, in der Möglichkeit des Künstlers nur begrenzte Möglichkeiten. Außer er versteigt sich in der Natur und wird zur Natur, wie soll er dies aber machen, ein unmögliches Unterfangen. Die Natur wechselt dauernd ihr Kleid, der Künstler verwechselt dauernd die Farbe.

Eine kleine Anfrage: Sind wir farbenblind? Hand hoch, wer nicht unterscheiden kann, Blau kann auch Grün sein, Rot kann auch Dunkelbraun sein. Warum soll auch unterschieden werden, auch ohne oder mit Unterscheidungen kann keine Definition gefunden werden. Dies würde zu unendlichen Erklärungen führen und Unendliches erklären ist zwar möglich, aber trotzdem unsinnig und ermüdend.

Die Untersuchung geht weiter, keine Müdigkeit, was soll ich noch untersuchen oder suchen. Sagen wir oder fragen wir, warum laut Goeschl fiktive symbolische Gebilde, die in sich verschlossene Körper sind,als solche gedacht und gesehen werden. Warum spricht er im Zusammenhang damit von Architektur, denn als Architektur sind sie Unsinn und von anderer Natur. Natürlich kann ich jedes Bild verwenden, wenn ich dieses Bild niederschlage und damit verändere oder eine Kulisse davor setze. Sicher ist jedes gesehene Bild vor meinen Augen eine Fiktion, es kann jeden Moment eine Bombe einschlagen und das Bild sofort verenden, ist diese Veränderung doch auch fortlaufend gegeben, wenn ich gehe oder fahre. Ich schweige mich aus über den Wert oder Unwert einer bewußten Umweltveränderung. Die Veränderung ist im Fluß, Steine bröckeln ab, Bäume wachsen, neue Gedanken lassen sich denken. Jeder Zwang krampft sich zu, zu, immer mehr zu. Zwangsläufig kommt Hemmung auf. Wie kann zwanghaft zwanglos werden, da darf es keine Erpressung geben, auch ein Gedanke kann erpressen.

ATTERSEE

Schön schaut er, schön, schöner als schön. Als er das Boot verließ, konnte keiner an seiner Schönheit vorbei. Mir fällt nichts darauf ein. Schönheit genügt sich! An ihm fällt mir nichts ein, denn Schönheit genügt. In ihm fällt mir nichts auf, denn schön sein empfiehlt sich.

Empfohlen soll sein, Erholung an seiner Brust, an seinem dunklen Haar. Empfohlen soll sein; Eiskugeln mit Schweinskopf — oder andere Mischformen — Mistformen. Das zu empfehlen, treten sie an, schwarze Haare, roter Mund, liebe Schönheit, bleib gesund. Das ist Empfehlung, empfohlen zu sein, verbindlich, verbunden, gebunden zu sein.

Versohl dich, verbeug dich, verstaub dich, verschraub dich, erlaub dich, verkalk dich, mit Verlaub, behaupt dich.

Empfohlen soll sein, ein Bild der Erholung. Barock zu leben, erleben, ist auch ein Gedicht.

Liebe, schau mich an, das Hochzeitsessen ist bereitet. Liebe, schau mich an, sag schön: lieb sein, brav sein, jung sein, dumm sein. Liebe, schau mich an! Verzeih mir, daß ich dich, verzeih mir, daß ich dich durch meine komischen Unterleibsschmerzen abgelenkt habe. Du machst mir weh, kauf lieber das Objekt »Vagina«. So kannst du jeden Tag Defloration ohne Schmerzen üben. Sehr gut so! Oder magst du vielleicht Attersees »lebensgroßen, milchfarbenen Polyesterschädel Beethovens mit austauschbarem Plastikmund und Plastikzunge zum Lachen, Weinen, Zwickerbusserln und Schmusen« (Attersee). Ja, wenn ich schon sehr erotisiert bin, aber wie soll ich, warum soll ich? Ich neige mehr zu Attersee, und der genügt mir.

Du, beschreib ihn mir: Aufpassen, Aufhören, Zuhören, ich wiederhole mich nie. Schamhaar, Brusthaar — alles in Ordnung. Das Gesicht — ich kann es nicht genau sagen, wie ein Fräulein vielleicht, wenn sie was Böses hinter sich hat gelassen. Oder wie ein Poet, ein geheimer Dichter. Schön, wie seine Bilder. Sein Haar, unbeschreiblich; ganz schwarz, unbeschreiblich; so seidig, unbeschreiblich; lockig, unbeschreiblich! Seine Beine, gerade Stämme! Unerreichbar ist seine Liebe, er liebt wie Feuer und Flamme. Ich entflamme mich, in Entblößung, Neigung, Zuneigung, ich verbeuge mich an dir vorbei. Ich halte meinen nicht ganz reinen Atem an. Ich spreche nicht mehr, ich blicke dir zu.

Ich habe Hunger! »Herr Ober, was können Sie heute empfehlen?« — »Nur Attersees Speiseblau. Besonders appetitlich auf weißem Bröselkarfiol, Paradeissalat und gefangenem Schinken.« — »Wunderbar!«

Rührung überkommt mich, Berührung erhoffe ich, Liebe beschleicht mich, schleich dich, dreh dich, verzieh dich, hau ab! Ich komme nicht mehr, auch gut. Sag Liebste, du machst mich traurig, warum denn? Meine Kunst ist schöne Kunst und das verstehst du nicht. Attersee kann doch nicht böse sein. Warum soll er auch?

Nach langer und reiflicher Überlegung und in Betrachtung versunken, erkläre ich nun die »Geküßte Weißwurst«. Oder lieber das »Farbherz mit Spaghetti«. Oder »Spaghetti mit Lockenwicklern«? Die »Geküßte Weißwurst« könnte meinen Hunger herabdrücken. Ich vergreif' mich nicht gern an Bildern. Warum hat der Hintergrund etwas wie gestreifte Hosen mit Wolkendreieck. Zweimal Attersee — trägt Wurstattersee, Stiefelattersee, Hemdattersee, Doppelherz, Herzattersee. Doppelmädchen beißt Attersee, Doppelherz, Doppelwurst. Das Atterseeweiß weiß, was Attersee weiß: »In Butter- oder Margarine-Ziegel sind gleichmäßig große, schwarze, genießbare Buchstaben eingemengt. Durch Streichen von Butterbroten entstehen Buchstabenkonstellationen, die durch das Essen der Butterbrote von Biß zu Biß ihre sprachlichen und optischen Beziehungen verändern.«

Mein Abschied von dir, Lieber, mein Lieber, reißt mir mein Herz auf. Ich kann dich nicht verlassen, ohne daß ich nicht aus allen Wunden blute. Ich verblute gerne an deiner Brust. An meinem Busen sei gefangen, bis ich tot in dir entgleite. Sei noch einmal gegrüßt, geküßt, geherzt, mein Lieber, mein Allerliebster, vergiß, was ich für dich war, bin und bleibe!

WIRKLICHKEITEN

In Wirklichkeit ist nichts Wirkliches verwirklicht worden. Denn in Wirklichkeit können Wirklichkeiten sich in der Wirklichkeit kaum wirklich verwirklichen. Wie sieht die Wirklichkeit der Wirklichkeiten aus? Ist ein Baum wirklich zu verwirklichen? Hat ein Mensch Wirklichkeit, wenn er wirklich sich verwirklichen will, so er sich überhaupt verwirklichen kann. Wirkliches Wirken verwickelt Wirklichkeit mit Wirksamkeitswirkung. Das ist die Wirklichkeit im alltäglichen Wirken. Möglichst viel wirken in der Wirklichkeit des Augenblicks. Augenblicklich wirke ich in der wirklichkeitsnahen Partei und verwirkliche Soziales. Die Wirklichkeit schafft Ruhm und Ehre. Wirken im Leben läßt dich verwirklichen, dich wirksam werden für die Wirklichkeiten des Alltags.

Was ist nun wirkliche Wirklichkeit, die Zähne putzen, das Gesicht waschen, das Gebet beten, die Suppe essen, die Frau beschlafen, das Kind kämmen — das ist Alltagswirklichkeit. Öde Wirklichkeit des Wirkens. Somit nicht himmlische Wirklichkeit. Im Himmel singen die Engel wirklich, in der Hölle braten die Menschen wirklich. Engelhafte Wirklichkeit, teufelhafte Wirklichkeit. Am Busen einer Frau sich zu verwirklichen, ist wirksamste Auswirkung in der Wirklichkeit, denn hier trifft sich gute und böse Wirklichkeit.

Sie zeichnen Wirklichkeiten; Wirklichkeiten des Magens der wirklichen Seele; Wirklichkeiten des Unterleibs; wirkliche Schamhaare, den wirklichen Kitzler, wirklich auch einen Zipfel, Brust und Bauch, von Wirklichkeit verschobene, verschmutzte Unterwäsche, Höschen der Liebe, Weiber der Lust, Socken mit Löchern, Wirklichkeiten, die wirken, schockieren, verführen, berühren.

Rote Wirklichkeiten, sagen wir Blutfluß. Blaue Wirklichkeiten, vielleicht Himmel. Gelbe Wirklichkeiten, einen Chinesen. Schwarze Wirklichkeiten, sagen wir Mauer. Weiße Wirklichkeiten, sagen wir Leinwand, und so fort, wirken fort farbige Wirklichkeiten.

In Wirklichkeit zu essen, wirklichen Schweinsbraten mit wirklichem Saft, nicht böhmisch oder italienisch, sondern in Wirklichkeit mit wirklichem Genuß verzehren, Bier und Wein. Das ist eine wirkliche Darstellung, Darbietung der Wirklichkeit. Da sage einer nicht, die Wirklichkeit sei nicht Leben, Erleben, Aufleben.

So mögen denn Wirklichkeiten sich verwirklichen im So- oder Sosein, wirklich auf dem Rad sitzen, so oder so, nackt oder bekleidet, wirklich zu sein mit Hoffen und Verlieben, verkleidet oder wirklich bekleidet. Wirklichkeit sei wirksam, wenn auch Dein Wirken nicht ganz wirklich. Denn schon manche Wirklichkeiten haben mit der Zeit Wirklichkeit verloren. Wirke in der Zeit, aus der Zeit, zur rechten Zeit, wahrlich wirklich, zur Zeit mit Wirklichkeit. Du, hast Du jetzt keine Zeit für die Wirklichkeit, jetzt in der rechten Zeit zur Wirklichkeit. Ob Einwirken oder Auswirken, Mitwirken, Nachwirken, ob wirkliche Zerwirker als Wirker bewirken, sei dahingestellt. Denn der Wirklichkeitssinn hat gegenwärtiges Tatsächliches wirksam erfolgreich mit Wirkung wirkungsvoll zu verwirklichen. Es sei den Wirklichkeiten der wirkliche, geheime Rat gegeben, tatsächlich wirklich zu sein.

DER WILLE ZUR AKTION

Eine Untersuchung gegenwärtiger Kunstversuche soll zeigen, wie wichtig Kunst ist — oder vor Kunst warnen; eine kleine Unterhaltung zur Entschleierung der Künste.

Schon fällt der erste Stein auf mich, denn wenn man die Zunge zeigt, so ist das unanständig und man wird geschlagen. Aber Mund aufmachen, Hand zur Faust ballen, jede Bewegung ist Aktion. Eine Tätigkeit ist mit der ganzen Person verbunden. Ein kleines Kind schaut aus seinen Augen und glaubt, was man ihm vorsagt, denn nicht glauben wird bestraft — hätte es Kraft, würde es zurückgeschlagen. So ist es mit der Aktion. SA marschiert im gleichen Schritt, und Man Ray verschnürt etwas in einem Sack, das er »das Rätsel des Isidor Ducasse« nennt. Christo übernimmt in den sechziger Jahren diese Aktion und will dieser Tat Ewigkeitswert geben. SA marschiert und Christo mit ihnen. Wie ist das mit der Aktion: Wenn man sie nicht versteckt, wird sie gestohlen, und das Rätsel des Isidor wird eine ewige Wassersuppe, nicht mehr wert, das Rätsel zu lösen bei so vielen Rätseln. Die Aktion wird beleidigt. Picasso zerknüllt eine Zeitung und lacht immer wieder und gießt Gips darauf. Duchamp ist in seine junge Frau vernarrt und erhebt ihr Geschlechtsteil zum Denkmal. Kiesler macht Skulpturen und Gemälde zu untergeordneten Gegenständen, Warhol wieder will Gegenstände, Papier, Säcke zu Kunstwerken erheben — alles Aktionen, die nur den Sinn verfolgen, eine bewußte Handlung zu vollziehen oder einen Einfall zu realisieren. Dies birgt in sich die Einmaligkeit der Ausführung. Ich schlage dreimal den Kopf an die Wand und falle tot um. Jede Aktion nach der Geburt ist schon Tod. Der Mensch verbirgt in sich den Diktator, ein Wesen, das Ordnung aus der eigenen Vorstellung verlangt. Wer schlägt nicht gerne mit Kraft auf den Tisch, wenn es leicht geht und kein Widerstand da ist, es sei denn, daß Widerstand entsteht, weil Hunger aufkommt und jeder Hoffnung hat, und sich zum Diebstahl erhebt — oder Widerstand erhebt sich aus der Gleichgültigkeit der Ordnung. Wir besitzen alles und stehen vielleicht im Glück. Dieser Zustand trügt, denn er schläfert ein. Es gibt keinen Zustand der Vollkommenheit, denn alles, was gerade entsteht, ist schon zerbrochen. Jeder Gedanke, ausgesprochen, hat gerade seine Bedeutung getan. Nur der Staatsdiener braucht und will Beharrung, denn er schmiedet Vollkommenes, immer Zustände, die nicht aufhören wollen — Gefängnisse des Glücks. Dieses Beharren führt zum Sturz. Da nun jedes Wesen veranlagungsgemäß nur ihm zubestimmte Handlungen ausführen kann, ist seine ihm zubestimmte Zeit nur eine begrenzte. Es kann sein, daß diese Zeit nie kommt, weil der Gedanke ein schon gedachter ist oder das Gedachte in eine Umgebung gedacht wird, die dies nicht begreift. Man wird erst begreifen, wenn des Gedankens Schöpfer im Grabe ruht, und man wird auf ihn weisen und ihm ein großartiges Denkmal setzen.

Die Aktion braucht den Handelnden, den Piloten, der auf den Startknopf drückt und in die Luft steigt, den heiteren Helden mit Staatsbegräbnis. Ich liebe Explosionen, das ist etwas fürs Auge. Selber explodieren ist noch besser, aber da man noch bleiben will, bleibt nur das Bösewerden oder das Inwutkommen und Explodierenkünsteln, das Zerspringen mit Hochgenuß, das Auffahren, Anfahren und Zerstückeln. Die Explosionen, Hochgenüsse in der Kunst, sind die Stunden, in denen nach langem Beharren endlich der Mut aufkommt, sich nicht länger im Wohlgefallen seiner Werke zu sonnen, sondern allmählich zu gähnen (auch eine Aktion), um dann doch mit der Zeit in Wut zu geraten. Dann verschwindet die Kunst hinter dem Kasten oder wird eingepackt, zerstückelt, zermanipuliert, verknotet, verknorzt, geschlagen, zertrampelt, so ein wenig zerfleischt und gehackt, nur nicht geehrt und nicht geachtet.

Im Sitzen verachten und lachen, in Gruppen lachen, von Dummheiten träumen, das ist auch eine Lust.

Die Kunst ist wie ein Märchen: Man stellt sich vor, was sein könnte, und man verschließt die Augen, man verschließt sich, versperrt sich, und man wartet auf die Prinzessin, aufs goldene Schloß. Die Vernunft sitzt im Eimer und es wird eine ewige Sitzung.

Hat einer nicht die Fähigkeiten, an die Spitze zu stoßen, hat alles, was er unternimmt, keinen Sinn. Nun ist aber die Spitze oft nicht erkennbar und man kann sich etwas vorspiegeln. Es gibt verschiedenste Gebiete und Räume, die zu beherrschen sind, und je kleiner und enger der Raum ist, um so leichter kann sich jemand emporspielen. Nichts ist schlechter, als seine Grenzen nicht zu erkennen und mehr zu wollen, als zu erreichen ist. Einer, der im Dorf sitzt, hat so geringere Ansprüche zu erfüllen als wenn er in den Räumen einer Weltstadt lebte.

Was heißt man Ansprüche in unserer Zeit? Das ist zum Lachen, denn denke ich nach, so fällt mir nichts ein. Die Wohnkultur hat niederste Stufen erreicht — einen Friedhof, in dem man der Vergangenheit nachtrauert, eine Wüste von Steinen. Zum Vergnügen fehlt die Phantasie. Man schreit nach Ansprüchen, vielleicht in stillen Stunden, wo alles auf die Nerven geht. Wer soll da nicht kurz und klein schlagen, einen Vorhang darüber. Anspruch ist die Neigung zur Veränderung, Armut will Erworbenes festhalten. Aktion ist Widerstand gegen die Einengung.

Es gibt Personen, die die Aktivität der Umgebung unterbinden und von sich so besessen sind, daß sie von sich glauben, immer das Richtige getan zu haben. Die Suggestivkraft solch eines Menschen ist so groß, daß jeder sich nach ihm richtet, und alles, was getan wird, das gleiche Gesicht bekommt. So etwas lähmt jede Aktivität, jede neue Entscheidung, und es beginnt das lebendige Absterben. Der Zwang, nur in eine Richtung schauen zu müssen, erfaßt oft die ganze Welt (Informel, Opoder Pop-art), und alles wird untergraben und unter seinen Wert gesetzt, was nicht in dieselbe Richtung schaut. Darum ist die Aktion oft das einzige Mittel, diese Diktatur des Geistes zu durchbrechen. Tinguely stellte vor dem Modernen Museum in

Paris eine Maschine auf, die informelle Bilder erzeugte. Damit zeigte er, wie leicht solche Dinge zu erstellen sind. Der Egoismus der Künstler will alles nur für sich gewinnen und für sich recht haben.

Für die Kunst ist keine Notwendigkeit gegeben, und jeder, der geborgen lebt, meint, es wäre besser, sich vor Kunst zu hüten, denn jeder Widerstand, jede Neuordnung wird durch die Kunst vorbereitet und erahnt. Das gibt ihr vielleicht auch das Recht zu bestehen. Der Widerspruch ist ersichtlich, denn jede Ablehnung des Bürgers ist seine Revolution, sein Wille, auch in Aktion zu treten. Haß schafft wieder nur Widerstand, und es wird leicht zu erkennen sein, wer hier gewinnt.

Wenn ich an die Kunst denke, dann muß ich lachen, denn ich sehe sie nicht, ich finde sie nicht, ich suche überall herum und schlage kunsthistorische Bücher auf und lese, aber was steht da — ich kann es kaum entziffern: tiefempfundene Bildbeschreibungen und Betrachtungen, die wie Musik wohl ans Ohr dringen, daß man mit schöner Stimme mitsingen möchte. Aber seine Stimme muß man in einer Festspielstadt stimmen, wenn die Fanfaren erklingen und die liebe Kunst es ermöglicht, seinen eingemotteten Smoking aus der hintersten Lade zu ziehen. Mit der Rose am Knopfloch hat Mozart es gern. Wenn man schon kein Ansehen hat, will man doch wenigstens angesehen werden! Frauenbeine können schön sein — solche Betrachtungen kann ich verstehen, und da greift man tief in die Tasche. Die Unterrichtsbehörde erhebt ihre Stimme und spricht von ewigen Werten und vergißt die Millionen, die diese Werte stützen. Gleich höre ich schreien — nein, es sind süße Lieder aus dem Konzertsaal, und dieser Gesang kostet Geld; es sei der Stimme vergönnt. Mit Wehmut muß ich an jene Zeit denken, wo solche Stimmen noch mit Verachtung durch das Land zogen. Nun sind solche Stimmen nicht mehr zu sättigen. Damals waren sie noch froh, wenn sie singen durften, heute müssen wir froh sein, wenn die Stimmen sich erheben wollen. Ich bin für geschlossene Konzertsäle, für eine Aktion gegen Preistreiberei — vielleicht werden die Stimmen billiger. Schon habe ich die erste Aktion angebracht. Mit der Zeit überleben sich gewisse Einfälle, darum schlage ich vor, den Festspielgedanken endlich zu vergessen. Damals haben sich die Künstler besonders einsam gefühlt und die Kommunikation gesucht, aber inzwischen sind sie ja von uns gegangen, und wir müssen ihre Einsamkeit immer noch bezahlen!

Ich bin auch manchmal sehr einsam, und da fallen mir dumme Sachen ein. Nun ist es schon ein Jahr her, daß ich eines Tages gern vergnügt gelebt hätte und den Vorschlag gemacht habe, man sollte Zentren schaffen, in denen der von visuellen und optischen Eindrücken verwöhnte moderne Betrachter Häuser besuchen könnte, die die veralterten Einrichtungen wie Museen, Theater ersetzten. Ich dachte da an permanente Stätten der Unterhaltung, in denen in reicher Folge ein Raum den anderen ablöst: bewegte Kunsträume; Räume, die immer enger oder weiter werden und in Wasser versinken; Sichbeschmieren mit Farbe; Kugelkinos, in denen naturhafte Erlebnisse, wie ein Aufenthalt in der Wüste oder ein Sturz von großer Höhe mit der nötigen Hitze oder dem Fallrausch und allen anderen Nebenerscheinungen zu verspüren sind; oder erleben, wie man von einer Bakterie gefressen wird; das Versetzen in den Zustand des Rausches mit allen seinen Auswirkungen ... all dies herbeigeführt mit den Mitteln technischer Apparaturen. Ich meinte damit nicht die primitiven Vorstellungen, die hinter den technisch unvollkommenen Environments stehen — auf der Trigon-Ausstellung in Graz oder jetzt auf der Documenta —, die nur Ästhetik übermitteln und beim Beschauer Unzufriedenheit bewirken. Ich möchte Zustände hervorrufen, die den Besucher nicht mehr zum unbeteiligten Betrachter degradieren, sondern ihn zentral all den Vorgängen aussetzen, die seine Mitwirkung erzwingen. Die Kunst kann eben nur von außen an die Person herankommen.

Vor zwei Monaten wurde auf der Universität von Wien eine Aktion gestartet, die als Ekelorgie bekannt wurde und die die sanften österreichischen Gemüter aufschreckte. Brus, Mühl und Wiener haben ihre Aktion in Wien mit der Absicht durchgeführt, ganz Österreich gegen sich aufzubringen, und sie haben Reaktionen ausgelöst, die an die Zeit des Faschismus erinnern! Als die österreichischen Studenten in Lethargie verharrten, obwohl Kollegen in Berlin, Rom, Paris, Mailand den Aufstand übten, waren vor allem die Künstler von der Gleichgültigkeit der Studenten in unserem Land enttäuscht, denn sicher gibt es auch hier etwas zu reformieren. Daß dann radikale Kräfte der Studenten, unfähig, sich zu entscheiden, nach außen flüchteten und durch eine Vorstellung Entscheidungen erreichen wollten, zeigt ihre Schwäche. Es ist interessant, die Reaktionen, die von dieser Aufführung ausgelöst wurden, zu studieren. Dies beginnt mit der Frage nach der Kollektivschuld der Besucher, die dem Geschehen — zum Teil vom Gestank angewidert, zum Teil erschüttert — beiwohnten, ohne ihre Stimmen zu erheben! Die Publikumsdiskussion verlief völlig ruhig, ohne Empörung der Studenten. Kenner von Happenings fanden die Aktion schlecht und primitiv. Der Sturm der Empörung, der, ausgelöst vor allem durch falsche Pressemeldungen, in der Öffentlichkeit losbrach, ist nicht zu verstehen, denn diese 400 Besucher — das ist eventuell ein Durchschnitt der Öffentlichkeit — haben auf diese Vorstellung nicht mit sichtbarer Ablehnung reagiert. Hätte keine öffentliche Diskussion, in der die — nicht benutzte — Möglichkeit zum Protest gegeben war, stattgefunden, dann wäre das Publikum von Mitschuld freizusprechen. Sein Von-Nichts-Wissen spricht den Rektor der Universität nicht von Mitschuld frei, denn er müßte wissen, was ein Happening will, daß die österreichische Spielart radikal ist und auf Universitätsboden Skandale hervorrufen muß. Warum hat die Staatsgewalt nicht auch das Publikum verhaftet, das durch sein Schweigen dem Geschehen zugestimmt hatte? In der Kunst von heute wird die Intimsphäre schon seit langem mit ganzer Offenheit behandelt. Im Kino und im Theater können wir täglich Schlafzimmererlebnisse studieren, Illustrierte und Zeitungen sind voll von Zweideutigkeiten, aber dort ist alles beliebt und erlaubt, denn sich selbst überlassen, kann in aller Stille alles geschehen.

Meine Idee, diese Stätten der Unterhaltung zu gründen, hat mit der Aktion in der Universität etwas Gemeinsames: den Verzicht auf Werte, die durch Betrachtung oder als greifbarer Bestand Wert behalten. Also betritt hier die Kunst — wenn man dies noch als Kunst bezeichnen kann — Wege, die eine Veränderung der Person herbeizwingen wollen. Ein Geschehen auf der Bühne, etwas, das auf uns herab erzählt, was jemandem passiert ist oder sich ereignen wird, kann uns ergreifen, und wir können dagegen oder dafür Stellung nehmen und zufrieden mit uns nach Hause gehen. Der Schauspieler ist zu einem Objekt geworden, das alles nachsagt und ausführt, was ihm vorbestimmt wird. Ein unselbständiges Wesen kann keine Befriedigung auslösen. Wann kommt endlich der Aufstand der Schauspieler! Es ist ganz selbstverständlich, daß die Gesellschaft nach Möglichkeiten verlangt, die ihre Mitwirkung und Mitbeteiligung berücksichtigen. Paraden und Massenversammlungen, wo man »Heil« schreien konnte, sind nicht mehr allzusehr in Mode. Sport kann erregen und Spannungen setzen, und der Zuschauer identifiziert sich mit dem Mann seiner Wahl, doch nie kann er begreifen, wie sehr eine Niederlage schmerzen und welche Glücksgefühle ein Sieg hervorrufen kann.

Am 13. April 1912 wurde Egon Schiele der Verführung einer Minderjährigen beschuldigt und verhaftet. Die Anklage erwies sich als haltlos, doch Schiele wurde, weil Kinder in seinem Atelier Aktstudien gesehen hatten, wegen »Verbreitung unsittlicher Zeichnungen« zu drei Tagen Arrest verurteilt und erst am 8. Mai freigelassen. Schiele schreibt dazu in seinem Tagebuch: »24 Tage war ich in Haft! 24 Tage oder 576 Stunden! — Eine Ewigkeit! Die Untersuchung ist kläglich verlaufen, — ich aber habe elendiglich Unsagbares gelitten. Bin furchtbar bestraft ohne Bestrafung. Bei der Verhandlung wurde ein Blatt von den beschlagnahmten, das, welches in meinem Schlafzimmer aufgehängt war, vom Richter feierlich an der Kerzenflamme verbrannt! — Autodafé! Savonarola! Inquisition! Mittelalter! Kastratentum, heuchlerisches! — Geht doch in Museen und zerstückelt die besten Kunstwerke. Wer das Geschlecht verleugnet, ist ein Unrat und beschmutzt niedrigst die eigenen Eltern, die ihn zeugten. Wie wird sich fortan jeder, der nicht litt wie ich, vor mir schämen müssen!« — Ich sehe zwischen dem Geschehen auf der Universität und dem, was Schiele geschah, Parallelen, was die Reaktion der Staatsgewalt und die davon betroffenen Künstler betrifft. Beide Seiten fühlen sich im Recht. Man kann nicht verlangen, daß ein Richter aus St. Pölten 1912 Schiele versteht, wenn eine ganze Generation von Kunstexperten sein Werk unterbewertet und für Jahrzehnte verleugnet und als zu erotisch verwirft. Das Erotische spielt bei Schiele als außerbildnerischer Faktor eine große Rolle, doch darf man seine Jugend nicht vergessen, die allgemeine Lockerung der Moral, das damals weitverbreitete Elend. Schiele lebte im Wien vor der Sozialisierung, im Wien der überfüllten Vorstädte, des Hungers, des ausweglosen Proletariats. Seine Darstellungen sind Zeugen dieser Zeit. Schieles Unrecht ist, daß er sich und damit auch seiner Umgebung vorspielen wollte, nicht unter einer ihn ganz durchdringenden Sexualität zu leiden beziehungsweise sich ihrer zu erfreuen. Dies bestätigen Zeitgenossen, aber vor allem seine Bilder und Zeichnungen. In der Kunst läßt sich nichts vertuschen. Im Gerichtssaal saßen einander zwei Heuchler gegenüber. Der Künstler, der das Nackte darstellt in einer Form, die schonungslos nur das triebhafte Weib zeigt in jener Triebhaftigkeit, die er liebt und von der er durchdrungen ist — dieser Künstler schafft Werke, die Pornographie sind. Damit zweifle ich nicht am Kunstwerk, denn ein solches muß nicht erbaulich oder erhaben sein oder nur positive Werte wiedergeben. Daß der Richter die Kunst nicht sah und mit der Aktion der Verbrennung seine eigenen Neigungen in aller Öffentlichkeit mitverbrannte, ist aus seiner Tat ersichtlich. Pornographie war und ist nur im geheimen zu besichtigen und darf kein Öffentlichkeitsrecht bekommen, auch nicht, wenn es Kunst ist. Schiele hat durch seine Kunst Pornographie salonfähig gemacht, wenn wir es auch heute nicht mehr zugeben wollen oder können. Die beiden Heuchler konnten sich nicht verbergen, die Kunst hat sie demaskiert.

Man kann nur darstellen und interpretieren und damit erkennbar machen, was aus eigenster Erfahrung für den einzelnen sichtbar wird. Aus dem Erleben an sich selber kann man sich vorzeigen und wiederholen. Dies kann so weit getrieben werden, daß — wie auf der Universität — intimste Vorgänge und Sehnsüchte dargestellt oder ausgesprochen werden, was dann zu Skandalen führt. Der Geltungsdrang, den jede künstlerische Persönlichkeit im großen Maß besitzt, kann zur Enthemmung führen. Es ergeben sich Möglichkeiten, Aktionen zu starten, die eine Person innerhalb von Stunden weltbekannt machen. Ich glaube, jedes Verbrechen von Bedeutung wurde von Personen ausgelöst, in denen ein künstlerischer Kern steckte, der nie zum Ausbruch kommen konnte und nun jene Wünsche vollstreckte, die in der Kunst harmlos ihren Ausdruck finden, dargestellt werden und zur Geltung kommen. Im Happening wird nun jene Depression sichtbar gemacht, die jeden Künstler in einer unschöpferischen Phase erfaßt und seine Existenz in Frage stellt. Er nähert sich der Ausweglosigkeit des Verbrechers und möchte wie dieser etwas ausführen. Daß Happenings in einer Zeit entstanden sind, wo die künstlerischen Medien einer Wandlung unterworfen und neue Entscheidungen noch nicht ausgesprochen waren, bestätigt, daß die Depression durch Aktionen überbrückt wurde. Inzwischen hat sich vieles geklärt, die Künstler wissen ungefähr, wohin sie wollen, und die Happenings sind überholt. Natürlich gibt es immer wieder Unentwegte, die an etwas festhalten und sich von Vergangenem nicht lösen können, sondern es weiter praktizieren — wie in Wien. Im Happening wird das Spontane, der unmittelbare Einfall, in ein Programm gedrängt und genau vorgezeichnet, was der einzelne Akteur auszuführen hat. Dieses Programm darf durch einen plötzlichen Einfall nicht gestört oder erweitert werden. Das Happening hat weder mit Pantomime noch mit Stegreiftheater zu tun, es will dem schreckhaften Geschehen um uns und in uns Ausdruck geben. Jeder Wunsch wird freigelegt, der in der Gesellschaft kaum ausgesprochen wird. Es gibt im Menschen Ereignisse, die ihn zeitweise in krankhafte Zustände treiben.

Der Bildhauer Alberto Giacometti berichtet über ein Jugenderlebnis, das ihn monatelang quälte: »Ich erinnere mich, daß ich damals während Monaten in regelmäßigen Abständen abends nicht einschlafen konnte, ohne mir vorher vorzustellen, daß ich in der Dämmerung durch einen dichten Wald ging und zu einem grauen Schloß gelangte, welches sich an einem ganz versteckten und verlassenen Fleck erhob. Dort tötete ich zwei Männer, die sich nicht zu verteidigen vermochten; der eine, der ungefähr siebzehn Jahre alt war, sah immer blaß und erschrocken aus; der andere trug auf der linken Seite einen Panzer, an dem etwas wie Gold glänzte. Ich vergewaltigte zwei Frauen, denen ich zuvor die Kleider vom Leib riß, zuerst eine Zweiunddreißigjährige mit einem Gesicht wie Alabaster, die ganz in Schwarz war, dann ihre Tochter, um die weiße Schleier flatterten. Der ganze Wald widerhallte von ihren Schreien und Klagen. Auch sie tötete ich, aber sehr langsam, oft neben einem Teich mit grünem Moderwasser, der vor dem Schloß lag. Jedesmal mit leichten Abwandlungen. Hernach ließ ich das Schloß abbrennen und schlief zufrieden ein.« Das sind Tagträume, die die eigentlichen Wünsche widerspiegeln, die zu erfüllen ihm nicht möglich war. In dieser Geschichte wird sichtbar, wie Triebverbrechen sich angsam in einem Menschen entwickeln können und eventuell zur Reife, d.h. zum Ausbruch gelangen. Ich habe in Wien ein Stück aufgeführt, dessen Handlung über vier Lautsprecher zu hören war. Ich habe aus vier Räumen alle Stühle entfernen lassen, damit sich die Besucher in ihnen bewegen konnten, wie sie wollten. Es geschah fürs Auge nichts, nur die Lautsprecher berieselten das Publikum. Mein Versuch bestätigte, daß sich niemand in der Masse konzentrieren kann, wenn der einzelne nicht an einen Platz gezwungen wird. Hören und das Gehörte verstehen kann nur der, dem alle anderen Sinne außer Funktion gesetzt werden. Wenn etwas gesehen wird, das in keinem Zusammenhang mit dem Gehörten steht, so wird das Gehörte bedeutungslos. Diese Erkenntnis gibt zu bedenken, daß Kunstwerke in sich viel mehr anbieten müßten: etwas fürs Auge — Töne — Gerüche — und andere Empfindungen. Somit entwickelt sich etwas ganz Neues in der Kunst, nur hat es noch keinen endgültigen Ausdruck gefunden, wird aber in vielen neueren Richtungen angedeutet bei Op-art, Kinetika, Happenings, Environments, Kino und anderem.

Es wäre gut, wenn die Künstler mit ihren verschiedenen Experimenten nicht allein blieben, sondern sich wie in der Wissenschaft in Gruppen zusammenschlössen und endlich wenigstens ein gelungenes Werk schafften, das alle Erkenntnisse der jüngsten Vergangenheit zusammenfaßte. Das hat nichts mit dem ewigen Wunsch nach dem Gesamtkunstwerk zu tun, das nie entstanden ist und nie gelingen kann; die Persönlichkeit spielt in der Kunst eine zu große Rolle, sie will alles um sich ausschalten und ausradieren, sich aber nie unterordnen. Die neuen Darstellungen und Objekte — und das müssen die Künstler einsehen — haben nur in ihrer Künstlichkeit mit Kunst zu tun und erregen beim Betrachter ganz andere Zentren, als die Malerei oder Bildhauerei es will. Durch die Technik, die Chemie usw. werden Materialien frei, die unbegrenzt zum Spielen und zum Manipulieren anregen können. Das geht so weit, daß bedeutende Findungen wie das Schweben und Fliegen, die Kräfte der Atome, Optisches und Medizinisches, ihrer Sinngebung entrissen und in ganz neue Funktionen gehoben werden, dabei jede Brauchbarkeit verlieren und als Witz vegetieren. Rücksichtslos werden jene Themen verdrängt, die das unmittelbar auffassende menschliche Auge erschaut. Die Kunst hat heute nicht mehr die Funktion, eine Abschrift zu vermitteln. Dem ist von Anfang an eine Grenze gesetzt, ist doch Sichtbares, wie es uns entgegentritt, auch nicht die Wirklichkeit, die wir zu sehen glauben. Wenn schon die Natur Täuschungen erstellt, warum soll dies nicht auch der Mensch tun dürfen? Theater, Festspiele usw. glauben mit Werten auskommen zu können, die zum Bestand der Gesellschaft geworden sind, nur in der Qualität der jeweiligen Interpreten kritisiert werden, und, als Werte unantastbar, die Kunsttempel okkupieren. Die Presse sollte überlegen, ob es sinnvoll ist, ganze Spalten mit Abhandlungen über die Wichtigkeit und der Klang von Stimmen oder die angebliche Bedeutung von Mozarts Zauberflöte für unser Gemüt zu belegen. Dies zu beweisen, wird schwer sein in einer Zeit, die die museale Kunstpflege betreibt, wo Dirigenten Harlekine und Sänger Akrobaten sein müssen. Boulez hat recht, wenn er sagt: »Zündet die Opernhäuser an, es geschieht darin nichts Produktives!« Die Oper als Kunstform ist heute unmodern. Der heutige Kunstbetrieb, vom Staat unterstützt und künstlich aufrechterhalten, unterbindet jede Eigeninitiative und läßt die Kunstkräfte erlahmen. Müßten sich alle selbst erhalten, würden die wirklich schöpferischen Kräfte, für die Kunst ein Anliegen ist, stärker in Erscheinung treten. Ich trete dafür ein, daß der Staat jede Geldzuwendung für die Kunst einstellt, denn es ist ein Irrtum, zu glauben, daß unsere moderne Gesellschaft die Kunst braucht.

Daß diese kulturpolitischen Zustände das Schöpferische kaum hemmen, ist der menschlichen Neugierde zu danken, die, sollte nur mehr Sand vorhanden sein, auch mit diesem manipulieren würde. Hier kommt die Frage auf, wie weit es heute noch möglich ist, Kunst zu erzeugen.

Die meisten unserer Überlegungen werden vom Gedankengut des 18. und 19. Jahrhunderts getragen, und es mag sehr schwer sein, sich vor Eingebungen aus dieser Zeit zu schützen. In gerade diesem Zeitabschnitt der Menschheitsgeschichte wurde dem erbärmlichen Wesen Mensch mehr Bedeutung zugesprochen als ihm zusteht.

Im Idealismus glaubte man, ein Idealbild der Welt schaffen zu können. Stattdessen entstanden daraus Diktaturen, von Menschen geschaffen, die sich ins Göttliche gehoben fühlten. Idealismus ist Sache der Jugend, die in ihrer Unerfahrenheit glaubt, Zustände verbessern zu müssen, um das Ideal erreichen zu können.

Die Überwertung und Verherrlichung im eigenen Sprachraum setzt viel Unrecht. Wohl werden Einflüsse der Umgebung nicht bestritten, aber diese Erfahrungen, die keine nationale Eigenheit bedeuten, begannen schon im Mutterleib. Aus dem Unrecht, an seinem Nachbar Wesenszüge und Gewohnheiten einer falschen Kritik zu unterwerfen, die aus dem Vergleich mit der eigenen Lebensweise gezogen wird und jede Selbstkritik ausschaltet, entsteht nationale Überheblichkeit.

Für die Kunst ist es noch schwieriger, sich aus dem Dilemma falscher Interpretationen und Überhäufungen zu befreien. Der Moment ist verschwunden, in dem sich der Künstler, als eine Art höheres Wesen, in Gefühlen verirrt und in Verlorenheit betrachtet. Was man unter künstlerischer Freiheit versteht, hat nie existiert, denn jedes schöpferische Tun ist einem Zwang unterworfen und ermöglicht daraus erst Resultate. Der Mensch lebt in der Zwangsjacke aller Gedanken und Handlungen, die jeder um ihn oder vor ihm gesetzt hat. So ist er ein Gefangener, dem sein Handeln diktiert wird. Irgendwie ist allem Triebhaften eine Grenze gesetzt, in der es sich selbst erschöpft, sodaß der Traum der Freiheit, wieder ein Begriff der Vergangenheit, sich nie erfüllen wird.

Die Kunst hat nicht die Bedeutung, die ihr der Künstler zuspricht. Vielleicht wird sie in Zukunft eine Art Sport oder Unterhaltung höherer Ordnung sein. Man stellt sich Aufgaben, die, gelöst durch sinnenhafte und gedankliche Überlegungen, Gebilde entstehen lassen, die genügend Befriedigung schaffen, um sich aus der täglichen Begrenzung herauslösen zu können. Kunst ist heute Hobby.

In der Vergangenheit haben sich die Mächtigen ihrer bedient, um ihre Glorie und Allmacht verherrlichen zu können, denn Kunst war immer Werkzeug der Macht und der Eitelkeit. Die Schwierigkeiten mit der Kunst begannen, als der Künstler dem Menschen sichtbar wurde und aus dem Werke trat. Der Anspruch des Künstlers als Mensch, das sein zu wollen, was er ist, hob ihn über seine Bedeutung hinaus. Die Mächtigen hatten nicht mehr die Kraft, die Kunst an sich zu binden, sie wurden unglaubwürdig und mußten abtreten.

Wie könnte eine Kunst der Zukunft aussehen? Bei einer solchen Überlegung kann man gewisse Voraussetzungen nicht ausschließen, die das Klima schaffen, in dem etwas entstehen soll. Jedes historische Denken soll reduziert und nur das, was als Ausgangsbasis notwendig erscheint, bedacht werden. Nur die lebendige Gegenwart kann Lehrmeister sein. Menschliche Bereiche betreffende Fragen (wie Gerechtigkeit, Freiheit, Gleichberechtigung usw.), über die sich unsere Väter ereiferten, sind für uns kaum einer Überlegung wert. Sie waren und sind unlösbar und haben nur zu Streit und Kriegen geführt.

Die Ästhetik als Begriff ist einer dauernden Wandlung unterworfen und nur jeweils in der Rückschau neu bestimmbar. Sie ist als Anhaltspunkt für die Kunst nicht brauchbar. Jede philosophische Betrachtung über die Kunst hat die einfache Betrachtung verdrängt und mit Unverstand Geheimnisse in klare und offen vor uns liegende künstlerische Vorgänge hineininterpretiert.

Die Kunst ist nicht notwendig. Sie ist Spiel und Unterhaltung, Verkleidung und Verwandlung, Utopie und Illusion, ein bunter Haufen von Möglichkeiten geistiger Auseinandersetzung. Damit ist ausgelöscht, was die Kunst im Sinne der europäischen Tradition sein will. Ganz neue, unserer Massengesellschaft angepaßte Möglichkeiten sollten in den künstlerischen Medien Raum greifen. Die Industrialisierung des Künstlerischen würde den Künstler völlig abschaffen und durch eine Art Konstrukteur ersetzen. Der Künstler von heute betritt nicht einen bestimmten, begrenzten künstlerischen Bereich. Er ist universell allem verpflichtet und wird dort am stärksten sein, wo sich die meisten künstlerischen Möglichkeiten zusammenschließen lassen.

Die Aktionen des Künstlers sollen Zerstörungen hervorrufen, beunruhigen — eine Art Psychologie der Angst —, aufhorchen lassen, neue Bewegungen ins Leben rufen. In der Zufriedenheit kann auch Unruhe entstehen, denn wer viel besitzt, will noch mehr.

Die Künstler haben durch Taten den Willen zur Aktion bekundet. Ihr Aufruf, der zum Teil in der Stille des Ateliers entstanden ist, hat die junge Generation erfaßt und sie in Bewegung gebracht. Die Ziele sind oft nicht klar, doch der Zwang, den veraltertes Denken auslöst, kann kaum mehr ertragen werden. Der Künstler hat noch Humor und wischt den Staub von Jahrhunderten oft nebenbei, denn alte, überholte Werte werden mit der Zeit lächerlich und können nur mit Lachen in die Versenkung gestoßen werden.

Dieser Vortrag hat die Absicht, jede Mystifizierung und jedes Philosophieren über Kunst in Frage zu stellen und zu persiflieren.

Ich gehe zwei Schritte und lege mich auf den Bauch — Rücken. Der Blick geht in die Höhe oder in die Tiefe — ich bohre nach zwei Seiten. In höchster Höhe schaut aus dem Fenster der Arsch eines Avantgardisten und bläst den Trauermarsch — ein unschuldig stinkendes Gesicht — wie lächerlich — es klagt — es weint — Baby, schweige!

Er sagt plötzlich nichts mehr — er hat ein schlechtes Gewissen — er schweigt — Reue umhängt sein Gesicht — oder ist es der Arsch, der geklopft gehört! Was für Staubwolken — sie könnten aufsteigen — Himmel verschließ dich — verkriech dich — nun doch die Kunst!

Vielfalt zeigt sich, viel zeiht sich — viele verzeigen sich — Hinweise wären anzubringen — diese zu verstehen,macht Mühe — ein verwirrter Kopf muß versagen — wenn er nicht verzagt, spricht er weiter — und sagt weiter — vielleicht Dummheiten, vielleicht Wahrheiten — wer soll dies begreifen — greif mal in die Hosentasche — nur zu und Mut — keine Vortäuschungen — kein Gedränge — zur Sache.

Nun doch die Kunst? Ja, wie oft noch — wie lange noch — nun doch endlich die Kunst — bildende Kunst — sie bilden — sie bildern — sie bildern sich was ein — eingebildet — auch einbildern.

Nun doch nahe an die Kunst — näher an die Kunst ankommen — ich verkomme an der Kunst — komm an das Kunstwerk heran — anschleichen — an — an heran — ankommen.

Nur eintreten — kein so und so vortäuschen — nur hinein — Täuscher zeigen Täuschwerke. Nicht die Augen in Verschluß setzen — nicht dieses tun — schau hin — schau her — denn der wahre Künstler wäre ja eventuell der, der seine »Berechnungen« von seinem eigentlichen »Werk« zu isolieren verstünde! Fragezeichen. »Ich verstehe das nicht.« — »Ich auch nicht.« Da setzt sich die Überlegung durch — da setzen sich Überlegungen durch —

Nun berechnet jeder, jeder ist berechnet — jeder sei berechnend — wie soll er dies vom Werk isolieren? Somit gibt es — es — die wahren Künstler nicht — das war eine falsche Erklärung.

Absatz.

Ich beginne von vorne — noch einmal —

Die Erklärung: was berechnet er? Er berechnet die Größe der Leinwand — damit sie auf den Rahmen paßt — eine ehrliche Berechnung — diese Berechnung isoliert sich vom Werk. Die Bildfläche wird aufgeteilt — diese Aufteilung ist keine Berechnung. Die Gefühlsberechnung ist eine Teilung außerhalb einer — jeder Berechnung — und sie isoliert sich selbst.

Fortsetzung: Durchaus möglich — durchaus möglich ist jederzeit, was in der Zeit zu greifen — was zu begreifen am Auge steht: Hose, Mädchen, Schuhe, Lampe, Hund, Tisch, Bett und manches noch — oder alles — alles, was Ansehen äußert — oder die Erregung am Gesehenen — oder am Geschehen. Hier tut sich wenig. Eine Falte kann sich verschieben, der Fuß geht weiter — bleibt stehen! Dies zu sagen ist Berechnung — keine Isolierung am Werk.

Das ist eine Einführung, die Unschuld zu brechen — brich ein! Das Geheimnis wird angebohrt — angestochen — so ein Einführen führt ein — so ist das — so ist es — tatsächliche Tatsache — wahrscheinliche Wahrheiten — hoffentlich Erhoffen — seid gnädig im Führen — nicht verführen, sondern einführen —

Was ist versammelt — wer wird vorgezeigt — sie sind alle angetreten in einer Linie — geradeaus — wie sehen sie aus: wie Attersee, wie Hollein, wie Pichler, wie Thorn, wie und so weiter — ich gehe an ihnen entlang — ich schau scharf — warum »wie« einer — »nicht einer«! Er schaut ab wie fort — das Werk tritt vor den Meister! Der Meister beugt sich — und verbeugt — weg — dahin — hin —

In unendlicher Bescheidenheit verschwindet jede Person in ein geheimnisvolles Schweigen. Das ist Objektdenken — dieses — oder so zu denken ist ein Irrtum — irr zu denken, es gäbe Objekt. Objekt zu zeugen, wie ist dies möglich! Es führt in jedem Fall zum Subjekt — Subjekte zeugen sich leichter. Objekt ist Verzicht auf sich, auf lustig, auf Temperament, auf vital, auf Person, auf Leben, auf —

Warum verzichten, warum Verzicht leisten, der — es entsagt, sie möchten entsagen, Klösterbrüder — darum lieber verwesen — verwildern — verwandeln — verwerfen — verwirren — verwischen — verwittern — verwüsten — verzehren — verzeichnen — verzieren — verwirbeln — verschroten — verschandeln — verschmelzen — verpfuschen — verpatzen — veröden — vernichten — vermurksen — vermorschen — verkrümeln — verharren — vernebeln — verheeren — verinnerlichen — verhunzen — verfaulen — veredeln — verdenken — verändern — und viel mehr noch, nur kein objektives Objekt sein, nur kein Objekt sein, nur —

Dies soll eine Einführung sein — und ich komme langsam zur Sache. Dieses Sache-Denken hat sich tief schon vertieft im Bürger verkrochen — vom Künstler zum Bürger — verbürgerter Künstler — Künstlerbürger. Die Kommunikation findet statt — sie kommuniziert sich — aber wo ist der Bereich, wo sie sich kommunizieren — ein Tagesordnungspunkt — damit Punkt. Die Freude soll nicht sein, wo Punkt ist. Ich punkte schon, ich punkte auch aus. Auspunkt, So-Punkt, Endpunkt.

Alle Arbeiten müssen kommuniziert werden — wir kommunizieren ohne Unterbrechung — am Altar weniger als zuhause im Bett oder am Tisch, das Fleisch und Brot, Reis und Salat. Es ist nicht bedenklich zu speisen. Zu fressen vielleicht mit Lust — zu atmen die Luft — zu trinken das Wasser, mit all dem wird Verbindung gefunden — wir brauchen diese Verbindung. Das sind keine leeren Worte, denn manchmal fehlt die Verbindung.

Nun schlage ich zurück — heftige Schläge nach allen Seiten — ich kommuniziere meine Schläge — ich beobachte meine Tätigkeit des Holzens. Ich schaue zu — wie sie sterben — sie sterben. Ich rühre keinen Finger — wie sollte ich sonst kommunizieren, da diese Verbindung, diese Bindung jetzt mit mir geschieht — meine Tätigkeit oder Tödlichkeit.

»Du glaubst, daß du mit freiem Willen dein Handeln bestimmst. Falsch! Dein bewußtes Handeln ist nur ein Tropfen auf der Oberfläche eines Meeres unbewußter Vorgänge, von denen du nichts wissen kannst, die zu wissen du fürchtest!« (Willi Reich)

Du glaubst, daß du mit freiem Willen dein Handeln bestimmst. Falsch! Dein bewußtes Handeln ist nur ein Tropfen auf der Oberfläche eines Meeres bewußter Vorgänge, von denen du weißt, die zu wissen du resigniert annimmst.

Du, leide nicht dadurch, dieses Leid würde dir nur das Geschäft rauben. Denn es sei dir bestimmt, daß du bestimmt wirst, das bedeutet, daß mit dir gehandelt wird. Ich schweige — nun kommen die großen Überlegungen —

Es ist doch wert zu verweilen — zu überdenken — Vorgänge, die mit uns geschehen. Sind doch diese in den Auswirkungen nachher kaum zu übersehen. Was ist das für ein Unrecht, dem wir alle ausgesetzt sind? Wieso wird Klage erhoben? Unrecht wird immer wieder von uns selbst eingesetzt, ausgeübt. Warum schweigen wir an uns selber? Weil dieses Unrecht nicht erkannt wird. Ihr seht, ich bin ein Moralist. Ich springe über einen Haufen Schmutz — damit er stehen bleibt. Springe hin und her — wie ein Hund! Ich sage nicht, Unrecht sei zu verhindern — verhindere Unrecht — nichts soll verhindert werden. Es wäre nicht möglich, da in Ordnung zu kommen — wie auch? Die Vorgänge — der Vorgang — ich komme nicht durch zum Kern! — Diese Theorie ist zu sehr gedichtet — verschlüsselt.

Wie kann man hier Unrechtes sagen — oder denken —, wenn dein bewußtes Handeln nur ein geringer Teil deines Willens ist, eben jener kleine Teil, der ins Meer unbewußter Vorgänge schwimmt und für deine Nachkommen zum Vorteil oder zum Verhängnis wird. Deine Kunst, die du dir vordenkst und mit deinem Willen zu erfüllen glaubst, ist zum kleinsten Teil von dir und zu 99 Prozent Abhängigkeit. Ich kann aus diesem Moment nicht fliehen, denn ich bin in diesem Moment tätig. Diese Zeit — diese Jetzt-Zeit ist meine Zeit. Ich könnte hier fortlaufen, in eine andere Zeit laufen — in die Barockzeit — ich könnte versuchen, mich dort behaglich hinzusetzen. Ich versetze mich in jene Bauwerke — ich verwandle — ich wandle in jene Vergangenheit — verwandelt möchte ich sein. Trotzdem viele versuchen — diese Versuchung ersuchen — versunken — suchen. Jene Zeit ist in dieser Zeit keine Zeit. Eine vergeudete Zeit. Trotzdem jene Zeit in uns wirklich nachwirkt. Klassisch sind wir — Maß und das große Ziel. Maß haltend und maßlos — vielleicht barock. Jene Zeit hat in unserer Zeit unsere Zeit behindert. Darum ist viel in dieser Zeit, was diese Zeit zurückhält. Halte dich nicht an jene, denn diese hat dich immer noch. Aus jener zu entlaufen, mußt du immer wieder unternehmen. Hier kann bewußtes Handeln möglich sein.

Jetzt — jetzt fällt mir, daß wir wirklich, hoffentlich sicher. Wirklich jetzt hier wirklich sitzen. Trotzdem jedem andere Gedanken nachhängen — ob diese Gedanken zu verbinden wären — ob gemeinsame Überlegungen durch meine Ausführungen zustande kämen — ich glaube nicht — ich hoffe nicht. Klammer auf: Dieser da draußen ist ein Esel. Klammer zu. Das könnte ein gemeinsamer Einfall sein, eine geheime Kommunikation, sie können es auch aussprechen. Um das zu tun, kann die Hemmung zu groß sein. So schaut der Widerstand gegen die Kunst aus: Gegenwärtig habe ich Hemmungen, und ich will mich nicht darstellen — ich denke an die Zunge — möchte sie strecken — aber ich strecke nicht! Jetzt ist der Einfall. Und ich behalte ihn zurück. Wir könnten uns gegenseitig die Zunge zeigen — das ist ein Ausnahmefall und darum vielleicht Kunst — zumindest Kommunikation. Damit könnte ich aufhören. Aber ich möchte weiter manipulieren — herumfingern an der Kunst.

Auch die Manipulation hat die Kunst in Pacht genommen — in was für eine Pachtweise — mit Zinsen, Vertrag — der Künstler unter Vertrag — es ist sein Wunsch — sein Wunsch sei ihm Erfüllung. Die kommunikative Manipulation in der Kunst ist eine Zweckgemeinschaft, Kunst an die Wand zu bringen. Da entsteht eine merkwürdige Kommunikation — Handel — Kapital — Geist. Manchmals wird dieser Geist strapaziert und zum dienstbaren Geist. Der Handel verlangt immer dieselbe Ware — ein Kreis ist dein Markenzeichen. Dabei geht der Einfall verloren und mit der Zeit hört die Kommunikation auf. Diese Manipulation macht Not. Ich beginne schon wieder zu weinen — meine Tränen sind große Tropfen — weil ich Sie, meine Damen und Herren — durch meine Meinung manipuliere! Trotzdem Sie nichts glauben und einen großen Widerstand zeigen, kann sich meine Meinung in Sie einschleichen — so muß Kunstmanipulation wirksam werden. Ich könnte mit Ihnen zu einer Übereinkunft kommen — warum soll gegenseitiges Verstehen nicht möglich sein — das ist wieder eine andere Form der Kunstmanipulation. Ich hoffe, wir streiten — die Manipulation bleibt. Man kann sie nicht verhindern — oder beeinflussen.

Ich habe in Wien ein Stück von mir aufgeführt, dessen Handlung über vier Lautsprecher zu hören war. Ich habe aus vier Räumen alle Stühle entfernen lassen, damit sich die Besucher in ihnen bewegen konnten. Es geschah fürs Auge nichts, nur die Lautsprecher berieselten das Publikum. Mein Versuch bestätigte, daß sich niemand in der Masse konzentrieren kann, wenn der einzelne nicht an einen Platz gezwungen wird. Hören und gleichzeitig das Gehörte verstehen kann nur der, dem alle anderen Sinne außer Funktion gesetzt werden. Wird etwas gesehen, was in keinem Zusammenhang mit dem Gehörten steht, so wird das Gehörte bedeutungslos. Diese Erkenntnis gibt mir zu bedenken, daß eine Kommunikation mit Einfällen nur dann stattfinden kann, wenn die Sensation provokativen Charakter erreicht, oder die

Manipulation des Publikums so weit gelungen ist, daß dem Stück sensationeller Geruch vorauseilt. In jedem Fall entsteht Kommunikation unter Zwang. Jede Verbindung entsteht unter Zwang, die angenehme einer Liebesbeziehung genauso wie die unangenehme einer politischen Bindung. Denn rechtlos und unter Zwang ist der Mensch in jeder Lage. Und wie schaut dies in der Kunst aus? Vielleicht gibt es dort ein Recht? Gibt es das Kunstrecht?

Eine Frage, die ich noch nie gehört habe, die aber vielleicht doch berechtigt ist. Streng, wie Recht sein könnte, erstelle ich ein strenges Kunstrecht:

Blumenbilder, Landschaften, Aktbilder dürfen nicht mehr geschaffen werden, denn das Kunstrecht schreibt vor, daß alles, was einmal geschaffen wurde, in der Wiederholung Diebstahl ist. Jede Wiederholung ist Raub an fremdem Denken.

Es gibt zwar Millionen von Bäumen, aber nur einen gemalten Baum. Das Kunstrecht schreibt vor, daß jede Anregung Abnahme und Übernahme von Gedanken ist und darum unerlaubt sein muß. Kunstrecht kann Worte behindern, Malen behindern, Sagen behindern. Behindern, Verhindern ist das Vorrecht des Kunstrechtes. Ich wurde einmal angerufen und gebeten, auf mein neues Werk »zerwuzeltes Seidenpapier wieder glattgestrichen« Farbe zu spritzen. Ich lehnte ab und spritze nicht. Wenn das Kunstrecht bestehen würde, könnte ich klagen, mich beklagen; so muß ich die Tränen hinunterdrücken und verbittert sein und bleiben.

Das Kunstrecht könnte Anrufe verhindern, Zumutungen nicht zumuten, alles behindern, eine Behinderung neben die andere stellen, einen echten Behinderungsanlauf aufrichten.

Da würden die Künstler Haare lassen und alle Verzierungen, Garnierungen vergessen und sich erinnern:
daß ein Haus ein Haus ist,
daß Papier Papier ist,
daß Wurst Wurst ist,
daß Kunst vielleicht auch Wurst ist.
Und so würde er — der Künstler — so wurstig, wie er nun wurde — strahlend »Wurst« schreien und schnell Wurst malen oder singen oder dichten, denn Recht macht Wurst wurstig.
Das Kunstrecht hat Vorrecht in der Sowjetunion, in China, in Kuba, in Spanien, in Griechenland.
Noch viele andere Länder sind davon betroffen, denn das Kunstrecht hat immer Recht.
Dieses Recht ist wieder ein anderes Kunstrecht.
Es ist das Recht, das sagt:
»Verletze nie das Antlitz, Mensch,
vergeude nie Deine Zeit in selbstgefälliger Kritik,
überlege nicht, fasse an und schaffe!
Das Kunstrecht sei Dir Dogma.

Es fordert von Dir äußerste Hingabe.
Recht ist, was das Kunstrecht
und damit Dein Volk von Dir verlangt.
Wenn Du nach diesem Gebot handelst, handelst Du nach dem Gebot des Volkes.«
Nun kommt mir eine Kommunikations-Idee: Totale Staaten sollten auf Kunst verzichten. Es gibt doch andere Möglichkeiten zu zeigen, was dieses Volk denken muß, Dinge, die unkompliziert das Reale für das Volk sichtbar zeigen.
Militärparaden, Aufmärsche sind auch Kunst.
Raketenabschüsse sind auch Kunst.
Die Flüge von Raumkapseln sind Kunst.
Transplantationen sind Kunst.
Treffen von Staatsmännern sind auch Kunst.
Usw.

Totale Staaten haben es leicht, Kunsterlebnisse zu erzeugen. Meistens sind die Vorsitzenden dieser Staaten mit verbürgerten Kunstauffassungen beladen und nicht fähig zu erkennen, wie weitschichtig Kunst gedacht werden kann. Das Wandbild mag Kunst zeigen, das Konzert im Konzertsaal kann Kunst hören lassen, und die Dichtung im Theater Kunst sehen lassen.
Aber ist das alles?

Man kann genausogut sagen, wir können auf dies alles verzichten und das andere — Aufmärsche, Raumkapseln, Transplantationen und Staatstreffen — als Kunst sehen. Das ist die Chance totaler Staaten, die behaupten, Kunst ist etwas anderes als tiefgründiges Manipulieren.

Kunst ist Erlebnis von Ereignissen, die die ganze Nation mitbewirkte und dessen Erfüllung ein ganzes Volk mitgenießt. Kunst sei Erlebnis jedes einzelnen und gleichzeitig Erlebnis aller.

Damit könnten diese mit Ideologie bestraften Länder sagen: »Unsere Kunst hat revolutionäre Gedanken, und wir lehnen jedes kleinbürgerliche Getue ab, denn Kunst ist Revolution, neu und fortschrittlich.«

Wer kann sagen, hier wird unterdrückt, denn das ist nur die Unterdrückung der Fortschrittlichen, die das Vergangene abstoßen.— Das war immer erlaubt.

Damit hört jedes Recht, jedes Kunstrecht auf.

Bitte keine Engherzigkeit, die Kunst hat ein weites Feld von Einfällen zu durchschreiten — ohne Regel, voller Widerspruch, auch Widerspruch duldet sie, lebt nur aus diesem. Ich z. B. widerspreche mir ununterbrochen. Ich gebe zu: Von Widerspruch zu Widerspruch will ich handeln. Ich behaupte jetzt etwas, und im nächsten Augenblick sage ich etwas Gegenteiliges. Dieses Handeln und gleich wieder Entgegenhandeln ist eine geistige Kommunikation, die mich immer in Bewegung hält und mich nicht festfahren läßt. Im Widerspruch zu stehen, bedeutet im Vakuum zu stehen und isoliert, bindungslos zu handeln. Auch das ist eine Kommunikation, ein

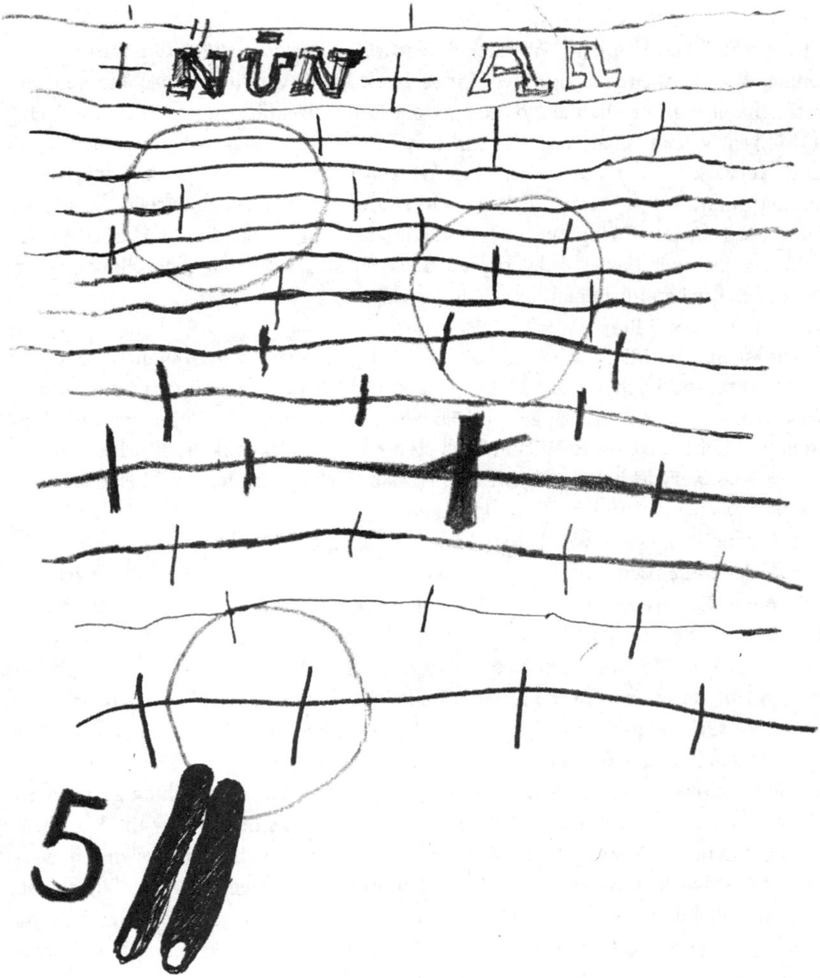
5

Zwiegespräch, ein Vorgang im engsten Bereich. Wahrscheinlich wird man sagen: Nein, ein solches Handeln verhindert Handeln, hier kann keine Aussage möglich sein. Warum eigentlich nicht? Eine höchst spannende Frage! Ich nehme ein Wort — »Wirklichkeit«, vielleicht ein schwieriges Wort — und versuche es immer in Widerspruch zu sich selbst zu stellen. Was dabei herauskommt, darf ich Ihnen präsentieren:

In Wirklichkeit ist nichts Wirkliches verwirklicht worden. Denn in Wirklichkeit können Wirklichkeiten sich in der Wirklichkeit kaum verwirklichen. Wie sieht die Wirklichkeit der Wirklichkeiten aus? Ist ein Baum wirklich zu verwirklichen? Hat ein Mensch Wirklichkeit, wenn er wirklich sich verwirklichen will, so er sich überhaupt verwirklichen kann. Wirkliches Wirken verwickelt Wirklichkeit mit Wirksamkeitsauswirkung. Das ist die Wirklichkeit, im Alltäglichen zu wirken. Möglichst viel wirken in der Wirklichkeit des Augenblicks. Augenblicklich wirke ich in der wirklichkeitsnahen Partei und verwirkliche Soziales. Die Wirklichkeit schafft Ruhm und Ehre. Wirken im Leben läßt dich verwirklichen, dich wirksam werden für die Wirklichkeit des Alltags.

Was ist nun wirkliche Wirklichkeit: die Zähne putzen, das Gesicht waschen — das ist Alltagswirklichkeit. Öde Wirklichkeit des Wirkens. Somit nicht himmlische Wirklichkeit. Im Himmel singen die Engel wirklich, in der Hölle braten die Menschen wirklich. Engelhafte Wirklichkeit, teufelhafte Wirklichkeit. Am Busen einer Frau sich zu verwirklichen, ist wirksamste Auswirkung in der Wirklichkeit, denn hier trifft sich gute und böse Wirklichkeit.

In Wirklichkeit essen, wirklichen Schweinsbraten mit wirklichem Saft, nicht böhmisch oder italienisch, sondern in Wirklichkeit mit wirklichem Genuß verzehren, Bier, Wein. Das ist eine wirkliche Darstellung, Darbietung in der Wirklichkeit. Da sage einer nicht, die Wirklichkeit sei nicht Leben, Erleben, Aufleben.

So möge denn Wirklichkeit sich verwirklichen im So- oder Sosein, wirklich auf dem Rad sitzen so oder so, nackt oder bekleidet. Wirklich zu sein mit Hoffen und Verlieben, verkleidet oder wirklich bekleidet. Wirklichkeit sei wirksam, wenn auch dein Wirken nicht ganz wirklich. Denn schon manche Wirklichkeiten haben mit der Zeit Wirklichkeit verloren. Wirke in der Zeit, aus der Zeit, zur rechten Zeit, wahrlich wirklich, zur Zeit mit Wirklichkeit. Du hast jetzt keine Zeit für die Wirklichkeit, jetzt in der rechten Zeit zur Wirklichkeit. Ob Einwirken oder Auswirken, Mitwirken, Nachwirken, ob wirkliche Zerwirker als Wirker bewirken, sei dahingestellt. Denn der Wirklichkeitssinn hat gegenwärtig Tatsächliches wirksam erfolgreich mit Wirkung wirkungsvoll zu verwirklichen. Es sei den Wirklichkeiten der wirkliche, geheime Rat gegeben, tatsächlich wirklich zu sein.

Wir haben jetzt gemeinsam das Wort »Wirklichkeit« kommuniziert, gespeist, verspeist. Nun sind wir satt. Angefressen. Darf ich nun fortfahren, Beispiele zu erarbeiten, um meine Vorstellung von Kommunikation erkennbar zu machen. Ich möchte noch nicht Einfälle erarbeiten, dies kann zu einem späteren Zeitpunkt geschehen. Einfälle werden erst kommunikativ, wenn sie bearbeitet sind. Das Spontane des Einfalls, das Besondere, ist nicht sofort erkennbar. Ich sitze im Kaffeehaus und betrachte die Augengläser eines Freundes und denke dabei: 2 x 1 Schilling. Was soll ich damit? Ich kann nur sagen, die Brille wurde zu einer Art Erinnerungsbild, das ich genau sehe, das mir aber aus dem Gedächtnis immer mehr schwindet und nichts mehr zurückläßt als etwas Rundes, vergleichbar mit Geld. Was kann ich mit diesem Geld anfangen? Ich habe eine ganz bestimmte Vorstellung davon. Sagen wir, ich werde schlecht bezahlt — auch ein Einfall. Ich möchte gerne Brillengeldgläser tragen, ein Modeschrei. Oder ich wollte gerade telefonieren und legte einen Schilling auf den Tisch, sodaß er mir in Erinnerung blieb und die Brille veränderte. Daraufhin fällt mir ein Einfall ein: Nach einer halben Stunde Vortrag könnte ich meine Arbeit hier einstellen und erklären: »Mein Honorar ist zu klein bemessen. Ich kann die letzte Viertelstunde mit Worten nur dann fortsetzen, wenn mein Honorar aufgestockt wird!« Ein kapitalistischer Einfall, eine Erpressung. Immerhin ein kommunikativer Einfall mit komödiantischem Einschlag. Was Brillen nicht alles bewirken können! Aber wäre dies alles möglich gewesen, wenn mein Gegenüber ein völlig gelangweilter Kulturattaché wäre, der keine Anregung ausstrahlt, sondern ununterbrochen seinen Mund zum Gähnen öffnet und sich nicht einmal erinnert, daß er gehörnt ist. Was fällt mir darauf ein? Wäre ich seine Frau, könnte ich ihn nicht mehr leiden. Sollte er Mitleid erregen durch ununterbrochenes Gähnen, so möchte ich ihr doch den Rat geben, diese gähnende Kommunikation zu unterbrechen, und ihr zu bedenken geben, daß ein Leben ohne Einfälle zum ewigen Gähnen wird.

So sehen manchmal alltägliche Kommunikationen aus. Hier muß viel Kunstaufwand betrieben werden, damit nach außen eine Kommunikation stattfindet und so eine innere Leere verdeckt wird. Ich bin jetzt sehr unsachlich. Aber Schätzchen, hier wird von Kunst geredet, und das ist eine sehr unsachliche Sache. Oder willst Du behaupten, daß diese genau sein kann? Ich will nicht hoffen, daß Du so naiv bist! Hm, das war eine kleine Abweichung ins Leben, ein sentimentales Kunstwerk.

Habe ich den Kern schon aus der Schale geholt? Wie soll ich die Schale aufbrechen? Wie soll ich es anstellen, daß ich etwas aufbreche, damit es hervorbricht. Wie soll ich beschreiben, was ich sehe, damit es erkennbar wird? Ich könnte den Mund halten (gelegentlich werde ich das auch tun!) und schweigend betrachten. Aber wird der Mund sich halten? Ist das Bereden von Kunst möglich? Ich könnte mir eine Kunst vorstellen, über die nicht gesprochen wird, und wenn darüber gesprochen werden muß, so soll das Bereden der Kunst wie ein Kunstwerk sein und von Theorie verschont werden. Es ist völlig gleichgültig, ob die Worte Falsches oder Wahres ausdrücken, oder die Kunst mit unsinnigen Worten erklärt wird. Die Sprache, mit der ich sie beschreiben will, ist ja selber ein Mittel der Kunst und darum auch grenzenlos in ihrem Ausdruck und ihrer Veränderbarkeit. Somit wäre es möglich, Kunst und Theorie — oder besser Beschreibung — zu vereinen und in dieser Kommunikation der Kunst neuen Einfall zu geben. Theorie schwächt Kunst nur ab.

Ich möchte mich bei einem Freund entschuldigen und ihm vielleicht doch recht geben, daß der Künstler fragwürdige Theorien erarbeitet. Wir könnten uns gut einigen: Künstler denken doch auch, wenn sie ein Kunstwerk erstellen; also müßten sie das, was sie tun, auch beschreiben können. Wird ihre Beschreibung auch dem entsprechen, was ihnen im Kunstwerk bewußt wird, oder können sie ein solches Bewußtsein gar nicht beschreiben? Sie können darüber nachdenken. Jetzt zu schweigen, liegt mir nicht, und ich darf nicht. Ich will drei Arten von Künstlertheorie herausgreifen. Die erste ist altmodisch und beschreibt, was ein Bild erzählt. Ein Realist erklärt sein Bild: Ein Sonnenstrahl stiehlt sich in den Raum, das gibt Mut. Er könnte aufspringen und zuschlagen, aber nein, nur leise. Nachdem seine Fußspitze versuchte, den Boden zu erreichen, ohne daß irgendein Lärm von auch nur geringem Laute sich erhob, versuchten seine Fingerspitzen, sich allmählich zu strecken und den Versuch zu unternehmen, langsam aber doch an Boden zu gewinnen — die Decke verschob sich Zentimeter um Zentimeter fort vom Körper, der, ganz langsam von dieser befreit, doch Lust bekam. Und so weiter. Diese Bildbeschreibung scheint mir ganz ehrlich zu sein und geht durchaus konform mit dem Bildinhalt, der Details beschreibt. Hier trifft sich der Einfall des Bildinhalts mit dem Inhalt der Beschreibung, die Kommunikation kann stattfinden. Eine weitere Möglichkeit, sich als Künstler zu äußern, ist jene Liebe, die niemand versteht. Das macht nichts, es macht sicher nichts, wenn einmal keine Verbindung zustande kommt. Es kann sich jeder herausdenken, was sicher nicht mit diesen Worten gemeint ist.

Was ich jetzt lese, gibt sich als Katalogvorwort aus: Wenn und nur wenn und dann ist wenn, den Wortregeln zufolge, nicht von derselben Bedeutung, denn es wäre dann zweckmäßig, das so erklärte Wort anders zu beschreiben, zum Unterschied von einer Wortregel, die besagt, daß wir es ersetzen dürfen. Das nämlich kann aus dem oben erklärten Zeichen ersehen und mit obig erklärtem Ersatzwort in eine Regel gestellt werden, denn das gleiche erhält eben dieses aussagende Element. Das Gleichzeitige, in dem sich das zeigt, was wesentlich im Spiegel gerade auftaucht, während alles hinfällt, verändert seine Stellung, die auffällig eine bestimmte war. Das Lebewesen, das selbst alles weiß, ob es wahr oder einmalig ist, denn unendlich wirft der Raum seinen Schatten — aber man könnte es auch so sagen: Es hat schon Sinn zu sagen, wenn jenes, was wenn ist, sich ausdrückt und in Richtung unendlich vieler Dinge als Anwendung der Worte unendliche Realität erfährt und zu einer bestimmten Zeit in bestimmten Orten die Zeit sich im unendlichen Zerfall gleichsam die Möglichkeit nimmt, in eine Richtung zu fliegen. Der Beweis hat die Form einer Methode und, als Akt der Einsicht, gewisser allgemeiner Zahlen angenommen, die jedem Schritt eine andere Frage, einen anderen Sinn unterstellt. Das ist der Beweis für die radikale Sinnveränderung, die zu einem Prozeß führt, der die bloßen Fragestellungen zu falschen Ergebnissen herausfordert. Es führt im allgemeinen dazu, daß der Fall nämlich sein Gegenteil im Sinn hat, daß mit Ja und Nein zwei Richtungen und Stufen angestrebt werden. Der Sinn müßte sozusagen geoffenbart werden, und zwar von zwei inneren Systemen, die in Art und Weise den Gedanken zur Hierarchie verbergen. Man könnte umgekehrt auch fragen, wohin diese Mannigfaltigkeit führt. Die Logik macht den eigentlichen Versuch, gleichsam Gegebenes im Zeichen des in der Wirklichkeit versuchten Sachverhaltes zu klären. Nun sind aber diese Worte nicht von großer Ausdehnung, wie sie gleich erkennen mögen. Warum, weshalb, weswegen, wozu, womit sich wohl manches erklärt und nur danach verlangt; hör auf zu rufen. Somit sei dies beendet, denn es ist wohl ein Unglück, wenn ich aufhöre. Dies ist noch harmlos, denn bedenke ich, was kommt, möchte ich kopflos werden und lieber herumschauen. Denn was da kommt, ist nicht etwas Glückliches, sondern das Problem einer armseligen Behörde, die immer die gleiche ist, austauschbar, überall zu kopieren. Nun denn, ich höre schon auf, es wird schon noch langweiliger.

Jetzt unterbreche ich mich und setze mich nicht mehr fort, Zitate von Künstlern zu lesen, denn ich möchte mich doch zum Endlauf aufraffen, wer weiß, ob es ein langer Lauf sein wird.

Ich schließe nicht aus, daß der Künstler langweilen kann, ich schließe nicht aus, daß der Kritiker Kommunikation verhindern kann, ich schließe nicht aus, daß beim Betrachten von Kunst keine Einsicht kommt. Dies ist trotzdem eine Kommunikation, eine negative.

Wovon redete ich? Hat dieses Gerede Sinn genug gehabt? Vielleicht redete ich an der Sache entlang, ohne Methode an Ihnen vorbei? — Das Wichtigste ist mir die Unterhaltung. Meine und Ihre Kommunikation mit lustigem Gesicht. Ich hinterlasse Ihnen Widerspruch.

GEDANKEN ÜBER DAS MÖGLICHE IN DER KUNST 1970

Alles kann existieren — alles besteht, so es irgendwo auftritt. Nur kommt es auf die Klärung, auf die Faßbarkeit an: Hat dieses Dargestellte auch die Kraft, sich zu benennen, kann es aus dem Anonymen treten und sich selbst beschreiben, zu einem Namen kommen?

Ich stehe und betrachte alles, was vor mich kommt, ein Glas, eine Birne, das Wasser, den Himmel. Alles faßt mein Auge, und das Bezeichnete existiert für mich durch seinen Namen, das heißt durch die Farbe, die nicht immer eine einzelne ist, sondern in vielen Dingen auftritt und oft nicht benannt werden kann, durch die Form — das ist z. B. eine Birne, da ihre Form uns als die einer Birne bekannt ist. Ich nehme zunächst alles so an, wie es mir vorgestellt wird — es lebt nur in dieser Bezeichnung. Dann kommt ein Fragezeichen: Was ist es eigentlich, das vor mir steht? Ist es vorhanden in dieser Beschreibung, ist diese Beschreibung die Wahrheit, oder scheint es nur so? Könnte jenes nicht auch anders sein — in vielen Beschreibungen leben? Das ist der Beginn der Kunst — Vorhandenes zu erfassen, in seinen vielen Möglichkeiten zu zeigen. Nun muß also dieses Zeichen, diese Ableitung einer Birne, eines Steines usw. zu einer Bezeichnung kommen, die nur in der Darstellung vorhanden ist, zu Namen kommt. Daraus ergibt sich die Vielzahl des Möglichen — gibt es ein Gesetz, das mich auffordert, in Grenzen zu sein?

Das Gesetz ist absetzbar wie jede menschliche Konstruktion. Es ist aus der Anarchie — aus Teilen derselben — in eine Ordnung gedrängt, Gesetz geworden, in den Gebrauch gestellt, nützlich gemacht. In der Kunst existiert die Möglichkeit der Anarchie. Vielleicht nur darin entfaltet sie ihre volle Kraft, um dann in der sogenannten Schule zu verfallen, zu verallgemeinern. Die Person ist die entscheidende Triebkraft und allein bestimmend für eine neue Entscheidung, die wieder durch die Person aufgehoben wird. — Die Schöpfung wird ins Gesetz geworfen, um dasselbe aufzulösen und einen neuen Sinn zu erstellen. Das Vorhandene ist in der Person einer ewigen Verwandlung unterworfen. Dieser Kreis kann nicht durchbrochen werden, er erfährt nur Erweiterungen.

Was ist das? Wie sieht das aus? Was kann ich damit? Ich streiche alles durch, da ich nichts erfasse, mir nichts bekannt wird. Ich schließe alles aus, was mich als Abstraktum aus dem Gleichgewicht stößt und suche in mir eine Ergänzung, eine Formel der Verständigung. Der Apfel, mein Apfel — der Stein, mein Stein. Die Natur dagegen lebt ohne Bestätigung und braucht keinen Vergleich.

Der Gegenstand ist das Werkzeug einer Idee. Nun steht dieses Objekt vor mir, in seinem Namen — will erfaßt sein als Anonymes, Kaltes, Unbekanntes und zu etwas werden, was noch nicht erstanden ist. Der Apfel — der Begriff vor meinen Augen — soll nun seiner Funktion des Genußreichen enthoben werden, aus seinem Gebrauch gestellt, neu benannt sein. Da wir dem Gegenstand seinen Namen absprechen können, weil er doch in vielem auftritt und beschrieben wird, kann hier die Kunst einsetzen und einen neuen Begriff erstellen, der das aussagt, was jener hineinlegt, der ihn erbaut hat.

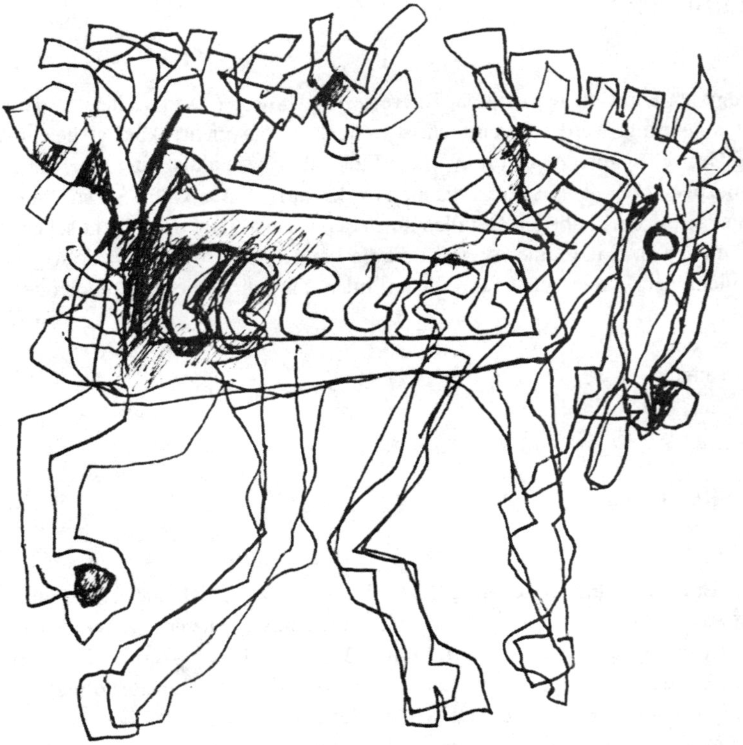

ÜBER BEUYS 1970

Am Ende noch möchte ich ein paar Worte nachlaufen lassen. Sie jagen nach Beuys, sie werden ihn nicht erlaufen. Die Mühe ist doch erlaubt, denn Mühe ist es.

Ich raffe mich auf — ins Auge zu raffen — was hier herum gerafft liegt an Schmutz und Schund — ist nicht ins Auge zu bringen — alle schauen vorbei — und was suchen sie?

Er hat ein Loch im Knie — was noch? Das Knie am Loch — kniefällig möchte ich bitten — dies zu verdecken — ich bete hin — ich erbete mich dahin — hinfällig — hinlänglich mag jedes bekannt sein — es mag bekannt sein, daß ich hinbete, mag es Glück bringen — was kann es schon nützen — dies sind keine Fragen, dies hat keine Antwort, wenn ein paar Worte erlaufen, was ins Auge sich rafft.

OBERHUBER 1970

Ertrage ich Umwelt, wo ist mein Interesse für Umwelt? Dort vielleicht, wo ich in Leiden gedrängt werde. So einfach ist es auch wieder nicht. Aber vielleicht doch, denn Umwelt schmerzt, sie tut in jedem Fall weh, ob sie alt ist oder neu, auf Personen bezogen oder als Substanz, die man in sich aufnehmen kann. Sie stößt ab, heute, morgen sicher, habe ich Gefallen an etwas, was ich jetzt noch nicht sehen kann. Die Umwelt ist eine Laune von mir und die Laune vieler. Darum ist sie so ungenau und nicht zu erklären, ich erfahre sie auf mich, als Schmerz oder Freude oder sonst etwas.
neui = neu
neui x neui = i

ANSPRUCH AUF KUNST Vortrag, Wien 1971

»Alles ist Kunst«, behauptet Joseph Beuys. Hans Hollein zieht gleich und sagt: »Alles ist Architektur«. Sie haben daraus nicht die Konsequenz gezogen und sich auf's Ohr gelegt, um die Kunst zu verschlafen. Ende der Kunst — oder so endete die Kunst, hätten sie sagen können. Ich sagte: »Jetzt sind wir Künstler ohne Kunst!«, und ich weinte dabei. Wenn jetzt schon alles Kunst wäre und jeder dadurch zum Künstler würde, wäre es am besten, diese Kunst zu ermorden. Ich habe es an mir versucht, ich habe die Kunst in mir totgeschlagen und ein Jahr lang die Luft betrachtet. Dies bedeutet Kunst aushungern lassen, in sich sterben muß die Kunst!

Wieso kommen die Künstler zu dieser sicheren Unsicherheit, zu dieser Verallgemeinerung des Kunstbegriffes? Die Erklärung ist einfach. Jeder — wissend oder unwissend — erhebt Anspruch auf Kunst und versucht — aus seinem Bedürfnis heraus — sie zu erklären. Ich behaupte: Es kann nicht gleichgültig sein, wie diese Forderung nach Kunst aussieht. Das führt zur Verunsicherung der Kunstvorstellung und dadurch wird jede elitäre Haltung ausgeschaltet. Kritiklos kann alles als Kunst angenommen werden, was sich als solche deklariert. Ich bin jetzt aus Not reaktionär und spreche heute, jetzt, jedem die Berechtigung ab, antikünstlerisch zu wirken. Diese Kunstform ist überholt. So manche, wie Beuys, versuchen sich darin immer noch, und spielen fleißig Vergangenheit. Die Documenta in Kassel schließt sich in einer Vorschau auf 1972 dem an, indem sie antikünstlerische Bereiche wie Pornographie, Kinderzeichnungen, Kitsch, Produkte von Geisteskrankheiten ausstellt. Das ist eine falsche Beanspruchung der Kunst heute, die auf Untersuchungen zurückführt, die in den zwanziger Jahren schon geschehen sind. Dies wird den Kunstbegriff nicht erweitern! Was wird in Kassel zu sehen sein? All jene unbrauchbaren Gegenstände, die man am Kiosk eines Fremdenverkehrsortes zur Erinnerung an schöne Tage sich aneignet, die von dort in die Heimat gelangen, auf die Kommode gestellt werden.

Wie weit können außerkünstlerische Bereiche die Kunst noch mitvollziehen oder in die Kunst eindringen? Jedes Material, aus dem ein Kunstwerk entstehen soll, ist sicher noch nicht Kunst, aber vielleicht mehr Kunst als das, was der Künstler daraus macht! Sicher ist manchmal die Kunst ohne Künstler in einer besseren Lage, sich als Kunst auszuweisen. Industrieformen können mehr Kunst in sich vereinen, sind doch diese Formen einem Zweck unterworfen, deren Sinn tief in unserer Gesellschaft verankert ist. So muß die Kunst auch einen kleinen Anteil an diesen Formen haben.

Sind Kinderzeichnungen, Werke von Geisteskranken noch Kunst? Oder entscheiden hier andere Maßstäbe, andere Gesetzmäßigkeiten? Ein Bewußtsein von Kunst findet nicht statt und ist als Ausgangsbasis nicht gegeben. Die Formen dieser Arbeiten sind einer starken Motorik unterworfen, so daß sich der formale Wert gleicht. Hier ist das Bedürfnis vorherrschend, durch Darstellung zu Erkenntnissen zu gelangen, die außerhalb des Erfahrungsbereiches der Kunst liegen. Das Erfahren des Gegenstandes, das Sehen der Umwelt durch Beschreibung, das Verlangen der Kinder nach Perfektion, nach der genauen Erklärung ist mit ein Teil ihres Reifeprozesses. Nicht die Schulen verderben das scheinbar unmittelbare Sehen der Kinder; ihre eigenen Erkenntnisse, ihr immer genauer werdendes Wissen um die Umwelt löschen mit der Zeit die deformierenden Ungenauigkeiten aus, die wir als Kunst interpretieren. Somit vernichtet das Kind auf dem Weg zum Erwachsenwerden jene Dinge, die eventuell Kunst sind. Ich nehme an, daß junge Künstler aus ihrer Unerfahrenheit heraus imstande sein können, große Kunst zu schaffen, die sie in späteren Jahren nicht mehr aufbringen können. Die Erfahrung kann Kunst vernichten.

Da dämmert es in meinem geisteskranken Hirn, wie fragwürdig Kunst ist. Ich werde unsicher, ich wage nicht mehr zu handeln. Ich schalte meine Vorurteile aus und wage nicht mehr zu richten. Vielleicht gibt es den Beruf des Künstlers nicht mehr und wir geraten in eine Zeit, in der der anonyme Künstler wieder ersteht. Darum schnell, Künstler, einen Beruf ergreifen und anonym werden. So bleibt mir nur der verzweifelte Ausruf: Vielleicht ist doch alles Kunst, und ich beuge mich vor der Gipsmadonna aus Lourdes!

»Alles ist Kunst«, ist der Ruf aller — eine verzwickte Situation, wie kann ich mich herauswinden. Es wird immer ärger. Ärgerlich, die Kunstmessen, toll, die offenen Produzenten-Kunstmessen. Das Museum ein Ärgernis, sagen die Direktoren dieser Institutionen. Keiner aber dieser Herren zerstört den Inhalt dieser Konserven, nimmt den Schlüssel und sperrt zu! Nur Worte, Worte, Worte, denn trotzdem, gerade deshalb, noch mehr Geschrei nach Kunst.

Wie schaut ein Reaktionär aus? Sehen Sie mich an, so sehen Sie einen Reaktionär. Ich reagiere immer und behaupte das Gegenteil, denn Kunst ist immer gegen jene Kunst, die sich bewußt als Kunst gibt und als Kunst ausgegeben wird. Kunst ist immer das, was aus und in der Ablehnung existiert. So kann nicht Kunst sein, was Anspruch erhebt, Kunst zu sein. Ich schließe den Anspruch, »Kunst zu sein«, für die Kunst aus! Nun haben gerade in den letzten Jahren jene Kunstrichtungen die Oberhand gewonnen, die den Versuch unternahmen, mit dem Publikum zu einer Übereinkunft zu gelangen: Straßenkunst, Umweltveränderung, Happening, Environments. Es wird interessant sein zu untersuchen, wie weit diese Richtungen die Ziele und Hoffnungen erfüllt haben, die in sie gesetzt wurden. Die Hoffnung ist oft viel zu groß, sodaß die Erfüllung auf der Strecke bleibt. Wie habe ich geschrieben: Urbanismus ist nicht Dekoration am Straßenrand, sondern muß sein wie die tägliche Unterhose. Dieser Umraum, dieses nächste und innerste Gefäß um den Körper ist urbanisch. Schließt alles ein, was Urbanismus sein kann. Das Weiche der Seide oder die Wärme der Wolle, Hülle, Erfüllung, Schutz und Schirm, Scham und Verbergen, Freude und Hoffnung, großzügiges Verdeutlichen, Erfrischung der Haut. Sie strafft und stärkt das Muskelgewebe, ist weltweit verbreitet und höflich zum Körper, nicht zu eng, nicht zu weit, muß angenehm am Leib sein. Kein Gummi darf drücken, kein Faden kratzen. So muß ich fragen: Wo wird dies im städtischen Bereich erreicht? Hat Straßenkunst als Versuch die Städte, die Bewohner verändernd erfaßt? Oder ist diese Kunst in jener surrealen Vorstellung hängen geblieben, daß ein Fremdkörper auf der Straße in jedem Fall komisch wirkt? Was ist Straßenkunst? Vielleicht jene Zeichnerei auf dem Asphalt, wie sie ein paar Studenten betreiben, die Begründer jener Kunst? Oder wird hier mit mobilen Spielplastiken dasselbe betrieben, was Rutsch- und Bekriechplastiken à la Henry Moore schon seit langem erfüllen?

Ich besinne mich meines Vorschlags an de la Motte, die Bewohner von Hannover an einem Tag aufzufordern, ihre Wäsche von 17 bis 20 Uhr aus dem Fenster zu hängen. Diese Wäschebeflaggung könnte eine Stadt verändern und das Ziel »Mitbeteiligung, Mitbestimmung« für alle erreichen. Und noch etwas ist dabei für die Öffentlichkeit wichtig: Dies ist ohne Geld erreichbar. Mit diesem Vorschlag möchte ich meine Idee nicht überschätzen. Möglicherweise kann ich jedoch den vollen Beweis erbringen, wie schwierig es ist, in einer Stadt, in der die Bürger ruhig dahinleben, diese plötzlich durch einen Aufruf zu einer Tat aufschrecken zu lassen, die keinen greifbaren Sinn hat. Sinnlos handelt die Masse immer, wenn Angst jeden Sinn aussperrt; der Zwang kann Sinnloses auslösen. Wen soll Straßenkunst aktivieren: den Künstler — oder das Publikum, welches mitbeteiligt werden soll? Kunst ins Volk und mit dem Volk. Am Marktplatz steht die Kunst mit dem Künstler und beginnt zu kunsten mit der Kunst und mit der Gunst jener, die schauen. Die freundlich Gesinnten und in Lust Vorbereiteten können nun auch in die Kunst sich setzen, versetzen — und diese versuchen. Die Versuchung, diese zu versuchen, ist sicher groß, noch dazu, wenn's vom Amt empfohlen, auch befohlen wird. Kunst ist leicht und spielend zu erreichen, ist die Erkenntnis. Hier irrt und hinkt die Idee. Wenn der

Künstler im Kunstbereich Erfahrung hat, so kann er sich nicht zur Unerfahrenheit zwingen und naiv wie ein Anfänger spielen, damit er zu jener Sprache kommt, die das unwissende Publikum versteht. Seine Sprache wird, so er Niveau besitzt, kaum verstanden werden, außer von jenen, die wissend sind. Nun könnte jemand sagen, auch negatives Verhalten durch Nichtverstehen, Widerstand oder Negation kann frei werdend Sinn bewirken, die Person mit der Zeit zum Denken verleiten. Bewußter Widerstand gegen eine Sache setzt Sachkenntnisse voraus. Der prinzipielle Widerstand gegen alles, was verändert und erneuert, läßt mangelnde Intelligenz in diesem Bereich vermuten, sodaß dieser Personenkreis, der die Masse ausmacht, nie Kunst begreifen kann. Der Versuch, Kunst über die Straße ins Volk zu tragen, scheitert auf jeden Fall!

Ein besonderes Merkmal der Kunst der sechziger Jahre ist die Selbstdarstellung, die Kunst, als Kunst sich selbst in Szene zu setzen, als Happening bezeichnet. Des Künstlers Vorrecht ist es, im Dreck zu sitzen, im Dreck zu agieren. Wo? Hier, dort, unten, rechts, links, überall, jenseits, diesseits. Eine Schlacht nach allen Seiten. Das Publikum wird mit politischen, erotischen, religiösen, wissenschaftlichen, emotionellen Argumenten bearbeitet. Es ist bemerkenswert, daß die Künstler mit vehementem Druck das in Lethargie in sich ausruhende Publikum auffordern wollen, einen Anspruch auf Kunst zu erheben, der nicht in formalistischen l'art-pour-l'art-Auffassungen stagniert. Es ist gleichgültig, wie die Darstellung ausartet, geht es doch um die Erkenntnis, in was für ein fürchterliches Gleichmaß jede unserer Tätigkeiten geraten ist. Die Trägheit zu entfernen ist wie eine Operation, und diese Operation tut weh. Lieber widersetzt man sich dem heilenden Schmerz und versiecht an der Krankheit. Diese Aktionskünstler versuchen ausschließlich ans Publikum zu vermitteln, ihre Tätigkeit ist dabei von vielfältiger Akrobatik. Sie arbeiten mit Mitteln aller Art, mit Abfällen, Getier, Musik, Film, Fotografie, theatralischer Gestik, Pantomime. Entsetzt rufen daraufhin die Zuschauer: »Da würfelt sich ja die Anarchie zusammen!« Wieso Anarchie, nur weil jemand das Gebräu nicht versteht? Gerade die Reaktion ist der entscheidende Wert dieser Aktionen. Gleichzeitig ergibt die Untersuchung der Reaktion ein Bild der Verfassung, in der die Bevölkerungsmasse sich befindet. So konnte man Reaktionen erleben, wobei die Presse den emotionalen Rhythmus angab, und die Masse wie ein Haufen unmündiger Schafe im Gleichschritt folgte. Und wie klingt dann der Ton, die gesteuerte Hetze? Fast wie ein Aufruf, Lynchjustiz zu betreiben! Hier finden wir den Anspruch aller, über Kunst zu richten.

In jedem Lebensbereich sitzt die Kunst, sagen manche Architekten. Sie sitzt in der Suppe, sagt die Köchin. Sie mundet herum und stellt fest: Dieser Geschmack ist Kunst. Damit kann ich mir den Bauch nicht stopfen, denn diese Feinheiten müssen sparsam verwendet werden. Jeder Tropfen eine Kunst, da muß die Zunge schnalzen. Da kommt aus der Kehle ein Lied, das Lied auf die brave Köchin, die, ohne es zu wissen, manchmal, wenn sie einen guten Tag hat, Kunst rührt. Unglaublich, das

Unbewußte in dieser Kunst! »Warum, mein Freund, ißt Du so gerne Kunst?« — »Weil ich das Unbewußte spüren möchte, so kann man tatsächlich Kunst erahnen.« Da muß der Anspruch groß sein, die Augen werden immer länger, denn schon ist alles im Mund, im Schlund, verschwunden. Kunst im Bauch, ein sattes Gefühl! Diese Suppe verändert die Umwelt, Umweltveränderung von innen nach außen, die Sicht wird besser sein, so kann die Sicht klar werden. Die Veränderung ist im Fluß, die Umwelt verändert sich dauernd! Steine bröckeln ab, Bäume wachsen, neue Gedanken lassen sich denken. Diese Art von Veränderung untersteht keinem Zwang und ist kein Schlagwort! Die Umstände, die Veränderungen herbeiführen, werden kaum sichtbar. Sollte die Umwelt bewußt verändert werden oder soll dieser Vorgang organisch geschehen? Alles Erzwungene wird den natürlichen Vorgang behindern. Tätigkeiten, die in der Absicht geschehen, mit der Utopie des Künstlerischen Veränderungen zu versuchen und dies in einem Bereich vollziehen wollen, der aus seiner Entstehungsgeschichte her nicht veränderbar ist, werden scheitern ...

Nun habe ich den Faden verloren, der Schluß war einfach zu kompliziert. Vielleicht kann ich alles in einer Form formulieren, die besser erklärt, was ich meine. Bitte, nur stichwortartig: Wenn ich ein Haus in die Luft sprenge, habe ich ein Loch in die Umwelt gerissen. Das ist eine Umweltveränderung mit Gewalt. Wenn ich nun in dieses Loch etwas stelle, was die Umgebung nicht erträgt, so habe ich mich der Entstehungsgeschichte der Umgebung nicht unterworfen und die Umwelt mit Gewalt verändert. Ich reiße eine alte Stadt nieder und errichte eine neue. Hier ist die Voraussetzung notwendig, daß ich genug Selbstbewußtsein aufbringe, um jede historische Zuneigung zu vergessen. Ich muß mich auf die geschichtliche Bedeutung, die ich jetzt und in dieser Zeit zu erfüllen habe, besinnen.

Als Oldenburg 1965 zur Veränderung der Stadt New York Vorschläge von Kolossal-Monumenten machte (Rieseneislutscher, Teddybären, Bügelbretter, Ventilatoren u.a.), war damals der Anspruch des Publikums, Kunst zu sehen, ein direkter Anspruch auf den realen Gegenstand. Es war eigentlich der Wunsch nach der Wirklichkeit oder der Wunsch, die Utopie der Wirklichkeit zu beweisen, indem man diese übertrieb. Entreißt man einen Gegenstand seiner Funktion, so wird dieser Gegenstand, außerhalb seines Bereichs, zur Fiktion. Mit der Zeit ist diese Wirklichkeit eine unerträgliche Wahrheit geworden, die heute nicht mehr angesehen werden kann. Diese Bevorzugung des realen Gegenstandes in der Kunst hatte einen monumentalen Naturalismus auf der Leinwand zur Folge, der neuerdings gepflegt wird.

Jede Umweltveränderung, die auf künstlerischen Witzen beruht, wirkt unkonkret. Kein Mensch kann darauf reagieren — oder er reagiert mit Zorn. Soviel Humor würde ich niemandem zumuten. Ich schließe die Augen und besinne mich eines Vorschlags, den ich 1966 bei den 12. Internationalen Kunstgesprächen vorlegte; ich sagte damals unter anderem: Ich denke an vielstöckige Häuser, diese Häuser sollten alle die veralteten Einrichtungen wie Museen und Theater ersetzen und statt dessen eine permanente Stätte der Unterhaltung sein, in der in reicher Folge ein Raum den anderen ablöst: etwa bewegte Kunstwerke; oder Räume, die immer enger oder weiter werden und in Wasser versinken; Sichbeschmieren mit Farbe; oder ich denke zum Beispiel an Kugelkinos, in denen naturhafte Erlebnisse wie ein Aufenthalt in der Wüste oder ein Sturz von großer Höhe mit dem Verspüren der nötigen Hitze oder dem Fallrausch und allen anderen Nebenerscheinungen vermittelt werden; an den Zustand von Räuschen mit seinen Auswirkungen — all dies herbeizuführen mit den Mitteln technischer Apparaturen. Gleiche Theaterstücke werden in verschiedenen Variationen gleichzeitig gespielt oder von oben oder von unten gesehen, Stücke, die nie aufhören, der Beschauer immer zentral all dem ausgesetzt. — Diese Beispiele genügen, um eine ungefähre Vorstellung davon zu geben, wieviel reicher die künstlerischen Medien eingesetzt werden könnten.

Sind diese Ideen von damals inzwischen verwirklicht worden oder ist ihre Utopie zu groß? Scheitern sie am Interesse? Oder sind diese Vorschläge durch Geldmangel nicht zur Ausführung gelangt?

Ich beende mein Referat in der Hoffnung, daß mein Freund Weiermair auch für mich die richtigen Schlußworte findet.

ÜBER OTTO MAUER 1973

Die Hinwendung zur Kunst, die ihn anzog und nicht mehr fallenließ, war seine Hoffnung, Glauben zu interpretieren. Ein verkommener Anspruch, dem vor allem die kirchlichen Kreise entfliehen wollen. Das Brot des Geistes ist keine begrenzte Nahrung der Vergangenheit, sondern die Hoffnung, aus der Gegenwart zu leben.

Was ist nun diese besondere Aufmerksamkeit, die ihn trieb, Kunst als Mitteilung, als Botschaft, als ein göttliches Anzeichen zu sehen — nicht als Genuß einer Speise, die sich in Vorzug auszeichnet, sondern als Vorgang, der vorauseilt und alles hinwegschiebt, was als Hemmung jede Erneuerung verhindert.

Der extreme Vorgang Kunst faszinierte ihn — sich dem Augenblick der Unordnung aussetzen, um diese zu beherrschen.

Das ist ein schwerer Weg, der keine Freundschaft erlaubt. Die Wiederholung ist ein schauriger Abgrund, dem nur wenige entkommen. Diese Haltung ist eine Rolle außerhalb verständlicher Abläufe, darum auch der stille Haß, der ihn umgab, das heimliche Geflüster beschränkter Auffassungen.

Seine Zuneigung war gleichzeitig Herausforderung zur beweglichen Tätigkeit und scharfer Austausch konträrer Meinungen.

Kunst, was ist das schon, wenn sie nicht gesehen, gehört und verlangt wird? Kunst, was ist das schon, ohne Mitteilungen und geringstes Gegenüber?

TAXI
24.
400.
24.9
1980

WAS SOLL EIN MUSEUM IM MUSEUM? 1971

Schon ein Museum ist zuviel.
»Es wäre besser, alle Museen auszuklammern, sie verschwinden zu lassen«,
sagt Herr Mayr, wie schon der Name sagt ...,
lassen wir das.
Nun gibt es aber Museen, die nicht gerne verschwinden, darum stechen sie sich
im Museum ins Museum, eben ein Museum im Museum.
Ob es hilft, sich zu erhalten? Ich weiß es nicht.
Wie sagt Herr Mayr? »Bildvernichtungsmaschinen sind manche Museen.«
Gefährliche Veränderungen entstehen,
manchmal verbleiben nur Skelette, Bildskelette.
Wunschträume, Alpträume sind das, ich habe sie nicht gesehen.
Manches Gehirn hat ungeheuerliche Ideen, nur ein Hinweis genügt, und schon
ist alles falsch.

Das Denkmal ist da, es steht,
sein Inhalt ist vorhanden und hat viel Anschauung und Hinweis.
Die Vergangenheit wäre zu messen, ich frage mehr hinein und höre alles.

WIE MORDET MAN KUNST??!! oder KÜNSTLER OHNE KUNST!

Vortrag, gehalten beim XV. Internationalen Kunstgespräch in der
Galerie nächst St. Stephan in Wien, 1969

Künstler ohne Kunst oder Mann ohne Arbeit, darum Mann ohne Geld; oder Kritiker ohne Kritik, darum Kunst ohne Kritik. Wo kein Auge, da ist es finster, und es gibt keine Unterscheidungen außer Dunkelheit.

Kunsthistoriker mit Kunsthistorie ist gleich Denkmalpflege, ist gleich fremder Verkehr, ist gleich Mensch ohne Zukunft oder Vergangenheit mit Mensch oder Mensch mit Vergangenheit; der kann nur Stehkrägen tragen.

Ich habe mich verrannt, ich beginne von neuem. Wenn man wie an einer Litanei schreibt, wird alles sehr rhythmisch; das ist zwar schön, aber ermüdend. Man muß die Dinge vielleicht doch besser anpacken. Also Achtung: Ich packe an! Künstler ohne Kunst, das ist eine verdammt schwierige Sache, da bleibt wenig zu sagen, denn das sagt eigentlich schon alles. Ich erkläre trotzdem: Künstler ohne Kunst ist vielleicht gleich ein Künstler, der alles verleugnet, der leugnet, was Kunst unmittelbar vor ihm war, der alles nicht sieht — außer sich selbst. Egoismus bis auf die Knochen, das eigene Hemd ist das beste. Der Künstler über Leichen der Vergangenheit.

Da gibt es keine Schlösser, da gibt es keine Kirchen, da gibt es keinen Michelangelo, da gibt es nichts, was Bestand hatte. Das ist der eigentlich Wahrhaftige, der einzige, der keinen Bart trägt, dem alles außer sich, außer seinem Ich, dem alles zuwider ist. Wo sind diese Meister, die mit der Peitsche hantieren? Keine Verbeugung vor Otto Wagner! Niederreißen, niederreißen. Was kommt dann? Es wird schon etwas kommen. Denn die Kunst, die herbeigezwungen wird, hatte immer wenig Raum, um zu entstehen, und wenig Zeit, um zu bestehen. Bart ab und die Peitschen in die Hand, es ist nur schön, in der Zeit zu stehen.

Ich erkläre weiter: Künstler ohne Kunst, er regt sich an, er erregt sich an ... ja, woran denn? an wem denn? wo bist du — kleine, liebste, dicke Muse? Die harten Tatsachen haben die Muse verdrängt, vielleicht waren es immer Tatsachen und wir haben uns verdrängt.

Ich erkläre weiter: Künstler ohne Kunst; oder Gunst; Kunst ohne Gunst. Das ist ein Würstelstand ohne Würstel oder eine Brieftasche ohne Geld. Ein Günstling muß man sein, ein Günstling der Natur, ein Günstling, der reich beschert ins Glück geht, der reich beschenkt aus dem Schoß geht, geboren als Millionär, Künstler mit Hutfabrik wie Cézanne. Kunst ohne Gunst bedeutet Kunst im Kasten, bedeutet Kunst auf dem Plan; Pläne, die nie zur Ausführung gelangen. Man kann dies auch zur Tugend erheben und sagen: Ich plane nur. Planen ist alles. Wo kein Geld ist, ist nur ein Plan. Plankunst. Das Plan-Papier, erfüllt mit Ideen. Ideen in den Sternen auf dem Papier.

Ich sage wieder: Künstler ohne Kunst. Kunst ist fad, darum lieber: Künstler ohne Kunst. Es ist ermüdend und müßig, Kunst zu sagen, zu atmen. Wie soll ich es erklären? Anstrengend ist es, darauf zu achten, alles richtig zu tun, Kunst nicht nach Perfektion, nach Vermeer. Besser ist, Kunst auszuklammern; das heißt: vorbedacht, mit der Kunst auf den Lippen, entsteht nichts. Jede künstlerische Äußerung soll oder muß eine Demonstration sein, gegen die Kunst, gegen sich — den Künstler. Dann bleibt ein nackter Mensch ohne Künstler. Wo ist sein Künstler? Wenn der Künstler seinen Künstler in den Kasten hängt, steht er da als nackter Mann mit Material oder als Mann im Kasten.

Zum Ausdrücken einer Frucht oder eines Wortes gibt es keine Regel. Der eine drückt mit ganzer Kraft, der andere so zart, daß kaum ein Tropfen kommt. Der nächste greift zur Saftpresse. Darum sind die Künstler ohne Kunst, weil es keine Sprache gibt, Ihnen ihre Kunst zu erklären. Wenn es keine Kunst gäbe, könnte die Kunst ohne Regel atmen, denn diese Sprache geht mit Absicht an der Kunst vorbei, indem sie alles nur in Zusammenhängen, Bezügen geordnet sehen will. Die Kunst ist eine Hure, die überall nascht. Die Kunst ist wie die Religion nicht faßbar, nicht erklärbar, man glaubt oder glaubt nicht. Der Künstler soll etwas für etwas tun, wovon er gar nichts weiß. Keine Macht kann ihm sagen, wofür er Kunst tut. Wo keine Macht ist, die Befehle erteilt, gibt es auch keine Kunst. Als es noch hieß, der Künstler sei ein Genie, ein kleiner Gott mit 24 Beinen, da war das Geniesein der Lohn für die Kunst. Darum auch Kunst ohne Fragezeichen. Kunst predigen, ist unmöglich, denn das würde heißen, Theorie predigen, und Theorie ist langweilig. Warum muß alles erklärt werden, wie ein Nudelteig ausgezogen, um dann gekocht, ausgekocht zu sein? Mit-Erlebnisse statt Erklärungen.

Darum erst recht: Künstler ohne Kunst; und ich sage einstweilen nichts. Es wird sich schon jemand finden, der auch einen verschiedenen Sinn auffinden kann, denn die Verifikation der Aussagen ist verschieden. Ich kann unbegrenzt fortsetzbare Folgen von Beschreibungen nebeneinanderstellen, von denen eine immer ungenauer als die andere ist.

Darum weiter: Künstler ohne Kunst — und da möchte ich über den Naturalismus sprechen, denn darin — in der Natur — kann man viel ohne Künstler erleben. Wem Gott will rechte Kunst erweisen, den schickt er in die weite Natur. Darum, Landarbeiter der Natur, an die Spaten! Darum, Erdmechaniker der Städte, an die Spitzhacke! Nun beginnen die Sandspiele, kleiner Graben nach links, großer Graben nach rechts, ein tiefes Loch in der Mitte. Kinder, Kinder, wie schön, jung zu sein! Wir spielen Maulwurf. Ein neuer Naturalismus mit viel Realismus, endlich ein Realismus, in dem etwas Reales geschieht. Sonst ist der Realismus immer so magisch oder in Not verzerrt, daß man sich nicht einmal mehr traut, ein trockenes Brot hinunterzuwürgen. Ich bin nicht dagegen, weil ich gegen nichts bin, und damit auch wieder für nichts. Endlich funktioniert der Naturalismus, soweit etwas funktionieren kann. Man kann jede künstlerische Möglichkeit verschieden verwenden und zur Darstellung bringen. Beim Naturalismus war es immer so, daß die Eigenschaften eines Gegenstandes interpretiert wurden, sodaß die Natur der Dinge nicht erscheinen konnte und ihr Erscheinungsbild durch die Eigenschaften überdeckt wurde. Das ist ein böses Weib, der Apfel ist faul, in dieser Landschaft regnet es. Oder die Idealisierung des Gegenstandes. Ich gebe eine einzige Beschreibung, vielleicht die beste. Was erreiche ich dadurch? Eine stereotype Gleichförmigkeit, die nichts verändert. Je mehr ich an einzelnem darstelle, desto gerechter werde ich der vielschichtigen Struktur dieses Wesens oder Gegenstandes. Es gibt nur den sichtbaren Naturalismus, den greifbaren Naturalismus. Jeder Mensch sieht ein Holzstück als Holzstück, solange er nicht zu denken beginnt. Wenn er denkt, dann fragt er schon nach der Brauchbarkeit, und alles bekommt ein Gesicht. Darum lieber die Natur nicht in die Kunst kommen lassen. Lieber den Künstler aus der Natur nehmen, denn Natur ohne Kunst ist besser als Naturkunst.

Schon wieder ist der Künstler ohne Kunst. Das Kunstwerk ist nicht das Zeichen für irgendein Geschehen. Das Geschehene kann eventuell aufgezeichnet oder beschrieben werden. Es gibt nur gesehene, gedachte Kunstwerke, das heißt Informationskunst. Nun kann und muß die Information einer Wandlung unterliegen, denn jeder, der beschreibt, überdenkt das Geschehen in einer anderen Bedeutung. Das Geschehen wird variabel in der Beschreibung. Die Beschreibung hat damit kein Gesicht, denn es gibt nicht nur eine einzige Formulierung, somit auch keine Formung, die uniform aussieht. Form hat der Soldat. Soldat ist Form. Dieser Begriff muß geklärt werden. Soldat ist Form, denn er ist ein Bild, den die Beschreibung einmalig beschrieben hat. Dadurch wird er ein unveränderliches Bild und nimmt Form an. Soldat ist Form. Kunst hat nicht Form, Künstler haben keine Formen zu geben. Form kann ich nicht verallgemeinern und damit verfügbar machen. Form ist nicht vorhanden, ist nicht erklärbar, sie zeigt sich eventuell auf oder an und hat ein gleichförmiges Gesicht. Der Künstler ist immer ohne Form, denn würde er etwas sehen, könnte er nicht formulieren. Wer mit Blindheit geschlagen ist, hat die Kraft, aus nichts zu sehen. Wer keine Kunst hat, ist Künstler. Darum: Bild ohne Form, Kunst ohne Form, Künstler ohne Form, Land ohne Formen und so weiter.

Somit habe ich begonnen, das Vokabular der Kunst zu durchleuchten. Ich denke nach und spreche jetzt über Inhalt. Ein Korb hat vielleicht Inhalt, wenn ich mit ihm einkaufen gehe. Inhalt bekäme ich, wenn ich eine Leinwand aufspalten würde und dadurch einen Sack bilden könnte. Damit bekommt die Leinwand einen Raum für Inhalt, darin kann man den Inhalt unterbringen. Das Passepartout ist ein gutes Beispiel. Das Passepartout rahmt die Kunst ein, somit wird die Kunst Inhalt und das Passepartout Kunst. Somit bekommt die Verpackung, der Schutzumschlag, die Verschnürung mehr Bedeutung als der zu schützende Inhalt. Ist Inhalt an Ort und Stelle, wird er vernichtet, verbraucht, konsumiert, betrachtet. Inhalt bedeutet Nutzen, benutzen, beschmutzen. Inhalt ist Ware, ist Geld. Brauchbare Kunst hat Inhalt, Unbrauchbares hat Kunst. Alles, was man abstellt, auf die Seite schiebt, kann Kunst sein. Das alte Bett vom toten Mann, der Scherben unter dem Bett, der Scherben auf dem Kopf. Inhalt ist nur Brauchbares. Wenn ich die Welt anschaue, sehe ich nur Stücke, Stückwelt: den Baum, die Häuser, Tier und Mensch, Künstler hier, da Kunst. Die Farben sind in Stücken vorhanden, die Farben gehören nicht zusammen. Sie sind wie ihre verschiedenen Namen getrennt. Verwendete oder benützte Farbe kann nur einen Ton zeigen. Ich kann unbegrenzt Farbe nebeneinandersetzen, ohne damit etwas zu beschreiben; beginne ich nämlich, mit Farbe zu beschreiben, sehe ich nichts mehr. Ich verzichte auf Farben. In der Kunst ist entweder alles weiß, oder alles rot, alles schwarz, alles blau, alles gelb; das kann ich erkennen. Nicht, daß ich so engstirnig bin. Eine Theorie behauptet, es gibt nur ungebrochene Farben; eine andere meint, es gibt nur gebrochene — es gibt und es gibt — nichts gibt's! Der Künstler wird auf den schmalen Farbtopf gesetzt. Es gibt nur Farben, die natürlich jedes Material kleiden. Sand hat Farbe, Leinwand hat Farbe, Metall hat Farbe. Kunst ist farblos. Daraus ist zu schließen: Nur Künstler ohne Kunst haben Farbe.

Ich habe Lust. Wer Lust hat, ist müde, wird müde. Ich habe Lust zu spielen, ich spiele, ich spiele noch immer. Jedes Spiel hat seine Regeln; es wird vorgeschrieben, wohin ich mich zu bewegen habe. Trotzdem gibt es im Spiel einen Sieger, also müssen die Verbote und vorgezeichneten Wege doch wieder so eingerichtet sein, daß sich die Persönlichkeit frei entfalten kann. Also ist die Regel nur die Stimmung, damit etwas abläuft, eine Anregung zur Durchführung eines Vorgangs. Ich könnte ja ohneweiters auch auf den Sieg verzichten und sagen, daß wir permanent spielen; wir hören nicht mehr auf und entwickeln das Spiel aus dem Spiel, das heißt, wir regeln dauernd um und erleben dadurch eine immer neue und weiter anhaltende Spannung und Aufregung. Ich könnte mir vorstellen, ich baue die Kunst auf Spiel auf, ich erstelle Regeln. Der Vollzug dieses Spiels bringt Ergebnisse, die nicht nur aus Punkten bestehen, sondern sichtbare Ergebnisse zeigen, die sich aus der Regel ergeben. Es gibt Spieler und Zuschauer und alle beherrschen die Regeln, die vielfältig zu erweitern sind. Das wäre die Geburt der Volkskunst, der Kunst ins Volk. Totale Staaten würden sich freuen. Mir ist dieser Vorschlag ganz ernst, und er ist auch keineswegs neu, sind doch im Volksbrauch gemeinsame Spiele immer wieder zu sehen, nur gibt es keine brauchbaren Ergebnisse, die bestehen bleiben könnten. Kunst aus dem Spiel, Kunst ist Spiel. Heute beginnt das Kunstspiel — und der Künstler ist wieder ohne Kunst.

Nun kann man fragen und sagen: Da wird mit System gearbeitet — soweit ich eben weiß, daß ich 100 m laufen und dann ein Loch bohren muß, das in 10 Minuten fertig sein soll. An meiner Körperkraft wird das System gebrochen, denn hier versagt das System, kann doch die Größe des Lochs nicht bestimmt werden. Das Loch wird in dieser Zeit individuell verschieden groß sein. Systeme können also nur begrenzte Bedeutung erlangen. Der Befehl zum System zerbricht an der Leistungskraft.

Nun kommen schwierige Probleme. Es gibt unendlich viele Möglichkeiten, eine Sache kann unendlich oft verändert werden. Warum spricht man dann von Kontinuität in einer Arbeit? Von der Notwendigkeit, gleichförmig zu sein, damit eine Sache Gesicht bekommt und sofort erkennbar wird für eine Zeitspanne, für eine Person? Ich lege mich ins Bett und verschlafe die Zeit. Nach Wochen könnte ich sagen, es ist immer noch der Tag, an dem ich ins Bett ging, denn ich habe die Zeit nicht bemerkt. Das ist Stil! Ich verschlafe mich, ich verschlafe Zeit. Ich glaube nicht grau zu werden. Ich will verhüten, daß ich lebe, ich bleibe einfach stehen. Dann werde ich Stil. Stil, Stiler, am Stilsten. Ich setze mir einen besonderen Hut auf den Kopf. Dies wird bemerkt, das hat Gesicht, das ist der sogenannte Kopfstil. — Ich könnte mir natürlich vorstellen, es hört etwas nie auf, man lebt ewig. Ich werfe alles fort, was mir die Zeit erkennbar macht — Spiegel, Uhren — und verbaue die Fenster und lebe künstlich. So wird jeder sagen: Dort wohnt etwas und ich werde langsam einsterben und die Zeit wird mich verrollen. Dann sagt man: da war doch was, stimmt! — er hatte zu viel Stil, stimmt! — er ist am Stil verkrochen. Das ist etwas besonderes, der schaut nach etwas aus, damit verendet alles im Diktat einer Idee. Stil hatte nur jene Zeit, die keine Meinungen erlaubt hat. Darum hat der Künstler wieder etwas verloren, wovon er glaubt, sich damit sichtbar machen zu können: die Gleichförmigkeit seiner Sprache. Das wird viele entblößen und ohne Kunst machen.

Das ist die Zeit der Exhibitionisten; wenn nichts bleibt, hat man nur sich selbst; die Zeit der Selbstmörder und Bauchaufschlitzer; sich selbst als Material. Wieso ist das falsch, wenn ich bewußt sage: Ich stelle mich zur Schau, ich habe das schönste Gesicht? Dem könnte ich gar nicht ausweichen, denn ich unterschreibe, ich stehe an der Tafel, ich werde betrachtet. Wenn das schon so ist, dann kann ich dies gleich zugeben und sagen: Ich liebe es, betrachtet zu werden, ich möchte betrachtet werden. Nun habe ich die Auswahl mit mir selber und kann aus mir machen, was ich will. »Sie dürfen mich heute porträtieren. Ich stelle mich gerade jetzt zur Verfügung«. Der Exhibitionist hat die perfekte Möglichkeit, als Kunst ohne Künstler zu leben.

Sollte ich irgend etwas behauptet haben, so möchte ich nicht recht behalten, denn sonst könnten Sie mich nicht mehr verstehen und wir würden immer aneinander vorbeireden. Was ich sage, könnte sein. In der Kunst gibt es keine Antworten auf Fragen und keine Resultate, denn alles, was sichtbar gemacht wird, könnte auch in anderer Weise gemacht werden. Der größte Irrtum geschieht, wenn man Dogmen erarbeitet, Bestimmungen, Rezepte verfaßt und damit glaubt, eine Lösung gefunden zu haben. Jede Lösung, jede fertige Auffassung ist nach Fertigstellung auf jeden Fall falsch und sofort wieder in anderer Weise zu lösen. Das ist richtig und falsch, denn beides ist ein Irrtum. Könnte ich doch sagen: Mir genügt, was gemacht wurde; oder: nein, es wäre auch anders vorzustellen. Die Kunst kann ich nicht mit Thesen erfassen, die genau beschreiben, wie die Kunst zu machen sei. Es gibt vielleicht nur eine Regel. Eine Arbeit soll so gestaltet sein, daß jedermann sagt: Ich kann mir das gar nicht anders denken, so muß es sein. Jede klare Formulierung schließt verschiedene Meinungen aus.

»Die Kritik ist schwer krank, sie hat den Aussatz, die Pest, und hat die Augen verdorben. Sie ist altersschwach und hinkt auf einigen linken Systemen, ist reaktionär und ohne Einsicht. Die Zähne sind faul und können nicht beißen, das Gehirn ist weich und läßt nur Unsinn reden«. Bitte, das sage nicht ich, sondern ich zitiere Johann Bertschi, der dies in seinem Buch »Kritik in Ketten« schreibt. Bertschi wird es schon wissen, vielleicht wurde er beleidigt, ohne Humor geht's da nicht. Nun sage ich etwas dazu: Was gesagt, geschrieben, in Zeichen gesetzt wurde, soll nicht wieder beschrieben werden. Dies sage ich. Wer weiß, ob ich recht habe. Ich drehe dies um: Wurde gesetzt Zeichen in, geschrieben, gesagt was, werden beschrieben wieder nicht soll. Das ist eine scharfe Kritik an meiner Formulierung, diese Kritik entsteht indirekt und ist Kritik an meiner Sprache. Denn man hört durch die Umdrehung erst die Sprache. Das ist mein Beitrag zum Thema »Kritiker ohne Kritik«. Ich meine, der Kritiker könnte ohne Kritik auskommen, er müßte immer ein Mittel finden, womit er die Harmonie des zufriedenen Künstlers stört, der Künstler ist immer im Frieden, der Frieden des Künstlers ist gestört, der Frieden stört Künstler. Er schläft sanft den Schlummer des Glücks. Der Kritiker kann nicht besser wissen, was gerade entsteht, aber besser wissen, was schon geschehen ist. Deshalb ist der Kritiker ohne Kritik, hat er doch nicht die Möglichkeit, gleichzeitig mitzuvollziehen, was gerade entsteht.

Nun kommt Kunst und Freiheit — Freiheitskunst — Kunstfreiheit — Freikunst. Der Freikünstler hat viele freie Zeit zum Künsteln. Künstliche frei hei Zeit, die Nebenbeschäftigung der freien heit. Heute haben wir die Freiheit richtig durchgelebt, denn Freiheit ist das Leben, ist der helle Schein, solange sie noch lebt, wird nichts mehr winzig klein. Das ist ein echter frei = Freiheitssalat, mit roten, schwarzen, braunen Rüben. Wer hat denn nun die Freiheit? Ich freie male, ich male frei, ich bilde frei, ich bilde Freibilder für die Wand. Vorsicht, da ist schon ein Befehl. Angeordnet für die bestimmte Absicht zu hängen. Wer hängt, ist angehängt, ist eingesperrt, für einen bestimmten Zweck geschaffen, nicht zwecklos, wie man so glaubt. Freiheit würde bedeuten: Künstler ohne Kunst. Da müßte sich der Künstler in den Sand legen, mit Sand so tun wie Nasenbohren. Weil er nervös ist, tut er so, denn wie kann er frei sein, wenn er nervös ist. Warum kämpft man um sinnlose Dinge, um eine vielgesichtige, vielzüngige, für alles verwendete Bezeichnung eines Begriffes einer Behauptung, die so unklar ist, daß sie lange Diskussionen, Morde und Streit auslöst, daß es am besten wäre, dieses Wort »frei« auszublasen. Ich streiche dieses Wort, es gibt keine »........« mehr. Nun können wir wieder alles tun: Ich befehle mir, Naturalist zu sein, ich befehle mir, gar nichts zu tun, ich befehle. Wenn ein Begriff erstand, muß er aussterben. Wenn ein Begriff kein Begriff ist, ist er besser nicht, denn wenn ich nichts begreife, was nützt er mir?

Was kann man beweisen, wenn man nach Beweisen fragt? Er fragt schon wieder: Kann man Kunst beweisen? Wie kann ich einen Beweis erbringen für die Kunst, wenn diese nicht zeigt, wo sie sein könnte, wenn ich keinen Weg weiß, zu ihr zu finden. Vielleicht kann ich mir selber den Weg erzeichnen, so daß ich mich zur Kunst durchzeichne, auf geheimen Pfaden, auf Schleichwegen. Da ich den Beweis erbringen möchte, wie soll ich dazu kommen? Ich beweise Kunst durch Kunst-machen. Das kann ich sagen, beweisen kann ich's nicht. Denn dieses Kunst-machen hat viele Abwege, Auswege, Umwege. Das ergibt viele Möglichkeiten, und wie soll ich da einen Beweis erbringen, wenn viele Möglichkeiten zur Kunst führen. Der Beweis muß sich festlegen, muß genau anzeigen, wo er ist. Kunst kann ich nicht beweisen, denn alle Wege, die zum Ziel führen, glauben nur zu beweisen, sind aber nicht der Beweis. Dann ist Kunst unsichtbar, wenn ich keinen Beweis für sie erbringen kann, oder der Künstler ist ohne Kunst. Ja, wenn man nichts beweisen kann, dann ist entweder viel vernebelt worden oder nie etwas gewesen. Das heißt nicht verneinen, das ist nur zum Weinen für jene, die beweisen wollen.

Wenn Kunst sichtbar wird, wäre sie doppelt so viel wert, als wenn sie unsichtbar wäre — sagen die Leute. Hier wird nach der Gewohnheit gewertet: Greifbar ist gleich Wert, weil faßbar, dadurch auch erfaßbar. Was ich nicht beweisen kann, kann ich auch nicht sehen, also ist Kunst doch unsichtbar. Aber wie kann ich dann bei einem Wettbewerb den größten Wert feststellen. Wenn alles unsichtbar ist, was Wert macht, kann ich nicht werten; oder ich arbeite mit meiner vorgefaßten Meinung, meiner Vorliebe, meinen Zuneigungen. Dann habe ich nur aus dem Kunstwerk herausgesucht und herausgelesen, was mir persönlich lieb ist und mich darin selber betrachtet und nicht das wertvollste Kunstwerk ausgewählt. Das könnte ich ja auch nicht sehen, denn wenn der Wert unsichtbar ist, müßte ich auch unsichtbar sein, um zu verstehen. Ein Kunstgeist könnte viel Geld verdienen, denn so ein Geist weiß alles. Das ist kein Spaß! Es gibt Leute, die wissen Unsichtbares zu werten und halten es immer für richtig. Da gibt es keine Fehler, auch wenn alles falsch ist.

Ich zitiere Bertschi: »Wenn der Leib schwach ist und der Geist kopfsteht, dann werden Prinzipien verteilt. Das sind die Stunden der Diktaturen, da stecken die Köpfe im Sand, und der Arsch kann donnern«. Dies klingt sehr politisch, wie so eine Kunstsprache eben klingen kann: hübsch, aggressiv, ins Ohr geblasen. Wenn ich umdenke, bin ich aggressiv politisch. Emotionell und aggressiv sein, Gefühl haben, ist politisch. Politik ist Emotion, Aggression, Gefühl. Wer verbessern will, ist mit Blindheit geschlagen. Politik ist blind. Blinde Töterschaft wird da betrieben. Politik ist Vorstellung, Umstellung, Einstellung. Jetzt mache ich Politik, ich berede sie: Kunst sei Revolution, Kunst sei Politik — Kunstpolitik ist etwas anderes — Kunst sei Anarchie, Kunst sei Aufstand. Weltverbesserer, wie kann ich den Künstler da hineinschieben! Weltverbesserer, warum, wieso ein Ziel, wozu, warum! Kunst ist nicht Mitleid mit gegebenem Unrecht, nur Politik betreibt Unrecht oder vertreibt Unrecht. Kunst tut nichts und beherrscht. Wenn Zwang herrscht, hat Politik nichts beherrscht. Wer mit Kunst Politik betreibt oder Politik vertreibt, hat keine Vorstellung von Kunst, sondern will mit ihr nützen, sie benützen, zu seinem Nutzen. Kunst läßt sich nicht ausnützen! Kunst hat kein Wort für die Politik, die Politik kein Wort für die Kunst. Von Tag zu Tag will Tagespolitik verbessern. Warum soll Kunst verbessern! Deutschland, Amerika, Europa. Die Kunst hat Deutschland versäumt, Amerika versäumt, Europa versäumt zu verbessern. Wenn Kunst so viel versäumt und nicht bald verbessert, dann weiß ich nicht, ob es besser wird. Wenn schon alle verbessern, warum soll Kunst verbessern? Die Synode verbessert, die UNO verbessert, die Polizei verbessert, die Lehrerin verbessert. Wir sind eine große Besserungsanstalt. Wer verbessert, hat keine Kunst. Der Künstler hat immer viel Mitleid, er leidet mit — sich — zuerst ich, dann nichts. Mitleiden ist keine Kunst, es tut nicht weh, es bringt viel Dank. »Sie dankte mit einem tiefen Blick, denn sie wurde verstanden«, schreibt der Romandichter. Mitleid ist hohe Diplomatie, der Schleichweg zum Ziel, die Politik der aufdringlichen Anteilnahme. Politik ist aufdringliche Anteilnahme. Kunst kann nicht Anteil nehmen. Wer Anteil nimmt, hat keine Kunst. Was tut der Künstler mit seinem Mitleid?

Der Farbformer Goeschl sagt: »Oberhuber ist ein Hans-Dampf-in-allen-Gassen!« Damit meint er, daß man sich nur in faschistischer Einförmigkeit bewegen darf: a Form, a Foarb, a Kunstwerk. Warum nicht gleich ein bißchen strenger: ka Form, ka Foarb, ka Kunstwerk. Das wäre ein Programm, das Gegebene, Eingelernte zu vergessen. Wenn es das Vergessen gibt! Eingelerntes kann ich nicht vergessen, also kann ich nur bewußt darauf verzichten. Warum soll ich etwas, was ich schon erfahren habe, wiederholen — außer, es ist eine Genußerfahrung?

Jeder Gegenstand gerät allmählich in jene gleichgültige, gewichtslose Situation, die jedes Hantieren und jede Erfahrung bewirkt. Das Äußere des Gegenstands muß sich verändern, will es wieder gesehen werden. Das ist ästhetisch, denn der Gegenstand wurde uns schon zum Begriff. Ich sehe es nicht, denn ich weiß nicht, was es will. Das muß erst zum Namen werden. Es muß erklärt sein, damit Erkennen einsetzt, mit Fragezeichen. Erklärt kann verschieden werden, auch mit Fragezeichen. Es erklärt sich — das könnte möglich sein —, denn mit der Zeit erkennen die Augen, was dieses will. Es erklärt sich nie — das ist fast sicher möglich. Dann ist der Gegenstand immer unmöglich, nicht brauchbar. Wenn er nicht ist, was er ist, ist das Wort Ästhetik unnötig, unnötig wie die Erklärung. Ich verstehe es nie, weil ich keinen Sinn dafür habe. Es ist für mich sinnlos, auch mit Erklärung. Also hat der Beschauer keine Kunst, wenn er Erklärung will und fragt, was das sei. Auf Kunstführungen kann verzichtet werden. Ich gestehe: »Auch ich habe Führungen vollzogen.« Fuchs und Hrdlicka erklären ihre Ausstellung in der Albertina. Darüber ist nichts zu sagen. Wenn ich erkläre, kämpfe ich eigentlich gegen die Begrenzung der Sprache an, denn ich will Moral und Verantwortung beweisen und beschreiben. Denn alles, was ich beschreibe und erkläre, ist ja vorhanden und sichtbar. Jede Ausdeutung führt zu Unsinn und ist der Versuch, die eigene Unsicherheit den Tatsachen der Welt gegenüber zu überwinden.

Wenn die Kunst keine Erklärer hätte, gäbe es vielleicht Kunst. Jener Künstler, der Erklärung will, hat keine Kunst.

Wenn ich sage: »Es wird immer besser, alles wird besser! Ich sehe zwar jetzt durch meinen Hosenboden, aber morgen wird der Stoff so gut sein, daß kein Loch entstehen kann«, so kann ich das wohl glauben, aber wer will das beweisen. Das kann Utopie sein. »Die Wohnungen werden immer größer! Heute sind sie zwar klein, aber morgen wird alles aufgeblasen und groß.« Das glauben die Architekten. Wie aber wollen sie es beweisen? Sie denken fortschrittlich, aber handeln noch kleinlich. Sie denken utopisch und verlangen Utopie: zwei Zimmer für fünf Personen. Die Biene schafft herrliche Zellen für Honig und Eier. Das wäre eine Stadt der Zukunft, ein utopischer Gedanke. Warum soll das, was auf die Biene zugeschnitten ist, für den Menschen sinnvoll sein? Jeder Staat in dieser Form wäre eine Diktatur, jede Stadt in dieser Form ein Gefängnis. Die Raumkapsel, der Raumanzug sind für ein vorbestimmtes Ziel geschaffen. Dieses Ziel, der Mond, ist nur zu erreichen, wenn gewisse Bedingungen eintreffen, durch die es möglich wird, den Weltraum zu beherrschen. Diese Bedingungen auf die Erde anzuwenden, ist utopisch und keiner Überlegung wert. — Das Minimalgebäude, die Telefonzelle als Behausung (Vorschlag Hollein) kann ich mir nur für einen Kranken vorstellen, bei dem nichts mehr funktioniert und dessen Leben nur mehr künstlich aufrechterhalten wird. Künstler können jede Utopie verwirklichen, ist doch Kunst von Anwendung frei. Architektur ist Anwendung und darum ist Utopie nur begrenzt möglich. Die Raumkapsel wäre auf der Erde Utopie, im Weltraum ist sie Gebrauchsgegenstand. Damit ist bewiesen, daß die Architekten auch keine Kunst haben, denn sie müssen ja Gebrauchsgegenstände schaffen.

Ich teile nun die Kunst in viele Teile. Da müssen unendlich viele Möglichkeiten erscheinen, und die Kunst hat unendlich viele Möglichkeiten. Ich nehme ein Messer und beginne zu teilen. Ich habe Ihnen schon Teile vorgelegt, die ich immer wieder herausgeschnitten habe, ganz ungeordnet, einmal dicker, einmal dünner, wie die Unendlichkeit als Möglichkeit eben aussieht, ohne Bezug zur Wirklichkeit. Die Wirklichkeit wäre auch nur ein bestimmbarer Teil eines Ganzen, der von einer Haarspitze zum Zehennagel reichen kann oder vom Blatt zur Wurzel. Ich behandle die Kunst wie eine Wurst, wie eine dauernde Dauerwurst, unentwegt teilbar, zu beschneiden und zu brechen, wie Raum und Zeit es wollen. Ich kann nur behaupten, sie wird nie aufhören, weil man fortgesetzt daran herumschneidet, von der Urzeit der Kunst bis jetzt zu diesem Moment, wo ich schneide. Daß man nur ein kleines Stück benützen und bearbeiten kann, löst Unbehagen aus — die Verzweiflung am Detail der dauernden Wurst. Die Fülle hat schon manchem Genuß gewährt. Ein Stück nur ist wenig Erfüllung. Die ganze Kunst hat er nicht, der Künstler. Ein Stück ist wenig, aber doch genug. Wenn ich mich vom kleinen Stück abwende, ist die Kunst weg. Armer Künstler ohne Kunst!

Jetzt weiß ich, warum so viele Künstler ein Thema und viele Variationen darum herum haben: weil sie sich immer nur an ihr altes Thema erinnern können, als einzige Quelle, aus der sie schöpfen wollen. Warum soll die Erinnerung wie ein Bild sein, aus dem man schöpfen kann. Wenn die Erinnerung kein Bild ist, kann ich aus der Erinnerung keine Bilder schöpfen, Verzeihung: erstellen, ich finde nicht das richtige Wort, erlauschen. Ich stelle richtig: Das Originalthema »Die Tänzerin machte einen weiten Sprung« — das war das Thema — kann nur mit dem weiten Sprung der Tänzerin verglichen werden, denn ich kann in die Vergangenheit nicht zurückgehen, sie eventuell wiederholen lassen. Die Tänzerin tanzt von neuem. Aber wie ist das, wenn das Thema ein Unfall ist? Ich lasse die Frage offen, Sie können sie selbst beantworten.

Da sich jede Sache nur unvollständig beschreiben läßt, kann dies oder das nicht beschrieben werden. Ich kann nicht beiläufig beschreiben und sagen: So ist es! Darum ist es besser, ich beschreibe nichts. Wenn ich schon beim Erfinden bin, vergesse ich lieber gleich das Beschreiben. Die Künstler sind verzweifelt: Lieber keine Kunst als Kunst, wenn es keine Rezepte gibt. Nun, Küchenmeister sein, wäre auch schön. Eine Kunstkocherei zu eröffnen, in der man Kunst-kochen lehrt, eine Rezepterstellungsquelle für nach Kunst hungernde unentschlossene Künstler wäre auch schön. Wie diese aussieht? So wie jede Küche. Jetzt, bitte, aufpassen. Ich werde zum Abschluß meiner Ausführungen einige Rezepte aus der Kunstküche wiedergeben. Denn so weit sind wir jetzt, daß man Kunst vom Zettel kaufen kann, Rezepte: Wie

soll ich die Hauswand zieren? Das Vorzimmer kann auch persönlich sein! Geheimnisse fürs Schlafzimmer!

Ich beginne.

Das erste Rezept: Denken wir ungeordnet, einzelne Vorstellungen blitzen auf, gefolgt von langen Drehpausen, in denen man wie gelähmt einfach abwartet. Das war ein psychologisches Rezept.

Das zweite Rezept: Sie müssen vom Sein selbst in die Wahrheit des Seins geworfen werden, damit im Lichte des Seins das Seiende als das Seiende erscheine, damit die Ankunft im Seienden das Sein des Seienden mit Geschick entwickle. Das war ein philosophisches Rezept.

Das dritte Rezept: 2 und 2 = 4

1 und 1 = 2

1 und 1 und 1 + 1 = 4

Das war ein mathematisches Rezept.

Das vierte Rezept: Die durch das schwerere Dunkel überlastete Achse groß A groß B hat sich nach groß A gesenkt und von klein b nach groß B gehoben. Ursprünglich lag sie auf der Horizontalen klein a klein b. Den beiden Achsen klein a klein b und groß A groß B ist der Punkt groß C als Drehpunkt gemeinsam; infolge der Drehung steht links dunkel tiefer als rechts hell. Nun tritt rechts zum Ausgleich schwarz hinzu. Oder: Ich bin nach links ins Schwanken geraten, habe rechts mit der Hand ausgegriffen, um nicht zu fallen. Das war Rezept Paul Klee.

Das fünfte Rezept: Eine freie gebogene Linie, die aus zwei Wellen nach einer Seite und aus drei Seiten nach der anderen Seite besteht, hat ein durch die obere dicke Spitze hartnäckiges »Gesicht« und endet mit einer nach unten gerichteten und immer schwächer werdenden Welle. Diese Linie sammelt sich von unten, gewinnt an immer energischer werdendem Wellenausdruck, bis die »Hartnäckigkeit« zum Maximum ansteigt. Das war Rezept Kandinsky.

Das sechste Rezept: Nur für Männer mit eisernen Nerven! Grätschstellung! Man montiere mit Hilfe eines Sockenhalters ein Kilogewicht an seinem Glied und beginne kräftig zu schaukeln, dazu sage man in gleichem Rhythmus ununterbrochen: »tick-tack-tick-tack-tick-tack ...«. Die Übung wird solange fortgesetzt, bis das Glied gefühllos wird. Das war Rezept Otto Mühl.

Das siebte Rezept: »Stelle ein Radel Holz hin und betrachte es und denke sehr tief: Radel Holz, Radel Holz, Radel Holz. Dann kannst Du es einheizen. Wenn Du Kunst haben willst, dann stelle es auf die Seite.« Das war Rezept Oberhuber. Und so weiter.

Ich habe vor Rezepten gewarnt und habe dazu gesagt: Der größte Irrtum geschieht, wenn man Dogmen erarbeitet, Bestimmungen, Rezepte verpaßt und glaubt, damit eine Lösung gefunden zu haben. Jede Lösung, jede fertige Auffassung ist nach Fertigstellung auf jeden Fall falsch und sofort wieder in anderer Weise zu lösen.

Über über Oswald
Oswald über Oswald über
Oswald ist mein Name. Sepp, Kristian, Max, Otto,
Fritz, Bruno sind sicher alles sehr gute Jungfraubesteiger.
Du, du liebes Mädele, ich möchte Dir etwas ins Ohr flüstern...

Ich bin mißtrauisch.
Was sagt Dir Oswald?
Daß er mißtrauisch sei.
Ich streiche ihn weg. Bleibt:
Oberhuber hat sich sagen lassen:
kunst ist ... DEKORATION
kunst ist ... LUXUS
kunst ist ... REVOLUTION
kunst ist ... GESCHÄFT
kunst ist ... SCHEISSE

Aberglaube ist Kunst
Allgemein
Jeder Entschluß, den die Kunst jetzt faßt, hat seine kurzen Auswirkungen auf die Zukunft. Sie sei deshalb vorsichtig und besonnen. Fühlt sie sich nicht sicher, so folge sie den Dingen der Vergangenheit.
Arbeit
Jupiter und Mars sind in ihrem Zeichen. Ganz zu schweigen vom positiven Einfluß von Uranus und Sonne. Es kann nicht fehlgehen. Es gibt keine Probleme. Keine Aufgaben. Jetzt spielt sich alles. Außerdem lassen sich wichtige Veränderungen anbahnen, die positive Entwicklungen in der Zukunft geradezu garantieren. Mars macht sie impulsiv. Und romantisch.
Liebe
Die Planeten geben einander ein Rendezvous im Zeichen der Kunst und verleihen der Kunst magnetische Kunst. Wenn sie noch allein ist, so bleibt sie es nicht mehr lange. Mit Riesenschritten naht der große Mäzen. Perfektes, intimes Verständnis, Gefühle sind selbstverständlich. So oder so — die Zukunft sieht rosig aus.
Gesundheit
Sie bleibt in bester Form. Sie soll vor allem Maß halten! Und an ihre Linien denken, wenn sie sich nicht zu Exzessen hinreißen lassen will ...
Vergewaltigung ist Kunst

Gewaltiger Widerstand widersteht mir. Dieser Widerstand. Du darfst nicht glauben, daß ich durch Deine Nähe trocken bleib. Ich kann meinen Schwanz nicht durch Kunst ersetzen (oh doch!). Denn gewaltig ist — kein Mensch findet das lustig.
Wie lange soll dieser Unfug noch fortdauern?
Immer diese Ausläufer! Mit dem Rad unterwegs.
Als er das Zimmer betrat, stellte er augenblicklich menschliche Abdrücke auf seinem Bett fest! Dies vergewaltigte sein Gehirn und entwickelte Romane. Hoffentlich ist die Verzweiflung so groß, daß sie Kunst zuläßt.
Schlaf ist Kunst
Meine Damen und Herren!
Sie können jetzt miterleben, wie Kunst durch Schlafen entsteht. Ich lege meinen Kopf auf dieses Kopfkissen und beginne zu schlafen. Während ich schlafe, habe ich Schweißausbrüche und kann Träume erleben. Sollte ich wieder erwachen, haben Sie die Möglichkeit, mein Kopfkissen in die Hand zu nehmen und Sie können betrachten, was ich im Schlaf erlebte. Ich erkläre: Es ist sicher klar, daß das Geschehen im Schlaf im Schweiß sichtbar wird und auf dem Kopfkissen sich abdrückt. Diese Abdrücke als künstlerischen Wert zu erkennen, bedarf noch einiger Zeit der ...
Morden ist Kunst
Nachdem er sich zwei weitere Schritte nach vorne gewagt hatte, erkannte er, daß es steil nach unten ging. Blieb nur eins: der Sprung in die nicht erkennbare Tiefe — oder zwei Schritte zurück. In der Folge wiederholte er dies beständig.
Mythos ist Kunst
Sooft ich dieses Bild betrachte, will es mir nicht einleuchten, warum die Haare der drei Grazien die Brüste überdecken und sich allzusehr verlocken. Wo ist da der Mythos?
Als der Maler hinging, die Haare fortmalte, sodaß ihre Glatzen sichtbar wurden, konnten sich die Liebhaber nicht mehr an die Nächte mit ihnen erinnern ...
Ende der Kunst ...
Jetzt beende ich mich, denn wie oft soll ich mich noch fortsetzen. Wie oft soll ich mich überlegen? Ich überlebe mich doch, trotzdem ich Fortsetzungen nicht anbiete.

Was heißt das schon: Geschäft mit der Kunst?! Ist es schlecht, mit Kunst Geschäfte zu machen? Ist Kunst nicht auch eine Ware, die man erwerben kann wie jedes andere Ding? Warum wird über diese Ware ein Schleier von Anständigkeit gelegt und verboten, spekulativ mit ihr zu verfahren? Es soll doch kein Nachteil sein, daß ein Produkt zum Sehen, Greifen, Fühlen, Riechen auch jenen Freund finden muß, der auch gerne dafür bezahlt. Warum soll Kunst kein Geschäft sein für den Künstler, den Händler und den Käufer, so dieser richtig gekauft hat?

Der Kunstidealismus als Vorwand wird gerne strapaziert. Eine Gesellschaft kann sich ändern wie sie will, immer wird das Geschäft, der Profit als Vorteil eine treibende Kraft bleiben. Es soll nicht meine Aufgabe sein zu richten und zu zweifeln an der Anständigkeit der Menschen.

Der Künstlerberuf ist ein Beruf wie jeder andere. Der Produzent will nicht nur produzieren, sondern auch davon leben. Ich kann natürlich zweifeln an der Art, wie ein Produkt vermarktet wird und kann daran Anstoß nehmen, um so ein neues Verkaufsmodell zu erstellen. Ich kann selber an den Tisch treten und verkaufen, um größeres Unrecht auszuschließen. Wo bleibt aber der Vorteil, denn in derselben Zeit könnte ich das viel wertvollere Kunstprodukt gerade entwerfen. Wie man es dreht und wendet, der übermittelnde Zwischenhändler ist in jedem Fall der angenehmere Nachteil.

Der Künstler vergißt immer gerne, so er im Geschäft steht, wie schwierig es war, ihn in den Handel zu bringen, die Nachfrage nach seiner Arbeit zu steigern. Der Vermittler muß zuerst alle Vorurteile am neuen Produkt ausschließen und als erster sehen und sich überzeugen lassen. Hier sind die Probleme weitaus größer, denn es geht darum, bekanntes Sehen zu vergessen. Man kann sich nun fragen, wie groß ist die geistige Qualität des Händlers, extreme Erscheinungen zu erkennen. Bekanntlich sind neue Werte in der Kunst erst aus einem Zeitabstand zur Sache erfaßbar, denn Werte pendeln sich erst ein und sind abhängig von vielen Faktoren äußerer und innerer Vorgänge. Erst diese machen Werte erkennbar.

Nur die Konfrontation und Auseinandersetzung mit extremen Erscheinungen, die nicht unbedingt wertbeständig sein müssen, sind interessant und von Bedeutung. Kann nun der Händler von seiner Funktion her der Typ sein, diese extremen Erscheinungen überhaupt zu wollen, sie zu verstehen? Sind seine vom Absatz diktierten Überlegungen dazu da, Ideen zu erahnen, die neu, aber als Ware schwer absetzbar sind? Damit kommen wir auf einen entscheidenden Bereich innerhalb des Themas zu sprechen, nämlich auf den Händler. Dieser kann, von seiner inneren Struktur her, nur Waren absetzen, die bereits einen anerkannten Marktwert haben, also Kunst anbieten, die zur anerkannten Notwendigkeit wurde wie ein Hemd. Dann gibt es daneben einen anderen Typus, der sich als Person kaum definieren läßt, ist er doch eine Erscheinung zwischen Künstler, Sammler, Manager und Philosoph, der das Extrem sucht und dieses zur Wirkung bringen will. So geht der eigentliche Kunstvermittler nicht nur vom Geschäft aus und sucht dieses auch, sondern handelt in fast ähnlicher Weise wie der Künstler eben, schafft Erkenntnisse, verändert und vermittelt. Dieses geistige Spiel ist kaum honorierbar. Denn die Kunst hat in einem beträchtlichen Maß auch privaten, mit der Person eng verflochtenen Charakter, dessen Aufschlüsselung nicht jedermanns Sache ist und darum nicht unbedingt verlangt wird.

Trotz dieser privaten Momente der Kunst frage ich mich, warum die extremen Kunsterfinder, die von der Gesellschaft gebraucht werden, nicht in einer anderen Form von dieser getragen werden könnten — warum nicht in Form eines angemessenen Lebensunterhaltes für den Produzenten, sodaß jede Spekulation über dessen »Ware«, jede Erniedrigung von seiten der Gesellschaft sich ausschließen läßt? Denn wie lebt der Künstler? Ich will nicht unterscheiden zwischen guten und schlechten, sondern in diesem Fall vom Durchschnitt sprechen: Sobald er die Kunst-Schule verläßt, ist er verlassen und faktisch ohne jede Möglichkeit, aus seinem Beruf heraus zu existieren. Durch Gelegenheitsarbeit und Nebenbeschäftigung kann er sich den Luxus, Kunst zu betreiben, leisten. Viel Kraft und Überzeugung sind dazu notwendig. Vielleicht sind diese Zeiten eine Art Prüfung, in der sich die Qualität durchsetzt. Aber ich will es den Behörden und Hochschulen nicht so leicht machen, denn dort sehe ich einen Teil der Verantwortungslosigkeit und Schuld liegen, vor allem im Mangel an Information über die materielle Lage nach Verlassen der Schule. Ich könnte mir zum Beispiel vorstellen, daß sich der Staat Spekulationssteuern auferlegt, um die Lage der Künstler finanziell zu verbessern, indem er bei einem Kunstwerk, das in öffentlichem Besitz ist und an Wert nachweisbar zunimmt, diesen Betrag vom Grundwert abzweigt und dem noch lebenden Künstler zuführt. Somit hätte der Künstler die Möglichkeit, aus seinen im Wert gestiegenen Produkten zu leben.

Kunst ist in jedem Fall Tat für die Gemeinschaft und man unterschätzt gerne ihre Bedeutung. Prinzipiell meine ich, sollte sie nichts kosten und frei sein von Wertspekulationen. Aber dazu wäre primär notwendig, daß jeder Zugang findet zum Vorgang Kunst.

Wäre nun Kunst selbstverständlich für alle geworden, so könnte man die Frage nach dem Wert ausschließen, denn diesen gäbe es im bekannten Sinne nicht mehr. Vielleicht sind wir dem schon sehr nahegerückt, stehen wir doch heute in einer Situation, in der sich die Werte relativieren und nicht mehr erkennbar zeigen. Im Realen, Praktischen ist das sicher noch Utopie, denn wer will denn schon Verluste erleiden?

Am Schluß möchte ich Anstoß zu folgender Überlegung geben: Unsere Vermittlung und Interpretation von Kunst entspricht noch immer einer Zeit, die nicht allgemein den Anspruch erhebt, in Sachen Kunst mitsprechen und entscheiden zu können. Wie sehen nun die Institutionen aus, die vermittelnd weitergeben? Haben diese noch jene Kraft und unmittelbare Ausstrahlung wie am Tag ihrer Gründung? Sind Museen, Galerien, Kunsthallen, Akademien, Theater, Konzertsäle noch fähig, vermittelnd einzugreifen? Oder muß hier endlich ein neues Modell gefunden werden, das unserer Zeit entspricht? Ich stehe mit diesen Feststellungen sicher nicht allein, aber werden diese wichtigen Fragen je durchdacht, Fragen, die das relativ eng umgrenzte Thema vom »Geschäft mit der Kunst« längst überschritten haben? Ebensowenig sind die grundlegenden Fragen mit einer Umstrukturierung bzw. Verjüngung des Publikums gelöst, wie das gewisse Kreise annehmen.

Wäre es nicht Aufgabe der Massenmedien, hier verstärkt mit entsprechenden Ideen einzuspringen? Wo sonst können Massen erreicht werden? Denn was sind schon die kleinen Institutionen, die ich vorhin aufzählte? Hier liegen zum Großteil Möglichkeiten brach, auch zum Einsatz der schöpferischen Kräfte. Dem weicht man aber gerne aus, denn Mittelmaß wird immer noch bevorzugt.

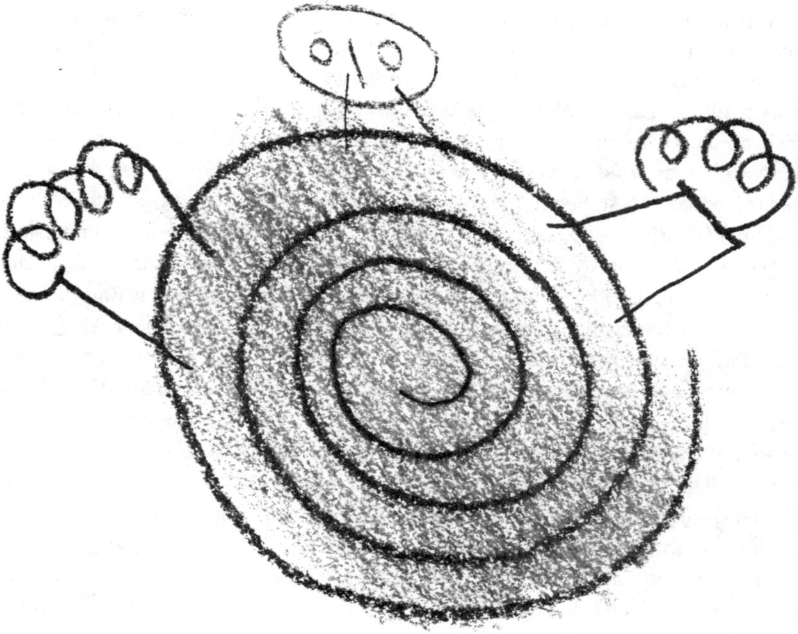

PRAXIS UND THEORIE IN DER KUNST? 1973

Mit einem Satz könnte ich dieses Referat in Hochmut beenden und sagen: Theorie für die Kunst ist keine Notwendigkeit, denn die Kunst interpretiert sich auch ohne Theorie. Somit müßte ich schweigen und mich in die Praxis stürzen. Der Vorgang Kunst ist sicher zweigleisig, eben Praxis und Theorie — oder umgekehrt: Theorie als Basis zum Vorgang Kunst. Ich meine nicht die Theorie des Theoretikers, der meistens Kunst nachvollzieht und in Ordnungen stellt, sondern Theorie als Annahme, als möglichen Vorausgriff.

Die Kunst als Fiktion, als Gehirnutopie. Das sagt alles nicht viel und trotzdem bin ich Festlegungen ausgesetzt und muß mich an diese halten. Denn ich habe keinen anderen Halt, um Positionen zu erreichen. Ich muß also Theorien aufgreifen, die sich gerade überleben, damit ich für mich Möglichkeiten daraus erarbeiten kann. Das ist die Situation, in die jeder gerät, so er bewußt mit Kunst operieren muß. Somit ergibt sich ein Wechselspiel zwischen Theorie und Praxis.

Es wird wert sein zu untersuchen, wie weit Theorie sich verselbständigt und von der Kunst absetzt. Der Künstler kann nur nach einer bestimmten Zeit der Reife zur theoretischen Voraussicht kommen. Damit beginnt für ihn ein Prozeß, in dem die Durchführung eines Werkes nicht notwendig ist. Er kann das Problem Kunst als Denkprodukt belassen, ohne das Ziel des absetzbaren Produktes zu erstreben. Beispiele dieser Richtung sind in den letzten Jahren immer wieder zu finden; Concept-art, Minimal-art sind Beweise dafür. Ich möchte im Zusammenhang mit meinen nun folgenden Vorstellungen jedoch Kunstrichtungen als solche ausschließen.

Meine Theorie könnte sein: Vorgabekunst, Abschlußkunst, Mittel zur Vermittlungskunst, Wertkunst, Zeitkunst, Produkte des Sagens. Ich bin mir dabei selber noch nicht ganz im klaren und stelle diese Begriffe trotzdem in den Raum, um sie einzeln zu untersuchen. Ich gebe vor, Kunst zu machen, dabei schließe ich mich ein und behaupte, innerhalb dieser verschlossenen Räume Kunst zu erzeugen. Ich gebe etwas vor, was nicht vorgeht. Aber diese Art von Vorgeben ist keine Vorgabe, sicher jedoch Kunst. Denn was innerhalb dieser Verschlossenheit geschieht, ist der Versuch oder die Ausführung einer Verschleierung, einer Vertuschung, die sich in jedem Fall auf das äußere Bild des Raumes niederschlägt. Also behaupte ich, einem inneren Zwang folgen zu müssen, indem das innerhalb meiner Isolation entstandene Produkt gleichzeitig Notwendigkeit und Ergebnis ist. Wenn ich beispielsweise einen Raum bewußt in seiner Gänze durchlebe, so entsteht automatisch ein Produkt meines Hierseins, sodaß sich dieser Raum dadurch verändert und belebt und damit ein Reifeprozeß stattgefunden hat. Eine Person, die in diesem Raum existiert, wird ebenfalls durch dieses Einschließen ihrer Existenz bewußt. Durch diese Bewußtwerdung ist sie erst fähig, diesen Raum zu beleben, sodaß er ihrer Person schließlich entspricht. Vorgabekunst ist also jene Stufe, in der sich die Theorie nicht formulieren kann, aber in der sie sich durch praktisches Einwirken im Lebensprozeß und diesen durch Ausscheiden von Produkten sichtbar macht. Hier verbinden sich Theorie und Praxis, um einen natürlichen Vorgang zu erstellen und diesen zur Bewußtwerdung zu führen.

Weiter zur Abschlußkunst: Kann ich etwas interpretieren, was nicht mehr vorhanden ist? Hat die Leere eine Aussage und steckt darin mehr als nur das Vorüberhuschen von Annahmen? Die Annahme, daß hier etwas sei, ist doch nur theoretisch, in Wirklichkeit ist die Sichtbarkeit verschlossen durch Überinterpretation. Ich kann es auch beim Namen nennen: Je länger im gleichen, schon erreichten Ziel herumgestochert wird, desto geringer wird die Substanz der Theorie, die sich in der Folge aufheben muß. Hier wird auf zwei Möglichkeiten hingewiesen: 1. Abschluß durch Verzicht; 2. Abschluß durch ausschließliches Verharren auf erreichten Ergebnissen, was mit dem schönen Wort »Konsequenz« umschrieben wird. Das Streben nach einem bestimmten Merkmal, das sich folgerichtig aus der Wiederholung entwirft, ist zum Teil nur Bildtheorie, zum größeren Teil aber Sehnsucht nach einem verlorenen Stilbegriff, den es meiner Meinung nach nie gegeben hat. Es ist interessant festzustellen, daß aus diesen Werken die Persönlichkeit des Künstlers — allerdings nur scheinbar — ausscheidet, verschwindet und er gerade deshalb mit größerer Publizität zu rechnen hat. Im Gegensatz zu jenem anderen, der die Wiederholung meidet und sich viel stärker entpersönlicht durch nicht nur ausschließliches Verharren. Hier hat sich die Theorie festgefahren und sich Erleichterung erdacht durch bequemes Nichtdenken. Verharren und Sich-Deponieren hat nichts mit der ruhigen Klassizität alter Meister zu tun, deren Verharren im Rhythmus für jene Zeit richtig bemessen war. Unsere Kunst kann sich nicht entwickeln, ihre Entwicklung ist eine andauernde Verwandlung und darum auch nicht stilbildend und festgelegt. Sodaß Abschlußkunst, außerhalb der Zeit gestellt, nur jene Sehnsucht wiedergibt, die heute nicht mehr erreichbar ist. Was nützt die Theorie, die Behauptungen aufstellt? Immerhin — vielleicht resultiert daraus eine spannende Geschichte. Ich habe schon Gehör, aber nicht die notwendige Eingebung zur Notwendigkeit, daß diese Geschichte geschrieben wird.

Ich bemerke gerade, daß ich immer annehme, »es sei so«, aber wo habe ich recht? Ich erliege einer Annahme, die ich mir anmaße. Habe ich Mittel zur Vermittlung oder sind diese gar nicht notwendig? Ich spreche, ich schreibe, ich verändere mein Gesicht, also habe ich Mittel zur Vermittlung. Und in der Kunst bin ich mir überlassen mit meiner Kunst, und der andere kann sie nicht angreifen, berühren, die Schönheit — wo bleibt die Theorie, der Griff für die Hand?

Ich habe mir dazu etwas ausgedacht, etwas für alle. Wir nehmen an, ein jeder notiert seine Sorgen so nebenbei beim Telefonieren. Es entstehen Sorgen auf dem Papier, hemmungslos, ohne Scham, nichts wird verschwiegen, ganz zufällig. Dann erst setzt beim nachträglichen Betrachten der Kritzeleien das Bewußtsein ein und versucht zu verstehen, was sich hier notiert hat. Dieser automatistische Vorgang ist an sich nichts Neues, trotzdem wird er kaum beachtet und zur Kenntnis genommen. Bitte, wo bleibt die Theorie! In diesem Vorgang scheint mir der Schlüssel zu liegen für ein Umdenken im Fall Kunst. Immer noch sind festgefahrene Formvorstellungen die eigentlichen Hemmungsträger der Vermittlung zur Ermittlung der Kunst. Ich wiederhole, was ich immer wieder behaupte: Form ist nur ein theoretischer Begriff und in die Kunst praktisch nicht einbaubar. Ich weiß gar nicht, was dieser Begriff ist, was er will, außer daß er eine begrenzte Begrenzung darstellt und eine Einschränkung fordert, die Hemmungen erzeugt. Man könnte die Walze auch umkehren und schreien »Hemmungen sind gut« und in dieser Richtung fortfahren. Der Zwiespalt ist gewaltig. Wenn es keine formalen Werte mehr gibt, existieren keine Formvorstellungen.

Aber was sind denn eigentlich Formen, wie soll ich sie beschreiben? Männlich, weiblich? Wie soll ich etwas erklären, was es nicht gibt? Damit ich es trotzdem kann, stelle ich Regeln auf: zwei mal zwei ist — warum vier? So geht es wahrscheinlich auch nicht, aber eventuell besser. Ich kann wenigstens behaupten, daß mir die Regeln Rechte verschaffen, an welchen ich mich festhalten kann. Vielleicht ist Form die Regel der Kunst, in jedem Fall ein nicht erklärbares Wort, von Änderung zu Änderung, von Künstler zu Künstler verschieden. Wenn der Begriff Form sich nicht klar definieren läßt, so existiert dieses Wort nur als Hilfe zur Umschreibung eines Vorgangs. Also unterliegt niemand der Bestimmung, die die Regel »Form« durch ihre Theoretiker diktiert. Somit gibt es auch keine Formulierungen der Kunst. Denn alles, was nicht zu begrenzen ist, hat keinen Formulierungswert und steht außerhalb der Formulierung. Hier sehe ich das Mittel zur Vermittlung der Kunst, und ziehe ich nun wieder jenen Fetzen Papier hervor, der als Notizhilfe beim Telefonieren gedient hat, und schließe beim Betrachten jener Notiz jedes Vorurteil einer Wertung aus, so muß ich erkennen, daß der Vorgang, der dieses Blatt veränderte, durchaus ein künstlerischer ist.

Wenn nun ein jeder seine zufälligen Notierungen aufbewahren würde, könnten diese dadurch zu Bedeutung kommen. Damit wäre eine einhellige Kunstsprache gefunden, die eine Bewußtwerdung unserer Kunst erst ermöglichte. Das konformistische Verhalten unserer Zeit versteht nur der, der sich darin geübt hat — und wer tut dies nicht täglich? Eigentlich wäre alles sehr einfach, wenn die vorgefaßten Meinungen nicht alles verschütteten. Kunst hat nur dann etwas an sich, wenn es nach etwas aussieht, in der Meinung unserer Zeit, klassisch hat Kunst, der Hund am Papier hat Kunst, Kunst ist anerzogene Unwissenheit, Übererzogenheit der Genauigkeit.

Wichtig, was in der Zeit zur rechten Zeit geschieht: das Denken zur rechten Zeit, das richtige Handeln zur Zeit, mit Fragezeichen. Wer kann feststellen, daß jetzt mein Verhalten, mein Tun richtig ist? Niemand. Wer kann feststellen, wo der Wert eines Kunstwerkes sich befindet? Vielleicht hinter der Leinwand. Ich weiß es nicht, ich weiß nur, daß sich die Werte immer mehr und mehr relativieren, sodaß nicht mehr feststellbare Ereignisse, die vielleicht Kunst sind, sich polarisieren. Es verschwimmen die sogenannten Spannungen oder andere Erkennungsmerkmale, die Kunst sein könnten.

Hier hat die Theorie ein wichtiges Arbeitsfeld zum Auf- und Umdenken, und dieses Feld ragt hinein bis zum direkten Weiterreichen des Kunstproduktes. Und es häufen sich Fragen über Fragen. Zum Beispiel: Wie fraglich ist die Übermittlung von Kunst heute mit Mitteln aus dem 19. Jahrhundert, mit Galerien, Kunstvereinen, Museen, Ausstellungen, Messen? Sind das noch wirklich Mittel zur Übermittlung? Müde Zufriedenheit breitet sich aus. Noch immer und noch mehr Wertkunst an den Wänden. Verzeihen Sie mein nicht ganz sachliches Zerreden einer nicht mehr ganz sachlichen Vermittlung, ich werde jetzt konkret.

Ein neues Modell zu erdenken, kann nur zum Teil ohne Mithilfe von außen sich ereignen. Obschon allein der Vorfall, daß ein Prozeß sich einleitet, Situationen zu liquidieren, den Beginn einer Veränderung dieser herrschenden Situation darstellt. Es genügt der Wille zur Veränderung und das Erkennen eines Unbehagens. Haben wir genug Überlegungskraft, festgelegte Institutionen aus dem Bewußtsein zu verbannen? Vergessen wir nicht, daß emotionelle Überlegungen nur dann zu überwinden sind, wenn diese einer direkten, durchdachten Konfrontation nicht ausweichen. Museen sind ein Hort der Wertvorstellungen, es klingelt doch nach Münzen an jeder Bilderecke. Sind Gegenstände, die sich einer Berührung nicht aussetzen dürfen, noch Gegenstände, die bis in die innersten Lebensbereiche des Menschen vordringen können? Oder haben diese nur mehr einen in sich ruhenden Sachwert, einen bis zum Verfall vegetierenden Bestand? Jeder Wert ist verurteilt zum langsamen Absterben. Kein Material kann seine Gestalt gleichbleibend erhalten, der Rückstand aus Jahrhunderten ist zusammengeflickt mit den Gedanken der nachfolgenden Jahrhunderte. Wo ist da Mitteilung, wenn die Botschaften in Restbeständen auftreten, sprunghaft und nur Andeutungen wiedergebend? Natürlich sind meine offenen Fragen Zeichen einer Überlegung und Anlaß zu Vermutungen. Kann die Vergangenheit Hoffnung zur Klärung unbekannter Bereiche sein? Oder erträumt man sich bei der Ansicht der Vergangenheit eine Überwindung der schwierigen Gegenwart? — Alles Anlässe zu theoretischen Überlegungen, um restaurative Aktionen mit Zweifel zu belegen. Nur der Genuß mag vielleicht noch in der Vergangenheit zu finden sein.

Immer noch erwarte ich von mir die Vorgabe neuer Zielbereiche. Inzwischen bin ich bescheidener geworden und überlege, wie ich diesen ausweichen kann. Nur die Erfahrung in der Realität läßt neue Zielbereiche erahnen.Ich verlege mich unterdessen auf andere Ebenen, bis die Realität alles, was Ahnung ist, ausschließt.

Ich habe noch immer nicht die Worte »Theorie und Praxis« gemäß ihrer Bedeutung untersucht und nur zum Teil angedeutet, daß jedes Wort für sich auch des anderen Wortes Inhalt mit einschließt. Das heißt, ich komme mit der Theorie nicht aus der Praxis heraus und umgekehrt. Ich bin außerdem gebunden an ihre Bedeutungen, die allgemein bekannt sind. Ich kann aus den Fixierungen der Sprache nicht ausbrechen und durch Sprache das schon bestimmte Wort zu erneuern suchen. Ich kann durch zusätzliche Worte das bestimmte Wort in immer neue Bedeutungen drängen, Theorie der Kunst, Theorie und Kunst, Theorie neuer Kunst usw. Das Wort nimmt also modulierbaren Charakter an. Aus meinen Darstellungen läßt sich also ablesen, daß eine Deutung der Worte nie möglich ist, daß sie vorbestimmt sind durch eine fixierte Vorstellung die ich bzw. der Mensch damit verbindet.

Die Praxis — gleich denke ich Arzt und erschrecke vor dem weißen Kittel. Wie weit kann ich vergessen, was dieses Wort alles bedeutet und deutet? Irgendwie hat es Laboratoriumsgeschmack, Untersuchungswert.

Mit den folgenden Beispielen versuche ich darzustellen, wie Theorie und Praxis in Gemeinschaft ineinanderfließen.

Beispiel 1: Sie können jetzt miterleben, wie Kunst durch Schlafen entsteht. Ich lege meinen Kopf auf ein Kopfkissen und beginne zu schlafen. Während ich schlafe, habe ich Schweißausbrüche und kann Träume erleben. Sollte ich wieder erwachen, haben Sie die Möglichkeit, mein Kopfkissen in die Hand zu nehmen, und Sie können betrachten, was ich im Schlaf ausschied. Ich erkläre: Es ist sicher klar, daß das Geschehen im Schlaf durch Schweiß sichtbar wird und auf dem Kopfkissen sich abdrückt. Diese Abdrücke als künstlerischen Wert zu erkennen, bedarf noch einiger Zeit der Reife.

Beispiel 2: Nachdem er sich zwei weitere Schritte nach vorne gewagt hatte, erkannte er, daß es steil nach unten ging. Blieb nur eins: der Sprung in die nicht erkennbare Tiefe — oder zwei Schritte zurück. In der Folge wiederholte sich dies beständig. — Dieser Kunstvorgang ist ein wenig schwierig und bedarf noch der Interpretation. Was ich nicht beabsichtigt habe, tritt jetzt ein: Diesen Vorgang kann ich nicht so erklären, wie er wirklich stattgefunden hat, weil er sich einem anderen Medium unterworfen hat. Das ist eine Behauptung, die ich anzweifle, denn jeder Vorgang ist in ein anderes Medium übertragbar, wie jedes Material, mag es noch so verschieden sein, sich mit einem anderen verbinden kann. Ein Versuch also, Vorgänge als Projektion für die Interpretation zu benützen. Diese soeben formulierten Notizen sind Formulierungen, die noch einer präziseren Klärung bedürfen.

Ich habe zu keiner Entscheidung gefunden und wollte mich auch nicht festlegen.

Ich möchte nun kurz am Schluß auf jenen Bereich, der am meisten von den Begriffen Theorie und Praxis abhängig ist, zu sprechen kommen: auf die Schule. Ich erschrecke zwar bei diesem Vorhaben. In meinem Kopf habe ich ein Modell, das gewisse Eigenschaften aufweist, die nur vielleicht zielführend sind. Der Stoff, der ermittelt und mitgeteilt werden soll, hat zwar noch wenig Gestalt und Sichtbarkeit. Ich stelle fest, daß die Aufnehmenden abhängig von den Eigenschaften des Übermittlers sind, der seine Gestaltung überträgt und seine Mitteilungen in Worte zu kleiden versucht. Das sind äußere Verlangen, die eine Voraussetzung wären. Aber geht es hier eigentlich um Gestaltung? Können Vorgänge, die scheinbar unerklärlich sind, gelehrt werden, auch wenn der Anspruch Kunst ein allgemeiner ist? Ich beginne zu stammeln: die Vermittlung ist noch immer eine Vermittlung — soll etwas übertragbar sein — was ist denn zu beweisen — bin ich noch in der Lage für eine Forderung?

Ich könnte mir vorstellen, daß viele Untersuchungen in Sachen Kunst, die nebeneinander kreuz und quer vorgenommen werden, eine Speicherung von Ideenquellen erzeugen und zu kreativen Auslösungen führen könnten. Denn irgendwo muß doch ein untersuchter Vorgang seinen Meister finden, so er begrenzte Vorhaben anstrebt. Das Prinzip der lehrenden Kontinuität, die zum gehobenen Abschluß führt, muß verstoßen werden. Ein Abschluß in der Kunst ist nie erreichbar.

Ich komme zum Schluß: Meine Aufgabe habe ich nicht so verstanden, zwei Begriffe zu erklären, denn das würde meine vorangegangenen Überlegungen widerlegen. Für viel wichtiger halte ich eine Diskussion, die permanent geworden ist und nicht nur begrenzte Bereiche der Kunst einschließt. Denn Kunst kann sicher viel mehr als nur ein Unterhaltungs- und Wertfaktor sein — zumindest eine künstliche Hülle, mit der wir uns umschließen.

DIE DEMOKRATISIERUNG DER KUNST 1973

Je mehr ich mich in dieses Thema hineindenke, desto mehr erkenne ich die Wichtigkeit und Zentralstellung, die die Demokratisierung der Kunst auf das Verhalten der Künstler, der Betrachter auslöst. Es geht hier nicht um den billigen Effekt einer Tagespolitik, die dem Künstler Selbstverwaltung verspricht oder größere Subventionen, sondern um die Existenz der Kunst an sich.

Wenn nun jeder Anspruch auf Kunst erhebt, was ihm sicher zusteht, tritt damit auch gleichzeitig eine Polarisierung der Werte ein. Somit kann niemand mehr genau feststellen, wo Kunst ist und was Kunst sei! Der Künstler ist auf seine Behauptung angewiesen, daß er in jedem Fall Kunst erstellt, und wird abhängig von Glauben, Mitdenken oder Einsehen seiner Umgebung, die ihn zum Künstler stempelt oder ihn als solchen ablehnt. Er kann natürlich auch auf Mitbeteiligung verzichten und, mit sich selbst einig, sich als »großen Künstler« postulieren. Die größere Anzahl der Künstler lebt in diesem Zustand; dieser Zustand ist kein Zustand, sondern nur Selbsttäuschung. Unwillkürlich fragt man sich, was soll dieser Künstler, der in Selbstzufriedenheit, sich beobachtend, Kunstutopien betreibt, wofür, warum? Wäre denn nicht auch jeder verrückt genug, kreativ zu denken und zu handeln, jeder könnte sein eigener Künstler sein und sich jene Utopien erarbeiten, die er neben der alltäglichen Realität braucht?!

Dies würde natürlich voraussetzen, daß neue Wertmaßstäbe erstellt würden. Das heißt, die Kunst ist nicht mehr Ware, nicht mehr Wertgegenstand, nicht mehr ausgezeichnet mit der Einmaligkeit des auserwählten Produzenten, sondern Zufallsprodukt eines jeden.

Dieser Vorgang ist an sich nicht neu, wird er doch jeden Tag sichtbar beim Kind oder bei psychisch Kranken. Nun werden Sie mit Recht einwenden, der will uns zum Kind oder Kranken stempeln, trotzdem es keine Schande sein soll, wie ein Kind zu sein. Es geht mir an und für sich nur um die Veränderungen Ihrer Denkungsweise, um den Verzicht Ihrer Vorstellung »Kunst« und um die Neuformulierung des Begriffs »Kunst«. Denn diese Neuformulierung findet ununterbrochen statt, wie ununterbrochen neue Kunst stattfindet.

Das heißt, der Begriff Kunst ist nicht statisch, er kann sich nicht behaupten, er läßt sich nicht festsetzen, er ist in Bewegung. So kann ich über Kunst auch alles oder nichts sagen.

Kunst ist also kein Begriff, sondern der Zustand des einzelnen oder einer Gruppe. Dieser Zustand ist wichtig, hängt doch davon das Leben ab. Wir müssen davon sprechen, denn wir vergessen immer, daß alles, was wir um uns errichten, künstliche Hüllen und Bewegungsbereiche sind, die in jedem Fall als Kunst zu denken wären. Wir haben dies vergessen, weil wir die Verantwortung für unsere künstlichen Bereiche von uns geschoben haben. Das geht soweit, daß heute Kunst nur mehr in Spezialbereiche, in Bilder, Bücher usw., abgedrängt wird, und unter Kunst nur diese verstanden werden. Die Kirche hat immer um die Wichtigkeit der Kunst gewußt und sie war immer dann schwach, wenn sie dies vergessen hat. Wenn ich dem Kind seine Bewegungsfreiheit nicht einschränke und es seiner Spielwüste überlasse, Spielbereichen, in denen Spielen nicht vorbestimmt wird, sondern aus den primitiven Möglichkeiten entsteht, so machen sich Schöpfungsakte bemerkbar, die sich nicht darauf beschränken, ein Detail zu sehen. Es wird immer eine Welt sichtbar, die aus der Erfahrung, Zuneigung und aus den Besonderheiten seiner Umwelt erwachsen. Diese Welt zeigt die reale Anwesenheit und beherrscht die begrenzten Mittel, die durch übersteigerte Vorstellungsgaben überwunden werden. Nun könnte man einwenden, Kinder erzeugen ihre Produkte nur für kurze Zeitspannen, sie sind dem Einfluß der Erwachsenen ausgesetzt, und außerdem ist keine praktische Anwendung gegeben. Dieses Beispiel Kind soll stellvertretend hinweisen auf Anlagen, die in jedem vorhanden sind.

Ihre Köpfe wackeln »Nein«! Jeder sein eigener Kunstproduzent — das kann nicht möglich sein!!

Nun gibt es aber Bestrebungen in den neueren Kunstrichtungen, die Kunst auf den Nullpunkt zu setzen. Das bedeutet, die Kunst auf eine Ausgangsposition zu stellen. Der Vorgang ist sehr einfach; Kunst nur mehr für die Kunst, heißt das Schlagwort — damit verbunden Verzicht auf Kommunikation, Ausdruckswerte. Die Kunst hat nur Meditationswert. Zum Beispiel: Ich betrete einen Raum und sehe nur zwei Linien. Diese Linien haben nur Bestand und Bezug zueinander, wenn der Betrachter diese Linien in eine Verbindung setzen kann. Dieses Zusammensehen zwei voneinander getrennter Linien bekommt architektonischen Wert. Dieser Wert ist nicht faßbar, ist nicht interpretierbar. Denn dieser Vorgang ist bei jedem Beschauer anders. Er kann sehen, wenn er sehen kann, so er die Erfahrung zum Sehen hat. Oder er sieht nichts, weil er nichts sehen will oder nicht sieht. So hat ein relativer Wert oder Nullwert in dieser Kunst Vorrang. Der Beschauer muß mit meditativen Kräften zu denken verstehen.

Warum bringe ich dieses Beispiel? Weil der Glaube vorherrscht, daß Kunst etwas sei, was dem Beschauer zufliegt, ohne daß er denken muß. Der Zwang, denken zu müssen, damit das Sehen nicht gestrichen wird, ist der Beginn eigenschöpferischer Vorgänge. Nun noch ein Wort in dieser Kunstrichtung, die schon historisch ist und von Malevitch 1920 gegründet wurde. Diese will die Theorie Kunst mit der Theorie Leben und was damit in Zusammenhang steht, verbinden. Ein politischer Vorgang, mit dem Hackenschlag, Politik zu übergehen. Ob dies möglich ist? Wie weit hat Kunst noch Antriebe, nachdem sie sich in die Isolation begab? Ich meine die Isolation der Selbstzufriedenheit.

Ich hole Atem und denke nach und sehe all die Übertreibungen, an die wir glaubten. An den Einsatz, der sich kaum lohnt, und an die Utopie, die ich jetzt vertrete. Das ist die Resignation der Österreicher, die nicht Ohrfeigen verteilen, sondern die Hand in der Luft abbremsen, bevor sie die Backe erreicht. Diese Zwischenbemerkungen seien uns gewidmet, die wir keine extremen Meinungen uns erlauben wollen und von Stein zu Stein springen, ohne das Wasser zu berühren, welches uns davontreiben könnte.

Warum sage ich dies alles? Damit ich wieder Mut habe, mich aushauche und es wage, Kritik zu üben. Wie sollen Änderungen entstehen, wenn keine Kritik aufkommt?!

Vielleicht sollte ich jetzt doch zur Politik überlaufen und fragen, welche politische Form die beste ist, und jeder wird sofort jene Form verteidigen, in der er lebt. Denn niemand ist frei vom Einfluß der Gewohnheiten, in denen er sich bewegt. Wir wissen immer noch nicht um das beste politische System, wir nehmen an, es sei die parlamentarische Demokratie. Allerdings ohne zu ahnen, was noch kommen kann. Natürlich gibt uns die Demokratie das höchste Maß an Freiheit in der Kunst und in anderen Bereichen. Aber sie weiß auch wieder nicht, was sie mit Kunst anfangen soll. Dieses System kennt keine Wertmaßstäbe, das Unqualifizierte hat denselben Platz wie das Hochwertige, es gibt keine Unterschiede, keine Unterscheidungen. Das andere System, die Diktatur mit ihren verschiedenen Auswüchsen, maßt sich an, Kunst zu diktieren. Dort erstellt man Werte, die dem System einen Glorienschein aufsetzen sollen, und unterdrückt alles, was außerhalb seiner Wertvorstellungen liegt. Zwar ist es so, daß es schon seit dem Beginn der Menschheitsgeschichte das Kunstdiktat als hervorstechendes Merkmal gibt. Frühe Kulturen sind in einer

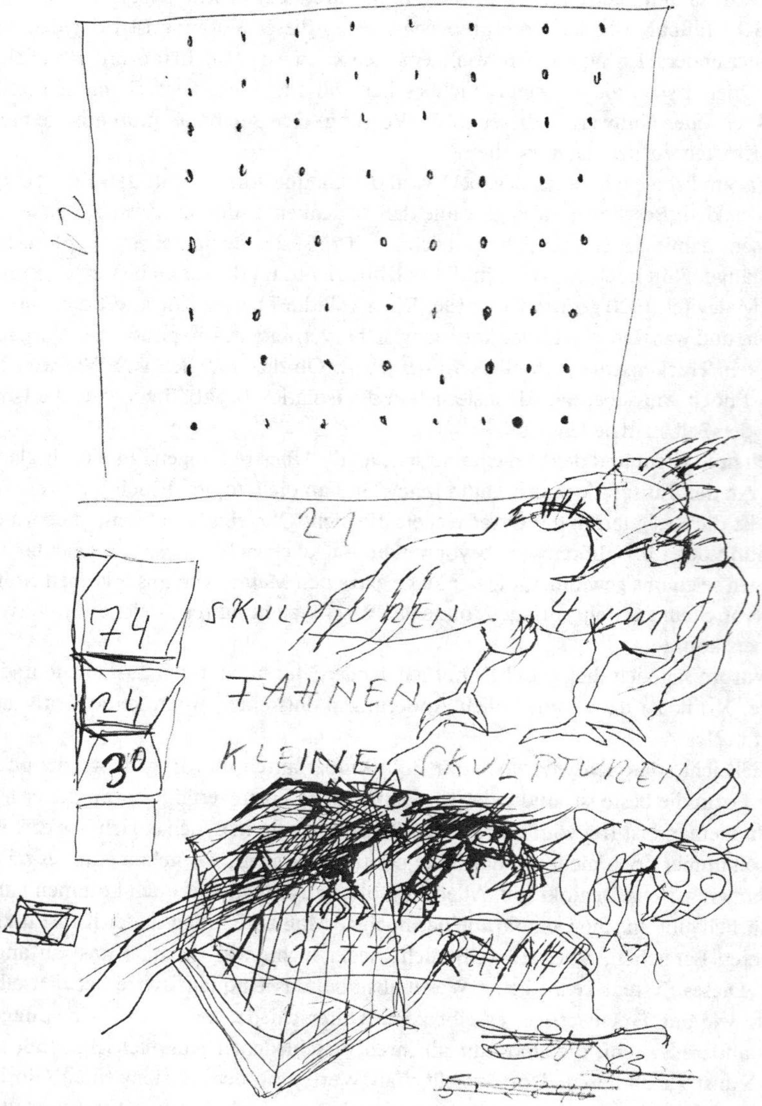
12
21
74
24
30
SKULPTUREN
FAHNEN
KLEINE SKULPTUREN
RAINER

langsam wachsenden Kontinuität entstanden, in denen das Kollektiv Werte allgemeiner Art schuf, die alle Lebensbereiche erfaßt haben: Essen, Wohnen, Religion, Spiel, Arbeit usw. So war die Kunst nicht ein Spezialbereich, den man sich leisten konnte oder nicht. Der Vorgang Kunst war ohne Wissen des einzelnen eingeschlossen in seine Tätigkeiten, und der Begriff Kunst erweiterte sich langsam aus der Kontinuität der Tradition. Somit war jahrhundertelang eine Gleichförmigkeit des Formenkanons gegeben. Diese gleichförmige Linie des »Kunstlebens« wird erst durchbrochen, als sich die Macht ausschließlich auf einen einzelnen zu konzentrieren beginnt. Da sich die Macht darstellen muß und will, um herrschen zu können, wird die Position dieser Macht durch die künstliche Untermauerung »Kunst« erst ermöglicht. Jetzt läßt sich die Kunst vom Leben trennen und verselbständigt sich: Die Kunst für alle und aller Kunst stirbt ab.

Dieser sich nun herausbildende Stand »Künstler« ist ein Stand ohne Stand; er hat keinen anderen Sinn als den, die Gedanken des anderen zu denken. Hier beginnt auch der Irrtum um die Kunst und die nicht endende Diskussion um sie. Der Griff nach Kunst hat die Kunst erst zur Kunst gemacht. Darum ist es falsch zu sagen, Kunst sei unabhängig, es scheint uns nur heute so, weil Kunst keiner mehr will. Solange die Mächtigen sich den Schein des Göttlichen anlegten, klappte die Kunst und sie hatte ein Gesicht, wenn auch nur das Gesicht der Mächtigen, deren Dienerin sie war. Die Grundmerkmale sind sofort erfaßbar: Symmetrie, Wiederholung der Formen, Ordnung. Vielleicht ist es gleichgültig, wie diese Künste entstanden, sie zeugen nicht von der Person des Künstlers, aber immer von der Person Macht. Sie werden immer noch als Zeugnisse großer Kulturen und nicht als Zeugnisse des Blutes gesehen. Nicht umsonst war Hitlers Lieblingsthema die Architektur, mit der er der Kraft seines Germanenreiches zum inneren Ausdruck verhelfen wollte. Gleichzeitig sollte mit dieser Kunst das große Denkmal Hitler gesetzt werden. Sein Pech war, daß Zwang zwar sofort auszuüben ist, aber Zwangsdenken erst durch einen langen Prozeß zu erreichen ist. Der moderne Diktator lebt von der historischen Vorstellung der Macht ohne geistigen Hintergrund — ein Rückgriff auf den unaufgeklärten Absolutismus. Sicher könnte dieser gut sein, wenn das Absolute aufgeklärt wäre.

Daß Geist mit der Zeit doch stärker als Macht ist, können viele Beispiele aus der Kunst belegen, denn immer wieder hat sich der Künstler schrittweise über die Macht gestellt. Er tritt heraus aus der Anonymität und bezeichnet sein Werk mit seinem Namen. Dieses Bewußtsein und das Sich-zur-Schau-Stellen durch die Unterschrift läßt ahnen, daß sich der Zugriff der Macht abschwächte. Der einzelne tritt aus der Masse und wird neben dem Herrscher sichtbar.

Vielleicht unterliege ich einem Irrtum und sage Falsches, darum fasse ich zusammen: Kunst war zuerst das unbewußte Handeln des Kollektivs, das seine Lebensbereiche durch künstliche Hüllen umschloß, ein naturhaftes Tun, das das ganze Leben miteinbezog. Die Kunst wird künstlich, sie wird aus dem kollektiven Verband gerissen und zu einem Eigenwert erhoben. Der anonyme Schöpfer ist weiterhin die Gemeinschaft, nur ist diese ausgeschlossen vom Genuß Kunst. Kunst dient nur mehr zur inneren und äußeren Darstellung von Macht. Trotz Widerstand sage ich »Stil«. Das universelle Handeln des einzelnen zerbricht, der einzelne erledigt nur noch Spezialaufgaben. Der Künstler macht sich sichtbar; er nennt sich beim Namen und wird unverschämt. Er muß und soll es sein. Die Eigenverantwortung zwingt ihn dazu.

Unter Stil verstehe ich Epochen des Zwanges oder die Gleichschaltung des Denkens. Der einzelne, sich selbst überlassen, unterliegt keiner Auswahl; Kritik kann er nur an sich selber messen. Der Sinn des Dienens, das Sinn enthält, weicht dem Unsinn. Der Künstler tritt vor sein Werk. Dieser Weg zur Eigenverantwortung ist ein langer Weg von Widerständen und läuft parallel zu den politischen Vorgängen. Auf dem Boden der Kirche hielt sich noch die fortzeugende Kraft des alten Griechenland. Der Künstler und Mönch verzichtete zugunsten der überirdischen Kräfte, er sah sich als Diener zur Herbeirufung und Glorifikation der Macht Gottes. Dieser Zustand änderte sich mit der Zeit; so, wie der Künstler verweltlichte, verweltlichte auch die religiöse Kunst, das Kultbild sank zur Illusion einer Realität ab, der die Weltlichkeit aus allen Poren sah (z. B. im Barock).

Der Kunsthistoriker Ludwig Just schildert die Vorgänge von der Renaissance bis zum 19. Jahrhundert folgendermaßen: »Dieser Bau der alten europäischen Gesellschaft (bis zur Französischen Revolution) bestimmt auch die Kunst, die ihn schmückt. Wenige Menschen sind die Auftraggeber der wenigen Künstler; beide, Empfangende wie Gebende, sind von der gleichen Geistigkeit durchdrungen. Der Bestellende weiß, was er will, und der Ausführende weiß, was er soll. Die wunderbare Sicherheit der alten Kunstwerke ruht auf der festen Sicherheit zwischen Geben und Empfangen und auf der ruhigen, stetigen Entwicklung dieser Einheit.«

Nun erst vollzieht sich der entscheidende Schritt, ausgelöst durch die Französische Revolution. Um die Mitte des 19. Jahrhunderts kommt es zum Bruch zwischen den Ideen des Künstlers und den Wünschen des Bürgertums. Die Form verselbständigt sich, das Motiv als vorbestimmter Wunsch verschwindet. Die Franzosen prägen das Wort »l'art pour l'art«. Die Kunst soll nur um der Kunst willen da sein und keinem Zweck mehr dienen. Nur die Form als Begriff im Kunstwerk soll der ausschlaggebende Faktor sein. Der Nehmende ist nur dann zum Empfangen fähig, wenn er zur Erfahrung des Gebenden gelangt. Er muß die Formensprache der einzelnen Künstler beherrschen lernen, dann ist ein mögliches Empfangen erreicht. Der äußere Zweck des Schaffens wird durch inneren Zwang ersetzt, was ganz logisch zum ungegenständlichen Kunstwerk führen mußte.

Parallel mit der Loslösung des Künstlers aus dem Verband der Gemeinschaft entstehen Schutzbereiche für die Kunst, die der ausklingende Absolutismus als Ersatz für seine von der Kunst ausgesperrten Bürger erstellt. Museumssammlungen werden aufgebaut, Theater und Konzertsäle errichtet. Darunter leiden wir noch immer. Denn Kunst als Wert in heilige Bezirke gestopft, schafft nur noch mehr Distanz zur Kunst und zu den Künstlern. Der Herrscher, ohne Verhältnis zur Macht, hat damit auch sein natürliches Verhältnis zur Kunst verloren, das Volk soll und kann es genießen, er schläft dafür im eisernen Bett. Der Künstler wird so zum Ersatzherrscher, zum unnahbaren Gott des Geistes. Eine Zeit der inkonsequentesten Widersprüche bricht an. Auf der einen Seite der Künstler, dessen künstlerische Moral es nicht zuläßt, daß seine Werke verkauft werden, sind sie doch ganz auf seine Person bezogen und als persönliches Dokument nicht übertragbar. Auf der anderen Seite das Publikum, welches nun plötzlich mit Autobiografischem konfrontiert ist, sein Sehvermögen noch nicht darauf eingestellt hat und auch nicht fähig ist, formale Werte zu durchschauen. Der Realitätsbezug, durch äußere Vorgänge erzwungen, wird auch in der Kunst als einzig möglicher Vorgang akzeptiert. Künstler vergangener Epochen werden aus ihrer Versenkung gerissen und im Übermaß verehrt, als Genies und Schöpfer gepriesen.

Die Botschaft, die in der Eigenverantwortung des Künstlers und seiner Kunst liegt, verpflichtet ihn, seinen größeren Freiheitsraum auch dazu zu benützen, mit mehr Überlegung die Gefühle und Empfindungen, die er quasi stellvertretend für die Menschen darstellt, zu gewährleisten, sodaß der Begriff des L'art pour l'art nicht nur als unangenehme Verselbständigung zu gelten hat.

Kunst für Kunst, jetzt muß ich überlegen?! Wieviel Selbstkritik ist im Nebeneinander vorhanden? Kunst für Kunst scheint nur begrenzt logisch und trotzdem stimmt diese Formulierung. Wenn wir Kunst sehen, sehen wir nur Kunst. Nicht das Dargestellte bleibt in der Erinnerung, sondern Kunst, und diese Kunst kann ich nur als Kunst aussprechen. Aber das, was als Kunst sichtbar wird, kann ich nicht formulieren. L'art pour l'art bedeutet nur, was Kunst immer war: die Beschreibung eines Vorgangs oder Zustands, der verkleidet wird durch den Eingriff Kunst. Als Betrachter sehe ich zwar nun die äußere Form, den Eingriff aber kann ich kaum begreifen.

Die Kunst und Künstlersituation in der Vergangenheit, die ich kurz zu skizzieren versuchte, liegt als schwere Belastung auf unseren Pinseln und jetzt — was ist mit uns?

Wir haben den Formglauben, der uns als sicherer Ort aus den zwanziger Jahren vererbt wurde, mit Zweifel belastet. Das große Abstrakte, was will es noch? Bescheidenheit steht vor ungenauem Glauben und Hoffen, die vielleicht die innere Stimmung andeuten. Die Fragen nach den Aufgaben, nach dem Sinn wurden größer.

Was brachte die Demokratisierung für den Künstler? Erstens: Loslösung aus der Gesellschaft — sein Einfluß wirkt nur mehr indirekt durch das Aufspalten und Aufgehen des Mediums Kunst in Spezialbereichen, wie Mode, Film, Gebrauchsgrafik, Design usw., obwohl hier ein wesentlicher Teil des Einflusses von Kunst zurückgewonnen werden kann. Aber Geschmacksträger und Geschmacksveredler war die Kunst immer schon. Zweitens: Erweiterung der Kunstbegriffe, etwa Malerei und Bildhauerei, die nicht mehr ausreichen, die Vielfalt von Äußerungen zu registrieren. Die Universalität der Kunst macht sich wieder bemerkbar. Drittens, und das scheint mir das Wichtigste: der Versuch, Kreativität nicht nur den Spezialisten zu überlassen. Hier greife ich wieder zurück auf den Beginn meiner Ausführungen, als ich vom Kind sprach. Kunst unterliegt nicht mehr der engen Formulierung, daß Sprache nur Sprache sei, wenn ich sie verstehe, wenn das Gesagte offen vor uns steht. Die Durchführung ist seit Cézanne der Skizze gewichen. Was man nicht weiß oder kann, wird nicht gezeigt. Diese »offenen Bilder«, wie ich sie bezeichnen möchte, weisen auf ein neues Denken und Handeln. Die Wahrheit ist, daß Formulierungen nur soweit möglich sind, soweit das Wissen um die Formulierung reicht. Wenn ich nichts weiß, formuliere ich nur das »Nicht-Wissen«. Kunst ist immer Einstieg in das Nichtwissen. Die Probleme der Betrachter bestehen darin, daß sie im Gesehenen verharren. Diese Hemmung unterbindet das Sehen. Der Baum wird als Tatsache aus der Bezeichnung registriert. Aber jeder Baum ist anders, also weiß ich auch nicht, wie der Baum aussieht, ich nehme ein Schema vorweg, das ich mit Baum bezeichne. Die Wirklichkeit ist die Wirklichkeit des einzelnen. Somit müßte jeder diese seine Wirklichkeit ausdrücken und aufzeigen können.

»Offene Bilder« sind Bilder, die aus Unvermögen und außerhalb der bekannten Kunstvorgänge der Spezialisten entstehen. Ich meine damit nicht nur die Naiven, Kinder und Narren, die uns zeigen, daß die Formulierung keinem begrenzten, bestimmbaren Können unterliegt, sondern ich meine damit jeden, der jede Gelegenheit wahrnimmt, seine Wirklichkeit wie auch immer zu notieren.

Kunst unterliegt keiner Einschränkung, Kunst hat kein bestimmbares Gesicht. Kunst sollte nur das wieder werden, was sie war: ein gemeinsamer Vorgang, der sich in jedem Handeln unbewußt ausdrückt und zur Darstellung kommt.

DEMOKRATISIERUNG DER KUNST: MYTHOS UND ILLUSION 1976

Demokratisierung der Kunst: Mythos und Illusion — diesen Titel möchte ich noch unterstreichen mit dem Hinweis, daß meine Ausführungen nur sprunghafte Notierungen sein wollen über die Kunst dieser Zeit, die vielleicht noch nicht existiert, aber sicher kommt, wenn alle Spuren von noch lebenden Kulturen verschwunden sind.

Die Enttäuschung und der Zusammenbruch aller Hoffnungen wird immer größer. Das Versprechen, eine Vermittlung zum Volk zu erarbeiten, das so mancher Künstler angeboten hat und anzustreben versuchte, ist wohl gescheitert. Bewußt wähle ich die Worte »Kunst ins Volk«, haben doch diese Worte von der Bedeutung her einen braunen Anstrich und bereiten so manche unangenehme Erinnerung. Ich spreche hier nicht von einer geschichtlichen Wiederholung, denn Geschichte läßt sich nicht in gleicher Weise in Ablauf bringen, fehlen doch allein schon die längst verstorbenen Akteure und äußeren Bedingungen, die notwendig wären, daß ein Geschehen sich noch einmal wiederholt. Nur gewisse Ansprüche, die man vielleicht schon vergessen hat, können wieder zum Tragen kommen.

Da ich zuerst doch mehr von Kunst als von Politik sprechen will, falls nicht jedes menschliche Handeln von der Politik bestimmt wird, möchte ich im Moment ganz auf das Totale der Kunst überlaufen und halte dabei am Einmaligen, Elitären des Vorganges Kunst fest. Das haben wir schon vergessen, denn wir waren zu laut im Verzicht und haben alle geglaubt, das Rezept gefunden zu haben, näher zum Volk zu kommen, und jetzt stehe ich im Widerspruch zu mir und meinen Gefühlen und Hoffnungen.

Nehmen wir an, daß die Kunst grundsätzlich einen experimentellen Charakter hat. Das heißt, der Kunstproduzent kann das Experiment zu seinem Kunstprodukt erheben und als eine Kunstäußerung auslegen. Somit ist das Experiment kein Experiment mehr, sondern ein bewußter Vorgang, eine Sprache.

Es ist falsch zu behaupten, der Künstler stehe heute in einem permanenten experimentellen Zustand. Denn seine Behauptungen sind nicht spekulative Annahmen, sondern fixe Behauptungen, die sich laufend verändern müssen, wenn sie immer wieder Kunst bleiben wollen. Kunst hat nichts mit vorgegebenen Vorstellungen zu tun, sondern muß als fließender Vorgang angesehen werden.

Im Moment ist die Situation so, daß viele verschiedene Möglichkeiten des künstlerischen Ausdrucks gleichzeitig zum Tragen kommen. Es gibt den Realismus in seinen vielseitigen Auslegungen, von der politischen Reportage bis zur direkten, fast genauen Wiedergabe fotografischer Tatsachen. Oder alle konzeptionellen und multimedialen Bereiche künstlerischer Findungen, von denen manche erst am Beginn ihrer Entwicklung stehen. Seit der Forderung nach einer Demokratisierung wird der Realismus immer wieder als Beispiel für eine direkte Verständlichkeit genannt. Wie weit kann der Realismus beispielsweise Funktionen erfüllen, die über seinen illustrativen Charakter hinausgehen? Hat das Abbilden Sinn genug, in einer Zeit, in der es durch vielfältige technische Möglichkeiten jedes äußere Bild mechanisch festzuhalten gelingt? Das Erscheinungsbild in seiner Reproduktion strahlt in jedem Fall jenes oberflächliche Bedürfnis aus, vor dem das mittlere Publikum seinen Anspruch auf Kunst glaubt befriedigen zu können. Die Wiederholung eines äußeren Bildes durch den Künstler auf der Leinwand ist die Flucht vor der Wirklichkeit, die in ihrem äußerlichen Abbild viel erträglicher erscheint.

Der Weg ins reine Abbild hat mehrere Gründe, glaube ich, und ist vor allem politisch zu sehen. Die Konzentration auf das äußere Erscheinungsbild verschüttet die geistige Wachsamkeit. Diese Behauptung ist belegbar, indem der Realismus zu jeder Zeit Wegbereiter ideologischer Machtansprüche war. Nicht nur die Verharmlosung oder der Verzicht auf den revolutionären Vorgang Kunst zugunsten äußerer Erscheinungsbilder kann der Kunst und dem Künstler die Kraft, sich weiter zu emanzipieren, nehmen, sondern auch eine nur scheinbare und äußerliche Emanzipation in Form einer Anbiederung an allgemeine Verständlichkeit und Volkszugehörigkeit.

Ich erkläre hier nicht Kunst, denn diese ist kaum zu erklären, ich spreche vielleicht von ihrer Anwendbarkeit, ihrer Ausnutzung, ihrer Dienstbarkeit, ihrer Ausschmutzung, ihrer gelegentlichen Verwendung für betont politische Vorstöße. Der Umgang mit Kunst adelt und macht den Führertyp erst möglich und sichtbar. Nicht daß die Kunst für den Politiker persönlich von Wichtigkeit ist, aber der Umgang mit ihr kann nicht schaden. Sie bringt in manchen Fällen auch eine gewisse Popularität. Wenn die Kunst, mit der man sich schmückt, so weit vom Volk abgewandt und nicht ohne weiteres erklärbar ist, bleibt der Gewinn nach außen ein begrenzter. Darum bevorzugt die öffentliche Hand die Förderung theatralischer, interpretativer Darstellungen. Dem Politiker liegt das Allgemeine, Unreflektierbare, Mittelmäßige. Hier soll nicht der Wunsch aufkommen, daß durch größeres Interesse der politischen Parteien die Kunst ins Diktat politischer Benützbarkeit kommt, denn das Diktat der Benützbarkeit ist durch die Subventionen zum Teil schon gegeben. Wer zahlt, bestimmt. Dieses Diktat der Bestimmung ist keine offene, sichtbare Machenschaft, sondern geschieht aus der Möglichkeit, die Verteilung der Gelder zu bestimmen. Denn ohne öffentliches Mäzenatentum, das aber seinen Tribut verlangt, geht vieles nicht. Hier stoßen wir zum Kern des politischen Druckes vor. Der Private kann nach seinem geschmacklichen Belieben entscheiden, die sogenannte öffentliche Hand begrenzt oder erhöht den Fluß des Geldes, wenn genügend repräsentativer Charakter gegeben ist, oder die zu fördernden Künstler die richtige politische Gesinnung haben.

Daraus ergeben sich schwere und ungerechte Eingriffe, die vor allem neue Intentionen verhindern können. Demokratisch zu sein und Demokratie zu erfahren, ist erst zu erlernen. Wie sollen wir es auch können, haben wir doch kaum Erfahrung, denn fünfzig Jahre Demokratie genügen nicht, diese auch zu verstehen.

Warum soll nun gerade die Kunst demokratisiert werden? Außer ich fasse den Begriff Kunst viel weitherziger und verstehe darunter alles — auch die Heurigenmusik, Schuhplatteln, bis zum Volkslied; aber dieses hat es schon immer gegeben, es hat sicher nichts mit Kunst zu tun und kann vielleicht Kultur sein. Nun haben gerade die bildenden Künstler jahrelang eine Öffnung des Kunstbegriffs verlangt. Sie haben dafür Beispiele geliefert und unter anderem auch die Kunst verleugnet. »Alles ist Kunst«, ist ein hoher Anspruch, aber gleichzeitig ein totaler Verzicht auf sich selbst. Was nützen Aufrufe, wenn sie nicht gehört werden, was nützt die Neigung zum Kollektiv, wenn dieses nur weiter schlafen will. Dieser Naturalismus der Neigungen, diese Volkszuwendung und sentimentale Verleugnung jeder elitären Position war nur eine leere Geste nach außen, eine Hoffnung, der Isolation zu entrinnen. Nun, da wir ehrlich sein dürfen und unsere Produkte überschauen, wie sehen wir aus?

Die Kunst ist noch unverständlicher geworden, je elementarer sich die Produkte zur Darstellung brachten, und je stofflicher die Ereignisse des Künstlichen im Künstlerischen sich manifestierten. Die totale Reduzierung, der leere Raum, die Galerie in Ruhe, die Kunst ohne Künstler, die Kunsterfindungen, das sind Anforderungen, denen der durchschnittliche Betrachter nicht gewachsen ist. Es fehlt ihm das Mitwachsen, die Position in der Geschichte, das Mitwirken, das zum Teil verlangt wurde. Was bedeutet das schon? Eine Freizeitstunde, in der ich sonst ein Flugzeug bastle, oder auch eine Möglichkeit für Politiker, Scheindemokratie zu verströmen. Alle dürfen alles machen, auch Kunst. Jeder ist sein eigener Narr.

Hier wird auf die Dauer kein Ansatz sein und ich frage zurück: Was ist nun Demokratisierung der Kunst? Ich frage das vor allem die Politiker, denn ich höre diese Forderung meistens doch von ihnen. Vielleicht ist es ein alter Wunsch, der noch auf die Realisierung warten läßt. Zum Schlagwort wurde er seit dem Prager Frühling und wie ein Echo hallt es im sogenannten Westen zurück. Sind wir noch Demokraten, ist der einzelne noch mündig? Wir haben die verschiedenen Systeme, in denen wir leben, gar nicht mehr überprüft, sondern gleich angenommen, daß wir alle bestimmt werden, was sicher der Wahrheit entspricht.

Ich möchte anhand von Beispielen beweisen, wieso und weshalb der Demokratisierungsgedanke der Kunst nicht eindringt in die Öffentlichkeit. Nach meiner Auffassung geht es nicht um die Verharmlosung und Verallgemeinerung der Kunst durch den äußeren Zwang des Kunstmachens, das jeder betreiben kann, sondern um die direkte und bessere Mitteilung und Information der öffentlichen Institutionen der Museen, Kirchen, Massenmedien usw.

Erstes Beispiel: das Museum

Der Direktor der Hamburger Kunsthalle, Werner Hofmann, schreibt: »Lassen Sie mich offen sagen, daß das Generalthema Politiker — Öffentlichkeit — Kunst für mich Erinnerungen an Polemiken weckt, die nun schon bald zehn Jahre zurückliegen. Beim ersten Nachdenken stelle ich fest, daß mir dazu wohl nichts mehr Neues einfällt. Das Thema aus einem resignierenden Gesichtswinkel zu betrachten, dürfte für alle Beteiligten nicht sehr reizvoll sein. Ich halte die politische Landschaft für ebenso trostlos wie die Öffentlichkeit, die auf ihr herumspaziert.«

Nun müßte ich mich auf Grund dieser Überlegungen abkehren von diesem Kunstgespräch und erklären, die Österreicher sind wieder einmal um zehn Jahre zu spät mit ihrem Thema oder wärmen ein altes Gericht wieder auf. Da ich aber optimistische Hoffnungen pflege und immer daran bin, meine Ideologie der »permanenten Veränderung« anzubringen, erkenne ich nur die tiefe Resignation, die ein Museumsdirektor unter alten Bildern erleben muß. Es überkommt mich ein lautes Lachen, wenn ich bedenke, daß sein Kampf mit Politikern und mit der Öffentlichkeit nur ein klassisches Programm der Moderne von Klee bis Léger hervorgebracht hat. Die Kunst der sechziger Jahre war reich an Impulsen und Aufbruchsstimmung und vor allem von Entdeckungen getragen. Hier liegt die Aufgabe einer Demokratisierung. Der Auftrag an die Theoretiker und Praktiker im Umraum der Kunstinstitutionen ist: zu entdecken, zu handeln, etwas zu wagen und nicht nur sich gegenseitig zu imitieren. Bei einer Wanderung durch Deutschlands moderne Museen dieselben trostlosen Angebote, eine Anhäufung derselben Namen und Werte. Sind diese Institutionen noch fähig, vermittelnd weiterzugeben, was sie in sich verbergen seit dem Tage ihrer Gründung?

Müßte hier nicht endlich ein neues Modell gefunden werden, das unserer Zeit entspricht? Ich stehe mit dieser Feststellung nicht allein, denn es gibt ja längst Publikationen darüber. Aber werden diese Probleme überhaupt von den Verantwortlichen durchdacht? Ich glaube nicht. Wie meine Erfahrungen beweisen, ist seit Alexander Dorners einmaliger Leistung in Hannover und Amerika nichts Neues im Museumsbereich geschehen.

Nächstes Beispiel: die Kirche

Trotz aller Individualität ist die geistige Freiheit des einzelnen begrenzt und abhängig von allen auf ihn einströmenden Einflüssen. Er kann sich davon nicht befreien.

Die kirchliche Kunst unterliegt dem Diktat der Thematik und Zuordnung zu einer Gemeinschaft, die geprägt ist von jahrtausendealten Gedanken und Kunstvorstellungen. So ist auch der Gottesdienst von seiner Durchführung her ein künstlerischer Vorgang, aus dem heraus die Kunst auch wieder ihr Gesicht bekam. Daraus sieht man, wie eng die Kunst mit der Kirche und ihrem Sichtbarwerden in formalen Äußerungen verbunden ist. Diese sind in jedem Fall auch Kunst. Ich möchte mich sogar zu der Annahme versteigen, daß sowohl der Protestantismus als auch alle Änderungen der Liturgie auf äußeren, formalen Gegebenheiten basieren, die sich den Zeitbedürfnissen anschließen. Es fragt sich, ob in unserer Zeit formale Probleme noch beachtenswert sind, weichen wir doch jeder wie immer gearteten Fixierung aus. Den geistigen Hintergrund als Basis für eine Stilbildung gibt es nicht mehr; wir haben uns herausbegeben aus jedem kulturellen Zusammenhang.

Die Welt bildet sich hin zu einer Einheit, in der kaum mehr regionale Veränderungen stattfinden. Der soziale Aspekt, die Verbesserung des Lebens für den einzelnen, wird zumindest propagiert und angestrebt. Dabei sind die ökonomischen Strukturänderungen das Hauptziel jeder wie auch immer sich gebenden Macht.

Hat der Glaube an eine »höhere Ordnung« noch jene Kraft, die er braucht, um — über die ökonomische Gerechtigkeit hinaus — in den Menschen hineinzuwirken? Fragen, die schwer zu beantworten sind, und da bin ich wieder bei der Kunst und der Thematik christlicher Gedanken. Schließe ich alle Probleme, die die künstlerische Tätigkeit heute mit sich bringt, aus, so nehme ich zum Beispiel beim Studium des Alten und Neuen Testamentes realistisch-menschliche Vorgänge wahr, die durch ihren elementaren Gehalt so zwingend wirken, daß sie nach Darstellung drängen. Betrachtet man die Kunst in den sakralen Räumen der Vergangenheit, so wird man immer wieder vom Realismus gepackt, den die meisten Darstellungen beinhalten. Je bedeutender der Künstler ist, umso stärker erscheint sein Realismus.

Was geschieht nun heute? Man spricht immer noch von christlicher Kunst und christlichen Künstlern. Man trennt dabei alles vom allgemeinen Kunstgeschehen und von der Kunst. Gerade diese Einschränkung ist falsch. Wenn man Darstellungen vom heutigen Künstler erwarten will, darf man ihn nicht in die Enge christlicher Kunst drängen. Das Geistige ist ein Willensakt, der sich in jedem Fall äußert.

Die katholische Kirche hat heute hervorragende Theologen, ebenso hat sie die liturgische Bewegung hineingeführt in die Gemeinschaft, aber die vermittelnde Funktion der Kunst hat man gegenwärtig vergessen. Die Kirchen, die neu erstellt werden, sind nur noch zweckgebunden, in ihnen läßt sich sicher Zweck erfüllen, aber Erfüllung braucht auch äußere Konzentration. In die allgemeine Ernüchterung hinein eine Forderung zu stellen, die sagt: »Weg vom Rationellen unserer Tage, wieder hin zu Gotteshäusern, in denen die Bedürfnisse, Hoffnungen und Nöte unserer Zeit sichtbar werden!«, ist zum Wagnis geworden. Ohne auf diese Ansprüche einzugehen, läßt sich das Ereignis des Glaubens aber nicht darstellen. Wie verhalten sich nun die Verantwortlichen in den kirchlichen Behörden? Ihnen fehlt die Erfahrung mit den aktuellen Gegebenheiten der Kunst und so beziehen sie sich auf verbrauchte Vorstellungen aus dem Barock, der Renaissance und der Romantik. Sie geben den Künstlern keine Chancen mehr wie einst und ihre Vorstellungen werden nur noch in mittelmäßigen Vorhaben ausgedrückt. Vom einst größten Auftraggeber der Künste ist kaum mehr etwas zu bemerken.

Hat diese Gesellschaft noch ein Anrecht auf Kunst und will diese grenzenlose Gesellschaft noch etwas, was ihr die Möglichkeit gibt, über die täglichen Bedürfnisse hinaus zu leben? Was sich immer mehr entwickelt, ist die Entstehung einer Weltgemeinschaft, die ohne Kultur zu existieren versucht. Die Eigenheit, das Besondere einzelner Völker löst sich völlig auf. Die Industrie deckt jedes Bedürfnis relativ billig ab, und die Bedürfnisse sind nur mehr zum Allgemeinen hin gerichtet. Individualität ist nicht mehr nötig, höchstens Luxus. Die Individualität kann sich dort noch erhalten, wo der Überschuß an Produktion schon wieder die Vielzahl einzelner Persönlichkeiten ermöglicht. Das Kollektiv entsteht nicht durch politische Macht und Ideologie, sondern durch die Macht einer verallgemeinerten, zugänglichen Information über Produktion und Produktionsstätten, die z. B. in Afrika nie entstanden wären. Die schnelle Information und das Diktat rein wirtschaftlicher Überlegungen schließen den Prozeß langwieriger Entwicklungen und Erarbeitungen einer örtlichen Verhältnissen entsprechenden Produktionsweise aus. Ein Netz von Industrien breitet sich heute in gigantischem und nicht mehr kontrollierbarem Ausmaß aus, was die Lebensbedingungen auf der ganzen Welt schlagartig verändert. Diese Vorgänge stürzen selbstverständlich jede kulturelle Bewegung. Es ist ja auch keine Zeit dafür vorhanden. Der Begriff Kultur wird durch die allgemeine Europäisierung verdrängt. Was bleibt, sind museale Werte, die sich in einer immer größer werdenden Menge anhäufen und sich fortsetzen in einem ungeheuren Erhaltungstrieb des Menschen. Zerstörte Städte und Burgen werden ausgegraben und wie neu hergerichtet; alles, was auf ein gewisses Alter schließen läßt, wird gepflegt.

Manche Künstler weichen auch den zeitlichen Bedingungen aus und verkrampfen sich in alten Mythologien und überlieferten Religionsvorstellungen, die nur ver-

34
15

fremdete und falsche Hoffnungen widerspiegeln. Diesen Künstlern fehlt im Grund die Kraft, die totale Vereinsamung zu ertragen, die Zeit neuer Erkenntnisse abzuwarten. Die Demokratie als Angelpunkt humaner Restbestände soll nun alles auffangen, was verloren und nicht mehr einzubringen ist. Ich verstehe die Diskussion um Joseph Beuys' dilettierende Vorstellung direkter Demokratie nicht — man müßte doch auch endlich seine urdeutsche Verschwommenheit mythischer Blut- und Bodenverbundenheit vom Kunsthimmerl ein wenig wegschieben, denn es ist nur die Wiederholung einer Flucht vor der existentiellen Angst, der Glaube an den »Verlust der Mitte«, die wiedergefunden werden soll durch magische Beschwörungen. Der Volkskunst-Gedanke mit dem Schlagwort »Jeder ist sein eigener Maler« wird kaum als Ersatz gelten können. Politiker malen, die Vorbilder der Nation erfahren Kunst an sich selber und erkennen, wie einfach das ist, der Respektabstand zum Künstler wird kleiner und die Vorzimmer der Amtsstuben werden selbst geschmückt: Aktivitäten wie diese haben meines Erachtens mit der Kunst aus dem Volk oder zum Volk gar nichts zu tun. Es erinnert zwar von fern an die langen Wintertage jener armen Bauern, die ihre Gebrauchsgegenstände selbst anfertigten und schmückten. Aber damals war die Schaffung lebensnotwendiger Arbeitsgeräte ein Teil der Arbeit für die Produktion der Nahrungsmittel und bestimmt keine Freizeitbeschäftigung müder »Kulturfrischler«.

Die Kunst als offener Bereich der Begegnung und des Mithandelns ist ein leerer Wahn geworden. Noch vor zehn Jahren haben viele Künstler am Modell »offener Kulturhäuser« gearbeitet, in denen alles möglich geworden wäre: bildende Kunst, Theater, Kino, Video, Experimente vom Geschmacksprozeß bis zu Mode und Erotik. Und über all dem stand der Begriff der freien Kommunikation. Die Entwürfe dazu liegen in vielen Schubladen: Wann, frage ich mich, wird die Öffentlichkeit diese Anregungen aufgreifen? Dies war ein schöpferischer und wesentlich lebendigerer Ansatz zur Selbstfindung und Mitgestaltung als jener der verspäteten Initiative des Wiener Arena-Gedankens. Trotzdem haben wir Vierzigjährigen mit Spannung beobachtet, wie zum zweiten Mal ein wichtiger Ansatz von schöpferischen Freiräumen für die Jugend von Politikern brutal zerschlagen und abgewürgt worden ist, um ihre auf Zeit geliehene Macht maßlos zu mißbrauchen. Der Wunsch auf Machtanwendung ist in jedem Fall beliebter und leichter als jedes offene Gespräch, als jedes Experiment, dessen Ausgang nicht abzuschätzen ist, dessen Notwendigkeit aber anerkannt wird.

Aber hinter jedem derartigen Machtanspruch steht Angst, jenes Phänomen, mit dem unsere Gesellschaft am wenigsten fertig wird. Und diese Angst ist es, die zu dieser äußerst gefährlichen Lähmung geführt hat.

VORWORT

1973

Einige Worte vor all dem, was man sieht — was ist da — was sehe ich da — was möchte ich da — ich möchte immer das, was andere nicht möchten — ich sehe immer das, was andere nicht sehen — was ist das — vielleicht nur etwas, was man will — aber was will ich — ich bleibe an der Frage hängen — ich stehe an ihr — ich frage an — an ihr an — ich will — wie zweifelhaft — wie fraglich — wie soll ich antworten — wie fraglich — ich sehe keine — wie ich soll — wie ich es sage — ich sehe ein — das ist eine Möglichkeit — habe ich eine — höre auf mit dem Herumreden — ich gebe eine genaue Erklärung — auf was — es steht vor deinen Augen — Handtuch — Fell — Rahmen.

Jetzt erkläre ich: Nach drei Sätzen habe ich sicher die Zunge gebrochen — ohne Zunge muß ich schweigen — dann schreibe ich auf Papier — es tut mir leid, daß da eine Ausstellung ist — das und das zeigt sich — besondere Vorgänge möchte ich sagen — Vorgänge — wie Weinen — ich erkläre am Bild — aber dann ist das Bild weg — ich bin gebrochen — was soll ich ohne Bild — ich stelle mir vor — das Bild — ein Bild — sehr schön — sehr fad — ich erkläre noch einmal meine Unzuständigkeit — meinen Un-zu-stand — mein Stand ist ein Stand, der stand.

SCHIEFERTAFELN

1973

Liebe Mutter!

Warum bist Du immer so traurig, so weich —?! Manchmal möchte ich sagen, es drückt Dich — ich weiß schon, aber ich sage nicht —

Dein Ossi

Mein liebes Kind!

Nicht ganz klar im Kopf, suche in den Kopf unter dem Kopf. Komme wieder, mit der langen Zunge, ich schlecke Dich — Kopf unter den Füßen, zwischen den Backen hin und her!

Zwischendurch Bussi
Ossi

Meine liebe Gemeinde!

Das ist nicht zu glauben, wieso zu glauben den Glauben. Ich habe kein Wort dafür, trotzdem beuge ich mich, verbeuge ich mich. Amen! Noch einmal Amen! Der ist mit Euch! Amen, Amen, Amen.

Ossi

Lieber Freund!

Mit der Durchsicht meiner Bücher beschäftigt — muß ich — ich leider ersehen — daß immer noch ein Restbetrag von 222.- Schilling offen ist. Bitte gleich zahlen, sonst

Ossi

Lieber Doktor Frauendorfer!

Mein Zahnfleisch stinkt! Ich sehe, daß Sie nicht überraschen — danke. Mehr Hilfe hat Not!

Aufrichtig
Ihr Ossi

N. B.: Bitte nicht böse sein?

Mein lieber Freund!

Ich bin sehr traurig — und kann es nicht verstehen. Was weißt Du, das kannst Du nicht wissen, ich weiß es auch nicht, drum komme bald!? Dein Dein Bussi

Ossi

Lieber Herr Proßliner!

Ich laufe Ihnen schon lange mit dem Stoff nach — aber der Teufel will es, ich erreiche nicht Ihre Rockfalte. Darum wird nichts aus unserem Geschäft.

Hochachtungsvoll
Ihr Ossi

DIE ÖSTERREICHISCHEN
AUSLANDSVERTRETUNGEN

Wien, September 1978

Die Möglichkeiten von Auslandsvertretungen wie Kulturinstituten oder Botschaften, die bildende Kunst Österreichs im Ausland zu vertreten, scheinen mir gleich Null zu sein. Die Begründung ist sehr einfach: Alle Kunstmacher wie Galeristen, Museumsdirektoren etc. — so sie von Bedeutung sind — haben ihre Vorstellungen und Konzepte in Sachen Kunst schon von sich aus konzipiert und entwickelt, sodaß Einbrüche, die von außen kommen, nur dann angenommen werden, wenn das Angebot von aktuellem Interesse ist und mit hohem Sachwissen vorgetragen wird. Das setzt voraus, daß die Kulturvertreter dieses Landes dieses große Wissen auch in ihr Amt mitbringen müssen, was ich durch meine Erfahrungen eher bezweifeln möchte. Unter anderem ist nicht entscheidend, was das Mutterland an Aktivitäten anbietet, sondern es hängt vielmehr von der schöpferischen Kraft des Vertreters unseres Landes ab, welche kulturellen Bedürfnisse er transportieren müßte. Denn jeder Landstrich hat die verschiedensten kulturellen Erfahrungen und die daraus resultierenden Ansprüche.

In großer Bescheidenheit behaupte ich nun, nach österreichischer Kunst der Gegenwart ist keine große Nachfrage. Ich bin überzeugt, daß die Nachfrage konform geht mit der Größe und politischen Bedeutung eines Landes. Natürlich treffen Poli-

tiker gerne kulturelle Abkommen, denn diese kosten nicht viel und zeigen doch nach einigen Tagen Verhandlungen ein Ergebnis. Was zurückbleibt ist nun die Frage, wie Versprechen erfüllt werden können, und ob sie erfüllt werden müssen.

Da ich nicht nur Resignation streuen möchte, steige ich in den von mir verlangten Themenkreis ein. Künstler wollen vor allem Erfolg erzielen, und Erfolge sind nur durch etablierte oder anerkannte Museen und Galerien zu erreichen. Alle Ausstellungen in Kulturinstituten sind wertlos, da sie weder Publizität haben noch von Fachleuten sehr geschätzt werden. Man empfindet solche Ausstellungen als staatlich gelenkte Diktate, wie ja Kulturinstitute überhaupt fragwürdige Institutionen sind — sie verschlingen zwar sehr viel Geld, leisten dabei aber doch nur eine Art Alibifunktion, nach dem Motto: »Was sich zeigt, hat für sich schon Wert genug«. Mir erscheint wichtiger, in jedem fremden Staat eine Art Agentur für österreichische Künstler einzurichten, die vermittelt und direkter für Künstler etwas leistet. Es ist eben die Frage, ob staatliche Kulturvermittlung nur ideelle oder praktische Kulturvermittlung sein soll. Ideell ist einfach und kann getragen werden von der kulturellen Vergangenheit, die immer wirkungsvoll ist, sind doch innerhalb einer langjährigen Geschichte immer wieder Berührungspunkte zu anderen Ländern aufzufinden.

Wenn aber nach der lebenden Kunst gefragt wird, so scheinen mir die Möglichkeiten einer Weitervermittlung sehr begrenzt — erstens fehlt, wie ich schon angeführt habe, das Management; zweitens sind interdisziplinäre Vorgänge, mit denen sich die heutige Kunst besonders beschäftigt, nicht gerne gesehen. So bleiben als Vermittlungsträger wieder nur das klassische Tafelbild und die Plastik. Untersuche ich die Möglichkeiten einer Vermittlung der Kunst in dieser Zeit von ihrer stärkeren Ausdrucksbreite her, so ist die Weitergabe und die Verständnisbreite durch technische Apparaturen weitaus leichter möglich. Allerdings nur, wenn ich diese Sprache akzeptiere, denn diese Sprache ist eine kühle, intellektuelle. Somit bin ich nun bei dem Angebot, das von uns aus gegeben erscheint. Nicht nur Ausstellungen im herkömmlichen Sinn, das Bild von Nagel zu Nagel, sondern jene Breite der Darstellungsgabe, die von der Selbstäußerung bis zum Video reicht. Mir scheinen nur extreme Kunsterscheinungen auch von größerem Interesse, haben sie doch einen unmittelbaren Wirkungsgrad durch das Unbekannte, das in sich einen größeren Aufreiz besitzt.

Ich weiß, Sie erwarten nun eine genaue Aufreihung jener Aktivitäten, die mir möglich erscheinen. Aber ich kann diese nur an Hand einer Diskussion mit Ihnen entwickeln, sind mir doch die Begrenzungen zu wenig bekannt, die entweder durch die politische Situation, durch Geldmangel oder andere Vorgänge gegeben sind.

Auch will ich nicht durch Vorlesen von eventuellen Konzepten den Ideenreichtum der einzelnen bremsen, sodaß die Diskussion auf meine Vorschläge allein einschwenkt. Noch eins: Wir Künstler und Vermittler sehen die Kulturtätigkeiten in einem viel globaleren Zusammenhang — nicht die Enge von Grenzen, was auch in der gleichen Sprache der künstlerischen Emotion geschieht. Da ist nicht nur der Zusammenschluß von Kulturkreisen — die Verwandtschaft mag inniger und offener werden —, sondern auch all jene Bedürfnisse werden nun ausgesprochen und angesprochen, die uns unmittelbar bewegen und uns auch verwandt machen — soziale, wirtschaftliche und politische Vorgänge. Der künstlerische Prozeß ist ein emanzipatorischer geworden — dies gilt es zu zeigen. Wenn man von Demokratisierung der Kunst spricht, so hat dies nicht mit dem billigen Effekt von Kunst ins Volk zu tun, denn es geht ja nicht um die Ausschmückung von Wohnungen und um das Verständnis am Produkt, sondern um die Festhaltung schöpferischer Vorgänge, die das komplizierte Produkt Kunst mit der Zeit automatisch in eine verständliche Sprache treiben. Die Kunst muß aus jenem Standpunkt heraus, der nur formalästhetische Gesichtspunkte kennt, wie eben das Bild an der Wand.

DIE ANGEWANDTE KUNST ALS ALTERNATIVE

Inaugurationsrede, November 1979

»Die angewandte Kunst als Alternative«, dies klingt provokant und so, als ob der Künstler am Kunstwerk gescheitert wäre, was nicht von Schaden sein muß. Wenn die angewandte Kunst als Alternative vor die frei sich entfaltende Kunst gesetzt wird, wird deshalb nicht von einer Priorität gesprochen. Darum ist es untersuchenswert, warum das »Angewandte« in eine gewisse Abwertung gerät, sobald das »Angewandte« in Vergleich gestellt wird zur »Nur-Kunst«. Es ist ganz selbstverständlich, daß man in eine gewisse Sprachverwirrung gerät, wenn man die beiden Komponenten einander gegenüberstellt. Wie soll ich zu einer Definition von Begriffen kommen, wenn der Oberbegriff »Kunst« sich nicht erklären läßt? Wie soll ich dann das »Angewandte« als wesentlich Realeres interpretativ erfassen, wenn nicht einmal der Gegenstand, der sachlich gebraucht wird, weder von der Funktion noch zeitlich in jene Ordnung sich fügt, die diese Zeit gerade vorschreibt, sodaß das Angewandte meistens außerhalb jeder zeitlichen Vorschreibung geschaffen wird? Warum ist das so?

Meiner Erfahrung nach entwickelt sich der Gebrauchsgegenstand aus dem Erfassen, Erfahren eines Raumes und nicht aus dem Hineinpressen von vorhandenen Gegenständen oder im Übernehmen von vorgezeichneten Schemata eines äußerlichen Gegenstandsprogrammes. Der leere Raum hat visionäre Strahlkraft und schreibt vor, was in ihn hinein geschieht, oder was aus ihm heraus geschehen soll. Ich unterliege dem Druck, dem Zwang einer Vorschreibung. Hier ereignet sich für den Gegenstand etwas wesentlich Neues, denn er entsteht aus der Kunstsituation, das heißt, der Gegenstand muß nicht nur Gebrauchscharakter haben, sondern trägt in sich auch den Inhalt des Raumes, und daraus entsteht der eigentlich neue Gegenstand. Der leere Raum zwingt zum Überdenken von Gewohnheiten und Bewegungsritualen. Das Sitzen dient nicht nur der Bequemlichkeit, es dokumentiert auch eine Form von sozialem Verhalten, die sich der Position entsprechend grundlegend ändert. Wenn ich jegliche Tätigkeit auf dem Boden abspielen lasse, so wird sich mein Verhalten selbstverständlich in dieser niederen, elementaren Höhenlage wesentlich freier entfalten können. Das Kind hat z.B. den Boden erobert und beherrscht diesen ganz unorthodox. Es bespielt und erarbeitet im Chaos oder in bewußten Vorstellungen seine niedere Aktionsebene, die völlig unterworfen wird vom Diktat visueller Vorstellungen, sodaß neue Gegenstände entstehen können und sich der Raum total verändert. Es ist sicher falsch, daß wir uns zu sehr in einer gleichbleibenden Ebene bewegen. Die Raumkonzepte bildender Künstler, die nicht genügend ernstgenommen werden, führen auf diesem Gebiet wieder Neues ein: nämlich eine Art Beschreibung innerer Bedürfnisse. Der Raum erhält den Inhalt persönlicher Erfahrungen und Neigungen, individueller Aussagen des jeweiligen Bewohners. Er wird dabei zur Manifestation seines Psychogrammes. Die Rituale der einzelnen Person schaffen das Ereignis von Raum und Zeit wieder ein: die Zwiesprache zwischen den persönlichen Vorgaben und den zwanghaften Eingebungen von realen, sich langsam für den Gebrauch formenden Gegenständen. Eine ins Fließen geratene, erkennende Situation. Hier gibt es klare Vorgaben zum neuen Bewohnen und Wohnen. Keine gereinigte Situation, keine saubere Perfektion, sondern der Raum selbst birgt die Möglichkeiten, die zu bewältigen wären.

Mag es nur Farbe sein, die gebraucht wird? Oder das Empfinden für Materialien, die nicht nur festes Formen zulassen, wie Sand, Wasser, Licht? Ein Empfinden, das ein Wiedererkennen von Stoffen ermöglicht, die von ihrer Inhaltlichkeit her zu einer ganz anderen Formung führen können? Weg vom Kunstgewerbe, dem Produzieren von vorgefaßten Gegenständen. Hin zu den alternativen Erfindungsgaben einer noch nicht begriffenen Stofflichkeit. Der Raum, in dem wir uns bewegen, als realer Faktor, der wesentlich bestimmt, muß wieder begriffen, ergriffen werden. Aus dem Verspüren von Material entsteht das Erahnen und damit die Voraussetzung jeder Möglichkeit der angewandten Kunst. Jeder künstlerische Vorgang ist primär eine Anwendung von sozialen, politischen, soziologischen Erfahrungen. Ich kann dies selbstverständlich in verschiedensten Weisen aussagen oder gestalten. Gerade darum wird ein Wiedererkennen des »Angewandten« notwendig sein. Man wundert sich, daß dies so selten geschieht, sind doch die Möglichkeiten künstlerischen Handelns immer sehr stark eingebunden in angewandten Vorgängen. Leben doch fast 95 Prozent der Künstler von angewandten Bereichen — mögen jene aussehen, wie sie wollen. Doch will man das weder in der Öffentlichkeit zugeben, noch will es sich der Künstler selbst eingestehen. Hier unterliegen jedoch beide einem Vorurteil.

Viel bescheidener sind die Vorgänge um die Kunst. Man muß es eben wissen. Bescheiden, wie eben Kunst ist. Ich erfühle sie immer nur dann, wenn ich nicht in Kunst denke. Da entstehen immer die seltenen Nebensächlichkeiten, die vielleicht Kunst sein könnten. Jene angewandte Sprache, die sich als ein Stück Kunst erkennen läßt — eben jenes handfeste Ding, das anrührt wie jedes Mittel, das gebraucht wird. Ich beherrsche die Sprache der vollkommen gegebenen Vorgänge nicht, auch in diesem Sinne gehört das Angewandte reformiert.

Diese kurze Skizzierung eines Teilbereiches im lebendigen Geschehen der Kunst zeigt, daß Kunst nicht in der Enge von Illusionen dahindämmert, sondern von realen Vorstellungen lebt. Es ist kein Zeichen von Verfall und Chaos, wenn die begrenzten Möglichkeiten des Bildes und die klassischen plastischen Formen verlassen werden, sondern es zeigt sich darin die Bereitschaft zum Mitdenken und -handeln innerhalb der Gesellschaft. Dieses Verhalten verlangt selbstverständlich auch von den öffentlichen Institutionen, wie auch unsere Hochschule eine darstellt, ein programmatisches Überdenken des Lehrverhaltens und des Lehrangebotes. Es wird auf Zeit nicht genügen, den breiten intellektuellen Anspruch nur fragmentarisch anzusprechen. Damit meine ich die Unzufriedenheit gegenüber »Nur-Kunst«, ohne das Aufzeigen von vor allem subjektiven Ereignissen und ohne das nötige Aufbereiten jener künstlerischen Vorgänge, die interdisziplinär alles durchbrechen, was an vorgegebenen Meinungen sich anhäuft. Wenn Inhalte sich laufend ändern, so unterliegt auch die Vermittlung dem Diktat dieser Veränderung. Das heißt, dieses Diktat ist nicht die Einschränkung oder Lenkung der freien Lehre, sondern der Vermittler muß einen Schritt schon voraus gedacht haben, sodaß daraus die logische Konsequenz entsteht, die eine Folge von Erneuerungen zuläßt.

Ich möchte sagen, wir sind in jene Situation geraten, die vor allem im Bereich der Kunst immer wieder eintritt: wo es nicht mehr genügt, daß nur jeder, abgekapselt für sich, Kunst zu definieren und zu erklären versucht. Denn der Schritt zur Universalität geschieht meistens aus einer mobilen Situation und in einer Herausforderung der Unzufriedenen, die danach verlangen, daß im Erkennen von unorthodoxen Vorgängen eine Überwindung von Prinzipien geschieht.

Ich muß aussprechen, was es hier zu schaffen gilt und versuche eine Verdeutlichung meiner Vorstellungen. Alles zu erhoffen wäre eine Höhe, die selten zu erlangen ist, nur langsam und mit Vorbedacht ist zu erreichen, was als Ziel sich laufend verändert. Mir ist dieser Vorgang interessant, kann ich doch immer wieder einen neuen Ansatz erstellen. Ein Blühen und Fortwachsen gefestigter Andeutungen zeigt sich da an.

Wie ich schon anfangs ausgeführt habe, hat das Angewandte wieder eine Dimension erreicht, die das Begreifen von neuer Stofflichkeit aus dem räumlichen Empfinden erkennen läßt und einen Beginn aufzeigt zur Beschreibung nützlicher Gegenstände. Daraus resultiert das Bedürfnis, jene anzuhören, die bereits Schritte in Richtungen vollzogen haben, wo sich der Gegenstand schon angedeutet hat. Ich stelle mir vor, man könnte die Bedürfnisse dadurch erfüllen, daß man in breiter Front jene fortdenkenden Vermittler herbeiholt, die zum Teil schon vollziehen, was als Ansatz zum Angewandten sich schon darstellt: die assoziierten Professoren, die in laufender Ablöse ein offenes Klima weltweiter Erfahrungen anbieten. Da es den nach breiter Information suchenden, weltgewandten Studenten kaum mehr gibt, der ständig seinen Studienplatz verändert, muß die fehlende Information durch Herbeischaffen der Informationsträger ersetzt werden, was in der Folge zu einer Durchlässigkeit der Erfahrungen führt. Wir sind zu sehr abgeglitten in Handwerksbereiche und haben zu sehr vergessen, daß geistiges Handeln jede schwere manuelle Unbeholfenheit auch zu überwinden weiß.

Weiter gilt es zu überdenken, wo noch andere neue Möglichkeiten angewandter Kunst liegen. Es wäre selbstverständlich, daß die Fotografie, die heute eine Dimension erreicht hat, die in sich viele verschiedene Möglichkeiten beinhaltet wie Fotografie und Sprache, Fotografie als Mittel der Selbstdarstellung, als dokumentarisches Festhalten von Vorgängen — daß diese Fotografie, die als Fotografie weit über sich hinausgeht, bei uns eine Heimstätte bekommt und zur akademischen Disziplin erhoben wird. Dies gilt auch für Video, den experimentellen Film und den Werbefilm. Das Angewandte ist mehr als nur manuelles Denken und Handeln! Es kann auch dorthin fortschreiten, wo Aufgaben sich ansammeln, die eine Vermittlung erfordern wie z. B. im Museumsbereich. Hier geht es nicht allein um die wissenschaftliche Erforschung, sondern auch um eine breite Vermittlung, die eine ganz andere Form von Wissen und Anwendung von Wissen erfordert, das geprägt sein muß von der Lebendigkeit des Künstlers. Daraus erst resultiert die Möglichkeit, mit Verständnis Zeiten darzustellen, aufzubereiten und didaktisch zu interpretieren. Es wird nicht zu vermeiden sein, daß Museologie als auch angewandtes Fach, das die Notwendigkeit für eine breitere Einführung in kulturpolitische Vorgänge erklärt, als Fach für eine bessere Interpretation geschaffen wird. Im Zuge der Erweiterung der Disziplinen lassen sich die Notwendigkeiten, die sich für den kunsthistorischen Bereich zusätzlich ergeben, bis in die Architektur-Restaurierung ausdehnen, ein zukunftsträchtiger und fast lebensnotwendiger Bereich.

Das Angewandte als Basis nicht nur geistiger, sondern auch ökonomischer Aufgaben zeichnet sich für einen Kleinstaat wie Österreich ab. Wo aber sind die Gegenstände, die dieses Land erzeugen müßte? Ich möchte hier unser Verschulden nicht verschweigen. Wir haben anscheinend vergessen, daß hier Aufgaben zu erfüllen sind, die einer Vielzahl von Wirtschaftsbetrieben die Grundlagen für ein weltweites Angebot liefern sollten. Ich denke dabei insbesondere an den Möbelbau, an die Möglichkeiten der Mode, an das allgemeine Design, das einen Teil der Gebrauchsgegenstände neu überdenkt und formt. Hier gilt es noch viel zu tun.

Bedenke ich Kunst als einen Vorgang, in dem sich Erkenntnisse des Sich-Einfühlens und Sich-Einfügens die ganze Person des Künstlers ergreifend widerspiegeln, so erarbeitet er auch aus dieser Situation nicht nur Bildhaftes, sondern es ergibt sich daraus auch ein Sozialverhalten, das ihn dazu befähigt, seine Sprache auch in jener Weise anzuwenden, die eine direkte Partnerschaft mit der Allgemeinheit ermöglicht. Durch sein soziales Engagement, als Überprüfer neuer Aufgaben findet er zu einer neuen Form des Berufs als Künstler, birgt doch die Kunst ein bestimmtes

Maß von Wirklichkeitsfassen der lebendigen Vorgänge in sich. Der Künstler kann seine Erkenntnisse aus der Kunst für die Allgemeinheit einsetzen. Dies ist ein neuer Berufszweig aus der Kunst heraus.

Diese Impression von nur stenogrammhaften Hinweisen auf Alternativen im Angewandten sollte kurz vermitteln, welch wichtige Funktion diese Hochschule zu erfüllen hat. Kunst ist nicht nur ein weltabgewandter Überlegungsvorgang, sondern auch die Form einer Verlebendigung in allen Bereichen.

ERICH MALLINA
Das Schweigen als Symbol

Künstlerische Begriffe sind nicht begrenzt in der Zeit und erfahren jeweils entsprechend den verschiedenen Vorstellungen viele verzweigte Darstellungen. Entscheidend ist dabei nicht die Produktionsmenge, sondern der Vorgang, der als Bildträger sich aufzeigt.

Es ist immer wieder zu erkennen, daß die Interpretation eines künstlerischen Zeitgeschehens in einer fast minimalistischen Weise vor sich geht. Man läßt alles aus, was die Meisterschaft oft nur für Monate aufzeigt. Aber gerade dieses nur kurzfristige Aufblitzen von Ideen umschreibt viel genauer die Bedürfnisse eines sich aus der Zeit formenden Bildereignisses.

Übertrage ich nun dieses auf Erich Mallina, so zeigt sich, daß dieser ein zusätzliches Bindeglied zur Verständlichmachung der neueren österreichischen Kunstgeschichte ist. Was ereignet sich nun hier auf diesen Bildern, die scheinbar außerhalb unserer Tradition liegen? Die Bildinhalte gliedern sich in drei wesentliche Vorgänge, in eine Verarbeitung der pointillistischen Malform, den Symbolismus und eine Verdeutlichung von religionsphilosophischem, fernöstlichem Gedankengut.

Der Pointillismus als Ausdrucksform wird bei Mallina jeder durchgehenden Homogenität entzogen und als Möglichkeit zum Unterstreichen der Thematik eingesetzt. Es geschieht eine Entfremdung im Sinne pointillistischer Vorschreibungen, denn es wird die Wiederholung der Farbtupfen nicht als Mittel verwendet, homogene Flächen zu erzeugen, sondern stattdessen ein Rhythmus erzielt, der ähnlich wie beim Futurismus, nur wesentlich früher, Wiederholungsschemata einführt, die zum Aufzeigen des allgemeinen Inhalts Mithilfe leisten. Hier wird schon angedeutet, was dann in der Klasse Ciźek in vollendeter Weise durch dessen Kinetismus zum Ausdruck kommt.

Sieht man sich nun in die erzählende Form ein, die geprägt ist von sagen- und märchenhaften Symbolen, so ist doch der Weg von Makart zu Mallina nur ein kleiner Schritt und resultiert aus dessen außerweltlich überhöhtem Prunkbedürfnis. Das profane Leben totaler Schönheit wird fast zur religiösen Ekstase erhöht. Hier setzt Mallina, der sich dem Buddhismus verschrieben hat, mit seinen religiösen Vorstellungen ein. Die Harmonie der Welt entsteht durch Engelschöre und himmlische Landschaften. Sein Einsatz ist nicht von der auf Erden herrschenden Hoffnungslosigkeit geprägt, sondern ist getragen von einer hemmungslosen religiösen Hinneigung, die neben sozialen Problemen sein Hauptthema wird.

Sein Denken in strengen Prinzipien veranlaßte ihn durch Selbstverleugnen, sich nicht der Öffentlichkeit zu stellen. Er bleibt der geheimnisvolle Unbekannte. Dies entspricht auch seinen künstlerischen Vorstellungen. Er konnte sich dies leisten, war er doch an der Wiener Kunstgewerbeschule als Lehrer tätig und damit unabhängig von der Zustimmung eines Publikums.

DIE EXPRESSION — ÖSTERREICHS BEITRAG ZUR MODERNEN KUNST 1982

Die kunstgeschichtliche Einteilung in sogenannte Stilgruppen kann nur dann Gültigkeit haben, wenn sie jeweils regional aufgezeigt werden. Jede andere Form der Interpretation führt zu nationaler Einseitigkeit und Überbetonung eines bestimmten Standpunktes. Es kann nicht sein, daß in gewissen Gebieten stattfindende Vorgänge sich durch schnelle Information übertragen lassen. Wenn also Kunstwerke, die an verschiedenen Orten entstehen, dieselbe Haltung einnehmen, so ist eine autonome Einstellung gegeben, welche allein auf die Reife der Zeit zurückzuführen ist. Dabei mag die Einteilung entsprechend den Gefühlen, Traditionen und Vorstellungen des jeweiligen Landes verschieden sein und diesen Zonen unterworfen bleiben. So hat etwa der Kubismus in seinem Entstehungsland Frankreich den Einfluß eines zum Teil radikalen Umdenkens in den Bildvorstellungen zur Folge gehabt, in anderen Ländern hingegen wurden diese Gedanken jedoch keineswegs aufgenommen und zum Tragen gebracht. Sieht man diese Kunstrichtung nun als eine weltweite Bewegung an, so wird ein nationaler Gedanke zu einer internationalen Bewegung erklärt, was er jedoch nie wirklich gewesen ist. Zudem hat der Kubismus inhaltlich im Endeffekt klassische, bereits vorhandene Vorgänge bevorzugt, wobei das Neue an dieser Stilrichtung die Deformation des Gegenstandes war, wie sie schon in den Bildern Cézannes sichtbar geworden war.

Dieses Beispiel zeigt, daß der nationale Gedanke, welcher neben neuen Elementen auch die Tradition einbringt, das wesentliche Moment im geistigen Gefüge darstellt. Auf Österreich bezogen ergibt dies eine Kontinuität im Expressiven, das sich in allen Bereichen künstlerischer Äußerung wiederfindet. Die Auflösungstendenzen in der bildenden Kunst haben sich unabhängig vom französischen Impressionismus in allen europäischen Ländern bemerkbar gemacht. Vor allem durch die Malerei vor der Natur ergab sich eine gewisse Flüchtigkeit des Arbeitsprozesses, welcher durch den raschen Wechsel der klimatischen und atmosphärischen Einflüsse bedingt war. Auch all die anderen Neuerungsvorgänge in dieser Zeit strebten in ihrer Thematik nicht definierbare Formen an, wobei auch in jenen Bereichen, welche auf eine literarische Aussage hinzielten, undefinierbare Vorgänge einbezogen wurden. Die Expression als besonderes Merkmal ist dort zu finden, wo die Hinwendungen oder die Tradition der künstlerischen Hochformen nie klar ausgeprägt waren. Der Gefühlssturm läßt sich nicht einengen, deshalb entsteht er außerhalb der Hemmung allmächtiger Gesetze. Was als Expression zu gelten hat, ist nicht beschränkt auf äußere Heftigkeit — im Gegenteil: das Gesetz der Expression ist genau so starr und eng wie alles, was sich beschreiben läßt.

Wie ist nun die Expression im Bezug auf Österreich zu sehen, wo sie doch auf allen künstlerischen und geisteswissenschaftlichen Gebieten zum Tragen kommt? Sie macht sich sichtbar in einer latenten In-Frage-Stellung aller wie immer gearteten existentiellen Vorgänge. Ihre Grundhaltung ist die Depression, die eine Nation prägt. Das ist keine Weltuntergangsstimmung, sondern eine klar begriffene Situation, die eine regionale Gruppierung erfaßt, wenn sie sich loslöst von der scheinbaren Größe einer Vergangenheit der väterlichen Gewalten im Geistigen oder Weltlichen.

Die Lage, in der man steht, ist voll zu erkennen, wenn jene Reife eintritt, die das Negative einer Situation voll erfaßt und sich zu eigen macht. Diese Expression ist eine bestimmte Kategorie von Empfindungen, die als eine Folge von innerer Verletzbarkeit sich bildet. Diese erzeugt eine besondere Art von komplizierter Sprache, die kaum zu definieren ist. Wer diese Sprache erkennt, findet immer dieselben Merkmale: einen Überschwang an Gefühlen und Empfindungen, die von überdimensionalem Ausdruck leben, eine Verflechtung von vielem Nebeneinander ohne gerader Hinwendung zum Wesentlichen. Keine Theorie kann hier Ordnung schaffen, sind doch Äußerungen, die nichts festlegen, in keine wie immer gestellte Ordnung zu fassen; Verwirrung wird kaum verstanden.

Diese Ausstellung will nun zeigen, daß beim Schaffen von Kunst die nationalen Empfindungen und Verwurzelungen die primären Träger sind. Nun wurde in vorhergehenden Erklärungen die Betonung der Expression als eigentlicher Leitfaden der neueren österreichischen Kunst erkannt. Diese Expression läßt sich in drei wesentlichen Gruppen sehen: in einer abstrahierenden Form mit symbolhafter Grundhaltung, die realistische Gegenstände in einfacher Formgebung darstellt; in realistischer, naturbezogener Expression, die vor allem das Porträt als wesentlichen Ansatzpunkt des Realen verwendet — man kann hier nur begrenzt von einer Neuen Sachlichkeit sprechen, ist doch der sozialkritische Aspekt nicht der hauptsächliche Tenor, sondern eine eher gefühlsbetonte Empfindlichkeit in den Erklärungen von existentiellen Zuständen. Drittens ist erneut eine Welle expressionistischer Malerei zu sehen, die nicht die Psychologismen, die Sexualentäußerungen und den Seelenschmerz des traditionellen Expressionismus als wesentliche Faktoren einbringt, sondern aus der reinen Expression heraus operiert — einer Expression, die, ganz auf das Malerische bezogen, aus der Pinselführung heraus, völlig entleert von seelischen Inhalten, einen gewissen Vorgriff auf den abstrakten Impressionismus leistet.

Interessant mag sein, daß innerhalb der Architektur und der Innenarchitektur das Phänomen einer fast biedermeierhaften Situation sich breitmacht; das bewußte Sich-Abkoppeln des Bürgers von politisch und sozial schwierigen Situationen spiegelt sich in den Gegenständen und Architekturen wider — ein stark barockgefühlsbetontes Interieur, das einer fast konkreten, schmucklosen äußeren Hausfassade entgegensteht.

Der Titel Expression zeigt eine Fülle von Ausdruckswerten, die dieser sehr emotionsbezogenen Situation am ehesten entsprechen und genau das wiedergeben, was die Hektik, Ungenauigkeit und Empfindlichkeit jener damals unter Identitätsschwierigkeiten leidenden Österreicher bezeichnete.

Bei der Auswahl dieser Ausstellung wurde nicht nur bekannter Künstler, sondern auch jener unbekannten gedacht, die aus der sogenannten »zweiten Reihe« heraus ein viel klareres Bild einer Zeitsituation widerspiegeln, ist doch die Überbetonung von Spitzenleistungen dem Feststellen, Wiedergeben und Klären genauer kunstgeschichtlicher und daraus resultierender zeitgeschichtlicher Vorgänge abträglich.

Mit der Sichtbarmachung von Fehlern kann eine Zeit besser erkannt und kritisch betrachtet werden.

DIE SITUATION DER KUNSTHOCHSCHULEN 1980

Eine geänderte Situation innerhalb der neuen künstlerischen Ausdrucksformen und Mittel verlangt auch andere Formen der Lehre. Es drängt sich ein Vergleich mit einer ähnlichen Situation auf, wie sie sich im ausgehenden 19. Jahrhundert innerhalb der Kunstakademien darstellte. Nicht mehr einspurige, klar definierbare Vorgänge sind es, die uns bewegen, sondern sehr komplexe, grenzüberschreitende Ausdrucksformen, die schwer zu erfassen und nicht leicht in ein Schulsystem zu pressen sind. Als Beispiel kann für vieles der breite Einbruch der visuellen Medien in die bildenden Künste angesehen werden. Diese Tatsache veränderte in den letzten Jahren die Kunstszene total, sodaß der bildende Künstler heute sich viel mehr außerhalb des traditionellen Handelns und Formens bewegt.

Was gilt es hier für konkrete Maßnahmen durchzuführen, um diesem Ansturm von verschiedensten neuen Ansprüchen und Vorstellungen in der Ausbildung der heranwachsenden Künstlergeneration gerecht zu werden? Als erstes ist zu überdenken, ob die Funktion des Meisterklassenleiters in der heutigen Form, die zu einer Zementierung und Undurchlässigkeit der Klassen führt, noch weiterhin vertretbar ist, oder ob nicht vielmehr breitere Übersicht und ein dauernder Wechsel von Klasse zu Klasse für den Studenten zielführender sind und ihm zu einer universelleren Sicht der künstlerischen Ereignisse verhelfen. Dies könnte auch so verwirklicht werden, daß durch die Einladung von verschiedenen Fachleuten aus dem In- und Ausland den Studenten allgemein zugängliche Lehrveranstaltungen geboten werden, die über ihre spezielle Fachrichtung hinausgehen. Blockseminare von jeweils drei Tagen im Monat für die Dauer eines Jahres könnten angeboten werden.

Neben solch einem Erweiterungsprogramm für die gesamte Studentenschaft der Hochschule müssen jedoch auch neue Fachrichtungen eingeführt werden, die bisher im Zuge einer akademischen Ausbildung noch nicht vorgesehen waren. So nimmt die Fotografie einen derart wichtigen Platz nicht nur im Kunst-, sondern auch im Wirtschaftsleben ein, daß wir ihr auch in unserem Lehrangebot den ihr gebührenden Platz als künstlerische Disziplin nicht länger verwehren dürfen. Dies gilt auch für das Video sowie den experimentellen und den Werbefilm.

Die Kunsthochschule muß nun, speziell im Bereich der angewandten Kunst, offen sein für die Entwicklungen, die sich abzeichnen; sie muß gezielt und rechtzeitig reagieren können, um den mannigfaltigen Anforderungen gerecht zu werden. Dies gilt nicht nur für die Aktualität der einzelnen Kunstrichtungen, dies gilt auch für den wirtschaftlichen Bereich.

Ein kleines Land wie Österreich müßte sich seiner geistigen Kapazitäten, über die es in der Gegenwart verfügt, noch viel stärker bewußt werden und diese auch materiell umsetzen. Im Bereich der angewandten Kunst gilt dies etwa für den Möbelbau, das allgemeine Design, für die Mode. Hier liegt die Möglichkeit, aus dem Hochschulbereich heraus mit den Wirtschaftsbetrieben in engere Verbindung zu treten, neue Modelle und Prototypen zu entwickeln, die auch einem kleinen Land die Chance bieten, durch geistige wie manuelle Leistungen führend zu sein.

Der Fachbereich Kunst ist in seiner Gesamtkomplexität kaum lehrbar. Die Aneignung dieser Erkenntnis muß als Voraussetzung gelten bei einer Reform von Kunsthochschulen. Die Kunstgewerbeschule hat in gewisser Weise die »künstlerische Akademie« abgelöst und hat durch die Einführung von Werkstattsituationen das Modell einer humanen Situation innerhalb des künstlerischen Bereichs herbeigeführt und damit auch die erste Erneuerungsphase eingeleitet. Das Weimarer Bauhaus kann als letzte Stufe dieser Mischform von Gewerbeschule, Kunst und formal kreativer Schulung angesehen werden. Diese Modellform hat sich aber ad absurdum geführt, sind doch die Aufgaben in Richtung menschlich lebendiger Vorgänge durch eine wesentliche Verbreiterung des Kunstbegriffes vielfältiger und brisanter geworden, und gelten doch die Hinweise auf Verwissenschaftlichung der Kunst oder die Hereinnahme von Sozialvorgängen, Politik und Medien als ein Zusatzprogramm im Künstlerischen, dessen Aussage somit durch ganz andere und neue Schulungsformen abgedeckt werden muß.

Diese zweite Revolution der Kunst verlangt eine neue Form von Kunsthochschulen. Man muß sich vor allem bewußt werden, daß die Kunstvermittlung nicht eine Vermittlung von manuellen Fertigkeiten, sondern von spekulativen, gedanklichen, reizhaften Ansprüchen ist und erst in der Überprüfung dieser Vorgänge zu einer Kunstäußerung führen kann. Es fragt sich, ob Kunstvermittlung — und das ist das Neue — nur eine geistige Vermittlung bleiben soll, ohne manuellen Anstoß, sodaß das Kunstmachen wohl dem einzelnen im Schulbereich überlassen werden kann, ohne direkte Kontrolle und Beeinflussung. Die professionell eingerichteten Werkstätten sollen frei zugänglich funktionieren, total getrennt vom theoretisch geistigen Ausgangspunkt.

RAUMKONZEPTE ALS AUSGANGSBASIS EINER NEUEN ARCHITEKTUR 1979
Tonbandprotokoll

meine sehr geehrten damen und herren sie sehen die wände sind leer sie können im programm lesen vortrag und ausstellung die ausstellung habe ich hier in der mappe und ich weiß nicht ob ich im laufe des vortrags einen teil der ausstellung zeigen werde ich nehme an es kann passieren ich weiß nicht genau wie alles verlaufen wird da ja der vortrag ein spontanvortrag ist es kann daher im vortrag sehr viel passieren oder sehr wenig was die ausstellung betrifft die jetzt nicht an der wand hängt auch dies ist insofern nicht so notwendig da ich vor einem jahr die erste einblattausstellung gemacht habe also daß man nicht unbedingt eine ausstellung machen muß die sichtbar ist sondern man kann sich auch darauf berufen daß Blätter einfach entstehen auch kann man eine ausstellung oder eine möglichkeit einer vermittlung andeuten und einmal auf das blatt ausstellung hinaufschreiben da das blatt ja auch dazu gedacht ist daß es eine gewisse vermittlung will und daß das blatt auch gesehen werden soll ich sehe hier einen architekten ich hoffe daß meine kritik die natürlich auch zum teil bezug nimmt auf architekten und architektur etwas anzubieten hat je länger ich über dieses problem raumkonzepte nachdenke umso mehr wird für mich sichtbar wie wichtig diese für die architektur sein könnten da nach meiner auffassung die architektur sich auch beeinflussen läßt von der bildenden kunst aber eigentlich viel zu wenig einsteigt in gewisse utopien und vorgaben die in der bildenden kunst doch ein ungeheures gebäude an möglichkeiten aufzeigen und diese möglichkeiten sollten eigentlich die architekten viel mehr aufnehmen es geht im endeffekt bei der architektur ja nicht allein um so ein rationales konzept ob man irgend etwas bewohnen kann denn ich kann ja in jedem raum mag er noch so kompliziert sein jederzeit die möglichkeit des bewohnens einführen da jeder raum irgendwie geeignet ist belebt zu werden oder beherrscht zu werden wie sie vielleicht wissen ist eine meiner wichtigsten thesen und ich glaubte in den frühen sechziger jahren habe ich davon das erstemal gesprochen daß man die kunst nicht so beleben darf daß man einmal etwas bestimmtes angeht und das durchhält und bis zum lebensende fortsetzt sondern daß man in eine situation eintreten muß die eine art permanente veränderung bringt in den letzten jahren ist die situation ja so geworden indem ein totaler aufbruch eine totale bewegung da ist sodaß man nicht mehr in einem bereich stehen bleibt sondern ein künstler viele bereiche gleichzeitig angeht er sogar unpersönlich wird gar nicht mehr so darauf aus ist sein eigenes gesicht zu zeigen sondern in eine permanente veränderung eingetreten ist eine veränderung in der er von den mitteln her gleichzeitig sehr viel machen kann ob das jetzt etwa fotografie malerei plastik performance oder architektur ist sodaß eine situation jetzt herrscht die uns sehr viele freiheiten gibt wenngleich diese uns auch die behauptung eingebracht hat daß es keine leute mehr gäbe die etwas ganz neues aufbrechen daß im grunde die kunstszene aufgeweicht sei und nur mehr wiederholungen passieren ich möchte dem widersprechen gerade in einer Situation wo man die dinge nicht mehr in dem ausmaß fassen kann ist ja viel mehr die direkte kritik sofort möglich man wird viel schneller bemerken was wir im moment nicht mehr ertragen können was im moment eigentlich nicht mehr will weil es sich erschöpft hat ich sage im moment erschöpft hat weil wir ja aus der situation der letzten fünfzig jahre wissen daß immer wieder dinge die sich in einer bestimmten zeitspanne überlebt haben wieder aufgegriffen werden und in einer ganz neuen und direkten überdachten form sich manifestieren ich brauche ja nur aktionismus in bezug stellen mit performance daß sich hier ja wieder etwas getan hat vielleicht neigt sich das schon wieder dem ende zu nur allgemein ist diese situation die sich darin manifestiert daß sie lebendig ist und zwar lebendig nicht mehr punktuell sondern fließend und daß sich ungeheuer viel tut damit will ich nicht sagen daß es in dieser situation ein publikum gibt das mitarbeitet wir sind weiterhin in einer gewissen ghettosituation die uns ausschließt die uns zwar arbeiten läßt und alles ermöglicht aber im prinzip geschieht nichts was auch beziehung herstellt sie haben in innsbruck die englische gruppe apg die artist placement group erlebt die zum teil auch für uns in wien hier nicht ganz befriedigend war wir haben hier wohl einen großen ansatz für die kunst gesehen aber dieser ansatz wurde nicht überzeugend weiterentwickelt oder ist nicht zur durchführung gekommen die initiative von apg hat nicht allgemein dazu geführt daß man heute künstler in firmen aufnimmt oder künstler im bereich von produktionen arbeiten läßt wenn ich jetzt vielleicht auf mein thema raumkonzepte stärker eingehe so kann ich festhalten daß es solche in den frühen sechziger jahren aber schon in der zeit des dadaismus des expressionismus oder des surrealismus und es geht noch weiter zurück gegeben hat die jugendstilausstellungen als beispiele von raumkonzepten um die jahrhundertwende warenja nicht nur ausstellungen wo objekte gezeigt wurden sondern es waren auch gleichzeitig ausstellungen die von ihrer äußeren form her total durchgestaltet waren und sich nicht auf irgendwelche bilder bezogen so wurden zum beispiel bei der berühmten ausstellung über beethoven in der wiener secession als ausgangsbasis kunstwerke benutzt wie in diesem falle ein plastisches bildnis beethovens von klinger eine plastik die in sich auch problematische momente hat vor allem in der definition beethovens gerade diese plastik hat für die künstler jener zeit eine ungeheure aufregung ausgestrahlt man kann dies kaum fassen man begreift es aber seit in der taxisgalerie die klingerausstellung zu sehen war diese ungeheure aufregung die von den arbeiten eines klinger ausgegangen ist hat dazu geführt daß man zu ehren dieser plastik ein ambiente an dem sich viele künstler beteiligten baute hier sehen sie schon einen aufbruch in richtung einer definition eines kunstwerkes das portrait beethovens und dieser definition von klinger hat man noch viele andere definitionen von künstlern hinzugefügt also geschieht hier etwas was auch als sehnsucht zu sehen ist und zwar daß man über den begriff plastik oder bild hinausgehen will was notwendig ist um repräsentative kunst die sich anbietet als eine art hilfe oder mithilfe etwas zu leisten was in architektonische bereiche oder in architektonische räume weist ich bringe diese beethovenausstellung als ein wesentliches beispiel weil man sich in letzter zeit wieder daran erinnerte was hier allein rein vom ausstellungstechnischen oder vom architektonischen her für die interpretation eines kunstwerkes geleistet wurde es ist ja wesentlich ob ein bild nur frei im raum hängt oder ob dieses bild dazu da ist andere bilder zu unterstreichen und zu definieren gerade da finde ich ein ganz wesentliches moment das man heute überhaupt vergessen hat wenn man eine ausstellung macht man vergißt daß hier jemand durchmarschiert der das betrachtet und auch verstehen soll in dieser phase der interpretation wird eigentlich der erzeuger von kunst zum interpreten von gedanken anderer ja daß es auch für den jeweiligen betrachter der hier einschreitet oder durchschreitet etwas bringt was ihn einstimmt und die kunst verständlich macht ich wollte nur dieses beispiel bringen weil es in sich viele phänomene hat die interessant sind die wir vergessen haben zu untersuchen da in der folge des geschichtlichen ablaufs die ganze situation der kunst von vornherein eine von raumkonzepten war ich brauche ja nur auf die ausstellung der dadaisten in berlin hinweisen wo auch der moment der direkten interpretation eine größere rolle gespielt hat diese ausstellungen waren eine demonstration im sinne einer infragestellung des allgemeinen kunstbegriffes in dem die künstler gesagt haben wir wollen nicht eine kunst die nur für eine bestimmte schicht gedacht ist die schwierigkeiten die sie mit der kunst hatten sollten sich in diesem sinne auch ganz klar definieren auch in ihrer äußeren form hier gingen sie im grunde weit über den jugendstil hinaus nicht im positiven sinne wie es der jugendstil wollte sondern in einer ganz anderen eben existentiellen weise in dieser fragestellung hatten die künstler überhaupt noch die möglichkeit etwas zu interpretieren hatten sie überhaupt noch kraft eine aussage zu leisten sozusagen die negative einstellung die sie durch die situation hatten wenn ich jetzt vom museum spreche als einem bereich in dem fragen von raumbehandlungen erlebt werden sollen so sehe ich auch dort eine ganz merkwürdige situation wenn ich dadaismus irgendwo in einem museum hängen sehe kann ich trotzdem nicht den vergleich herbeiführen zu jener berliner dadaistenausstellung so kommen sie als besucher wenn sie jetzt einen vergleich zur wirklichkeit ziehen auch wenn sie vierzig werke einer bestimmten richtung an der wand haben nicht in eine situation als beschauer wo sie verstehen lernen weil ihnen eigentlich alles fehlt was zu diesen bildern noch gehört ich will jetzt gar nicht davon sprechen was alles im grunde da hineinkommen kann ich meine abgesehen von erklärenden texten die immer wieder angebracht werden die man ja zur verfügung hat oder daß man sich vielleicht irgendwo eventuell ein tonband anhören kann ich will damit nur sagen daß die vermittler ganz abgekommen sind von der situation die die künstler immer angepeilt haben eine wirklich echte interpretation ein verständlichmachen von einer sache ich möchte hier erklären daß ja eigentlich alles in einer bestimmten richtung hin eingebremst wird was die interpretation von dingen betrifft es nützt eigentlich niemandem wenn ich nur eine anhäufung von wertvollen oder wichtigen werken habe denn das nebensächliche hat auch seine bedeutung weil ich natürlich aus der fehlleistung heraus etwas besser sehen und interpretieren kann als aus der höchsten leistung da man die fehlmomente weitaus schneller erkennen kann nach der großen welle des abstrakten expressionismus kommt plötzlich das bedürfnis auf raumbezüge herzustellen wieder in den raum einzusteigen das hat natürlich auch mit der arbeitsform einer direkten expression zu tun so tritt auch das wollen und das bedürfnis auf aus der expression heraus den bildrahmen zu sprengen da gibt es ja beispiele jackson pollock zum beispiel und viele andere die künstler wollen aus der leinwand heraus sozusagen den raum umgehen in bezug auf eine bildvorstellung wo das bild auch nicht mehr faßbar ist in dem sinne daß die thematik begrenzt oder umschreibend sichtbar wird sondern die thematik geht ja über den bildrahmen hinaus und ich kann diese thematik weiter fortsetzen ich kann im grunde in einer expression arbeiten die nie aufhört und da wird dann auch vieles interessanter weil ja zusätzlich ein totalzustand aufkommt der wesentlich ist gerade bei einem arbeitsprozeß der eine totale entäußerung mit sich bringt wo man sich völlig frei macht von allen dingen die einen in gewisser weise einbremsen außer von diesem prozeß der fortgesetzten vitalität oder fortgesetzten expression der ja in sich etwas mechanisches hat diese situation hat natürlich in sich ungeheure möglichkeiten im bereich des räumlichen diese möglichkeit könnte ich doch auch ausdehnen auf ein weißes bild es ist ganz interessant daß als gegenreaktion auf den abstrakten expressionismus die einbremsung gekommen ist und daß diese einbremsung auch auf eine bestimmte komponente eben auf weiß hinauslief hat doch diese phase der maler eigentlich die gleiche ursprünglichkeit in sich wie der expressive akt eines pollock weil im grunde die weiße situation nichts anderes ist als eine äußerung die ich wohl begrenzen kann auf einen bestimmten raum aber in sich eigentlich ganz die gleiche definition birgt vielleicht in einer kälteren form in einer fast klassischen form in der ich ohne weiteres unterbrechen kann in der expression kann ich nicht einmal unterbrechen sondern ich müßte die expression so lange durchhalten bis ich total zusammenbreche oder gar nicht mehr existiere das ist vielleicht auch die gegenreaktion daß ich im grunde nicht existieren kann in einer mindestens so erregten situation die sich aber auch ohne weiteres eine pause erlauben kann weil ich ja nicht abhängig bin von einer motorik und von einem großen aufwand die reduzierung auf ganz weiße vorgänge läßt eine pause zu damit sieht man sich in eine utopische situation geraten weil die kunst nicht nur mehr eine thematisch bezogene ist das heißt thematisch bezogen im sinne einer gewissen bildvorstellung oder einer gewissen bildgröße sondern auch nicht mehr beschränkt ist auf genaue vorgänge die sich innerhalb dieses quadrats oder rechtecks abspielen sodaß diese sprengung geschieht sie können am beispiel fontanas die sprengung des bildrahmens erkennen der ganz klar aus dem weißen bild heraus zu einer raumkonzeption gekommen ist und das ist ganz logisch weil für ihn die bildebene zu gering ist um zu einem größeren aussagewert zu kommen und da sind wir beim raumkonzept und bei der ausgangsbasis für eine neue architektur weil ja diese möglichkeiten von der architektur bis heute kaum berücksichtigt wurden es gibt zwar architekten die das berücksichtigen weil sie selber ähnliche raumkonzepte durchgeführt haben aber merkwürdigerweise unterscheiden sich diese raumkonzepte von architekten und künstlern ganz wesentlich es beginnt damit daß die architekten einen weitaus größeren aufwand an materialien haben daß sie sich nicht befreien können vom material das ja in sich von vornherein durch die schwerfälligkeit bedingt weitaus geringere freiheiten ermöglicht in diesem zusammenhang könnte man hans hollein nennen wenn sie sein raumkonzept von der biennale neunzehnhundertzweiundsiebzig in venedig angesehen haben so haben sie entdeckt daß in diesem raumkonzept natürlich viel kunst steckt die sich noch nicht befreit hat von der architektur jetzt hat er gerade gegenüber der stephanskirche ein verkehrsbüro eingerichtet da baute er auch raumkonzepte hinein die in sich auch etwas sinnloses haben indem er dort aus der utopischen vorstellung heraus die klagemauer von jerusalem künstlich nachvollzog er ließ sie auch einweihen durch einen oberrabbiner das ist fast ein gag denn der religiöse hintergrund ist gar nicht motiviert sondern dient nur zum einspielen und einleben zum auffordern daß man eventuell nach jerusalem fahren soll also spielt hier ein gewisser werbeeffekt eine große rolle und hier unterliegt das raumkonzept einer ganz klaren und harten überlegung des geschäftes in jener zeit wo die raumfragen eine große rolle spielten ist die raumfrage interessanterweise vom malerischen her angegangen worden man hat eigentlich vielmehr von der malerischen demonstration eine raumsprengung und eine bildrahmensprengung vollzogen so ist man zu den environments gekommen nicht nur weil man größere dimensionen ersehen hat sondern weil man viel mehr rein künstlerische fragen in den vordergrund gestellt hat und alles ausgestoßen wurde was die raumfrage nicht ausmacht daß die raumfrage mehr ist als nur eine definition eines künstlerischen vorganges daß die raumfrage auch andere aspekte wie soziale fragen miteinbezieht die den einzelnen betreffen und damit ist ja in der folge eine ruhepause eingetreten innerhalb des environments kommen zusätzliche aspekte dazu die nicht nur mehr formal bezogen sind sondern wo in weiterentwicklung von einer ganz anderen seite her etwas überlegt wird was in bezug steht zu aktionen zu performance zu allen möglichen technischen bildinhalten sei es durch video oder fotografie die sich verstärkt heute anbietet und jetzt da alles wieder auf die person zurückfällt sich der einzelne selber in frage stellt entsteht daraus eine ganz wichtige situation gerade im bezug auf das räumliche da der raum an sich auf die person hinweist denn es ist ein wesentlicher unterschied ob ich in einen schlauch hineingehe oder ob ich in einen offenen raum oder in einen runden raum gehe also tritt hier etwas auf was mich in aufregung bringt ich muß erst lernen diesen raum zu beherrschen da kann ich natürlich in eine schwierige situation geraten ich kann diesen raum eventuell gar nicht erfassen und gefühlsmäßig für mich überhaupt greifbar machen ich kann da gar nicht existieren oder ich erfasse den raum wirklich da er mich anspricht und der raum mehr macht als nur eine zwecksituation und da sind wir beim vorwurf der hier angepeilt wird der vorwurf ist daß eigentlich in bezug auf architektur der raum als ein ganz wesentliches moment im grundkonzept überhaupt nicht überlegt wird auch wenn er sich als reiner zweckraum anbietet sondern man geht nur von der situation aus ob dieses zurechtfinden ermöglicht wird ich habe noch gar nicht diese raumfrage aufgeklärt weil sie ja in sich weitaus komplexer ist als man glaubt und zwar weil in dieser raumfragestellung noch wesentlich mehr drinnen ist da ist nämlich nicht nur die frage nach der neuen räumlichen vorlage sondern es ist auch gleichzeitig die frage nach der außenform drinnen weil ja automatisch aus dem innenraum heraus auch ein ganz anderer außenraum kommt natürlich ist es leicht für mich hier etwas zu verlangen was so mit einer handbewegung gefordert wird aber das ist ja eigentlich das was ich in bezug auf meine ausführung sagen wollte daß sich der architekt nicht in jener bescheidenheit bewegt die ihn dazu bringen würde auch gewisse überlegungen mögen sie noch so utopisch sein mögen sie noch so sehr anforderungen stellen die der bildende künstler anbietet mehr zu berücksichtigen in bezug auf seine gestaltungsform denn der künstler ist doch ungeheuer bescheiden weil er aufbaut und dann wieder abbricht und teile davon eventuell nach haus trägt was im unterschied zum architekten leider nicht geschieht wenn ich den museumsentwurf betrachte den otto wagner am karlsplatz gemacht hat da ist vor baubeginn eine fassadenkulisse aufgestellt worden die man betrachten konnte und jeder konnte daran kritisieren dann hat man diese kulisse wieder weggetragen es wäre ganz interessant wenn man öfters vor dem bauen diese überlegungen anstellen würde indem man zum beispiel eine kulisse auffährt und dann kann man zumindest was die außenfassade betrifft eine breite kritik möglich machen und dann wäre es viel leichter zu sagen daß dieser plunder gar nicht errichtet gehört

SEGANTINI (1858 - 1899)
Ein Maler der Alpen und ihrer sozialen Strukturen

Der Kunsthistoriker W. Fred schreibt in einer kleinen Publikation im Wiener Verlag 1901 über Segantini: »... daß in Österreich, dessen größter Maler er gewesen ist, die staatlichen Galerien bis heute kein einziges Werk Segantinis erworben haben, wird jeden Österreicher in seinem Stolze tief verletzen müssen.« Betrachten wir nun im weiteren den Einsatz, den die österreichische Öffentlichkeit zur Anerkennung dieses Künstlers geleistet hat, so können wir zu Beginn unseres Jahrhunderts feststellen, daß nach seiner ersten Wiener Retrospektive in der Wiener Secession 1904 zwei Ölbilder, »Die bösen Mütter« und »Frühlingsweide«, sowie die drei wichtigen letzten Entwürfe für die Bilder »Das Leben«, »Die Natur« und »Der Tod« von öffentlichen Stellen angekauft wurden. Daß sich auch Blätter im Besitz der Albertina befinden, kann man von so einer bedeutenden Institution erwarten. Inzwischen sind immer wieder Anthologien über Kunst aus Österreich und Tirol erschienen, aber stets vermißt man diesen wichtigen Vertreter der alpenländischen Malerei. In der Folge wurde von der Österreichischen Staatsdruckerei ein umfassendes Buch herausgegeben. Umso peinlicher ist es, daß 1939 alle Werke aus öffentlichem Besitz, ausgenommen »Die bösen Mütter«, gegen Werke anderer Künstler eingetauscht wurden.

Wer ist Segantini? Im Kunstmuseum Basel kann man in der Bildbeschreibung zu einem seiner wichtigsten Spätwerke lesen: geboren in Arco, Südtirol, 1858. Dieser dann nach 1918 als Trientino bezeichnete Bereich der damaligen Monarchie hatte damals die Bezeichnung Südtirol. Trotz unterschiedlicher Sprache bildeten Tirol und das damalige Südtirol (Trientino) einen einheitlichen kulturellen Raum, sodaß die Malerei eines Segantini immer tirolbezogen sich definierte. Diese Bezogenheit zum Alpenbereich war sogar so stark, daß Segantini seine Hauptwerke nur in einem Höhenklima schaffen konnte, wie es sich erst um 2000 m einstellt. Hier zeigt sich seine ganz auf die Alpen bezogene Auswahl der Bildinhalte, die sich immer mit zwei Themenkreisen beschäftigen — einerseits mit seinen durch den frühen Tod der Mutter negativ geprägten frühen Kindheitseindrücken und seinem Verhältnis zur Ersatzmutter in der Person seiner älteren Schwester, die nach der Auswanderung des Vaters nach Amerika die Mutterstelle eingenommen hat. Die Entstehung seiner negativen Einstellung gegenüber dem Mutter-Kind-Verhältnis resultiert aus dem Verhalten der Schwester, welche für den Lebensunterhalt aufkommen mußte und den Bruder während ihrer arbeitsbedingten Abwesenheit im Haus einsperrte, weil niemand sonst ihn betreute. Somit ist die Bezeichnung »Böse Mütter« aus der Vorstellung einer stiefmütterlichen Behandlung zu erklären.

Der zweite Themenkreis bezieht sich vor allem auf die sozialen und wirtschaftlichen Situationen der bäuerlichen Welt. Hier kann Segantini auch als Vorläufer der Interpretationsmethode von Egger-Lienz gewertet werden. Aus dem Einfluß Millets kommend, wird zuerst in realistischer Form ohne jegliches Pathos direkt die Thematik Bauer-Tier und die der Umräume Landschaft und Hof mit dem Mittel der Malerei beschrieben. Auffällig dabei ist die fast zufällige, aus der Fotografie übernommene Formulierung szenischer Vorgänge, die reportagehaft ohne Arrangieren und bewußten Aufbau gesehen werden. Das Atelier als Durchführungsort wird gemieden, um zusätzlich durch die reale Situation, in die er sich mit der Leinwand hineinstellt, jene Identifikation zu erreichen, die ihn gleichstellt mit dem Motiv. Hier setzt sein soziales Verhalten ein: die Kritik am hoffnungslosen Zustand der Armut, das Zeigen schwerer Arbeit. Nur die Landschaft und die Tiere als Nahrungs- und Freudenspender zeigen die Möglichkeit, das Leben zu bestehen, auf.

Gerade darum wurden diese bäuerlichen Darstellungen zum Schmücken von Schulzimmern verwendet, um als belehrendes Beispiel auf die städtische Jugend einzuwirken. Diese Benützung von Segantini-Bildern hat auf Zeit nicht zum Verstehen seiner Werke geführt, sondern im Gegenteil zu Mißdeutungen Anlaß gegeben. Denn jede Kunst, die engagiert verhärtete Strukturen zur Darstellung bringt und damit zur Veränderung des Denkens und Handelns führen will, wird durch das Überwinden der im Thema angedeuteten Mißstände jeder Aktualität beraubt und als wertlos auf die Seite gestellt. Mit der immer größer werdenden zeitlichen Distanz vom Entstehungstag des thematischen Bildes verfremden sich die Inhalte zu geistesgeschichtlichen Vorgängen, die von den wichtigeren Bildinhalten überdeckt werden, sodaß Bilder »wieder« gesehen werden.

Die Hauptleistung seiner gedanklichen Bildinhalte, die ihn eigentlich zu dem machen, was seinen allgemeinen Wert bestimmt, sind seine aus der Erkenntnis der Besonderheit der in den Alpen herrschenden Lichtverhältnisse abgeleiteten Interpretationen einer pointillistischen Farbmethode. Diese ist unabhängig von dem von Seurat geprägten Pointillismus im mitteleuropäischen Raum entstanden; das Werk Seurats war Segantini nicht bekannt. Die Momente eines geistigen Zusammenhangs sind aus den in der Zeit sich entwickelnden malerischen Vorstellungen und Vorgängen zu sehen. Das impressionistische Gedankengut wird hier durch ein ordnendes Prinzip erfaßt, das sich in Erweiterung der Einflüsse des Lichts auf die Malerei überträgt. Gleichzeitig wird die räumliche Komponente durch Entdecken der Bildfläche als ehrlicher Bezugspunkt einer auf die Fläche sich beziehenden Malerei gesehen und miteinbezogen, sodaß farbige Zonen entstehen, die jeweils in kulissenhafter Weise klare Schichtungen der landschaftlichen Formationen wiedergeben: die Wiese, den Dorfbereich, die Berge, die Himmelszone.

Wie sieht der von ihm eingeführte Divisionismus aus? Die Farbe wird direkt und ungebrochen in kleinen Tupfen auf die Leinwand gebracht und reliefartig durchgeformt und aufgetragen, sodaß sich die einzelnen Motive zusätzlich fast plastisch abheben. Die Räumlichkeit wird dadurch betont. Die Homogenität, aufgestellt durch das System eines punktuellen Durchziehens der Farbe, ermöglicht scharfe Kontraste der einzelnen Bildzonen.

Betrachtet man vor allem jene Bilder, die sich auf Schneelandschaften beziehen, so ist es das erste Mal Segantini gelungen, das Gefühl von Kälte zu vermitteln. Die scharfe Schattenbildung bei der Sonnenbestrahlung eines Schneegebietes, die durch ihre fast kitschhafte Schönheit kaum interpretierbar ist, wird durch eine Überhöhung der Wirklichkeit und noch schärfere Kontrastierung über die Vorlage hinaus verstärkt. Hier übernimmt der Tiroler Walde ganz direkt für seine Bilder das segantinische Konzept seiner Darstellung von Licht.

In der Folge werden, bedingt durch den Einfluß des Symbolismus, Themen aus der Feen- und Sagenwelt übernommen, die in sonderbarer Weise eine Verschmelzung der realen Alpenlandschaft mit den sozial bezogenen Situationen bringen. In einer fast unrealen Vermischung entsteht seine egozentrische Vorstellung einer heilen Welt, die in einem fast religiösen Mythos jene Wunschbedürfnisse widerspiegelt, die ihm durch äußere Umstände versagt geblieben sind. Gleichzeitig wird die Verherrlichung einer pantheistischen Idee bis zum Exzess getrieben. Es erscheint dieser späte Abschnitt seines Schaffens wie ein Rückgriff innerhalb der abgelaufenen Kunstgeschichte und seiner Methode des Divisionismus, zeigt sich doch, daß der Symbolismus besonders im Jugendstil eine gewisse Weiterführung erreicht. Betrachtet man nun seine letzten Werke, so ergibt sich hier ein Dreiklang von Gegensätzen, die einerseits den sozialen Aspekt berücksichtigen, andererseits den malerischen Vorgang aufzeigen und zusätzlich durch allegorische Darstellungsformen den Eindruck einer versöhnlichen, sinnenhaften, gefühlsbetonten Situation vermitteln.

Die Anbetung der alpenländischen Landschaft wurde soweit angestrebt, daß er den Metropolen der Kunst London, Paris und Wien fernblieb, um sich noch stärker dem Mythos der Einsamkeit zu unterwerfen, der schließlich auch seinen frühen Tod mitverursacht hat: Bei einem Blinddarmdurchbruch war jede ärztliche Hilfe fern, sodaß sein Leben nicht gerettet werden konnte. Segantini starb im Alter von vierzig Jahren — in jenem Alpenbereich des Schweizer Engadin, wohin er als Wehrdienstverweigerer seine österreichische Heimat verlassen hatte. Und zwar in jenem Jahr, in dem er durch ein Dekret von Kaiser Franz Joseph wegen seiner großen künstlerischen Leistungen von jeder Verfolgung begnadigt worden war. Von diesem Zeitpunkt an wird von österreichischer Seite sehr viel für die breitere Darstellung des segantinischen Werkes unternommen.

Tirol hat es bislang verabsäumt, einem seiner größten Söhne den nötigen Respekt zu erweisen. Dies erfolgte in stellvertretender Weise durch Tiroler Künstler, die sich seinen malerischen Ideen anschlossen und, wie auch in allgemeinen Darstellungen leider zu wenig aufgezeigt wird, aus seinem Werk zu eigenen Interpretationen gelangten.

Ferner sei erwähnt, daß sich Gustav Klimt in Wien für ihn einsetzte, was ihm auch Anerkennung brachte. Sein Einfluß auf Schiele (Baummotive) ist ebenso offensichtlich wie auf Egger-Lienz, in dessen neuester Monographie sich kaum Hinweise auf Segantini finden lassen, obgleich vor allem seine positive Interpretation des arbeitenden Menschen eine auf Segantinis Einfluß beruhende Leistung darstellt.

Malerei ist nicht die Auszeichnung einer Fingerfertigkeit, sondern der Ausdruck geistiger Überlegungen. Bemesse ich Segantinis Beitrag zur Kunst des neunzehnten und beginnenden zwanzigsten Jahrhunderts, so ist die Substanz, die er einbringt, wohl die größte, die je ein österreichischer Maler aufwies. Es ist hoch an der Zeit, dieses Werk für Tirol wieder zu entdecken.

»EINSICHT UND AUSSICHT« Juni 1980

Einsicht zu geben oder zu haben in das, was möglich ist, soll ein Teil dieses Rechenschaftsberichtes sein. Es ist nicht immer klar, was zu sagen sei, ist doch die Annahme, etwas zu erreichen, von Hoffnungen getragen, die nicht immer erfüllt werden müssen. Im gegebenen Fall sicher oft weniger, als man zu glauben meint: Ich enthaupte mich nicht, wenn ich bestätigt finde, was ich immer wußte: daß das Tempo, um ein Ziel zu erreichen, wohl eine schnelle Anfangsgeschwindigkeit ist, aber dann in einem zähen Dauerlauf verbleiben muß, um das vorgezeichnete Paket an Vorstellungen und Aufgaben zu erreichen.

Wie soll nun die Stellung des Rektors eingebunden sein im Vollzug eines Hauses, in dem der individuelle einzelne sich freihalten will und nur auf sich bedachte Vorstellungen durchsetzen will und kann — so, daß ein Rektor vereinsamen muß und zum Blitzableiter wird. Der Schuldige sitzt immer oben. Nicht, daß ich dies verspüre, ich zeige es nur auf als eine Gefahr und Gegebenheit, die wiederum zu diktatorischem Eigensinn führen kann. Darum ist ja auch jede Hilfe aus Not, die ein Kollegium zusammenhält, zu wenig. Diese Gemeinschaft ist mehr als nur durch Not gebunden, sie soll ein Zentrum gemeinsamer Entscheidungen sein. Ich verliere mich nicht in Wehmut und Gedanken, sondern ich zeige die Notwendigkeit einer Beziehung zu jenen, denen bewußt ist, daß nur aus einer gemeinsamen Überlegung jene Wurzeln sich finden lassen, die zum Aufbau führen, den eine bewegliche Gemeinschaft braucht. Auch um zu wissen, stehe ich da, daß nur ein offener Bezug zu allem und allen dahin führt, wo eine gewisse Grenzenlosigkeit zu einer Kunst sich aufmacht.

Was zu sagen ist, mögen Vorstellungen sein, die sich aufzeichnen, ohne schon Eingrenzungen zu durchschreiten, und ich sage an, was sich durchführen läßt, oder was wir auf Zeit zu erzielen hoffen: Es soll keine Utopie sein, daß diesem Museum hier, dem wir seit seiner Gründung verbunden sind, in dem uns auch gestattet wird, immer wieder zu agieren, durch Ausstellungen und Veranstaltungen, eine Hilfestellung geleistet wird, wenn es darum geht, daß seinen wertvollen Inhalten entsprechend auch jene Räume hinzugefügt werden, die der Würde dieses Hauses den nötigen Rahmen geben. Wie sollen Inhalte sich vermitteln, wenn die räumlichen Grundlagen fehlen? Sammeln und Erforschen muß auch erkennbar gemacht werden. Deshalb soll versucht werden, in gemeinsamer Bemühung die Häuser der Hochschule und des Museums zu erweitern und einen geschlossenen Komplex zu schaffen, in dem Lehre und Forschung, Bewahrung und Entwicklung in gemeinsamer Darstellung sich finden.

Ein so diffiziles Gehäuse wie eine so komplex durchdachte Hochschule für angewandte Kunst erfordert immer wieder ein Überdenken seiner Position, seiner Haltung, der künstlerischen Aussage, seiner Verantwortung gegenüber der Geschmacksbildung, die in uns entwickelt wird und der wir vorauseilen.

Was haben wir nun dafür getan? — Es war ein Jahr des Denkens, des Überlegens, des Handelns in kleinen Schritten, da ja die Aufgabe große Dimension hat, und manch alte Strukturen schwer einer Veränderung sich unterwerfen lassen, sodaß wir nicht umhin können, das Gefüge von Grund auf zu erneuern und lebendig zu gestalten. Stehen wir doch nach meiner Auffassung in jener revolutionären Situation der Kunst, wo diese vor allem eine Erweiterung des Begriffs als Medium erfahren hat. Diese Erweiterung verlangt nun nach einer Neuformulierung der Lehre innerhalb von Kunsthochschulen.

Man muß sich vor allem bewußt werden, daß Kunstvermittlung nicht nur ein Vermitteln von manuellen Fertigkeiten sein darf, sondern vielmehr von spekulativen, gedanklich reizhaften Ansprüchen lebt und erst in der Überprüfung dieser Vorgänge zu einer Kunstäußerung führen kann. Dies würde in sich beinhalten, daß Kunstvermittlung nur eine geistige Vermittlung ist, die im einzelnen zu manuellem Anstoß Anlaß gibt, ohne direkte Kontrolle und Einfluß, sodaß die Persönlichkeit des einzelnen nicht amputiert wird und seinen Anlagen gemäß erhalten bleibt. Aus dieser Sicht ist das Profil der Meisterklassen in einen anderen Zuschnitt zu bringen, aus dem die Neuformung des gesamten Lehrangebots resultiert. Die Meisterklassen sind ja an sich zu überprüfen: ihre Funktion, ihre Möglichkeiten, das Naheverhältnis zwischen Student und Professor, das vielleicht eine andere Formulierung erhalten sollte, sodaß z. B. das kritische Moment auf beiden Seiten liegen kann, und dieses Naheverhältnis nicht zu einer Form- und Existenzabhängigkeit des Studenten vom Meister führt. Die Distanz wäre zu verringern.

Eine Reform ist abhängig von einer komplexen Gedankenflut, aus der sich nur langsam Ergebnisse erkennbar machen, sodaß sich der Aussagewert über das Erkennen einer Erneuerung nur in einem zeitlichen Abstand ermessen läßt. Die Überlegungen laufen in die Richtung, die Werkstätten noch stärker als unterstützende Funktionskörper einzusetzen, sie nicht von der Materialfrage her zu definieren, wie es oft der Fall war, sondern ihnen einen geistigen Überbau aufzupflanzen, der ihre technische Kapazität stärker ausnützt und gleichzeitig ein größeres Angebot an Gestaltungsmöglichkeiten erwarten läßt. Die Kreativität erhält dadurch mehr Spielraum, sie dringt in interdisziplinäre Bereiche vor. Diese Herausforderung führt zu einem breiteren Spektrum auch der Formulierung jener Gegenstände, die dem einzelnen bisher nicht zugänglich waren. Hier zeige ich nur die Bewegung an, in der sich diese Hochschule befindet, ihre Dynamik und Lebendigkeit, die sie sich seit ihrer Gründung erhalten hat.

KREATIVITÄT UND BÜROKRATIE

Juli 1983

Die Ordnung hat sich nur soweit festgelegt, als Gesetze Wunder der Bürokratie sind. Jene kreativen Äußerungen, die in Büros entstehen, das sind jene Verdichtungen, die sich in konkreten Vorschreibungen langsam verdichten. Alles stille Erfindungen aus dem normalen Tagesgeschehen, die zum Schrecken der täglichen Abwicklungen finden. In jedem Fall sind es Erfindungen zur geheimen Überwachung von gewollten oder ungewollten Vorgängen, die sich abspielen und kontrollieren lassen, oder Ausschweifungen, die sich nicht überlegen, weil sie sich nicht überlegen können. Es scheint von Interesse zu sein, was sich da abspielt an sinnlosem Spiel, das am Papier stattfindet und sich verändert, immer und immer wieder, wie Schneebälle, die da sinnlos hinwegfließen als wäßrige Kugeln und keine Treffer sind. Ist diese Notwendigkeit gegeben? Was würde die Verwaltung tun, wenn sie nicht für sich wäre oder sich vereinfachen würde — wäre dann an Arbeit zu denken? Ich wage es mir nicht vorzustellen. Diese Freiheit ist nur beschreibbar in großen Worten, sie mag eine Sehnsucht der Inhalte sein. Die Vorstellung vielleicht, wie es sein könnte, ein kurzer Gedanke, der sich nicht aussprechen läßt. Die Freiheit ist auf Stunden bemessen, eine künstliche Vorgabe, die in einer kreativen Beziehung zu den Dingen steht, die uns umhüllen. Eine Eingrenzung der Gedanken ist, was hierauf folgt. Gesetze sind die Sprache der Sicherheit, nach der alle zu verlangen glauben. Wer steht gern auf verlorenem Posten? Es müßte hier heißen: »Die Kreativität der Bürokratie ist unermeßlich in der Findung neuer Inhalte, die zur Regel werden, sodaß diese in Vorschreibungen ausarten!« Die Kreativität wäre zu verlangen, wenn es um Einschränkungen geht und um die Streichung angehäufter Vorschreibungen.

In einer Gemeinschaft ist die Vielfalt der Meinungen der Träger und der Zwang zum Versuch, gegebene Ansichten neu zu bedenken. Jede Periode, die weggelebt ist, hat den Wert ihrer Inhalte abgelegt. Das ist die Antwort auf mich selber am Ende einer mir vorgeschriebenen Zeitspanne, in der ich versuchte, diese Hochschule zu durchleben und in Bewegung zu bringen. Da läßt sich die Bürokratie nicht ausschließen. Wie soll sich die Verwaltung tragen lassen, die nicht einem Gesetz unterliegt? Denn einerseits ist das Gesetz auch Träger von Freiheiten, die sich meinen lassen, denn dieses Gesetz ist die Mithilfe, die Freiheit sich entfalten zu lassen. Denn jedes Unterliegen kann dem Vorgegebenen Gesetz sein oder der Beginn, etwas entstehen zu lassen. Dieses Wechselspiel der Gesetzmäßigkeiten ist schwer ins Bewußtsein zu bringen. Was ist die Kreativität der Anarchie? — Auch nur ein Beispiel dafür, wie das Gesetzlose sich organisieren läßt. Auch das ist eine Ordnung. Das Bohren an der hierarchischen Ordnung ist die Utopie der Anarchie, die wieder zur Utopie der Ordnung führt. Kann ich etwas erfassen, was ich sage oder kann ich jenen Ton erklären, der jetzt sich klingt, weil er noch nicht existiert und im Gesetz der Klänge noch nicht verstanden ist? Also bleibt immer das Gesetz der Unordnung, das Gesetz der Kreativität, das Gesetz der Bürokratisierung — wie soll ich sonst den Klang oder die Sprache der Aussage erkennen? Entscheidend scheint: »Wie finde ich mich zurecht im menschlichen Zwiespalt, der sich aus der Mischung von behaupteten Deklarationen erklärt?« Die Unzufriedenheit drückt sich darin aus, daß verschiedenste Meinungen in Durchsetzung gelangen. Wie weit sind wir doch heute mit den Wünschen, an die wir gestern noch geglaubt haben! Der Traum ist sicher mehr als nur ein Traum, läßt er doch die Wünsche erstehen.

Was hat sich nun erfüllt? Was hat sich über das Glauben hinaus erreicht? Sind wir doch von uns mehr überzeugt als womit wir zu überzeugen glauben. Was soll ich da beschreiben? Ein Lob, daß der Versuch gelungen sein mag, die Bürokratie möglichst abzudämmen und eine Freiheit zu erzeugen, die all das zuläßt, was zu sagen uns drängt? Wenn wir nicht müßten, wären wir froh! — Sagen wir es so gleichgültig wie möglich. Ist das die Überwindung der Bürokratie, die einfache Sprache, die zu reden die Begründung verläßt?

Jede Ausschließlichkeit ist die Verführung zum Diktat, zur absoluten Äußerung oder der Äußerlichkeit, nur in eingleisigen Fakten eingeschnürt zu handeln. Obgleich eine Behauptung, wenn sie nur behauptet und in der Folge in sich ruht, wohl von größter Überzeugung ist, läßt sie sich auf Dauer nicht behaupten, ohne die Begründung auszuschließen, die das bürokratische Gesetz ist. Das eine kann nur mit dem anderen überleben. Die Bürokratie kann die Erklärung der Kreativität sein, wenn sich die jeweilige Behauptung zuläßt.

Die klimatischen Bedingungen können bei einer Malerei, die sich als Vorbild die Natur vornimmt, von großer Bedeutung sein. Das Bedürfnis der fortschrittlichen Maler des 19. Jahrhunderts, die Atelierräume zu verlassen und direkt im Natur-Vorbild zu arbeiten, ergab Probleme, von denen jeder dieser »Naturanbeter« erfaßt wurde. Der Verzicht auf jegliche Stilbildung erbringt eine Gelöstheit im Anwenden malerischer Mittel, die in dieser Fülle vorher kaum vorhanden war. Probleme, die sich aus dem neuen Motiv ergeben, behandeln primär naturbezogene Vorgänge. Was sind nun die neuen Fragen, die in breiter Front auf diese Maler einstürmen? Da ist einmal das Individuum, das auf jede Landschaft subjektiv reagiert. So erträgt nicht ein jeder die Hitze südlicher Länder oder die Kälte des Nordens, sodaß er sich jene Gegend suchen muß, die seinem inneren Gefühl entspricht. Dies kann seine unmittelbare Heimat sein wie bei Cézanne, oder das Ziel einer romantischen Sehnsucht wie bei Gauguin. Segantini, der erzwungenermaßen die Großstadt Mailand mitbevölkern muß, leidet unter diesem Zwang. Nicht nur, daß er die Hitze nicht erträgt, fühlt er auch das Bedürfnis, die Nähe jener Gebirgslandschaft wiederzufinden, aus der seine Vorfahren ihren Ursprung genommen haben.

Seine in der italienischen Malerei fußende Haltung verändert sich in dem Moment, wo er sich ganz der Alpenlandschaft hingibt. In dieser Zone erarbeitet er eine, man möchte fast sagen, eigene Sprache, die nur für jene zutreffend sein kann, die in diese Regionen hineingeboren sind.

Erst in den hohen Alpenregionen entfesseln sich seine Fähigkeiten auf der Suche nach einer Neuinterpretation von Malerei. Dieses psychologische Moment einer Gefühlshaltung, das sich aus der Abstammung ergibt, kann wohl angenommen werden, wenn es auch wissenschaftlich bisher nicht bewiesen worden ist.

In seinem Frühwerk wird der Raum schon wie in geologischen Schichtungen gegliedert. In den Bildern, die im Alpenbereich vor der Natur entstehen, wird die Logik dieser Aufgliederung, die sich nun aus der Landschaft ergibt, in konsequenter Weise erfaßt und zur Vollendung gebracht. Dieser Vorgang ist nur möglich, wenn die klimatischen Bedingungen vollkommen begriffen werden, haben sie doch Einfluß auf die laufenden Veränderungen, die eine Landschaft widerspiegelt. Dies zu sehen, kann nur jenem gegeben sein, der voll in diese Situation hineingewachsen ist. Es ist dies umso schwieriger, als die alpine Landschaft viel stärker temporär bedingten Verwandlungen unterliegt, sich innerhalb von Minuten ein neuer Einblick ergeben kann. Diese Tatsache wird erst seit Segantini gesehen, denn oft ist die bildliche Darstellung notwendig, um sinnlich wahrnehmbare Vorgänge auch bewußt zu machen. Hier steht Segantini mit Cézanne und van Gogh auf gleicher Ebene, mit dem Unterschied, daß die Detailzeichnung über die atmosphärische Empfindung hinaus eine reale Interpretation miteinbezieht, sodaß jeder Stein, jeder Grashalm als elementares Subjekt für sich selbst mitbeiträgt, die lebendige Natur in der herrschenden Situation von aufkommendem Sturm oder totaler Sonnenbestrahlung zu vergegenwärtigen. Hier herrscht nicht das Prinzip einer theoretischen Aufgliederung in Bildpartikel im Sinne der Ordnungsgebung Seurats, sondern die Detailauflösung erfüllt den Zweck, Realität durch beinahe mikroskopische Genauigkeit zu verzerren. Jedes Detail wird dadurch dynamisiert und in geordnete Rhythmen gebracht.

In konsequenter Folge ist es den Futuristen gelungen, diese Dynamisierung zu übernehmen, zu verselbständigen und in ihre Bildideen einzufügen, sodaß hier ein nahtloser Übergang von der revolutionären Idee Segantinis zu den Vorgängen neueren Kunstdenkens gegeben ist. Diese Überlegung ist insofern von großem Interesse, als sein Einfluß in Österreich und in der Schweiz nur oberflächliche und nicht grundsätzliche Erneuerungen ausgelöst hat. Hier wurde wohl eine Art von Pointillismus ästhetischer Prägung hervorgebracht, eine Ideologisierung wurde aber nicht erreicht, da eine solche präzise Arbeitsweise nur wieder durch ähnlich konzentriertes, methodisches Vorgehen zu erlangen ist.

Obwohl Segantinis Malqualität aus der Tradition von Medardo Rosso und Montecello kommt, führt sein Weg, wie schon ausgeführt, über den Divisionismus, dessen wichtigster Vertreter er wurde, weiter zu jenen wichtigen Ausdrucksformen, die für die futuristische Bewegung bestimmend wurden, hat doch vor allem Boccioni Segantinis Methode der Darstellung von Bewegung und der Behandlung der reinen Farbe in seinem Frühwerk aufgenommen und daraus die eigene Sprache jener Gruppe installiert, die für die italienische Kunst des 20. Jahrhunderts größte Bedeutung erlangte.

Untersucht man Teilbereiche aus Bildern wie »Die bösen Mütter«, so kann man im Gebirgszug, so man das Bild auf den Rücken legt, fast ein reliefhaftes Hervortreten des Bergmassivs erkennen. Es entsteht der Eindruck, als ob das Gesetz der Fläche aufgehoben wäre, so stark ist die räumliche Wirkung. Stattdessen hat etwa die Zergliederung in Farbwerte die Aufgabe, die Fläche als gegebene Tatsache zu erhalten. Dieses Prinzip enthält schon jenen Vorgang, wie ihn jedes ungegenständliche Bild in seiner ausschließlichen Flächenbezogenheit aufweist. Das Ungegenständliche hat seinen Ausdrucksträger in einer monochrom bezogenen Bewegung der Fläche und einer eher reliefhaften Negativ-Positiv-Modulation. Hier ergibt sich, daß die Darstellung realer Gegenstände in ihrer Beschreibung die Emotion ausschließt und damit nicht nur zur Wahrheit des Realen führt, sondern gleichzeitig den Körper nur als Form sieht. Diese Kälte des Vorganges läßt den Beschauer fast erstarren und erzeugt das Unnahbare, das diese Bilder auszeichnet. Somit erkennen wir verschiedene Möglichkeiten von Darstellungsprinzipien, die in der Zeit erfunden und gefunden werden und das Kunstwollen des 20. Jahrhunderts prägen und auszeichnen: den Bewegungsrhythmus, die unnahbare, flächenbezogene Ungegenständlichkeit und das Reale in einer sachlichen Distanz. Man kann sogar die totale Freiheit der Expression, zwar nur in einer ganz kurzen Phase, aber doch als einen wichtigen Befreiungseffekt innerhalb der Produktion finden (»Das Zigeunergespann«, ca. 1888; »Kuh im Hof«, 1888/89; »Nächtliche Szene«, 1888). Hier wird vor allem mit technischer Raffinesse, Aufspachteln und Wegkratzen von Farbe, Einritzen mit dem Pinselstiel, Bearbeiten mit Schmirgelpapier eine Bildzerstörung vollzogen, die nicht nur einen physischen Wert für den Maler hat, sondern auch den geistigen Umbruch signalisiert, in dem die Expression nicht allein beherrschend ist, sondern dem Gesetz der Dynamik und damit ihrer Ordnung sich einfügt — trotzdem ist die Expression in den zitierten Bildern jedoch voll erreicht.

Diesen vier Aspekten in Segantinis Werk folgt in den symbolistischen Arbeiten, aus welchen Gründen auch immer, eine zum Teil abgeschwächte Periode seiner Spätzeit. Die malerische Revolution seiner Arbeitsmethode wird, man möchte fast sagen, in einer Art Verjüngungsprozess abgelöst durch eine Phase, welche die Geschichte der damaligen Moderne schon überrollt hatte. Dennoch verfällt er nicht ganz dem sentimentalen Zwang der Zeit, die im Jugendstil solche Feste religiöser Ekstasen und sektiererischer Gefühlswallungen mit märchenhaftem Einschlag zelebriert. Vielmehr unterliegt er immer wieder jener Urangst, welche die Gebirgsmassive und die Einsamkeit der Almregionen auslösen, was bei ihm die Frage nach dem Wesen des Seins entstehen läßt. Das Problem des Werdens, Lebens und Vergehens wird als zentrales Thema behandelt.

Der Realismus findet meist nur zeitlich begrenzte Aufmerksamkeit, sodaß sich gerade im Darstellen einer bäuerlichen Arbeitswelt die Empfindung einer idealisierten Darstellung nicht ausschließen läßt. Der Vorgang Arbeit und damit verbunden die heilige Handlung, für die Ernährung zu sorgen, überhöht jene Personen, die zur Darstellung gelangen, sodaß das Symbolhafte in die jeweilige Gestalt des Bauern eindringt und ihn als ein Wesen besonderer Auswahl interpretiert, ihn somit zum Symbol einer Idealisierung des arbeitenden Menschen macht. Wie die Geschichte gezeigt hat, wurde diese Idealisierung in der Folge immer wieder von totalitären Staatsformen mißbräuchlich zitiert und hat als zwanghafte künstlerische Äußerung eine nicht unwesentliche Bedeutung erlangt.

Trotzdem schließt Segantini jedes hinplazierte Modell aus. Er unterscheidet sich von jenen wichtigen Erneuerern wie Hodler, die den Menschen als Symbol nur in einer gestischen Erstarrung zeigen, die sich bis zur Verkrampfung steigert. Hier zeigt sich der Vorteil einer Isolation, die sich in unmittelbarem Kontakt mit dem Leben in der Natur eine offene und befreite Beziehung nicht nur zu den Dingen bewahrt, sondern auch zu jenen Menschen, die sich zwanglos den Gegebenheiten stellen können. Die Überwindung der Symbole und Geheimnisse veräußert sich in der realen Einfachheit einer bäuerlichen Umgebung, die in ihrer Schlichtheit jedes Geheimnis verbannt. Die Überwindung des Symbolismus erübrigt sich, wird sie doch vom Realen überdeckt.

Zieht man ein Resümee, so erkennt man den weiten Bogen von Segantinis revolutionärer Malerei. Bedingt durch äußere, familiäre Umstände, beginnt er bei einem sozialkritischen Realismus, da er vor allem in der Jugend in zwanghaften Verhältnissen lebt, die ihn zum Sozialkritiker heranwachsen lassen. Damals sieht er den Bauern nicht als jene freie Persönlichkeit, die auf eigenem Besitz schwere Arbeit leistet, wie er dies erst später in den Schweizer Bergen erlebt, sondern hier ist der Bauer jene proletarische Hilfskraft, die dem Zwang einer Herrschaft unterliegt, welche das menschliche Wesen nur zu ihrem Selbstzweck verwendet. Man begreift hier Segantinis radikale Haltung im politischen Denken, die ihn veranlaßt, sich einem radikalen Sozialismus anzuschließen. Sein Beitrag ist das Erkennenmachen von Mißständen, die sich um ihn ereignen. So dürfte sein fast fluchthaftes Weggehen von Mailand nicht nur seinem Bedürfnis entsprechen, in jene klimatischen Zonen zu gelangen, die seinem Wesen entsprechen, sondern auch dem Wunsch, jenen menschlichen Freiraum zu finden, der die Alpenländer auszeichnet. Hier wird seine Malerei in der Ausschließlichkeit eines sozialen Realismus unterbrochen und führt zu einer Bearbeitung von neuen Problemen, die damit einsetzt, die Expression des Realen durch eine Expression der malerischen Auflösung zu überwinden. Dies äußert sich zuerst in einer mehr technisch orientierten, formlosen Experimentierfreudigkeit, die immer wieder von realistischen Arbeiten abgelöst wird, welche sich in einer oberflächlichen Impression bewegen (»An der Stange«). Dies bringt fast eine Art Gesundungsprozeß mit sich, im Sinne einer Theoretisierung seiner Arbeitsmethode. Die Überwindung des Sozialkritischen erfolgt durch eine Umgebung, die in einem selbstbewußten Dasein existiert und ihm die Zweifel an ungerechten Situationen nimmt. Dieser Optimismus überträgt sich in eine Farblichkeit, die seine freudige Gestimmtheit wiedergibt. Gleichzeitig verzichtet er auf Darstellungsweisen, die einer anderen Sprache angehören, die sich vielleicht in der Literatur wiederfinden, und es kommen die ureigensten Fragen zutage, die ein Maler sich stellen kann, wie das Erkennen der Auflösung als dynamischer Prozeß. Dieser Vorgang wird zu seinem malerischen Manifest, wie auch das Erkennen der Malerei als flächenbezogene Disziplin. Der Mensch als reales Wesen wird nun in einer fast klassisch distanzierten Haltung erkannt, die auch den Realismus in einer ganz anderen Weise sehen läßt — eben jenen Realismus, der eine totale Durchzeichnung bis zum Detail zuläßt, aber das Reale nur als das sieht, was es sein soll, Gegenstand der Nachzeichnung. Sein Symbolismus ist ein Bekenntnis zu einer Zeit, die Religionen anzweifelt und in pantheistischen Empfindungen vielleicht jenes Urbedürfnis nach geheimen Kräften abdecken will, die sicherlich — wie auch Segantini sah — in der Natur vorhanden sind.

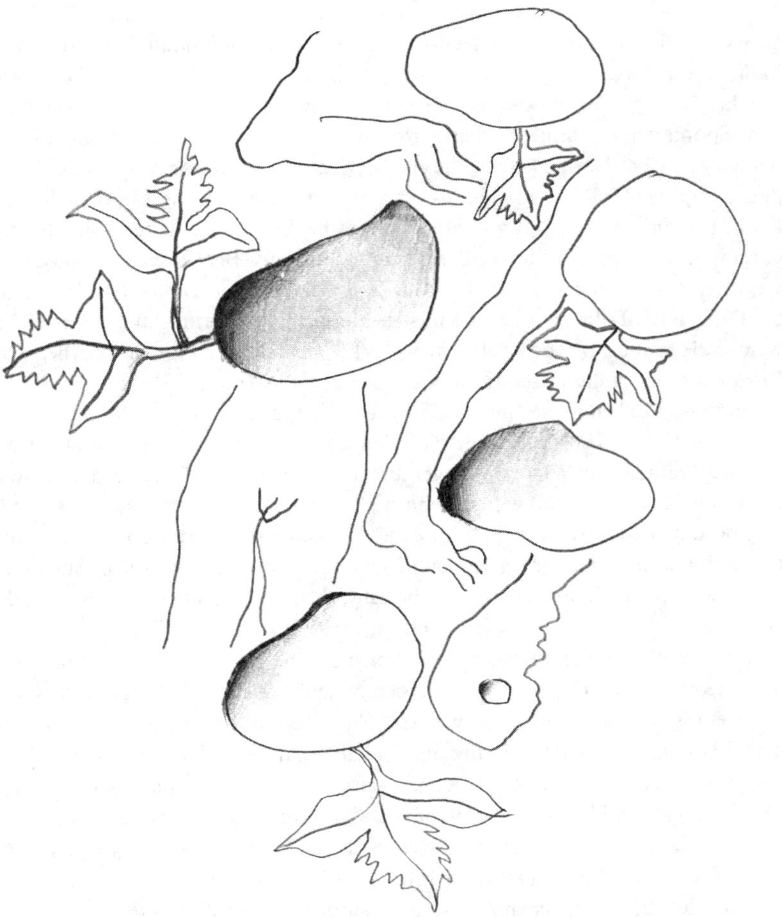

VON DER NOTWENDIGKEIT EINER REFORM DER KUNSTHOCHSCHULEN

Juni 1981

Es wird sich immer die Frage stellen, wie weit Kunst überhaupt vermittelt werden kann. Diese Auseinandersetzung wird von jenen Künstlern ständig geführt, welche um das Problem der Vermittlung wissen — denn Kunst ist nicht nur etwas, was aus dem Spontanen entsteht, sondern wird vor allem auch von theoretischen Komponenten getragen. Diese Theorie, die erforderlich ist, um Aussagen zu erstellen, kann den Lernprozeß bilden, welcher als schulpraktische Erfahrung eingebracht werden kann. Die theoretische Interpretation ist durch den schöpferischen Künstler immer dargestellt worden. Daraus ergibt sich der tatsächliche Begriff einer schulischen Bewegung, die immer auch von der künstlerischen Tradition eines Landes abhängig ist. Das hat zur Folge, daß jeder Künstler nur mit jener Vermittlung einsetzen kann, welche die grundsätzliche Kraft seines Werkes ausmacht, das heißt, die theoretische Erfahrung bildet die wesentliche Substanz seiner Aussage.

Sind diese Erkenntnisse nun auch wert, weitergetragen zu werden, oder besteht die Gefahr, daß die Vermittlung einer subjektiven Ansicht so bestimmend wirkt, daß sich daraus nur Wiederholungen ergeben können? — Diese Frage ist in dem Sinn zu beantworten, daß jede Erkenntnis selbstverständlich wert ist, als Grundlage angenommen zu werden. Nur fragt es sich, ob eine solche Haltung, sofern sie sich nur einseitig orientiert, nicht eher am Ziel einer künstlerischen Ausbildung vorbeiführt, welches doch vor allem darin besteht, dem Studierenden zum Ausdruck seiner ihm innewohnenden Subjektivität zu verhelfen.

Somit muß man verlangen, daß die künstlerische Theorie, die ja aus der Summe der Theorien vieler einzelner Künstlerpersönlichkeiten besteht, auch in dieser Vielfalt weitergegeben werden soll, weil das Ziel, das Subjekt zu beeinflussen, nur in dieser Summierung legitim sein kann. Es gilt somit, einem Partikularismus entgegenzutreten, der nur zu einer Konservierung eines bestimmten Formenkanons führt. Es gab wohl in den sogenannten »Grundlehren«, an deren Findung diese Hochschule beteiligt war, bereits Ansätze, diese einseitigen Vermittlungen zu überwinden, doch ist diese analytische Interpretation von künstlerischen Prozessen zu sehr aus dem schöpferischen Akt herausgehoben und erfüllt nur die Funktion einer Weitergabe von Wissensinhalten, die jedoch nicht unmittelbar in die künstlerische Arbeit integriert werden können. Die angeführte Form der Grundlehre könnte jedoch ohne weiteres als Zusammenfassung künstlerischer Vorgänge von Kunsttheoretikern aufgearbeitet werden und sich zu einer Disziplin der Grundlagenforschung entwickeln. Das Engagement des Studierenden in Richtung künstlerischer Theorie muß sich deshalb außerhalb der spontanen Definitionen ereignen und sich also in einer neuerlichen Verarbeitung durch Verallgemeinerung der Theorie darstellen.

Wie schon eingangs erwähnt, stehen wir vor dem Problem, wie bildhafte Werte sich einsehen lassen, denn der Fehler des Nicht-Erkennens ist immer wie eine ungreifbare Drohung vorhanden. Dabei ergibt sich ja die Fragestellung, ob eine Idee überhaupt vom Künstler zum Betrachter transportiert werden kann. Dafür gibt es in jüngster Zeit das Beispiel von de Maria: Ein Loch wird in den Erdhügel gebohrt; damit entzieht sich das Kunstwerk von Anfang an der sinnlichen Wahrnehmung, denn der Schacht ist nie einsehbar. Wenn man die Öffnung schließt, ist das Werk sogar überhaupt der Vergessenheit ausgesetzt.

Dieses Beispiel läßt folgenden Schluß zu: Kunst ist von Behauptungen abhängig, wobei diese Behauptungen nur Manifestationen von Ideen sind, die frei vom Manuellen sind, vom Technischen oder von jeder anderen Bindung, die außerhalb des Geistigen liegt. Im weiteren ist zu ersehen, daß geistige Vorgänge auf eine historische Ebene bezogen sind. Ereignisse, die sich in begrenzten Gebieten abspielen, stellen oft eine laufende Wiederholung dar. In Varianten wird dieselbe künstlerische Aussage vollzogen, wobei jedoch die Variationsbreite so groß ist, daß man um die Zusammengehörigkeit oft gar nicht weiß. Deshalb war eine Verweigerung des Kunstwerkes von de Maria in München legitim, da es aus einer künstlerischen Situation stammt, die sich zwar in den USA finden läßt, sich aber einer Verpflanzung entzieht, weil diese viele komplizierte Vorgänge voraussetzen würde. De Marias Aussage basiert nämlich auf einer Philosophie, die sich nach den einfachsten Grundlagen ausrichtet.

Warum nun dies alles? Es erklärt, daß Schulen fast zu komplex sind, um Künstler auszubilden. Das System ist auf einer Schulung aufgebaut, die jede einfache und logische Aussage zu verweigern hilft. Somit ergibt sich die Notwendigkeit, das System einer einfacheren Sprache anzupassen. Wenn wir davon ausgehen, daß das Kunstwerk nur dort als gelungen anzusehen ist, wo es sich nicht mit komplizierten Beiläufigkeiten belastet, müssen wir trachten, jene Klarheit zu erreichen, die ein Kunstwerk auszeichnen soll.

Nach dieser Interpretation von Vermittlung möchte ich nun die Frage nach einem neuen Kunsthochschulmodell stellen. Nicht umsonst scheint sich diese Problematik im Abstand von jeweils hundert Jahren zu wiederholen. In diesem Zusammenhang kann man auf Georg Waldmüllers wichtige Kommentare hinweisen und auf seine intensive Kritik am Kunstschulwesen, die auch dazu führte, daß er von der Akademie der bildenden Künste in Wien, deren Professor er war, ausgeschlossen wurde. Seine Kritik könnte heute geschrieben worden sein, wenn auch aus anderen Motivationen — eben jenen Bedürfnissen entsprechend, denen wir heute nachkommen müssen. Es ist zu prüfen, ob das von Waldmüller verlangte Meisterklassenprinzip sich für unsere Situation noch als geeignet erweist. Die Vorstellung, daß die Meisterschaft einer Person wieder neue Meisterschaft hervorbringt, scheint jene Problematik zu haben, daß eine starke Persönlichkeit niemals jene Objektivität zuläßt, die dem Prinzip der freien Entfaltung entsprechen kann. Es scheint, daß sich der künstlerische Mensch viel stärker der Sensation einer revolutionären Tat aussetzt, wenn diese durch einen breiten Erfahrungsraum des Sehens auf ihn zukommt und auch auf ihn zugeschnitten erscheint. Dieser Vorgang schließt jedes spätere Umlernen aus, da der Lernende von Anfang an die Möglichkeit hat, die ihm entsprechende Grundlage zu entdecken, während die übernommene Technik der Meisterschaft zur Negierung der eigenen Selbstfindung führt.

Die erste wirkliche Reform, deren Hauptträger unsere Hochschule war und die zu den Prinzipien des Bauhauses führte, brachte vor allem die Humanisierung des künstlerischen Gedankens, das Sich-Freimachen von der Idee des alleinigen Selbstzwecks der Vorgänge in der Kunst, sodaß der Gebrauchsgegenstand gleichwertig neben die scheinbare Zwecklosigkeit reiner Kunst gestellt wurde. Dieser Gedanke bindet den Künstler viel stärker in den gesellschaftlichen Prozeß ein und wirft ihn nicht in die Regionen des Außenseitertums. Die Idee der Humanisierung von Kunst entstand im Zusammenhang mit der Erneuerung von sozialen Strukturen und der daraus resultierenden Wirklichkeitsvorstellung, einer Utopie, der Allgemeinheit die Erfüllung jedes menschlichen Bedürfnisses zu ermöglichen. Die Analogie zur heutigen Situation findet sich nicht im Raum des sozialen Umfelds, jene Reformbewegungen müssen überhaupt als gescheitert angesehen werden, da soziale Vorstellungen nicht durch zwanghaftes Einwirken verwirklicht werden können, sondern nur durch eine allgemeine Verbesserung der materiellen Grundlagen. Höhere ästhetische Ansprüche können nicht diktiert werden, sondern sie müssen sich auf der Basis einer sicheren Existenz formieren.

Die Kunst hat in der zweiten Hälfte dieses Jahrhunderts sprunghafte Veränderungen durchgemacht, die den Kunstbegriff an sich in eine völlig neue Wirklichkeit gesetzt haben. Selbstverständlich bleiben Inhalte konventioneller Art erhalten und werden weiterhin verwirklicht. Gleichzeitig lassen sich jedoch neue Vorgänge erkennen: die elektronischen Medien werden eingebracht, neue Raumvorstellungen werden verwirklicht, die plastische Gestaltung wird wesentlichen Veränderungen unterworfen (so werden etwa reale Gegenstände in räumliche Utopien eingefügt). — Die Erwähnung dieser Tendenzen ließe sich noch weiterführen. Eine Kunsthochschule muß nun diesen divergierenden Auffassungen Rechnung tragen, wenn sie auf der Höhe ihrer Zeit bleiben will. Natürlich kann dies durch Persönlichkeiten verschiedenster Richtungen gewährleistet werden, trotzdem ist es aber notwendig, den Lehrprozeß so flexibel zu gestalten, daß diesem breiteren Bedürfnis entsprochen wird.

Wie kann dies aussehen? Selbstverständlich gibt jedes Überdenken von Zuständen erst den Anlaß zu einem Programm, das sich nur ertasten läßt und mit der Zeit aus sich selber wachsen muß. Man muß jedoch die ersten Hinweise erarbeiten, damit dieser Prozeß in Fluß geraten kann. Damit will ich sagen, daß nicht eine erzwungene Vorgangsweise die Dinge beschleunigen soll, sondern daß man ihnen Zeit lassen soll, sich zu entwickeln. Entscheidend ist, daß das Bewußtsein der Notwendigkeit einer Erneuerung eingesetzt hat. Konkrete Darstellungen lassen sich bereits finden: Vor allem sei hier die wesentliche Erweiterung der Werkstättenbereiche angeführt, die bis jetzt zu sehr auf einfachste manuelle Tätigkeiten ausgerichtet sind und in Zukunft viel mehr einen professionellen Umgang mit dem Material garantieren müßten. Einerseits ist es erforderlich, Werkstätten zu schaffen, in denen alle technischen Voraussetzungen für die künstlerische Arbeit geboten sind, gleichzeitig sollen diese aber auch den Studierenden verschiedenster Disziplinen allgemein zugänglich gemacht werden. Die Folge wäre eine komplexere Ausbildung aufgrund eines breiteren Angebots von Entfaltungsmöglichkeiten. Selbstverständlich ist der manuelle Ansatz nur ein Teilaspekt, er trägt aber wesentlich dazu bei, die künstlerische Problematik einer intensiveren Theoretisierung zuzuführen, die ja die Voraussetzung jeder künstlerischen Intention sein muß. Somit wird der Künstler als Lehrer seinen Wert viel mehr in einer erweiterten Interpretation seiner Erfahrungen ausweisen, und zwar nicht begrenzt in einer ihm unterworfenen Gruppe, sondern er wird der Gesamtheit ausgesetzt, die wiederum nicht nur einer einzigen, patriarchalischen Persönlichkeit untersteht, sondern sich an einer Vielzahl von Meinungen orientieren lernt.

Dieser Ansatz schafft jene Verlorenheit und Vereinsamung, die notwendig ist, um zu jener Selbsterkenntnis zu kommen, die Personen entweder zerbrechen läßt oder zur Eigenfindung führt.

Die Sprache der Kunst ist eine Sprache der Sprachlosigkeit. Die Sprache der Vermittlung ist eine Sprache, die sich in Bahnen bewegt, die ein Erkennen sucht, und darin verirrt sich jede Vermittlung. Das Erkennen-Wollen schafft die Unruhe, die uns immer wieder glauben macht, in Vordergründigkeit darstellen zu müssen, obwohl wir wissen, daß dies unmöglich ist. Hier steckt der Kern der Problematik jeder künstlerischen Vermittlung, sodaß Reform als eine permanente Bedingung gesehen werden muß.

KOLO MOSERS MALEREI ALS MÖGLICHKEIT EINER NEUEN FORMULIERUNG DES KLASSISCHEN 1979

Es ist völlig falsch zu behaupten, der Wiener Secessionismus sei eine Bewegung gewesen, die mit Gewalt eine Erneuerung anstrebte. Vielmehr hat sich die Möglichkeit zur Universalität an der Wende zwischen dem 19. und 20. Jahrhundert durch eine Anhäufung von Erfahrungserkenntnissen ergeben. Das Studium an vorgegebenen Kunststilen und das zum Teil oft direkte Übernehmen und Hineinkopieren, das Vermischen von Altem und Neuem, schuf mit der Zeit ein Klima offener und freier Ausdrucksformen und Interpretationen. Das Finden und Entdecken der Individualität war ein langer Prozeß des Erkennens der Vergangenheit im politischen und künstlerischen Bereich, und damit war man zu dem Wagnis gelangt, für sich selber zu entscheiden — und genau dazwischen liegt die weltweit gelungene Leistung der Secession, die Kunst als eine Einheit zu sehen, die den Repräsentationsbau ebenso umfaßt wie die einfache bürgerliche Wohnung mit ihren Gebrauchsgegenständen, die frei von vergangenen Stilelementen sind.

Wien als Zentrum dieser Kunstbewegung darf nicht unterschätzt werden, wenn auch viele Einflüsse, vor allem über den schottischen Architekten Mackintosh, hierher gelangt sind. Wesentliche Anteile am Vorantreiben der Erneuerung durch die Secession sind ihm und ihm nahestehenden Künstlern zu danken. Vornehmlich Versachlichung und Vereinfachung der Gegenstände sowie deren Entsprechung in der Funktion sind der historische Beitrag und die Leistung dieser Künstlergruppe, die damit Bestrebungen des holländischen de Stijl und des deutschen Bauhauses um Jahre vorweggenommen hat.

Die Bedeutung von Kolo Moser als vielseitig begabte Persönlichkeit erweist sich durch die im Katalog aufgezeigten Beispiele aus dem Bereich des Kunsthandwerks und im besonderen der Graphik. In seiner Malerei, der seine Hauptneigung in den letzten Jahren seines Lebens galt, hinterläßt er Fragmentarisches. Das hat vor allem auch historische Gründe, verläuft doch sein Weg als Maler über den Symbolismus, Historizismus und somit weniger über jene Bereiche der Malerei, wo der Aussagewert in der Malerei als Malerei liegt (Impressionismus), als vielmehr über die Darstellung erzählerischer Inhalte, was in der angewandten Graphik von Vorteil ist, da diese nur schmückende, illustrative Aufgaben erfüllt. Die Zeit war noch nicht reif, die direkte Illustration auf die freie Malerei zu übertragen, wie später bei der Pop-art, nicht reif, mit äußeren Mitteln eine Distanz zur Kunst zu erreichen, die eben die hohe Qualität von Kolo Mosers Graphik ausmacht. Nur Ansätze, fragmentarische Versuche bleiben, wie die leider zerstörte Bemalung der Außenwände an der Wiener Secession (»Kranzträgerinnen«) und die noch vorhandenen plastischen Reliefs beweisen. Hier ist eine Vielfalt von Pionierleistungen angezeigt, wie die ungegenständlichen Elemente in der Außenwand-Plastik, die nicht schmückend wirken, sondern als freie Entwürfe zu gelten haben. Die »Kranzträgerinnen«, die sich im äußeren Erscheinungsbild stereotyp wiederholen, aber nicht allein als Ornament gesehen werden, sondern vielmehr durch ihre Multiplizierbarkeit zur Wirkung kommen, sind frühe Beispiele der abstrakten Kunst unseres Jahrhunderts (1898). Dies ist ein Ansatz zur Malerei des Banal-Oberflächlichen. Daß diese Malerei Anlaß zu Mißverständnissen gab, ist klar. Banalität als Möglichkeit im höheren Sinn kann kaum verstanden werden.

Die Künstler der Secession waren Stilisten, und ihnen lag jede Expression und Deformierung fern. Sie waren Traditionalisten. Das Fundament war die Vergangenheit, die stete Kontinuität aus dem Klassischen, die direkt ins Abstrakte führte.

Im Kunsthandwerk erreichte Kolo Moser dieses Ziel, solange das Schmücken und Behübschen eines Gegenstandes ausgeklammert war. In seine Malerei hatte das Abstrakte aber nur peripher Eingang gefunden, vor allem im Anwenden ornamentaler Formen oder durch Stilisierungen (Glasmalerei). Das Malbedürfnis Mosers lag somit in einem luftleeren Raum. Das Kunsthandwerk war von den extremen Möglichkeiten her für ihn abgeschlossen. Als Beispiel kann der Möbelbau dienen: die einheitliche Bemalung des Holzes, besonders durch die Farbe Weiß sowie Horizontale und Vertikale als Basis für die gesamte Grundkonzeption. Gleichzeitig lag der Expressionismus als Möglichkeit in der Luft. Das Expressive entsprach seinem Wesen aber weniger, sodaß er in der Malerei jene Ausdrucksformen suchte, die in Österreich nicht vorhanden waren: den Impressionismus und daher die extreme Auslegung in Farbe, die theoretische Formulierung derselben, die ihm zum Abstrakten zu führen schien.

Es war ein mutiges, aber tragisches Unterfangen von Kolo Moser, sein künstlerisches Tun in seinen letzten Lebensjahren vor allem auf die Malerei zu verlegen. Daß seine historische Bedeutung schon in der angewandten Kunst erfüllt war, erschien ihm für sein persönliches Schaffen nicht entscheidend genug. Der Vergangenheit kann jedoch niemand entrinnen, weder seiner Herkunft und Schule noch seinen Neigungen nach. Somit war vorgezeichnet, was ihn bis zum Ende seines Lebens beschäftigte: die klassischen Inhalte des Historizismus, ein klarer Naturalismus, die direkte Sprache des Impressionismus und die Erfahrung des Abstrakten, die Theorie der Farbe, die in seinem Werk in zweifacher Hinsicht zum Tragen kam. Ein problematischer Nebeneffekt war seine große Verehrung für Hodler, die wohl daraus resultierte, daß sich alle jene Aspekte in Hodlers malerischem Werk vereinigten, die für Kolo Moser so bedeutend waren.

Eine Analyse seiner Malerei, die notwendig wäre, ist insofern schwierig, als deren Vorzeichen scheinbar ohne jeden revolutionären Elan sind, sodaß die Interpretation der Vorgänge innerhalb der Bilder immer wieder in der Erinnerung an schon vorgegebene Vorbilder hängenbleibt, weil jegliche Interpretation fehlt. Schließt man nun jedes äußere Erscheinungsbild aus, um sich ganz auf die bildnerischen Inhalte zu konzentrieren, so gelangt man zur Erkenntnis, daß Kolo Moser immerhin ansatzweise seinen Weg in der Malerei gefunden hat.

Der Historizismus und das wichtige Moment der Innerlichkeit des Symbolismus bleiben ein durchgehender, gehaltvoller Aspekt, der nur in einer Zeitspanne des intensiven Naturstudiums in den Jahren 1907 bis 1914 immer wieder unterbrochen wird. Hier zeigt sich eine weite Palette von interessanten Ansätzen, die wesentlich breiter gestreut sind: von Porträtbildern ganz aus der Tradition eines Impressionismus des späten 19. Jahrhunderts bis zu expressiven Notierungen (Holzschnitte, Ver Sacrum, 1903). Entscheidend ist die Kontur, die Linie als wesentlicher Faktor im Umschreiben der angebotenen Darstellungen. Nur geschieht dies nicht mit einer nackten, klaren Linienführung, sondern in modulierenden Pinselzügen.

Als Beispiel für die Komplexität seiner Bildinhalte sei herausgegriffen »Der Wanderer«, um 1916. In dieser Darstellung sind viele malerische Vorgänge zu sehen, die Kolo Moser als eine schöpferische Kraft innerhalb der Malerei erkennen lassen. Die Darstellung an sich zeigt die ganzen Vorzüge und Nachteile eines Neuklassizismus, die dreißiger Jahre vorwegnehmend, wo das äußere Erscheinungsbild in idealisierender Form dargestellt wird. Hier kann eine Erfindung innerhalb der Kunstgeschichte bewiesen werden. Die Idealisierung wird zusätzlich erreicht durch phosphoreszierende Markierungen der anatomischen Körperpartien. Diese inneren Konturen und die Kontur an sich werden noch einmal ausgezeichnet durch eine umschreibende Kontur des Körpers und des Gesamtbildes. Dieses Umzeichnen erzeugt eine zusätzliche Dynamik innerhalb der Bewegung des Schreitens. Dies ist der äußere Effekt. Das Besondere, das hier hereinwirkt, ist das Abstrakte, das einerseits durch die Farbe erzielt wird, und andererseits durch das Aufteilen in Bildsegmente. Hier sind gewisse Verwandtschaften zu Kupka und Adolf Hoelzel zu erkennen, die dem selben geistigen Bereich der Secession entstammen. Die Wolke, ob sie nun Rauch, Staub oder Nebel bedeutet, unterstreicht zusätzlich das Ungegenständliche innerhalb des Bildvorwurfes. Die Landschaft tritt als naturalistisches Element ganz in den Hintergrund und erscheint auch nur als schematisches Zeichen. Es ergeben sich kulissenhafte Schichtungen, die ganz in der Fläche stehen. Die Farbe ist völlig antinaturalistisch, sie interpretiert sich selbst und wirkt der gegenständlichen Darstellung entgegen.

Diesem gelungenen Werk, das für die eigenständige Qualität seiner Malerei spricht, können andere Bilder gleichwertig zur Seite gestellt werden: »Drei kauernde Frauen«, »Venus in der Grotte« oder »Das Licht«. In diesen Bildern dringt seine schöpferische Kraft wieder durch und beweist, daß er innerhalb der österreichischen Malerei einen selbständigen Weg gegangen ist. Seine ersten Schritte zu einem Neuklassizismus wurden durch seinen Tod zu früh beendet, beweisen jedoch, daß hier im konsequenten Festhalten an einer Thematik und am sturen Erarbeiten von sich erst ergebenden Geisteshaltungen eine ungebrochene Kraft am Werke war. Seine Malerei bedarf noch einer klärenden Bearbeitung. Es wird notwendig sein, das malerische Werk in einer eigenen umfassenden Ausstellung zu würdigen.

Pioniere sind nicht sehr gefragt, rufen sie doch Erinnerungen hervor und belasten dabei das Selbstbewußtsein vieler. Gerne wird Übernommenes von jenen verschwiegen, die ihre eigene Identität nicht so leicht finden.

Ich sage dies bewußt, denn Hans Hartung hat schon 1922 jene Kunstvorstellung vorwegentwickelt, die nach 1945 wichtig wurde. Diese Pionierleistung tritt genau in jenem Moment auf, als der klassische deutsche und österreichische Expressionismus in einer Krise steht. Vielleicht wurde der Expressionismus zu sehr als seelischer Zustand verstanden und darin zuwenig das Bedürfnis nach reiner Malerei gesehen. Malerei kann aus einer inneren Erregung entstehen und braucht nicht die Vorlage äußerer oder innerer Zustände.

Die Expression kann sich in verschiedenster Weise darstellen, und es ist vor allem ein Phänomen dieses Jahrhunderts, das sich darin übt, im Rest, in der Skizzierung zu bestehen: Impressionismus (Cézanne), die Fauves usw. Damit bin ich schon in der Beschreibung, denn der Expressionismus unterlag wie alle anderen Kunstrichtungen einer Reduktion und Konzentration, und daraus resultierte mit der Zeit der Verzicht auf den Gegenstand. Hans Hartungs historisches Verdienst ist es, den Expressionismus durch die reine Expression ersetzt zu haben, das heißt, daß der beschreibende Vorgang des Expressionismus zugunsten einer reinen Haltung im Sinne einer absoluten Expression aufgegeben wird. Es ist ein logischer Ablauf und ein Bedürfnis jener Zeit, zu klaren Formulierungen zu kommen. Mondrian entwickelt die horizontalen Linien aus dem Zusammenstoß von Erde und Firmament.

Und die Expression eines Hartung hat sich all jener Belastungen entledigt, die die Beschreibung eines Gegenstandes aufzwingt. Er schreibt mit der Linie, ohne zu beschreiben. Die Linie an sich enthält Inhalt und Form. Sein Schicksal war es, daß die Diktion und das Ergreifen dieses Vorgangs in jener Zeit nicht begriffen wurden. Er bleibt allein! An sich ist alles sehr einfach und logisch wie jede große Kunst. Trotzdem hat es der Erfinder nicht leicht, muß er doch bei seiner Behauptung verharren, die niemand sieht und die unmittelbar nicht gewollt wird.

Die Expression der Linie ist eine Malerei, die nur von der Kontur lebt, die höchste Form klassischen Denkens in der Malerei. Die erste Notierung umreißt und sagt das Wichtigste; nichts sei vorhanden — nur das Material als die Möglichkeit und die Folgen. Die Farbe wird nur unterlegt, um der Kontur Raum zu geben. Schwer überlastet das Schwarz.

Es ist eigenartig, daß die Kunst unserer Zeit von einem bestimmten Moment an immer wieder Vorgänge aufgreift, die als Basis zu einem Neuüberdenken von Kunst geführt haben. Der Symbolismus und der Jugendstil haben die asiatische Kunst den Europäern möglich und verständlich gemacht. Dies bleibt als Kern, als Schritt zur Öffnung und Erweiterung anderer Vorgänge in der Kunst. Aber um wieviel weiter und kühner werden diese neuen Ansichten und Gedanken erfaßt und immer wieder überlegt. Die Stille, das Schweigen, die Überlegenheit durch eine unermeßliche Beherrschung, die Wiederholung als Mittel der Konzentration. All dies sehe ich bei Hartung. Das sind Vorgänge, die wir nie begriffen haben, sie mußten bildhaft gemacht werden. Hier wird das Verstehenkönnen sichtbar zur Darstellung gebracht. Die Stille, das Schweigen läßt sich ablesen. Eine intellektuelle Distanz breitet sich aus, man glaubt, dem Bild zu unterliegen.

Das war der Eindruck, den wir nach 1945 durch Hartung gewannen. Eine Welt tat sich auf — und noch viel mehr. Es wurde begriffen, daß ein unendlicher Subjektivismus notwendig wurde. Hier ging es um mehr,und wir wurden kompliziert und verstanden die Situation in der begrenzten Sicht einer wiedergewonnenen Hoffnung und projizierten die einfachsten Vorkommnisse in weltanschauliche und religiöse Tiefen.

Machen wir Bildbetrachtung und blättern wir in einigen Jahrzehnten neuerer Kunstgeschichte. Da werden wir ununterbrochen Hartung als Anreger finden und das soll auch nicht verschwiegen werden. Wie weit wäre die amerikanische und europäische Malerei der vierziger, fünfziger und sechziger Jahre ohne die unmittelbare Übernahme der Erfahrungen und Kunstentwicklungen dieses Künstlers zu verstehen? Wieviele allein äußere Erscheinungsvorgänge gehen auf sein Konto: der Zufall als Mitfaktor im Entstehen eines Bildes, die Dynamik als Vorzug des Schwebens und daraus das Entstehen unendlicher Räume, das im Aktionismus verwertete Begießen der Fläche mit Farbe, das Kalligraphische als Sprache des Schreibens und das Bekritzeln als Stilelement, der Abdruck, die durch Technik erzielte Manipulation. All diese Hinweise ließen sich beliebig fortsetzen. Diese Aufzählung beweist die Kraft, den ungebrochenen Ernst einer Freiheit des Wollens, die unmittelbar anregt und aufregt. Ich muß Namen nennen, damit die Betroffenen, deren Arbeiten all das zeigen, was von Hartung angeregt, gedacht und gefühlt wurde, in ihrer stillen Zustimmung gesehen werden: die klaren Balkenbilder von Rothko, die elementaren Zeichen von Kline, Tobey, Mathieu, Baumeister und unter anderem auch die österreichische Gruppe um Msgr. Otto Mauer. Vieles ist entstanden, was seine Handschrift aus der Entfernung mitbewirkte.

Die Bescheidenheit der Europäer und deren oft zu geringer Selbstwert haben das Bewußtsein ersterben lassen. Ein Dauerschweigen überlastete unseren Kontinent. Wir hatten nicht die Kraft, uns zu verstehen. Die Depression der Abwertung überzog uns. Die Macht amerikanischer Selbstverständlichkeit lähmte. Die große Geste war gefragt. Die europäische Empfindlichkeit und Geistigkeit ließ sich überlisten.

Ich sehe diese Minuten wie eine Abbitte gegenüber jenen Pionieren wie Hartung, die mit Sicherheit Veränderungen herbeiführten, und deren Leistungen in Abrede gestellt wurden, ja zum Teil vergessen sind. Die Rückerinnerung wird notwendig sein.

Oskar Kokoschka, ein Künstler mit sinnlicher Bezogenheit und prophetischer Vorausschau — ihm ist der Name dieses Preises gewidmet, den die österreichische Bundesregierung auf Anregung der Frau Bundesminister für Wissenschaft und Forschung, Dr. Hertha Firnberg, geschaffen hat. Unserer Hochschule, deren Schüler und Lehrer Oskar Kokoschka war, wurde die Ehre zuteil, in einer Art Mithilfe jenen prophetischen, vorausschauenden Künstler zu feiern, der Hans Hartung für uns ist.

JUGENDSTIL 1982

Stilbildungen sind eine Infragestellung von Vorgängen in der Kunst. Es sind krampfhafte Handlungen, die künstlerischen Intentionen in den Griff zu bekommen. Darum haftet solchen Kunstvorhaben auch das Merkmal der Rückbesinnung an — der historische Beigeschmack mit bewußter Hinwendung auf Vergangenes.

In Wien vollzog sich dieser Vorgang in drei Etappen. Einerseits in der Einbindung der historischen Vergangenheit in eine sentimentale, verzauberte, voller unbewältigter Assoziationen steckende Scheinwelt, die auch von ihren Definitionen und der Behandlung des Malerischen her kaum faßbare Ergebnisse zeigt. Dies schlägt in der zweiten Phase in ein totales Gegenteil um, in eine sehr strenge, fast abstrakte und klare Aufschlüsselung der künstlerischen Vorgänge durch formalistische Interpretation. Letztlich entsteht eine Auflösung aus den Gedanken des Expressionismus, der in seiner übersteigerten Radikalvorstellung weder stilistische noch konkrete Gesetzmäßigkeit zuläßt.

Diese Ausstellung bringt in ihrer Vielfalt nicht nur wiederaufgefundene Namen, sondern ein breites Feld der Darstellungsvorgänge dieser — vor allem auch für Wien — so wichtigen Kunstrichtung, die das erste Mal in dieser Formulierung internationale Bedeutung fand. Hier zeigt sich, daß es wert ist, auch den Bereich der Malerei, Plastik und Grafik darzustellen, ist doch die Beachtung dieser wesentlich schwierigeren, freien und ungebundenen Äußerungen durch ihre Fülle von komplexen Themata und künstlerischen Inhalten viel schwerer zu verstehen als das sonst so vielgezeigte Kunsthandwerk, sodaß es ein Verdienst ist, eben jene bei uns weniger beachtete Seite in einem breiteren Rahmen zur Darstellung zu bringen.

SYMBOL TIER 1984

Die Reflexion ist kein Hindernis, etwas Genaues wie das Tier zu beschreiben. Im Gegenteil, ich befinde mich auf einem guten Weg, das verständige Verständnis zu verstehen. Daß jenes es verlangt, ist zu erwarten, auch wenn ich es nicht leiden kann. Ich belle und beiße, ich hoffe, man spürt es und man kann es hören. Die anderen Tiere, die ungefährlichen Schweine, liegen so oder so weiter im Dreck.

Hinterfrage ich die Kunst, so stehe ich vor einem Mysterium von Geheimnissen. Es ist darum wohl viel zu sagen, findet aber nie eine genaue Erklärung. Es ist wie die Frage nach dem Leben. Wo liegt hier der Sinn? — Und die Interpreten weichen meistens aus in religiöse Zonen, eben in jene Regionen, die Nicht-Faßbares aufzeigen. Der Sinn ist vielleicht nur erkennbar im Detail, in einer Art Grundlagenforschung, im Erfassen kleinster Bewegungen und Veränderungen.

Nun erklären die documenta-Verantwortlichen in Kassel das Ende der Moderne. Vielleicht haben sie die weise Voraussicht und wissen, was im nächsten Jahrhundert zu erwarten ist. Der Hinweis auf eine pluralistische Situation ist insofern nichts Neues, als wir doch wissen, daß Gleichberechtigungen und ein Nebeneinander von persönlichen Stilen eine offene Situation wiedergeben, wie wir sie allgemein in unserem Kulturkreis auffinden. Aber sicher steht jedes Gefühl dem entgegen und beweist, daß dies wohl existiert und im Museumsbereich sichtbar wird, und trotzdem ist es das Bedürfnis des schöpferischen Künstlers, neue Situationen über jeden Pluralismus hinaus zu erfinden und zu erahnen, sodaß weiterhin ununterbrochen Neues erarbeitet wird.

Nun sind gerade in den letzten zwölf Jahren Vorgänge zu ersehen, die genau auf das abzielen, was mein Thema ist: eine Malerei, die von einer totalen Reduktion ausgehend zu einer Bildwelt führte, die in ihrer komplexen und inhaltsschweren Formulierung ein neues Aufblühen von Malerei brachte.

Die konzeptionellen Vorgänge innerhalb der bildenden Kunst hatten in den siebziger Jahren nicht nur zu einer Art Verwissenschaftlichung der künstlerischen Vorgänge geführt, sondern auch jene Seite ausgelöst, die aus einer Hinterfragung heraus Malerei erstellte. In voneinander verschiedenen Erlebnisbereichen hat sich diese bewußte Erarbeitung innerhalb von Bildwelten ergeben: einerseits das Erfassen des Technischen, andererseits die Aktivierung des Geistigen. Sicher sind die Europäer nicht sehr geübt in den Formen der Versenkung, sodaß dieser Vorgang erst verstanden und erübt werden muß. Hier hat sich ein neues Bewußtsein entwickelt, das in der totalen Reduzierung auf Weiß, dem Erlebnis einer rhythmischen Pinselführung und dem Erkennen von Materialvorgängen ein unmittelbares Erleben ohne thematische Vorschreibung entwickelt, eben Malerei als Malerei in ihrer direktesten Form. Diese Programmatik hat in ihrer absoluten Kraft nicht nur das Meditative als Folge dieser Konzentration beschreibbar gemacht und als erlebbaren Eindruck ermöglicht, sondern auch eine neue Dynamik im Malen hervorgebracht. Hier beweist sich die Kontinuität von Überlegungen, die eine Folge von neuen Positionen auslöst. Das Erkennen einer leeren Leinwand kann auch zu einer gewissen Erregung führen und eine Negation von Purismus und Gesetzmäßigkeit auslösen, sodaß die Meditation sich in einen inneren Monolog verkleidet. Nicht umsonst hat die neue Malerei

— wie sie sich in der Folge deklarierte — das rhythmische Nebeneinander von Formen als Aufgabe erstellt. Die anonyme Sprache von Mustern und Farbe ist als »Nur-Augenfreude« gedacht. Die reine Aussage des beziehungslosen, aus der Funktion enthobenen Textils, das Bild als durchwirktes Muster, der banale Vorgang steht in bevorzugter Gunst. Ein femininer, frauenbezogener Geschmack setzt sich durch, das transzendente, das verschleierte Abbild. Es geistert und knistert in den Bildern. Geschichten der Geschichten entstehen. Man erzählt sich etwas, man flüstert sich zu. Hier entsteht ein neues Denken, man handelt wieder im Bild.

Die Klassik ist die Folge und das Nebeneinander von schon Gesagtem, das Selbstverständnis der einfachsten Geste, das Verstehen von Stehen und Gehen, das Handeln in Ruhe, die Beherrschung des Ausbruchs, der Mythos des Gegenwärtigen, der Zukunft und der Vergangenheit. Das Denken in Malerei ist die Liebe des ans Denken Gewohnten. Wie schwer ist es doch, Bilder zu erahnen, auch wenn die Sinnlichkeit aus ihnen spricht. Man muß es gewohnt sein, in Erinnerungen zu handeln — das ist die Leidenschaft. Dieses Handeln hat nichts mit Wild-sein zu tun, die Paraphrase, die Geste, der Rest kann über den Hinweis hinausgehen. Es ist ein innerer Monolog, die Lust zu beschreiben. Das Märchen, der Versuch, sich zu versenken, diese Welt ist es, die zu verlassen sei, ein Prinzip der Hoffnung mag zu erstellen sein. Das Meditative ist die Überlegung aus der Überlegenheit, die Frage nach der Zuordnung, nach den Proportionen. Die Kunst — eine Beschreibung, ein Ausweg!

SONNTAGSMALEREI 1977

Das ist die freundliche Aufgabe, am Sonntag zu malen und zu werken, ohne Anspruch auf höhere künstlerische Probleme, nur um mit Freude zu erfüllen und Langeweile zu beenden.

Das ist alles. Ich schließe aus, was daran Kunst ist, und ich will es auch nicht wissen, denn der Begriff »Naive Kunst« trifft hier nicht zu, solange ein Bedürfnis abgedeckt wird, das nur auf Erholung ausgerichtet ist. Sollte irgendwo etwas nach Kunst aussehen, so mag es beim einzelnen Beschauer liegen, daß er Kunst sieht. Ich kann es verstehen, daß durch hohe Kenntnisse Kunst allgemein entsteht. Kunst, wie bei einer wissenschaftlichen Erkenntnis, eine fortschreitende Erfahrung, die immer Neues aufwirft, ohne je eine Aufgabe zu erfüllen. Ein schwieriges Unterfangen, das im Unterschied zur Sonntagsmalerei keine erholsame Aufgabe ist.

KULTURBERICHTERSTATTUNG — DIE ERWARTUNG DES KÜNSTLERS

Vortrag, Wien 1982

Künstler denken in anderen Kategorien und handeln in Vorgängen, die nicht leicht durchschaubar erscheinen. Sie setzen das scheinbare Unrecht von Ideen und Behauptungen und vollziehen Annahmen, deren Qualitäten nicht leicht erfaßbar sind. Die Erwartungen werden dauernd in Frage gestellt. Daß dieses Konzentrat von Unüberprüfbarkeit, Kunst, nur dann verstanden wird, wenn das Verständnis in jener Weise einsetzt, die diese visionären Utopien vorzeichnen, ist selbstverständlich. Hier liegt ja auch die Problematik jeder Bewertung und Verurteilung. Zu richten ist leicht, wenn man sich an Vorgegebenes hält, aber den Künstler zu erkennen, wäre das Ziel.

Nun, die Erwartungen entsprechen nie dem, was zu erwarten ist, aber einige Erwartungen wären zu erkennen und zu erhoffen, nehme ich an.

Mir scheint viel wichtiger — und das ist auch das Problem und entspricht dem Generalthema — die in der Demokratie notwendige Selbstkontrolle des Vermittlers und dessen mündiges Verhalten. In einer Mission der totalen Macht beim Überbringen von Meinungen. Diese Aufgabe setzt voraus, daß das gesagte Wort der Wahrheit entsprechen muß, ist doch der Glaube an das geschriebene Wort der meßbare Erfolg jeder Publikation. Ob es auch Wahrheiten sind — dies auszusprechen wage ich nicht zu behaupten. Denn Macht verlangt eine andere Form von Wahrheit, genau jene, die die Macht gerade spielt. Die relative Vorstellung einzelner wird zur Annahme aller erzwungen. Hier herrscht ein falsches Maß. Die Weisheit in der Aussage hat schon kollektive Anordnungen. Die Verkleidung von Macht hinter einer wie immer verstellten Moral, die den absoluten Wert zu verteilen vorgibt. Hier zeigt sich das Problem demokratischer Meinungsbildung, denn hier herrscht kein System und keine klare Definition außerhalb des Details. Das zu lernen, ist mehr, als durch Behauptungen zu herrschen. Ich gestehe, daß dies das Prinzip dieses Jahrhunderts ist, das Abrücken von der Klassik, dem toten System der Einordnung und der Zuordnung. Es sei denn, ich erschrecke vor dem Balanceakt einer nihilistischen Wertvorstellung, die sich immer neu definiert. Denn Kunst zu definieren oder zur Erklärung zu bringen, ist gleichzeitig der Versuch, eine Sprache zu finden, die diese selber sucht. Hier entsteht ja auch die Gefahr eines Zusammenpralls oder das Mißverständnis hochgeschraubter Behauptungen. Das Kunstwerk hat seine Bedeutung wesentlich eingeschränkt und es lebt von einer unbeschreiblichen Reduzierung. Darum ist es auch so schwer zu erklären.

Nun fragt es sich, was für einen Zweck soll man erreichen im Beschreiben von Bildvorgängen, sind doch die Seiten der Kultur von jeder Aggression frei. Heißt es doch da Feuilleton oder Kulturseite, nie Kunstkritik oder ein anderes feindliches Wort. Ist doch die Aggression im Beschreiben nicht gemeint, jedes Verhalten ins Tödliche ausgeklammert. Sehen schließt doch das Denken in Kategorien aus, sodaß sich hier schon Ansätze zeigen, die verlangt sind. Klimt hat sich zurückgezogen, nachdem man ihn zum Selbstmörder aus Depression erklärt hat. Er hat sich nicht an der Kritik seiner Wiener Universitätsbilder erhängt, sondern mit Arbeit reagiert, an der man nicht vorbei kann. Damit komme ich langsam heran an die Möglichkeit zur Definition, zum Erkennen jener Vorgänge, die sich anbieten. Verlange ich doch dasselbe Verhalten, das der Künstler versucht. Kann ich doch den Sachverhalt nur dann verstehen, wenn ich in gleicher Weise handle. Es gibt keine Stille der Kunst, sondern den Lärm des tätigen Irrtums, der nicht in Systemen verharrt, wie sie gerne beschrieben werden, weil das Beschreiben im Verharren sich übt statt der Dialektik nachzurennen, die den Zwiespalt schürt. Ich weiß nicht, wie ich es sagen soll, die Verwandlung des Gegebenen ist zu durchdringen, und das ist auch der Wunsch.

Jedes Wort hat nur eine Bedeutung, nämlich die ihm durch das Gesetz der Sprache anlastende. Ich kann diese Sprache nur verlassen, wenn jedes Wort durch ein neues ersetzt wird. Ich würde zwar nicht verstanden werden — und hier sind wir wieder bei der Kunst —, denn die Kunst setzt immer neue Sprachen ein, die vorerst zu Deutungen gelangen müssen, um verstanden zu werden. Das wäre nun die Aufgabe der Theorie. Allerdings stoße ich hier immer wieder auf eine Schwierigkeit, die ich nicht lösen kann. Warum erklärt die Kritik das Ergebnis aus der Praxis mit Worten, die diesem Ergebnis sprachlich kaum gewachsen sein können? Wie kann eine Interpretation stattfinden, wenn diese nicht wie das Kunstwerk eine »Übersprache« erfindet, die diesem gleichwertig ist? Ich stelle mir den Vorgang so vor, daß mit der »Übersprache« eine Gleichwertigkeit der Kunst eintritt, was gleichzeitig zu einer gefühlsmäßigen Erfassung und danach zu einer Interpretation in der erfaßbaren Sprache führt. Ist das eine Überforderung der Kritik, oder sind die Mittel der Sprache überfordert? Der Theoretiker muß zur Erkenntnis der Praxis kommen, das heißt, er muß einen gleichwertigen Vorgang erleben, einen, der dem Erlebnis des Künstlers entspricht. Die Vermittlung des Vorgangs »Kunst« muß in der Sprache der Übermittler zum Ausdruck kommen.

Was ist in Wahrheit die Funktion der Praxis bei der Findung der weitschichtigen Kunst? Vielleicht die praktische Untersuchung vorhandener Ausdruckssprachen. Dazu einige Gedanken, nebeneinander gereiht: Wo besteht ein Zusammenhang zwischen Jodler und Picasso? Eine nicht so unwichtige Überlegung bei der Suche nach einem Zusammenhang zwischen Kunst und Gesellschaft. Oder steckt dahinter die Erklärung einer Verneinung der Allgemeinheit, vorhandene Werte unbewußt abzuwerten, und nicht die Verallgemeinerung einer Verneinung? Wieso wird ein Bauernkasten als Zeugnis allgemeiner Kunstäußerung geschätzt, und der aus dem gleichen Bereich stammende Jodler wegen seines harmonischen Gleichklangs als Kitsch verworfen? Wenn sich die Allgemeinheit mit den Wahrheitsfunktionen der Kunst nicht mehr zu einem homogenen Ganzen verbindet, dann kann keine Negation unter einer Allgemeinheitsbezeichnung stehen. Ist ein Zeitraum von Jahren durch Kunst zu erklären oder zu bezeichnen? Kann es der Kunst vorbehalten sein, sich ausschließlich von Technik, Material und Überlegungen Ausdruck zu verschaffen, oder liegen die Vorgänge im Bereich, der keine Bezeichnungen mehr hat? Hat es überhaupt einen Sinn, einen Gegenstand zu beschreiben, oder darf er sich in einem gewissen Sinne nicht beschreiben lassen? Darf die Beschreibung nicht aussagen, was für die Existenz des Gegenstandes wesentlich wäre? Oder soll überhaupt die Existenz des Gegenstandes verbannt werden, da vielleicht der Gegenstand nur sichtbar wird in der Beschreibung von Eigenschaften? Die Substanz einer Sache mag unzerstörbar sein, die Substanz einer Fiktion, die die Kunst ja ist, ist in jedem Fall austauschbar.

Diese Überlegungen berühren wesentliche Punkte. Vielleicht sollte man den Vorgang Kunst genauer deklarieren? — Reduziert, gevierteilt, zusammengeschmolzen, beleidigt — das ist die Geschichte, von der ich zu erzählen hätte, müßte ich jenes Amt erklären, das die Aufgabe übernahm, einen Einstieg oder eine Brücke zu schaffen zwischen den komplizierten Phänomenen, jenen, aus denen die intensive Wirkung von Kunst kommt, und der intensiven Ablehnung, in die zeitweise dieses phänomenale Organ geistiger Erfindungen gerät. Die Erwartung auf eine Vermittlung mag falsch sein, ergibt sie sich doch von selber aus einer in der Zeit gelagerten Erwartung, die in jedem Fall eintritt, wenn der Gedanke jenes Zeitgefühl erfaßt, das in einem bestimmten Zeitrahmen zum Tragen kommt. Denn die Unzulänglichkeit des Denkens verzögert die unmittelbare Möglichkeit, das Handeln zu sehen. Das erklärt das diffuse Einsetzen des Wortes »modisch«, das immer dann zum Tragen kommt, wenn der unerklärliche Ausdruck eines Werkes mit dem Zeitdenken zu einer Einheit sich trifft, das dann notwendigerweise mit den gleichen Begriffen läuft. Es kann dann vorkommen, daß im allgemeinen Wollen eine Wiederholung im Handeln eintritt, die alle Lebensbereiche erfaßt, die man ganz nebenbei in einfacher Weise als »modisch« erklärt. Ich halte mich nicht zurück und möchte unbedingt die Toleranzgrenze dieses Systems der Einschränkung durchbrechen — mit der Aufforderung, selber modisch zu sein. Der Künstler hat ein übersteigertes Wertgefühl, er braucht dieses Wertgefühl, sonst kann er nicht überleben. Er macht oft mehr aus sich, als er ist. Dies mag der Grund empfindlicher Verletzbarkeit sein. Das Durchdringen künstlerischer Arbeiten mit der ganzen Person übersteigt das Fassungsvermögen nicht nur des Produzenten, sondern auch des Beschauers, sodaß der Sehende nur das Gesehene beschreiben kann, weil er eine Art Informationsträger sein muß. Das wäre die Aufgabe. Ist doch die Gefahr gegeben, die Dinge einfacher zu sehen, als sie in Wirklichkeit sind. Unterliegt doch jede Darstellung vielschichtiger, komplexer Überlagerungen von Sinneseindrücken, die eingesehen oder erfaßt werden müßten, um Dinge zu erkennen. Ist doch allein der rein optische Vorgang so vielfältig, daß ich zuerst eine Theorie entwerfen müßte, um eine Entschlüsselung der Vorgänge zu erreichen. Aber eine Wertung ist nur zu finden, wenn zuerst die Aufarbeitung der einzelnen Wertvorgänge erstellt würde. Selbstverständlich ergibt sich in völliger Blindheit die klarste Empfindung — ob es aber genügt, Wertmaßstäbe zu setzen, kann überlegt werden.

Ich kann natürlich sagen, die Kunst kann Gedanken nicht aussprechen, sie überlagern sich und sind im Bild gefangen. Darum ist es nicht leicht zu finden, was gesagt und gemeint wurde. Es ist leichter, den Gedanken ruhen zu lassen als ihn aus seiner Undeutlichkeit zu holen. Auch soll es weniger gefährlich sein, den Gedanken nicht zu denken. Die Erfahrung verlangt die Verdeutlichung dessen, was ich sehe, denn alles, was ich sehe, habe ich durch Erfahrungen erkannt. Zwischen dem Begreifen durch Sehen ist die weite Spanne des Erfahrens. Die Erwanderung jener neuen Vorgänge beginnt, die man sicher auf Zeit negieren kann, denen aber nicht zu entrinnen ist. Ich kann mich natürlich für eine Darstellungsform entscheiden und sie zum Postulat erheben, was bei der Kunst schwer sein soll, muß ich doch ohne denkbare Erfahrung das Postulat als einzige Möglichkeit festhalten können. Diese Sinnlosigkeit einer Verklammerung erzeugt zwar eine bequemliche Sicherheit, trotzdem wird mit der Zeit jedes System durchbrochen. Systeme könnten ja auch nebeneinander stehen und wären dadurch vergleichbar. Da Kunst nicht nur Gefühl ist, sondern auch jede Art des Denkens miteinschließt, ist das System immer miteinbezogen, nur darf ich nicht daran glauben. Aber ich sage ja »glauben«, und das löst den Unsinn einer programmatischen Haltung wieder auf. Eine Beurteilung darf nur in offener Einstellung geschehen, jedes unserer alten Prinzipien läuft ja trotzdem mit, denn die Kunst hat ein weites Feld von Einfällen zu durchschreiten, die ohne Regel und voller Widerspruch sind und nur aus diesem leben.

Das Merkwürdige an der Kunstbetrachtung ist, daß man etwas sucht, was nicht zu finden ist, die Vollkommenheit, die Perfektion, das Ergebnis usw. Die Kunst hat nicht die Aufgabe, Wahrheitsfunktion zu erfüllen, denn dort, wo es sich um Aussagen handelt, kann nur von Widerspruch die Rede sein. Denn ich kann jeden Bildbeweis durch einen anderen widerlegen. Die Legitimation zur Erhärtung der Wahrheit an sich erbringt nur jener, der in jede vorgegebene Situation sich ergibt und bleibt. Vielleicht soll man unlogische Formen wie die Kunst nur soweit mit Sprache beschreiben — wenn diese auch die Logik verläßt und sich in Strukturen einläßt —, als sich die Vorgänge vereinigen und keine klaren Formen ergeben. Die Methode des amorphen Zustandes läßt eine relative Wertung zu. Ich kann in Darstellungen handeln, die sogar den Wahrheitsbeweis erbringen können, denn Kunst ist Darstellung und kann nur durch Darstellung definiert werden. Hier liegt ja auch die Schwierigkeit jeder Beschreibung, denn ich kann in der Beschreibung die wesentlichen Inhalte nicht erkennen, wo doch die eigentlichen Merkmale zu zeigen der Sinn wäre, die nicht formaler Natur sind.

Wird »Neues« ausgesprochen, so kann dies nur in den konfliktreichen Situationen einer totalen Zerstörung aller vorhandenen Kunstvorstellungen geschehen. Damit ist nicht gesagt, daß nach der Zerstörung der Aufbau wirklich erfolgt. In der Kunst gibt es vielmehr die Kontinuität einer Veränderung der bildhaften Aussagen. Das heißt, durch die Außerachtlassung aller vorhandenen Bildvorstellungen werden diese zwar nicht direkt zerstört, sondern nur aus dem Gedächtnis gestoßen und in zeitweilige Vergessenheit gestellt. Deshalb gibt es heute, wo dies praktiziert wird, auch keine Stile mehr, sondern nur noch Künstler, die nach ihrem jeweiligen Vermögen gute oder schlechte Kunst produzieren.

Wo liegt nun das Kriterium einer Wertung? — eine Frage, die wiederholt alle stellen. Bei einer laufenden Veränderung, die keine Ruhe zuläßt, ist auch die Ruhe einer Wertung nicht möglich. Was heißt nun »gute« oder »schlechte« Kunst, wie kann ich dies aussprechen? Nicht einmal diese Möglichkeit besitze ich. Habe ich doch nicht den Haltegriff der kontinuierlichen Entwicklung von Kunst, die zu einer Stilbasis führt, aus der heraus ich die Kriterien einer Wertung erarbeiten kann. Gesetzte Wiederholungen erbringen die Basis von Gesetzen, die sich vielleicht als gut oder schlecht erkennen lassen. Wenn wir aber diese Basis nicht besitzen, sondern nur offene Vorgänge erleben und diese beweisen durch Offenheit, indem wir alles aufnehmen und zur Kunst erklären — auch das, was manche am Sonntag als Sonntagsmaler produzieren —, dann gibt es keine wie auch immer sich gebende Wertung. Jene, die werten, erklären sich einfach zuständig — kraft eines Amtes, das sie ausüben. Diese Zuständigkeit ist eine private Aneignung und eine sich selbst gegebene Würde. Dementsprechend herrscht auch hier keine Universalität. Nur aus sich selbst bestimmte, erarbeitete Wünsche erfüllen das Kriterium einer Wertung.

OTTO MAUER — EIN ROMAN

Die Reflexion ist die Frage, die einzige Möglichkeit zum Erkennen, die uns bleibt. Wie soll ich sonst der Beschreibung ausweichen, ich habe sie nicht in der Hand; trotzdem ist zu sehen, was alles vorging und was zu sagen sei.

Zuerst war es die Erwartung der Sprache — war sie zu hören oder nur eine Annahme wie alles, was uns zustößt? Zugeschlagen war sie und nicht zu verstehen, ein Versteck der langen Gedanken, die nicht aufhören, ein Totschlag der Worte, ein Gehämmer der hingehaltenen Hoffnung, das Versprechen himmlischer Langeweile. Wie ist dieses Paradies zu erreichen, der Höhepunkt der Versprechungen? Wer hat es in dem Kopf? Kann man es glauben? Die Skepsis bricht durch und versteckt sich hinter dem schon erreichten halben Versprechen. Wer bricht hin auf dem Knie? Es soll kein Vorwurf sein, sondern nur die Not der Äußerlichkeit. Was war hier noch zu tun, aus dem alles zu hören war? Bin ich noch geblieben, wo ich zu sehen war und versuchte zu verstecken, war ich noch bei mir, oder war ich schon unter Druck? Kann ich noch sagen: »Das ist Denken«? Nachdem das Aussprechen unter Schatten nicht hervortreten kann, so kann es nur Gebet sein!

Ist die Person wichtig, oder das, was sie zu erkennen vorgibt? Die Wahrheit in der Lüge, die Verworfenheit der Annahme, die Vorspiegelung im Spiel der Worte, die nichts sagen dürfen. In diesen sich fortsetzenden Hinweisen ergibt sich auch ein Bild des Verlangens und Erlangens der Wahrheit aus der Lüge.

Der Eindruck erdrückt das Bildnis, es erkrümmt den Rücken durch fortgesetztes Brustschlagen. Trotzdem ersteht das Gesicht, die Kontur eines Profils, die schweren Lider schlagen sich nieder, scheue Klappen der Ruhe. Der Mund öffnet sich: »Ein Schmalzbrot mit Grammeln, trotz Schmerzen im Bauch!« Das Sterben greift zu, im Blut liegt es und ermattet die Gedanken.

Geschmack aus dem Bedürfnis, die Sinne können sich darin stillen. »Was sagen Sie dazu?« — »Ich halte den Mund.« Ich verkrümme mich in die Ecke, ein Beobachtungsposten erster Güte. Wer hat die Schuld zugesprochen bekommen? Ich kann es sehen. Der, der die Schuld weiterschiebt, dorthin, wo er selber vergessen liegen müßte. Was so verbleibt, hat Ruhe und Moos. Kann man da ruhig schauen? Wer blickt zurück in diese Freuden?

Man kann nichts erwarten, nichts überspannt sich, es bleibt alles gleichmäßig im Lot. Er legt sich hin mit der Not im Leib und steht nicht mehr auf. Alle brechen zusammen und schlagen auf den Boden. Unerwartet ist das Ereignis.

Ich stehe gerade dabei zu schwören und höre, was passiert ist: Die Schwester war gerufen und öffnet das Fenster, der Blick hat sich an einen Baum vergessen. Damit war es vorbei und nicht mehr notwendig, aufs Bett zu schauen.

Einfach sind die Vorgänge, unerwartet der Ausgang. Soll ich den Namen aussprechen? Das Schweigen überzieht mich in ununterbrochener Folge, sodaß ich nicht kann, wenn ich auch möchte.

»Mauer« und die Frage nach der Untreue des Geistes — das sind keine Zufälle, sondern die Möglichkeit zu handeln, sonst würde nur Wiederholung bleiben. Die Taktik des Denkens, die Beanspruchung der Glaubwürdigkeit, das Vertrauen in Zweifel zu ziehen, das Erhoffte nicht auszusprechen und auf die lange Bank zu ziehen, ermattet die Hoffnung, und ein jeder gibt auf. Die Wut bleibt zurück. Nur gering sind die Aussichten, die Versöhnung irgendwo zu erreichen.

Ein Trick vielleicht, man kann es nicht glauben. Wer sagt, daß die Furcht länger anhält als die Unmöglichkeit, dieser zu entkommen? Wer entsagt hier dem Glauben?

Die Eitelkeit ist eine gefährliche Waffe, sie dreht sich immer zu der Person, von der sie ausgeht.

FÜR ELLI ROLF 1983

Die Konzentration, die Einschränkung, die Zurückhaltung auf eine ganz bestimmte und für den, der es ausführt, einmalige Möglichkeit, nur das auszusagen, was er glaubt besagen zu müssen, in diesem Fall sich nur zu konzentrieren auf den Menschen, der wie im Leben bestimmend erscheint.

Die Kleidung als möglicher Ausdruck, sich zu verschleiern oder das zu sein, was man ist. Vielleicht können wir dadurch begreifen, ergreifen, handeln und verstehen.

Um diese Aussage zu erreichen, hat sie sich alles genommen, aber sich nur das gegeben, was als direkte Sprache die menschlichen Charaktere beschreibt. Es ist zu bewundern, wenn dies total geschieht.

DIE PERMANENTE VERÄNDERUNG IN DER KUNST 1982

Kunsttheorien versuchen immer in Zusammenhängen zu denken, sodaß nach diesem Vorgang jede Äußerung in einem bestimmten Ziel mit vorgezeichneter Vollendung sich einfinden müßte. Es kann nicht zutreffen, daß die Vollendung sich je erreichen läßt. Im Gegenteil — jeder Gedanke ist eine Skizzierung mit eingeschränkten Möglichkeiten. Diese Befreiung durch Einschränkung schafft eine Fülle von Darstellungsformen, die nur dann zum Tragen kommen, wenn sich diese nicht beschreiben lassen. Dieser komplizierte Vorgang ist eine Erfahrung, die während der Arbeit entsteht. Man kann sich nicht in der Kontinuität festhalten. Kein Vorgang ist daher wiederholbar.

»Sage ich alles laut, so wird es zum Lachen sein, sage ich es leise, so werden noch mehr lachen. Ich lege mich hin und glaube daran, daß alle befehlen, was ich zu tun habe. Das mag ein Beispiel sein, so sieht es aus, wie man aufgeschreckt sein kann, und was will ich nun? Damit muß ich schon etwas anderes durchführen und kann nicht mehr mit mir rechnen.«

Ein neuer Gedanke kann blitzartig wie eine Störung sein. Nun fragt es sich: Weiche ich einem natürlichen Vorgang durch Vernunft aus, indem ich den Gedanken abstoße? Ich lasse mich nicht gerne ablenken, aus der Angst heraus, den Faden zu verlieren. Die auferlegte Hemmung einer scheinbaren Verantwortung ist der Schaden jeder Erfindung. Zweifelhaft erscheint, wer nicht abweicht von der Wiederholung, die wie eine Erleichterung sich aufdrängt. Der Zwang, am Gefundenen zu bleiben, ist der Wunsch jener, die die Beurteilungen erstellen. Die Qualität wird gemessen an der Quantität der sich anhäufenden Gleichförmigkeit.

Darum laufe ich dem nach, was sich als Mode zeigt, und zeige Mode als Gefühl des täglichen Verbrauchs. Im hemmungslosen Verbrauch zeigen sich unmittelbar die Bedürfnisse. Eine Darstellung ist in der Zeit begrenzt und morgen schon vergessen. »Nun schlafe ich ruhig, denn sicher ist nur, was ich verschlafe — hat es mich doch nicht berührt.«

Permanent sind die Veränderungen. Wir begegnen diesem Phänomen täglich. Man kann sich drehen wie man will, schon haben wir vergessen, was zu sehen war. Kann ich es wagen zu bleiben, wo ich bin? Ich könnte diesen Verrat nicht verstehen. Breit sind die Möglichkeiten, alles kann sich ändern, wenn wir es anfassen!

DIE SCHRIFT ALS BILD

1982

Das Bild der Schrift bezeichnet die Person, wie diese sich ausfertigt und zeigt. Die gesamten Belastungen und Vorzüge stellen als offenes Bild sich dar. Die Sprache der Schrift ist der direkte innere Bericht jener Person, die es wagt, einen Schriftzug zu setzen. Die Dichter entlasten sich durch anonyme Drucklegung. Die Sprache der Dichtung ist nicht nur die Verdeutlichung und Aussage von inneren Vorgängen, sondern auch das Bedürfnis, sich zu entlasten. Diese Entlastung kann sich steigern in einer handschriftlichen Notierung, ist doch die innere Sprache abhängig von der Art des Schreibens, die miteinschließt die Mechanik und Automatismen von Gefühlen, die sich niederschlagen im Ausdruck der Schrift.

Dieser Vorgang kann mit Absicht dargestellt werden, als freie künstlerische Formulierung. Meine Bildromane sind der Ausdruck spontaner Bildvorgänge, die auf zwei Ebenen vor sich gehen. Einerseits die Schrift, die als Formalwert alles wiedergibt, was an Direktem, Sichtbarem gezeigt wird. Die verschiedenen Farbwerte, die als Schlüssel zum Erkennen der Romankapitel dienen, sind ästhetisch zu sehen und gelten auch als zusätzliches Ordnungsprinzip. Der Romanvorwurf ist getragen vom inneren Geschehen, das in jenem Augenblick aufkommt, in dem das Schreiben einsetzt. Es soll ein sinnloses Worte-Fließen sein, wie die Alltäglichkeiten des Alltags, die ohne Unterbrechung auf uns einstürmen.

WORTE

März 1983

Ich spreche über Worte. Neue Worte entstehen und Begriffe verändern ihre Bedeutung, Erlebtes überwindet sich. Es ist fast unbegreiflich, wie das Vergessen hereinbricht. Kann man etwas verschweigen, was zur Tatsache und Wirklichkeit wird? Ich möchte es nicht. Da würde man hinwegsehen und nicht begreifen wollen, was mit uns und um uns geschieht. Kann ich es verstehen, in Worten auskleiden, verständlich machen, oder abwarten, bis das Wort als Begriff faßbar wird, ins Verstehen eingeht?

»Leiwand« und »super« sind dasselbe, aber was haben sie miteinander zu tun? Und trotzdem sind es Bedeutungsschöpfungen, die sich in einer Verwandtschaft und Zugehörigkeit treffen. Das sind unüberwindliche Worte, die in die Geschichte eingehen und in der Zeit nicht wegzudenken sind. Ich sage das, weil man die Zeit in Worten sehen kann. Eine bestimmte Hinwendung und die Beliebtheit von Worten — sind diese zu erklären? Sie sind sicher zu erwarten und sie können unangenehm sein und in der Ablösung nicht jener Schönheit gleichen, die die gleiche Bedeutung,

Deutung vorher aufwies. Das Wort »Paradeiser« läßt sicher mehr erhoffen als »Tomate«. Ist die Frucht dadurch abgewertet? Kann doch die Vieldeutigkeit einer Sache, eines Dinges immer wieder aufgehoben werden und immer wieder neu in eine Erklärung — dadurch Klärung — geraten. Es wird zwar die Bedeutung des Dinges seiner klaren Darstellung enthoben und in die Reserve versetzt und durch eine andere Verdeutlichung ersetzt. Das sagt aber nicht, daß der erweiterte Begriff nicht akzeptabel erscheint, weil es, das neue Wort, die Poesie verloren hat.

Aber das Wort lebt nicht vom Klang allein. Es muß auch das ausstrahlen können, was damit gemeint ist. Ich sage dies nicht alles ohne Grund und ich bleibe kurz und klage langsam, denn immer wieder ist festzustellen, daß Wortschöpfungen die Schärfe der Präzision meinen, die durch fortgesetzte Verdeutlichung angestrebt wird, sodaß ich für eine Sache plötzlich ein neues Wort zur Verfügung erhalte. Glaube ich, es dadurch zu wissen? Ich höre die Deutung. Kann ich dadurch die Vergangenheit des Begriffes überwinden oder bleibt sie mir gegenwärtig und ich kann sie nicht verlassen? So bleibe ich stehen und weiß nicht, daß Sprache ein Gefühl ist, das sich anzupassen versucht. Der Zeit entsprechend und den Wünschen gemäß sagt »super« jetzt mehr als »leiwand«. Wo ist die Sprache zerstört? Ist sie doch dem Rhythmus, dem Wollen, den Zeitgefühlen angepaßt. Hier gibt es verschiedene Kategorien von Findungen, denn Worte werden gefunden aus dem Zwang der Not, als Hilfe des Ausdrucks. Vielleicht sollten wir mehr als bisher an dies alles denken, wenn wir in unseren Zusammenkünften um Worte und deren Bedeutung ringen.

ÜBER HÜTE 1983

Hut als Schmuck, Hut als Kälteschutz, Hut als Sicherheit, Hut zum Verbergen schlechter Frisuren, der Hut als Skulptur.

Ein sich in sich fortsetzendes Gedicht, das Arrangement alltäglicher Wünsche, ein Sich-Darstellen in Freiheit, ein Komplexe-Abbau, der Duft von Orangen und Blumen, Wilhelm Tells Apfel, der sprühende Glaube, Liebe zu zeigen.

Ein Hut spricht von innen nach außen wie ein Roman, eine Darstellung von Personen, und hat die Gabe, diese zu erklären.

»DIE ANWESENHEIT DER CHRISTLICHEN KUNST STELLT SICH IN FRAGE« 1983

Vor kurzem war im Züricher Kunsthaus die Ausstellung »Der Hang zum Gesamtkunstwerk« zu sehen. Diese Ausstellungsüberschrift fußt auf einem Zitat von Richard Wagner.

Wenn in der Kunst Vorgänge selbstverständlich und logisch vor sich gehen, müssen sie nicht unbedingt erklärt werden. Passiert das dann doch, so ist dies ein Zeichen, daß Dinge, die uns logisch erscheinen, im Verschwinden sind und in Vergessenheit geraten können. Richard Wagner hat nicht das Gesamtkunstwerk erfunden, sondern nur den Wunsch danach ausgedrückt, denn bis dahin hatten alle Künstler, die Kunst äußerten, diesen Wunsch in sich getragen und auch danach gehandelt. Es war selbstverständlich, daß alle beteiligten Künstler sich einem großen künstlerischen Gedanken unterwarfen und auch in diesem Sinne vorgingen.

Eine gewisse Art von Zusammengehörigkeit wäre Voraussetzung, um eine Einheit im Künstlerischen zu schaffen. Die größte Individualität setzt das größte Maß an Unterordnung. Das Gesamtkunstwerk verlangt, so es entstehen kann, einheitliches Denken voraus. Im 19. Jahrhundert konnte man noch solche Gedanken fassen. Karl Marx ist vielleicht einer der Höhepunkte im sozialökonomischen Bereich — wir sind immer noch davon betroffen.

Ich sage dies alles bewußt, denn ich kann christliche Kunst unter keinem anderen Aspekt sehen als in einer Vision der Einheit. Hier liegt ja auch die Problematik dieses Themas, denn ich könnte gleich wieder aufhören, wird doch die Aufgabe, die hier auf mich zukommt, kaum zu lösen sein.

Lassen Sie mich noch einige kunsthistorische Überlegungen einbringen: Der Historizismus des 19. Jahrhunderts bleibt als Möglichkeit und Ausweg immer erhalten, auch wenn wir heute anders denken. Die Neuorientierung ins 20. Jahrhundert hinein entwickelte sich eben aus den vorhandenen eklektizistischen Erwägungen.

Jede Persönlichkeit wird in der Einordnung unbrauchbar, und trotzdem kommen die Neuschöpfungen aus den allgemeinen Bedürfnissen.

Der Jugendstil als eine in Einheit denkende Kunstvorstellung ist keine zwanghafte Maßnahme einiger exaltierter Architekten und Maler, sondern der Höhepunkt und gleichzeitig die Befreiung aus der eklektizistischen Normvorstellung der Zeit. Diese Richtung übersteigert die Unvollkommenheit der Gefühle und jeden unklaren Vorgang ins Dinghafte. Der Verlust der Identität wird dadurch begriffen und die Zeit verstanden, in die man hineingeboren ist. Wir haben uns gesehen und können uns beschreiben. Hier ist der eigentliche Ansatz zum 20. Jahrhundert und der Utopie der Massengesellschaft.

Diese Künstler haben noch gehofft und in Visionen gedacht. Sie waren viel weniger sich selbst überlassen, haben sie doch zumindest historische Vorbilder gehabt, an denen sie sich aufrichten konnten und an die sie glaubten. Der Schein trügt, denn es besteht ein Mißverhältnis zwischen Fortschritt (Industrialisierung) und dem Ort, in den hinein der Fortschritt gestellt werden soll. Die Wahrheit kann sich nicht zurechtfinden, wird sie doch in eine andere Zeit gebettet. Als Gegenbewegung war der Impressionismus vor allem das Verlangen nach dem Verstehen von Material: Farbe als Farbe und als Farbkörper. Die offene Malweise wird erfunden. Die Befreiung aus einem kunsthistorischen Korsett ist erzwungen. Dieser Vorgang läuft für sich allein und durchbricht die Einheit der Künste. Ich sehe im Impressionismus keine Architektur. Dieser Hinweis ist wichtig als Beweis, daß das Verlassen-sein hereinbricht und jeder in seine Individualität versinkt. Es entfällt der Bezug zu dem, was wir sind. Das Mißverständnis wird Gesetz. Auch der, der sich in der Ausnahme glaubt, glaubt es vor allem und kann sich nicht zurechtfinden im Aufstellen von Maßnahmen, die ihn aus dem Zwang stellen sollen.

Diese Maßnahmen sind im 20. Jahrhundert die Kunsterfindungen. Jene Vorgänge, die begrenzt in bestimmten Zeitabständen sich formieren und in der Zeit mitbestimmen, was zu tun sei. Zwangsvorstellungen werden durch die Erfinder erzwungen, Einheit aufgestellt, die keine Einheit ist, denn es sind nur Willensäußerungen, die von begrenztem Willen getragen sind. Kubismus, Konstruktivismus, Orphismus usw., Kunstäußerungen einzelner, die sich in eine Gruppenbewegung entleeren. Die Situation ist ein Nebeneinander von unbegrenzt wirkenden Möglichkeiten, aber keine Einheit. Ich kann mich natürlich verrennen in eine Zwangsvorstellung, die behauptet, nur was sich gleicht, eben Einheit, ist ein Höhepunkt. Alles andere hat begrenzte Bedeutung. Ich setze fort in Kunstpessimismus, denn das ist eine Eigenschaft der Kritik, die in Kunstfragen dieses Jahrhunderts sich in dieser Weise auszeichnet. Immer wieder wird gefragt, erfragt, und keine Antwort ergibt sich. Die Bereitschaft zur Antwort ist unmöglich aus dem Vorgang der Geschwindigkeit des allgemeinen Wechselns.

Die Massen sind weniger Masse und Träger individueller Vorgänge aus der Vereinsamung in der Masse. Das Individuum entsteht im Zwang der Masse. Jeder muß daraus ein Einzelgängertum entwickeln. Darum geht die Einheit in der Masse verloren. In der Architektur vollzieht sich dies alles am stärksten. Hier geht es um sichere, auf die Person bezogene Darstellungen, ohne die Bedürfnisse zu berücksichtigen. Die Individualisierung zerstört das Individuum in seinem Selbsterhalt der intimsten Vorgänge und der Darstellung der eigensten Bedürfnisse. Die eigenen Vorgänge spielen sich ein und beherrschen alles. Wie weit dies immer so war, ist die Frage. Sicher ist, daß der einzelne bestimmt wurde durch die äußeren Umstände, und diese sind sicher zwanghaft.

Auch die christliche Kunst unterlag in der Vergangenheit diesem Diktat der vorbestimmten Auffassungen und Meinungen. Es wird nun zu untersuchen sein, ob die Schuld einer begrenzten Religiosität die Darstellungsbedürfnisse einschränkt. Ich glaube nicht, denn die Freiheit gegenüber den Glaubenslehren regt das Verlangen nach einer Aussage an. Wenn Kirchen ihren allgemeinen, privaten Charakter verlieren und sich einmengen in politische, karitative und andere Sachbereiche, erhebt sich umsomehr die Frage nach den wahren Aufgaben. Jedes Verhalten und Nach-Außen-Denken behindert die Wahrheiten des Glaubens, denn diese sind grenzenlos in der Ursubstanz. Wie dies zu meinen sei, ergeben die Erfahrungen. Denn die Glaubenslehren haben sich selbst degradiert, indem sie sich um die weltliche Macht bekümmerten. Die Freiheit der Lehre soll sich selbst überlassen sein. Der Einfluß entsteht aus der Not nach der Notwendigkeit des Geistigen, das Anonymität hat, denn Verwalten und Ordnen schaffen zwar Ordnung und Gesetze, aber keinen Glauben. Das ist der Vorwurf, und aus dem heraus kann keine Kunst entstehen. Vielleicht hat es noch gar keine christliche Kunst gegeben! Das ist die provokante Frage und die Wahrheit in der Sache, denn es geht ja um eine spezifische Sprache im und um den kultischen Raum. Vielleicht ist das Christentum von sich aus schon Kunst! Von diesem Standpunkt aus würde sich wohl Kunst im allgemeinen erübrigen, denn wenn Religion Kunst ist, kommt ja die Beschreibung automatisch aus sich selbst. Das wäre der radikale Standpunkt. Er könnte sich genügen, nur fragt es sich, ob die Armut der kultischen Handlung, die ja ganz Bestimmtes will, von der Allgemeinheit begriffen wird. Hier entsteht auch die Problematik, Bildhandlungen einzubringen, denn es geht ja nicht allein darum, zur Ehre Gottes etwas zu errichten — oder geht es nur darum? Hierin steckt sicher ein Streitmoment. Braucht die Handlung noch eine Geste, ein Unterstreichen der Aussage? Das wäre doch nur Verzierung durch die Kunst, der Zwang einer Formulierung von schon konkret Ausgesagtem, so es die Wahrheit im Glauben gibt.

Soweit meine zu Papier gebrachten, »festgelegten« Gedanken, erlauben Sie, noch einige praxisbezogene anzufügen. Als Prof. Rombold vorhin vom Expressionismus in bezug auf die christliche Kunst gesprochen hat, ist mir etwas ganz anderes eingefallen: nämlich die Kirche von Otto Wagner, Am Steinhof. Dort finde ich das, was ich als eine Notwendigkeit im Bereich der Kunst sehe, nämlich eine Einheit aller Bereiche der Kunst dieses Kirchenraums und seiner Außenansicht: Architektur, Bildhauerei, Malerei. Hier sehe ich eines der Hauptbeispiele moderner Kunst überhaupt. Diese Kirche manifestiert den Beginn der neueren Kunst, auch wenn expressive Stilmittel nicht verwendet wurden, sondern noch nach der alten Vorstellung, zur Ehre Gottes ein Werk zu schaffen, gebaut wurde. Mir erscheint diese Kirche genauso wertvoll wie jede Barock- oder Renaissancekirche und von der Qualität her gleichermaßen vollendet. Ich halte dieses Bauwerk für eines der bemerkenswertesten der christlichen Kunst überhaupt, auch wenn es nur auf den Wiener Raum begrenzt ist. Hier ist es sogar gelungen, mit oftmals als »mittelmäßig« bezeichneten Künstlern (ob das nun Andri, Kolo Moser oder andere sind, die man nicht einmal mehr nennen will, weil sie in die Kategorie der »allgemeinen Bildhauer der Zeit« gehören) etwas Großartiges zu erreichen. Mit gewissen mittelmäßigen Momenten wurde unter der Oberleitung eines großen Architekten etwas Außergewöhnliches verwirklicht. Diese Kirche Am Steinhof erscheint mir so als das Bemerkenswerteste im Bereich des Kirchenbaus.

In Zusammenhang mit dem Thema »Christliche Kunst« ist festzustellen, daß nicht der Versuch unternommen wird, Leute, die sich sozusagen außerhalb der Gemeinschaft des Religiösen befinden, stärker einzubeziehen. Fritz Wotruba ist das zwar gelungen, doch das war zum Teil ein Alleingang von ihm selbst, weil er eigensinnig war und politische Kräfte hinter sich hatte, die ihn unterstützten. Sonst wäre es niemals gelungen, so ein komplexes Werk wie die Kirche zur Hl. Dreifaltigkeit zu schaffen. Wenn auch alle problematischen Momente, die sich aus einer bildhauerischen Architektur ergeben, vorhanden sind, lag doch ein gewisses Interesse darin, zumindest einmal zu versuchen, ein bildhauerisches Werk als »große Architektur« oder »Plastik im Großen« zu schaffen, das nun den wenigen einmaligen Versuchen dieser Art in unserem Jahrhundert zuzuzählen ist. Es zeigt sich, daß der Ausschluß der sogenannten kirchlichen Öffentlichkeit notwendig war, damit dieses Werk entstehen konnte.

Obwohl ich Wotrubas Freund und Mitarbeiter war, habe ich ein sehr gespaltenes Verhältnis zu dieser Kirche, weil sie alles das aufzeigt, was ich im Grunde ablehne, und ich würde mich auch zu jenen rechnen, die die Kirche nicht wollten. Ich erinnere mich, wie sich die Architekten dagegengestellt haben, und es hat mich sehr gewundert, als ich kürzlich eine Publikation gefunden habe, wo alle Architekten mit höchster Begeisterung von diesem Werk sprechen. Ich verstehe diese Schizophrenie nicht, denn damals standen alle der Arbeit eines Bildhauers als Architekt ablehnend gegenüber. Es war nicht die Freiheit der Künste, sondern die Einordnung, der sie sich widersetzten, obwohl man inzwischen davon wieder abgerückt ist. Jeder darf Kirchen bauen, Bilder malen, Theaterspielen, dichten usw., und vielleicht kommt wieder eine Zeit, wo ein Künstler versucht, eine Architektur zu schaffen.

Um Ihnen ein Beispiel aus meiner Arbeit zu geben: Ich wurde vor Jahren eingeladen, die »Apokalypse« zu illustrieren. Es war für mich eine interessante Aufgabe, weil ich plötzlich gezwungen war, mich zu beherrschen; ich mußte vergessen, was ich gewohnt war: nämlich zu arbeiten, ohne dazu gezwungen zu sein. Ich habe diesen Auftrag ohne zu zögern übernommen, weil ich eigentlich immer auf einen solchen gewartet habe, und zwar nicht aus finanziellen Gründen (es hat ohnehin nicht viel dabei herausgeschaut), sondern es interessierte mich, etwas zu machen, das sich einer Fragestellung unterordnen muß, und das ist bei einer Buchillustration am stärksten gegeben. Dabei bin ich draufgekommen, daß der so hochgelobte Johannes mit seinem apokalyptischen Text einer der konservativsten und rückständigsten Denker der Zeit war. Über drohende Katastrophen wie Hungersnot oder Heuschreckenplage geriet er in panische Angst und »vergaß« darüber die Befreiung durch Christus. Von der Ideologie her muß ich sagen: Die Apokalypse des Johannes hat mich enttäuscht. Von den Sprachbildern her gesehen ist sie hochinteressant, und viele Künstler haben sich damit beschäftigt, so auch der chaotische Boeckl, des-

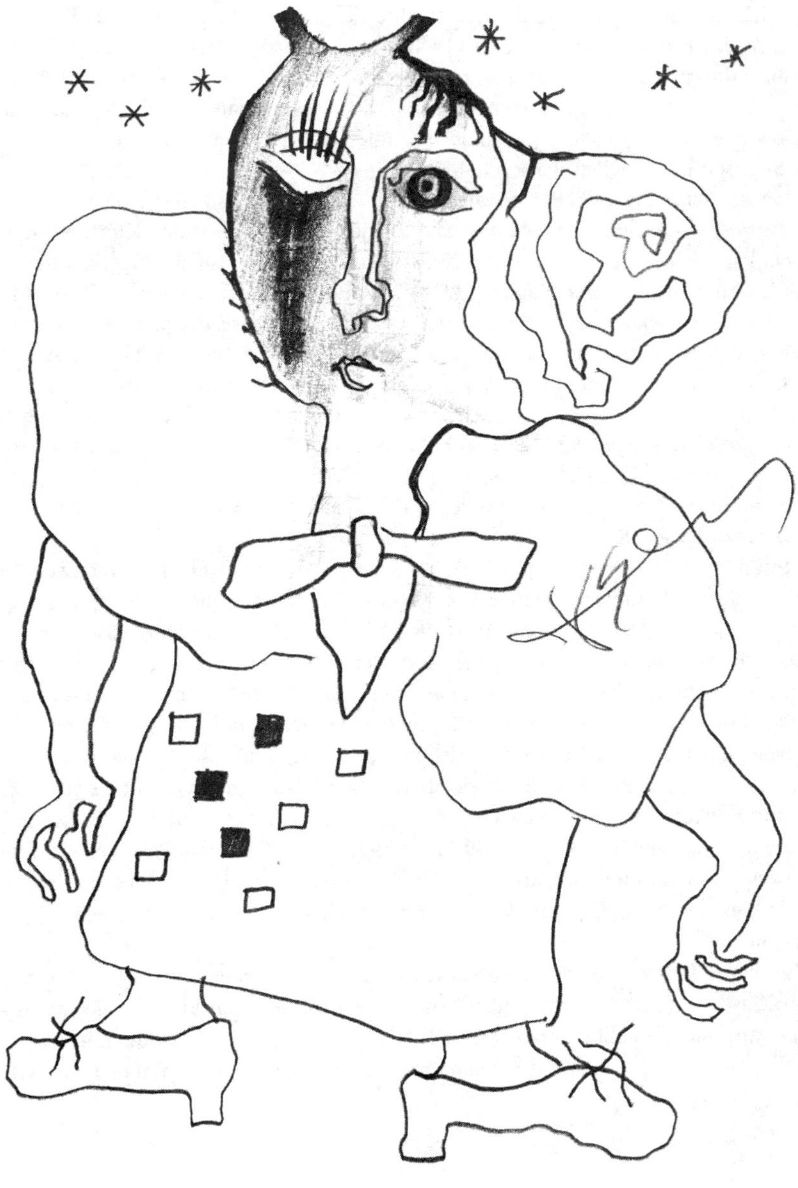

sen Fresken in Seckau sicher eine der großartigsten Leistungen in der christlichen Kunst sind. Doch daß dieser literarische Text so ungeheuer emporgejubelt wurde, habe ich nie begriffen. Die Schlußgeschichte ist dann wohl eine gewaltige Demonstration der Einheit und Stärke, und ich muß sagen, daß dieser Aufbruch kaum bildhaft darzustellen ist. Das sind meine persönlichen Erfahrungen und Eindrücke, die ich aus diesem Text gewonnen habe und die mich sehr aufgeregt haben, obwohl ich bei der Illustration sehr gemäßigt war und mich sehr genau an das Wort, das zeichnerisch darzustellen war, gehalten habe.

Soweit meine persönlichen Erfahrungen im Bereich christlicher Kunst. Andere Erfahrungen habe ich nicht, da die Kirche scheinbar Angst vor den Künstlern hat. Dabei kann ich sagen, daß es viele Künstler gibt, die gerne für die Kirche arbeiten würden, und zwar um des Materials willen. Bei Boeckl war es ja auch so: Zwei Söhne durften in Seckau studieren, und dafür hat Boeckl jahrelang gemalt, es immer wieder abgekratzt und neue Ansätze gesucht. Es ist sicher seine wichtigste Arbeit nach 1945, die dort entstanden ist, und es war ihm sicherlich ein Bedürfnis, mit diesem Werk etwas zu sagen. Ich weiß keinen bedeutenden Künstler, der nicht gerne in diesem Bereich gearbeitet hätte, sogar Picasso, obwohl er in einem relativ schlechten Verhältnis zur kirchlichen Religiosität gestanden ist. Ich brauche nicht zu betonen, daß hier Meisterwerke entstanden sind wie z. B. die verschiedenen Kapellen an der Französischen Riviera.

Resümierend möchte ich feststellen: Es scheint, als ob wir nicht in einer Zeit leben, in der so komplexe Gebilde wie die Otto Wagner-Kirche wieder geschaffen werden könnten. Der Grund dafür ist, daß wir Künstler, seit wir auf unsere eigene Entscheidung gestellt sind, vieles nicht mehr durchführen können, was ein harmonisches Ganzes (eben das vorhin zitierte »Gesamtkunstwerk«) bewirken könnte. Vielleicht sollte man sogar — da es »Harmonie« nicht mehr gibt — die »Disharmonie« pflegen. Bei Künstlern wie Beuys erleben wir das ja, und seine Kunst wird auch durchaus verstanden, weil es heute ein Bewußtsein zu Fragen des Materials gibt. Bei uns in Österreich ist dieses Bewußtsein leider nicht sehr ausgeprägt — als Beispiel nenne ich nur den Ziegelbau: Im 19. Jahrhundert war das eine häufig angewandte Bauweise, mit der man die Stofflichkeit zu begreifen lernte. Darin sehe ich auch die große Leistung des Ziegelbaus, nicht einmal so sehr von der architektonischen Motivation her.

Ein neues Bewußtsein zu dieser Stofflichkeit könnte meiner Meinung nach sogar den Künstlern helfen, sich zu finden bzw. wiederzufinden. Das klingt vielleicht utopisch, aber sonst bleibt uns nur noch der Weg in die totale Disharmonie, ins totale Chaos, und das wird man nur verständlich machen können, indem man es schafft.

Wenn jemand die Frage nach der »Kunst an sich« stellt, so wird der Begriff Kunst dehnbar und für niemand erklärbar. Es gibt dann tausende subjektive Antworten, die sicher im einzelnen Wahrheiten eröffnen, die den Begriff Kunst in sich beinhalten, aber seine volle Wahrheit ist nicht zu erfahren. Warum es so weit gekommen ist, daß Begriffe, die an sich klar vorstellbar waren, immer unverständlicher wurden und aus ihrer ideellen Umklammerung ausbrachen, das geht konform mit den allgemeinen Veränderungen der Gesellschaft und ihren Bedürfnissen. Wird die Kunst für den einzelnen zum subjektiven Anliegen — wie immer dies aussehen mag —, so wird »Kunst« in ein Gewirr von Interpretationen gestoßen, aus dem es keine Befreiung gibt. Die Kunst ist nun etwas geworden, was wir für uns selber erklären müssen; wir sind mit ihr alleingelassen. Das heißt, es gibt kein Maß, keine Zäsur, die sagen kann, da ist Kunst und dort nicht, der Wertmaßstab hebt sich auf. Es gibt nur mehr theoretische Fixierungen, wodurch immer neue Behauptungen aufgestellt werden und versucht wird, für kurze Zeit in die Unordnung kurze Ordnung zu bringen. Eine prinzipielle Behauptung ist nicht mehr möglich, sodaß eine allgemein schwierige Situation aufgekommen ist. Der Fachmann, mit einer seiner theoretischen Fixierungen beschäftigt, kann eventuell in der Lage sein, aus seiner Festlegung heraus einen Wertmaßstab für sich zu schaffen. Dieser fußt aber auf seiner einseitigen Theorie.

Würde ich nun die Kunst unter einen mir gemäßen Dienst stellen, indem ich behaupte, Kunst sei Dienst an allen und für alle, so könnte ich zu einer Fixierung kommen, die Ideologien anstreben. Dieses Verlangen ist im Zuge der Demokratisierung der Kunst eine heute weitverbreitete Ansicht und an sich ein gefährlicher Vorgang. Der Anspruch auf Kunst, den der einzelne stellt, kann nur der Anspruchsliebe entsprechen, die der einzelne anstrebt. Was jeder für sich verlangen kann, hängt wieder von seinen geistigen Voraussetzungen ab. Damit ist schon eine Begrenzung der Forderung gegeben, und wir sind wieder rationiert.

Trotz aller Individualität ist die geistige Freiheit des einzelnen begrenzt und abhängig von allen auf ihn einströmenden Einflüssen. Er kann sich davon nicht befreien. Wenn ich nun auf die Probleme der Kunst im kirchlichen Bereich eingehe, so wurden viele Überlegungen schon in meiner Einführung ausgesprochen, die auch für diese Kunstgattung Geltung bekommt. Denn diese Kunst unterliegt dem Diktat der Thematik und Zuordnung zu einer Gemeinschaft, die geprägt ist von jahrtausendealten Gedanken und Kunstvorstellungen. So ist auch der Gottesdienst von seiner Durchführung her ein künstlerischer Vorgang, aus dem heraus die Kunst auch wieder ihr Gesicht bekam. Daraus sieht man, wie eng die Kunst mit der Kirche und ihrem Sichtbarwerden in formalen Äußerungen verbunden ist. Diese sind in jedem Fall auch Kunst. Ich möchte mich sogar zu der Annahme versteigen, daß der Protestantismus und alle Änderung der Liturgie auf äußeren, formalen Gegebenheiten basieren, die sich den Zeitbedürfnissen anschließen. Es fragt sich, ob in unserer Zeit formale Probleme noch beachtenswert sind, weichen wir doch jeder wie immer gearteten Fixierung aus. Den geistigen Hintergrund als Basis für eine Stilbildung gibt es nicht mehr; wir haben uns herausbegeben aus jedem kulturellen Zusammenhang. Die Welt bildet sich hin zu einer Einheit, in der kaum mehr regionale Veränderungen stattfinden. Der soziale Aspekt, die Verbesserung des Lebens für den einzelnen, wird zumindest propagiert und angestrebt. Dabei sind die ökonomischen Strukturänderungen das Hauptziel jeder wie immer sich gebenden Macht.

Hat der Glaube an eine »höhere Ordnung« noch jene Kraft, die er braucht, um über die ökonomische Gerechtigkeit hinaus in den Menschen hineinzuwirken? Fragen, die schwer zu beantworten sind, und da bin ich wieder bei der Kunst und der Thematik christlicher Gedanken. Schließe ich alle Probleme, die die künstlerische Tätigkeit heute mit sich bringt, aus, so nehme ich zum Beispiel beim Studium des Alten und Neuen Testamentes realistisch-menschliche Vorgänge wahr, die durch ihren elementaren Gehalt so zwingend wirken, daß sie nach Darstellung drängen. Betrachtet man die Kunst in den sakralen Räumen der Vergangenheit, so wird man immer wieder vom Realismus gepackt, den die meisten Darstellungen beinhalten. Je bedeutender der Künstler ist, umso stärker erscheint sein Realismus.

Was geschieht nun heute? Man spricht immer noch von christlicher Kunst und christlichen Künstlern. Man trennt dabei alles vom allgemeinen Kunstgeschehen und von der Kunst. Gerade diese Einschränkung ist falsch. Wenn man Darstellungen vom heutigen Künstler erwarten will, darf man ihn nicht in die Enge christlicher Kunst drängen. Das Geistige ist ein Willensakt, der sich in jedem Fall äußert.

Die katholische Kirche hat heute hervorragende Theologen, ebenso hat sie die liturgische Bewegung hineingeführt in die Gemeinschaft, aber die Kunst als Vermittler hat man gegenwärtig vergessen. Die Kirchen, die neu erstellt wurden, sind nur noch zweckgebunden; in ihnen läßt sich sicher Zweck erfüllen, aber Erfüllung braucht auch äußere Konzentration. Es ist ein Wagnis geworden, in die allgemeine Ernüchterung hinein eine Forderung zu stellen, die sagt: »Weg vom Rationellen unserer Tage, wieder hin zu Gotteshäusern, in denen die Bedürfnisse, Hoffnungen und Nöte unserer Zeit sichtbar werden«. Ohne auf diese Ansprüche einzugehen, läßt sich das Ereignis des Glaubens aber nicht darstellen. Wie verhalten sich nun die Verantwortlichen in den kirchlichen Behörden? Ihnen fehlt die Erfahrung mit den aktuellen Gegebenheiten der Kunst und so beziehen sie sich auf verbrauchte Vorstellungen aus dem Barock, der Renaissance oder der Romantik. Sie geben den Künstlern keine Chancen mehr wie einst, und ihre Vorstellungen werden nur noch in mittelmäßigen Vorhaben ausgedrückt. Vom einst größten Auftraggeber der Künste ist kaum mehr etwas zu bemerken.

DANKESREDE ANLÄSSLICH DES »GROSSEN PREISES DER STADT WIEN« 1980

Hier zu stehen und Kritik zu üben an nicht durchgeführten kulturellen Belangen war immer schon mein Wunsch. Nun, da ich hier stehe, verwischt sich alles. Jetzt, wo ich darf, ist das Bedürfnis schon verschwunden und ich schweige in diese Richtung.

Der, der schenkt, darf nicht Dank erwarten. Denn das Schenken ist doch eine innere Tat oder auch ein Hinweis auf Überfluß. Das Schenken-Müssen hat immer seinen Grund, eine Spekulation steckt vielleicht dahinter, etwas Ideelles zu gewinnen: den Himmel! Was für ein Ertrag ist bei uns Künstlern zu ernten? So wir nicht Stars oder Stimme sind, ist oft die Gabe, die wir reichen, nicht gerade süß, sondern eher sauer oder versalzen. Wir sind doch oft der Anstoß zu gesundenden Vergiftungen. Man mag uns also nicht und trotzdem werden wir gehoben. Das kann nur ein Irrtum sein oder die falsche Überlegung, durch Geschenke das schlechte Gewissen zu verdrängen. Wir werden es nicht erfahren, welcher weise Beschluß diese raffinierte Doppelbödigkeit eingeführt hat. War es nicht abgelegtes feudalistisches Gedankengut, das hier Pate stand?

Der Maler Arnulf Rainer hat vor Jahren den Dank nicht aussprechen wollen und doch die Hand nach dem Geschenk gestreckt. Diese gierige Geste hätte man durch Großzügigkeit bestrafen müssen, diese Stadt muß es sich leisten können, persönliche Eigenarten zu ertragen, wie soll sie sich sonst ihr kulturelles Gesicht bewahren!?

Beschenkt zu werden ist auch angenehm, wenn man den, der schenkt, liebt, und ich liebe diese Stadt — vielleicht darf ich das auch für meine Kollegen sagen.

REALISMUS — NICHT ALS DIENSTBARKEIT, SONDERN ALS UTOPIE 1980

Die Erde mag wohl die Realität sein, auf der wir gehen und leben. Aber was durch uns auf ihr geschieht, ist Utopie. Denn was wir tun, ist selten nur dem Notwendigen unterworfen. So lebt denn alles und jeder in einer Verschwendung, in dem Bedürfnis, alle Genüsse zu erleben, zu erreichen.

Wie mag nun ein Realismus in der bildenden Kunst aussehen, der dies begreifen und beschreiben kann? Ist nicht jener Realismus Unsinn, der Not und Elend erfaßbar machen möchte? Ist ein Künstler in so großer Not, daß das Elend ihn erfaßt, so wird er kaum bereit sein, dieses zu beschreiben; denn hat er noch Kraft, so wird er diese einsetzen, um zu Erfolg und Brot zu kommen. Oder er flüchtet in die Lethargie, in die größte Bescheidenheit, aus dem Abfall zu leben. Wer klagt, hat keine Kraft, etwas zu gestalten. Und nur jener wird des anderen Not beschreiben, der sich in Mitleid ergeht. So hat dieser falsche Realismus immer etwas mit diensteifrigem Idealismus zu tun und mit dem selbstgefälligen Hochgefühl, sich für die »Gemeinschaft« einzusetzen. Nicht umsonst nennt sich jene beschreibende Kunstform »Sozialer Realismus« — und es blieb nicht verborgen, daß sich Diktaturen seiner gerne bedienen.

Nun ist aber die Kunst neben all den Göttern die größte Utopie aus des Menschen Geist und sie war noch nie so utopisch wie heute. Denn zu Beginn dieses Jahrhunderts hat man noch geglaubt, eine Kunst erstehen lassen zu müssen, die, in sich real, alles erkennbar machen kann, was sie will. Auch eine menschliche Spekulation, die das Ideale sich erfand, um in Bequemlichkeit das Denken zu ersparen. Es läßt sich eben nichts endgültig einordnen, denn die Ordnung ist immer Unordnung, bis wir sie begriffen haben. Wer denkt, ist nicht beschränkt dem Sichtbaren zugewendet, das ihn bedrängt, sondern offen dem Zukünftigen. Wenn wir denken, so erkennen wir, daß wir den Gedanken nie erfassen können, denn schon ist das, was wir im Denken ergriffen haben, verändert und ein anderer Gedanken geworden.

So mag es auch in der Kunst sein, in der jeder in der Hoffnung lebt, in die Vollendung zu kommen. Obwohl man weiß, daß es die Vollendung nicht gibt, hat doch jedes Wesen immer sein Ende vor Augen und will nur in seinem kurzen Raum vorhanden sein — ganz diesem zeitlichen Bedingtsein unterworfen, nur eingeschränkt, weniges zu erleben. Dies mag der Grund sein, weshalb jedes Neue sich sein Hiersein schwer erkämpfen muß, ist doch die Trägheit, nur in zeitlicher Begrenzung zu denken, die angenehmste Utopie. Ist es auch bequem, sich an einem Gedanken festzubeißen — man wird damit sogar streitbar und bissig und befriedigt sich selbst —, so ist dies Hemmen doch Unrecht und Theorie. (Schulweisheit)

Damit ist angedeutet, was das Reale, der Realismus sein könnte: nicht eine Einschränkung auf den Gegenstand hin, denn dies wäre das unrealste Verlangen. Das menschlich Reale ist vielmehr die Triebhaftigkeit, das uneingeschränkte Verlangen, alles zu erobern, nach dem man verlangt; die konsequente Utopie, die daran glaubt, jedes Ziel zu erreichen, das sich anbietet; eben die andauernde Veränderung, die diese unbegreifliche Unruhe schafft, die nach Darstellung drängt.

Daraus ergibt sich mit Notwendigkeit, daß es keinen festlegbaren Stil gibt, keine endgültige Theorie. Daß es nur die Kunst an sich gibt, die — wie jede der einzelnen Wissenschaften — sich selbst erzeugt und sich selbst beschreibt, aus sich existiert. Das Reale an der Kunst ist das Verlangen, sich selbst darzustellen, ist das Bedürfnis, aus der Unsicherheit zu flüchten — ein unstillbares Bedürfnis.

Alles, was sich als fertig darbietet, ist nur scheinbar und begrenzt entschieden, denn alles, was schon gegeben scheint, läßt sich verwandeln. Auch wenn der letzte Strich gezogen ist, ist alles noch möglich und es zeigt sich, daß die Überraschung umso größer ist, je öfter etwas zerstört wird. Demnach wäre es möglich, sich immer am selben Objekt zu üben und es nie zu verlassen. Und damit wird noch einmal klar, daß es keinen abschließbaren Stil gibt, mag der einzelne auch in seiner Begrenztheit sich an etwas Erreichtem festhalten.

Der Versuch, schon Bestimmtes zu ändern, führt also zu ungeahnten Ausdruckswerten. Aber es läßt sich fragen, ob dies sinnvoll ist, ob es Sinn genug hat, Varianten ausfindig zu machen — und ob hier überhaupt eine permanente Änderung in Gang gesetzt wird. Mögen es auch nur geringe Abweichungen sein, so beginnt doch die eigentliche Freiheit erst in diesem vom vorbestimmten, gewählten Original ausgehenden Spiel, das Gegenständliches und Ungegenständliches verknüpft und vereint und jene Popularität aufweist, die neuesten Kunstübungen anhaftet.

Für sich genommen genügt sich weder das Reale noch das Abstrakte; jedes ist sich allein zu wenig. Sie sind aufeinander angewiesen — und haben sich wiedergefunden, haben neue Ergebnisse gezeitigt, die das Problem des Realismus völlig neu stellen.

SCHÖNBERG — DER WICHTIGSTE MALER SEINER ZEIT? 1984

Die Darstellung der bildenden Kunst in Österreich wird nie vollzogen. Das trifft auch im Zusammenhang mit den Schöpfungen Arnold Schönbergs zu. Man glaubt, nicht zeigen zu müssen, was außerhalb der Generallinie einer vorgefaßten Kunstauffassung liegt. Die Erkenntnis von Darstellungsformen, die sich in neuen theoretischen und konsequenten Notierungen bewegen, haben keine Chance, in eine sich ordnende Einfügung gestellt zu werden, sodaß die Zweifelhaftigkeit der Zusammenhanglosigkeit entsteht. Dadurch ergibt sich keinerlei Logik von der Entstehungsgeschichte unserer Kunstszene. Es bleiben immer riesige Löcher von Mißverhältnissen ansonst klarer Vorgänge.

Nun wäre zu untersuchen: einerseits Schönbergs Verhältnis zu Kandinsky und Gerstl und die Verweigerung, ihn als Maler anzuerkennen, und andererseits die Situation der bildenden Kunst in Österreich, in die Schönberg hineingewachsen ist.

In der Geschichte der Kunst wird der Spezialist bevorzugt behandelt. In der Beschreibung von Persönlichkeiten, die außerhalb allgemeiner Vorstellungen agieren, sind unmittelbare Leistungen nicht akzeptabel und werden ignoriert, da sie in keinem Gefüge eingesehen werden können. So auch hier bei Schönberg, der als Komponist nach der Jahrhundertwende schon ein abgeschlossenes Werk hinter sich hat. Und er hat alles auskomponiert, was in der Zeit möglich ist, die Exzesse spätromantischer Ausuferungen und die Übersteigerung in expressionistischen Klangbildern. Hier wird klar, daß entweder andere Kunstdisziplinen oder die Arbeit an theoretischen Vorgängen für Schönberg nicht nur Flucht aus seiner musikalischen Tätigkeit sind, sondern auch eine neue Ausgangsposition für das Komponieren ergeben müssen. Die Freundschaft mit Kandinsky ist hiermit von einer höheren Warte aus zu sehen, haben doch beide ähnliche künstlerische Probleme. Hier muß die Kunst Kandinskys in einer anderen Form interpretiert werden, ist sie doch durchdrungen von den verschiedensten und ungenauesten Vorgängen, die in den Zeitabläufen zu tragen kamen — Symbolismus, Pointillismus, Jugendstil und dem sich aus dem Fauvismus entwickelnden Expressionismus. Hier führen Vermengungen verschiedener Kunstrichtungen zu Kandinskys sogenannter ungegenständlicher Expression. Die Bilder sind einerseits symbolistisch und von Gegenständen durchdrungen, die dies in ihrer dynamischen Auflösung noch mehr unterstreichen, wenn sie auch von der bäuerlichen Hinterglasmalerei beeinflußt den emotionellen Wert dieser Gedankenwelt noch zusätzlich betonen. So strebt der Gegenstand in bewußter Simplifizierung nur die Funktion einer Haltung in Richtung von Gefühlsempfindungen an, die vermengt mit expressiven und explosionshaften Auflösungsvorgängen jene ungegenständliche Malweise erreichen, die auf Zeit in eine bestimmte Richtung weist und immer wieder an Bedeutung gewinnt. Hier erweist sich die kandinskysche Vielfalt als eine einflußreiche Grundlage für nachstrebende Versuche, die in einem abstrakten Symbolismus eine vergegenständlichte Vergegenständlichung suchen und in künstlerischen Verkrampfungen enden oder die freie Sprache der Linie bemerken, die zum abstrakten Expressionismus führt und zu seiner Begründung durch Hans Hartung.

Doch bleiben wir in der Zeit, im Gedanken der Zeit — und da sind Kandinsky und Schönberg sich gleich. Sie haben aus der Emotion heraus begriffen, was Kunst kann, und sofort verstanden, daß die Emotion nicht alles kann, was die Kunst sein soll. Sie haben sofort negiert, was sie in dieser Zeit als Kunst begriffen haben und anderes versucht. Schönberg verzichtet auf das Komponieren und malt — seine Harmonielehre entsteht. Bei Kandinsky ein ähnlicher Vorgang — er versucht durch theoretische Untersuchungen sich zu festigen. Eine historische Entscheidung oder Stimmung, die alle denkenden Künstler in dieser Zeitspanne erfaßt. Von den Kubisten bis zu den ungegenständlichen Künstlern wird die Analyse an der vorhergehenden hemmungslosen Ideenflut vollzogen. Dies nur als Hinweis auf einen Vorgang, der parallel zum Expressionismus verläuft. Die Freundschaft Schönbergs und Kandinskys ist — wie schon erklärt — der Zusammenklang klangähnlicher Gedanken.

Was ist nun mit Gerstl? Hier können wir nur annehmen, was aus ihm geworden wäre, wenn er länger gelebt hätte. Trotzdem zeigt er immer wieder besonderes — ist das eigentlich alles? Da wir ja über die Malerei Schönbergs sprechen, muß man den vielzitierten und strapazierten Einfluß Gerstls auf Schönbergs Malerei untersuchen — und zwar über alle sentimentalen Hinweise hinweg, daß Gerstl ein Intimverhältnis mit Schönbergs Frau hatte. Wer kann schon behaupten, daß dies auch der Vorwand zu seinem Selbstmord gewesen ist? Solche Entscheidungen sind doch von vielen Faktoren wie Veranlagung, Stimmung und anderem abhängig. Wie malt nun

Gerstl — und sagt er mehr über die Zeit hinaus Unerwartetes — oder malt er nur schon Bekanntes? Er malt zuerst realistisch wie alle zu jener Zeit, die in dieser Sparte arbeiten. Beeinflußt durch Segantini und dessen divisionistische Malerei entstehen freiere Malprozesse, die in der Folge heftige expressive und direkte Interpretationen des Gegenständlichen wiedergeben. Sicher ist, daß in einem Land, wo die Maltradition keine allzu große ist, jede direkte Notierung mit der Zeit besondere Beachtung findet. Das Besondere ist nun, den Gegenstand in unbeholfenen, brutalen Farbmassen fast plastisch unklar anzuhäufen. Dies geschieht vor allem im großen Schönberg-Bild. Alles andere sind in der Malerei jener Zeit bekannte Vorgänge. Sicher ist der Ansatz getragen von hoher Begabung. Stelle ich aber Vergleiche mit Zeittendenzen an, so ist schon vieles über Gerstl hinweg geschehen: der Kubismus und abstrakte Vorgänge, die ihn nur zu lokaler Bedeutung gelangen lassen. Erst im Aufkommen des Informel wird er für diese Richtung in Anspruch genommen und strapaziert. Sein Bezug zu Schönberg ist vielleicht eine Anregung für diesen, Malerei zu betreiben, aber sicher ist hier nicht von einer Lehrerbeziehung zu sprechen, sind doch in den Denkungsweisen Gedankenwelten dazwischen, die sich überhaupt nicht treffen, außer in einer österreichischen Mentalität, die sich sehr frei gibt und in luftleeren Räumen sich entwickelt. Außerdem setzte Schönbergs Malerei vor allem in jener Zeit ein, als Gerstl nicht mehr am Leben war.

Damit ist wieder einmal der Beweis gegeben, daß Behauptungen immer wieder abgeschrieben und selten einer Untersuchung unterworfen werden. Ich glaube, daß Schönberg über die Wut des Gehörnten hinaus recht hatte mit seinem Hinweis, daß Gerstl — wenn überhaupt — vielleicht durch die Farben, die er hinterließ, für seine Malerei Bedeutung hatte. Über diese Polemik hinweg kann erklärt werden, warum das alles der Wahrheit entsprechen muß. Schönberg als Künstler ist mehr als nur einer, der bloß Malerei üben will. Er hat das Selbstbewußtsein — wie jeder Künstler, der alles, was er angreift, zur Kunst macht. Das ist ein Zustand, der nur Überlegungen und Gedankenaustausch allgemeiner Art als Hilfestellung zuläßt, aber keine direkte Lehre. Denn die Lehre und das Wissen ist der Künstler selber. Und Schönberg weiß mehr über Kunst als der von allen erdenklichen Eindrücken durchschüttelte Gerstl, war doch damals die Zeit der großen retrospektiven Wiener Ausstellungen: Segantini, Munch, Van Gogh, Hodler. All diese Eindrücke verändern und durchschütteln laufend seine Bildproduktionen. Schönberg hat eine klare Vorstellung, was das Komponieren betrifft. Seine Kunst ist von intellektueller Haltung geprägt. Gerstl ist für ihn zwar eine schmerzliche Episode, aber sicher nicht mehr.

Die Berührungspunkte zur bildenden Kunst können vielleicht durch Kandinsky und Gerstl abgeleitet werden, aber sagen trotzdem nur wenig über den Maler Schönberg aus, gibt es doch im Endeffekt keine wie immer gearteten Berührungspunkte. Das Interessante ist, daß Schönbergs Kompositionen in das Gesamtgefüge der damaligen österreichischen Kunst sehr gut hineinpassen. Die Kunst ist bewußt und klar, konstruktiv und durchdrungen und vom Selbstbewußtsein der Künstler getragen. Es herrscht eine totale Harmonie der Künste. Das Zusammengehören der Kunst ist weder verkrampftes Wollen noch Theorie und gewollte Vereinigung aller Disziplinen von Kunst, sondern eine Entscheidung aus sich selbst. Die Architektur fügt nahtlos die bildende Kunst in sich ein, es entsteht ein Gleichklang der Werte, ob Sessel oder Bild.

Man fragt sich, ob die Veränderung nur in der Zerstörung Wert hat oder es auch Maßnahmen gibt, die in einer Kontinuität klarer Vorstellungen sich weitertragen lassen. Scheinbar nicht, sonst wäre der Weg österreichischer Kunst in diesem Jahrhundert anders verlaufen. Aber eine Wenn-Frage ist nicht gefragt und kaum zulässig. Vielleicht sind Emotionen doch wichtiger als klares Denken und Handeln. Die Expressionisten haben begriffen, wie leicht Verunsicherung eintritt, wenn die Gewalt der Aussage möglichst flüchtig und schnell kommt. Ich meine das nicht abwertend, sondern ich bekenne mich zum Handeln und zur Tat, die sein muß, auch wenn der Wille zur Zerstörung größer ist. Der Expressionismus hat Österreich zwei Künstlerpersönlichkeiten beschert, aber gleichzeitig vieles verunsichert, sodaß die künstlerischen Positionen verwischt wurden. Wir haben keine klaren Interpretationen der Vorgänge, obgleich wie in allen anderen Ländern eine Vielzahl künstlerischer Versuche vorhanden ist. Es gibt das Ungegenständliche ebenso wie den Realismus, aber nur die Generallinie Expressionismus gilt.

Die Musik hat scheinbar eine andere Wertigkeit, die Komponisten jener Zeit beschreiten andere Wege — und zwar genau umgekehrt. Die Emotion wird zugunsten klarer Verhältnisse aufgegeben. Das mag einfach klingen, ist aber sicher die geistigste Bewegung innerhalb der Kunstszene. Dies mag vor allem Schönberg zu verdanken sein. Und daneben entstehen jene Bilder, die über das Musikalische hinaus gehen und im Gegensatz zu diesem eine andere Wertigkeit entwickeln. Die Bilder haben einen Eigenwert, der die demonstrative Unmittelbarkeit der Arbeitsprozesse von Kindern und Geisteskranken hat, jedoch ohne den sich in jenem Inhalt befindlichen Kanon vorbestimmter Formwerte, was ihn dadurch über diese Haltungen und Inhalte hinauswachsen läßt. Will doch Schönberg in der klaren Erkenntnis seines Unvermögens und Nichtkönnens genau das tun, was niemand wagt: sich voll dazu bekennen und als Leistung höchster künstlerischer Aussage beanspruchen. Nicht umsonst wird er von der Künstlervereinigung des »Blauen Reiter« aufgenommen, entspricht er doch genau dem Ideal ihrer programmatischen Vorstellung, die unter anderem eine Art Vorwegnahme der Art brut eines Dubuffet demonstriert. Für uns ist es heute leicht, das alles zu verstehen und zu erklären, haben wir doch eine breite Geschichte von Erkenntnissen hinter uns, in der die Infragestellung von Kunst der wesentliche Faktor zum Erkennen von Kunst ist. Schönbergs freie Verfügbarkeit der Sprache ist die Sprache ohne Sprache. Und dies mit vollem Bewußtsein zu erkennen, ist mehr als seine Entwicklung absoluter Werthaltungen im Bereich der Komposition. Ich will nicht weiter eindringen in Spekulationen und Erklärungsinterpretationen, die nicht mehr bringen können als eine klare Feststellung: Schönberg ist sicher der wichtigste Maler seiner Zeit! Wagt er doch über die Malerei hinaus in jene Zonen vorzustoßen, wo Malerei nicht mehr Malerei und Kunst nicht mehr Kunst ist, sondern eine Notwendigkeit wird, der man nachhängt und ausgesetzt ist. Der Beweis ist die Verweigerung, die seiner unorthodoxen Idee, Bildvorstellungen aus der Unfähigkeit heraus entstehen zu lassen, entsprang. Hierin liegt das Mißverständnis bei der Betrachtung von Kunst! Schönberg als Maler gibt es nicht — eine schöne Bescherung! Wenn Kunst zu machen nur dort Beachtung erlangt, wo sie von klassischen Klassifizierungen beurteilt wird, ist eine Eingrenzung eines wie immer gearteten Umdenkens nicht möglich.

Kann Verweigerung eine Leistung verdrängen, die aus dem Verschweigen durch Nichtsehen entsteht? Die Verweigerung kann latent bestehen bleiben, wenn die Aufmerksamkeit in der Zeit, wo die Verweigerung stattfindet, nie stattgefunden hat. So werden Leistungen kaum denen zugesprochen, die verweigert wurden.

R.S.: Wenn man die Plastiken untereinander vergleicht, fallen einem sehr verschiedene Ansatzpunkte auf. Da existiert einerseits jene durchgehend ziemlich brutal behandelte Gipsplastik, die etwa tiefe Spuren von Fingern oder bestimmten Instrumenten aufweist, eine in ihrem Charakter sehr reliefartige Plastik, und auf der anderen Seite gibt es die freistehende Plastik, deren Formenvokabular eher als organisch zu bezeichnen ist, die auf mich geschlossener wirkt, dadurch vielleicht auch etwas konventioneller. Wie sind diese Arbeiten zeitlich einzuordnen?

O.O.: Am Anfang entstanden jene sehr räumlich bezogenen Arbeiten, die noch beeinflußt sind von bedeutenden Bildhauern wie Arp, Lipschitz, Picasso, Laurens: Plastik nicht nur als Masse, sondern als Raum, der umgrenzt wird von plastischen Leerräumen, eher vegetativ, pflanzlich. Die Pflanze, als »Plastik« gesehen, indem ich in die Leerräume die umgrenzenden Gewächse stelle — so könnte man es auch sehen. Diese Plastiken sind nicht alle ausgesprochen gegenständlich. Damals war ja die Zeit sehr gegen das Gegenständliche, man bevorzugte gewisse surreale Effekte und Aussagewerte, die aber ganz formal und ästhetisch ausgerichtet waren. Die Idee des Plastischen war Masse oder Leerraum, also Masse im Raum und Leere als Raum.

R.S.: War so der Surrealismus auch Quelle für ihre Arbeit? Ist das Informel überhaupt als eine Verarbeitung von im Surrealismus auftauchenden formalen und gedanklichen Ansätzen zu betrachten? Welche Bedeutung messen Sie dem Surrealismus in bezug auf Ihre Arbeit bei?

O.O.: Der Surrealismus hat in sich etwas sehr Unorthodoxes, so sehr er von seiner Programmatik her orthodox und eigentlich die programmatischste Kunstrichtung unserer Zeit ist. Wenn es nur um künstlerische Fragen geht, können innerhalb dieser Bewegung viele Dinge Platz greifen: rein formale Werte, Auflösungen, technische Fragen und der psychologische Aspekt, der ja auch innerhalb des Informel wichtig ist. Bei mir war es so, daß ich aus der traditionellen Plastik kam, aus einer in gewisser Weise gegenständlichen Plastik, von der ich mich freigemacht habe. Dann kam die zweite, entscheidende Phase, in der ich praktisch zu mir selber fand, wo die Auflösung aller formalen Aspekte angestrebt wird, und weder das Bedürfnis da ist, Volumen zu schaffen im Körperhaften, noch das, Volumen im leeren Raum zu machen. Da geschah ja auch etwas sehr Einfaches, indem ich ganz aus dem Gefühl, aus der Emotion heraus zu gestalten begann. Dieser emotionelle Effekt ist auch wieder technisch bezogen, weil ich eigentlich als »Blinder« diese Dinge gestaltet habe. Ich arbeitete nicht so, daß ich aus einem Block einen Körper formte, indem ich alles wegnahm, was für den Körper zu viel da war, sondern ich negierte von vorneherein den Körper an sich, operierte in das Material hinein in einer völlig unfaßbaren Weise.

R.S.: Inwieweit siehst Du in der eben erklärten Arbeitsweise verwandte Vorgänge in der »art brut«?

O.O.: Höchstens insofern, als natürlich die Kinderzeichnung und auch die Kunst der Geisteskranken eine stark automatistische Sache ist, wo der formale Wille ja nur ganz begrenzt aufscheint oder aus Urinstinkten kommt und dann auch eine gewisse Universalität besitzt.

R.S.: Der Formwille existiert in seiner Negation.

O.O.: Ja, so hat er beim Kind etwa die Bedeutung der Erkenntnis.

R.S.: Kamst Du nicht automatisch wieder zu bestimmten Ordnungsergebnissen innerhalb dieses Prinzips der Auflösung?

O.O.: Es ist so: Wie ich blind formte, da versuchte ich ja das Blindformen zu beherrschen und so war auch der Moment gegeben, damit aufzuhören — da wurde das Blindformen uninteressant, als es begann, »Routine« zu werden. Es war immer ein Prinzip von mir, wenn ich etwas erfahren hatte, davon wegzugehen, um so in einer permanenten Veränderung innerhalb des Arbeitsprozesses zu bleiben, was nur durch eine totale Umkehrung möglich ist. Die letzte Phase ist das Ergebnis meiner automatistischen Zeit, Ergebnis in dem Sinn, daß eine Bewußtwerdung, ein Bewußtwerden stattfand: Was kann ich mit den automatistischen Dingen machen? Wie kann ich sie verwerten für neue Gestaltungsmöglichkeiten?

R.S.: Führte das, um eine Frage nochmals anzubringen, nicht zurück in eben frühere Ordnungsprinzipien?

O.O.: Das möchte ich nicht sagen. Man kann in einem Auflösungsprozeß nicht stehen bleiben — das scheint mir ganz falsch zu sein, weil einfach etwas zusammenspielen muß, nämlich der Vorgang Arbeitsprozeß und die geistigen Überlegungen. Es ist doch so beim Automatismus, daß diese beiden Aspekte sich im Unbewußtsein bewegen — sie ergänzen einander nicht, sie sagen sich gegenseitig nichts, und die Folge ist, daß man keine geistige Position einnehmen kann, auch keine negative. Deswegen ist der dritte Prozeß von ungeheurer Wichtigkeit, weil da etwas eintritt, da weiß man, warum man einen Materialeffekt durchführt, und der Materialeffekt bekommt dann Sinngebung, auch wenn die Sinngebung absurd sein mag.

R.S.: Gerade im Material bemerkt man in Deinen Arbeiten eine starke Veränderung: Am Anfang verwendest Du vorwiegend Gips und Ton, später ist dann eine Ausweitung zu Draht und bestimmten Abfallprodukten, wie sie etwa in der »arte povera« verwendet werden, festzustellen — ziemlich abrupt. Ich meine, daß Du dann durch die Abfallprodukte eine Verbindung Alltag-Kunst schaffst. Wie ist dieser Übergang zu interpretieren?

O.O.: Das Material paßt sich ja immer den jeweiligen Gegebenheiten an, das heißt, wenn ich etwas will, brauche ich dazu ein bestimmtes Material. Warum habe ich Ton genommen? Weil der Ton sich leicht und schnell bearbeiten läßt. Und damit erfüllt er eine Hauptvoraussetzung des Informel. Der Gips bringt sogleich ein Ergebnis heraus, und zwar ein Ergebnis, das ich in der Hand halten kann und das nicht kaputt geht. Das Material ist nicht so wesentlich, wenn es nicht als Demonstration eingesetzt wird wie eben bei der informellen Plastik.

R.S.: Die letzte plastische Arbeit, die in den Bereich Deiner informellen Arbeit gehört, heißt »Ende«, ein Lampenschirm aus Drahtgeflecht, mit Stoffetzen behängt und mit Gips bearbeitet. Diese Plastik wirkt wie ein programmatisches Ende Deiner informellen Erfahrung. War zu diesem Zeitpunkt alles ausgeschöpft, was Dich in der Plastik interessiert hat?

O.O.: Da diese Plastik »Ende« ja nicht so sehr als informelle Plastik, sondern eher als Neubeginn zu sehen ist, weil sie die Materialfrage in einer neuen Weise stellt, ist sie in gewisser Weise dadaistischen Dingen verwandt, obwohl sie aus einer anderen Geisteslage heraus entstanden ist. Dieser Lampenschirm ist eine Negierung aller Dinge, die positiv sind, die etwas gestalten. Es ist das ungestaltetste Ding, das man sich vorstellen kann. Ich habe Gipsfetzen darauf geworfen, eine Bettfeder, ein altes Stück Holz, an dem diese Feder angenagelt ist — also eine reine Materialdarstellung, und das war für mich etwas, das man nicht mehr wiederholen kann, sozusagen der Prototyp der Vergangenheit des Plastischen — keinen plastischen Körper mehr schaffen können. Darum habe ich es auch »Ende« genannt.

R.S.: 1948 entstanden Deine ersten Plastiken, die letzte 1951. Die malerische Periode innerhalb des Informel hat ja länger, bis 1954, gedauert. Wie war das Beziehungsfeld zwischen der Malerei und der Plastik?

O.O.: Das sind eigentlich ganz konträre Vorgänge, die Malerei und die Plastik. Meine Malerei ist eine »unwissende« Malerei, ohne Verständnis für Farbe. Insofern ist sie weniger wichtig — vielleicht weil ja die Bewußtwerdung innerhalb des Plastischen für mich interessanter war, vor allem der Vorgang der Aufhebung des Plastischen. Da aber die informellen Bilder sehr reliefhaft sind, sehe ich doch insofern einen Zusammenhang zwischen der Malerei und der Plastik, als das Bild Reliefcharakter bekam, etwas, was ein Bild scheinbar nicht hat, was ihm nicht liegt. Das habe ich im Bild eher gesucht als in der Plastik — ich habe sozusagen das Bild aus dem Bild herausgedrängt.

NACHWEISE

Jammerballungen — Text, 1950; *Teile des Spiegels* — Text, 1950 (Lesung: Amerikahaus, Innsbruck 1951); *Tachismus* — Vortrag an der Akademie der bildenden Künste, Wien 1954; *Ein Tag ist nie zu erreichen* — Text, 1956; *Farben* — Text, 1954; *Baumeister* — Vortrag an der Akademie der bildenden Künste, Wien 1956; *Permanente Veränderung 1* — Text, 1958; *Wenn ich nur ein Soldat bin* — Text, 1956; *Fragmente* — Text, 1956; *Nachmittag* — Text, 1956; *Aufspiel!* — Text, 1956; *Malerei und Plastik* — Rede anläßlich der Ausstellung „Malerei und Plastik in Österreich" (Organisation: Oswald Oberhuber), Innsbruck 1960; *Schiele 1* — zur Ausstellung im Tiroler Landesmuseum (Organisation: Oswald Oberhuber), Innsbruck 1961/62; *Schiele 2* — Text, 1961/62; *Österreichische Kunst* — Vortrag, Salzburg 1966; *Schaustück* — Text, 1966; *Kunstverbrechen* — Text, 1965; *Der Aufhänger* — Text, 1965; *Auflösung einer Kontinuität* — aus: Bau, Heft 2, 1967; *Eine traurige Geschichte* — Text, 1965; *Hoffnungslos utopisch* — Text, 1965; *Sie meinen wirklich „ein Kilo"?* — Text, 1965; *„Warum? Weshalb?* — Lautsprecherstücke, uraufgeführt beim XIV. Internationalen Kunstgespräch der Galerie nächst St. Stephan, Wien, 3. Juli 1968; *Gerstl* — aus: Tiroler Tageszeitung, zur Ausstellung im Tiroler Kunstpavillon (Organisation: Oswald Oberhuber), Innsbruck, Juli 1966; *Recht-auf-Lust* — Text, 1967; *Das unbegrenzt Mögliche im Plastischen* — aus: Bau, Heft 3, 1966; *Die beleidigten Beleidiger* — Text, 1971; *Massenmedien* — Vortrag in der Secession, Wien 1970; *Künstlermasse* — aus: Oswald Oberhuber und Kristian Sotriffer, Beispiele. Österreichische Kunst von heute, Wien—München 1971; *Fontana* — aus: Kunst-Nachrichten, Luzern 1971; *Pichler 1* — aus: Bau, Heft 3, 1968; *Lieber Wewerka* — aus: Wort und Wahrheit, Heft 1, 1973; *Wotruba* — Vortrag in Alpbach, 15. Juli 1980; *Räume* — Katalog-Vorwort, 1978; *Thorn* — aus: Beispiele; *Gironcoli 1* — a.a.O.; *Hollein* — a.a.O.; *Terzic* — a.a.O.; *Lassnig* — a.a.O.; *Adrian* — a.a.O.; *Für Susi Taschners Wien-Buch* — Katalogvorwort 1982; *Mikl* — aus: Bau, Heft 3, 1968; *Hutter* — Katalogvorwort 1981; *Lettner* — aus: Beispiele; *Pichler 2* — a.a.O.; *Gironcoli 2* — Text, 1971; *Goeschl* — aus: Beispiele; *Attersee* — a.a.O.; *Wirklichkeiten* — a.a.O.; *Der Wille zur Aktion* — aus: Bau, Heft 3, 1968; *Kunst als kommunikativer Einfall* — Text, 1968; *Das Mögliche* — Text, 1970; *Beuys* — aus: Josef Beuys, Katalog, hg. v. der Galerie nächst St. Stephan, Wien 1970; *Oberhuber* — Text, 1970; *Anspruch auf Kunst* — Vortrag beim XVII. Internationalen Kunstgespräch der Galerie nächst St. Stephan, Wien, 16. Oktober 1971; *Mauer 1* — aus: Galeriezeitung 1973; *Museum* — Text, 1971; *Wie mordet man Kunst?* — aus: Oberhuber-Zeitung anläßlich der Ausstellung „Surrealismus ohne Surrealisten — Kunst ohne Künstler" in der Galerie nächst St. Stephan, Wien 1969; *Kunst* *ohne Kommunikation* — Text, 1972; *Geschäft mit der Kunst* — Text, 1972; *Praxis und Theorie* — Vortrag beim XIX. Internationalen Kunstgespräch der Galerie nächst St. Stephan, Wien, 9. November 1973; *Demokratisierung 1* — Text, 1973; *Demokratisierung 2* — Vortrag beim XXII. Internationalen Kunstgespräch der Galerie nächst St. Stephan, Wien, 26. November 1976; *Vorwort* — Text, 1973; *Schiefertafeln* — Texte, 1973; *Auslandsvertretungen* — Vortrag, Wien, September 1978); *Angewandte Kunst als Alternative* — Inaugurationsrede an der Hochschule für angewandte Kunst, Wien, 21. November 1979; *Mallina* — aus: Erich Mallina, Katalog, hg. v. der Hochschule für angewandte Kunst, Wien 1980; *Expression* — Katalogvorwort zur Ausstellung in der Zentralsparkasse und Kommerzialbank, Wien 1982; *Kunsthochschulen 1* — aus: Studienführer der Hochschule für angewandte Kunst, Wien 1980; *Raumkonzepte* — Tonbandprotokoll eines Vortrags bei der Veranstaltungsreihe „Zur Definition eines neuen Kunstbegriffes", Galerie Krinzinger, Innsbruck, Juni 1979; *Segantini 1* — aus: Giovanni Segantini, Katalog, museum moderner kunst, Wien 1980; *Einsicht und Aussicht* — Vortrag an der Hochschule für angewandte Kunst, Wien, Juni 1980; *Kreativität und Bürokratie* — Vortrag an der Hochschule für angewandte Kunst, Wien, Juli 1983; *Segantini 2* — Text, 1980; *Kunsthochschulen 2* — Vortrag an der Hochschule für angewandte Kunst, Wien, Juni 1981; *Moser* — aus: Kolo Moser, Katalog, hg. v. Oswald Oberhuber, Hochschule für angewandte Kunst, Wien 1979; *Hartung* — Rede anläßlich der Verleihung des Oskar-Kokoschka-Preises am 24. September 1982; *Jugendstil* — Text, 1982; *Symbol Tier* — aus: Symbol Tier, Katalog, Galerie Krinzinger, Innsbruck 1984; *Der meditative Vorgang* — Vortrag an der Hochschule für angewandte Kunst, Wien 1982; *Sonntagsmalerei* — aus: Galeriezeitung zur Ausstellung „Sonntagsmalerei" in der Galerie nächst St. Stephan, Wien (Organisation: Oswald Oberhuber), November 1977; *Kulturberichterstattung* — Vortrag anläßlich des Symposions „Pressefreiheit und ihr Mißbrauch" an der Hochschule für angewandte Kunst, Wien 1982; *Mauer 2* — aus: Sammlung Otto Mauer, Katalog, hg. v. Günter Kornbold, Albertina Wien und Neue Galerie Linz 1983/84; *Rolf* — Katalogvorwort, Hochschule für angewandte Kunst, Wien 1983; *Permanente Veränderung 2* — Text für die documenta Kassel 1982; *Schrift als Bild* — aus: Galeriezeitung 1982; *Worte* — Text, März 1983; *Hüte* — Katalogvorwort, Hochschule für angewandte Kunst, Wien 1983; *Christliche Kunst* — Text, 1983; *Kunst und Kirche* — Text, 1983; *Großer Preis der Stadt Wien* — Dankesrede anläßlich der Preisverleihung 1980; *Realismus* — Text, 1980; *Schönberg* — Vortrag anläßlich des Schönberg-Gesprächs an der Hochschule für angewandte Kunst, Wien, 25. Juni 1984; *Interview* — aus: Informelle Plastik, hg. v. Oswald Oberhuber und Allerheiligenpresse Peter Weiermair, Innsbruck 1979.

INHALT